W0381665

La légende Belonore

La collection *Regards croisés*
est dirigée par Marion Hennebert

© Éditions de l'Aube, 2016
www. editionsdelaube.com

ISBN 978-2-8159-1445-1

Philippe Carrese

La légende Belonore

éditions de l'aube

Du même auteur :

Chez le même éditeur :
Enclave, l'Aube poche, 2014
Les Veuves gigognes, l'Aube noire poche, 2014
Trois jours d'engatse, l'Aube noire poche, 2014

Dans la même série :
Virtuoso ostinato, 2014 ; l'Aube poche, 2015
Retour à San Catello, 2015 ; l'Aube poche, 2016

Chez d'autres éditeurs :
Graine de Courge, Florent Massot, 1997
Tue-les, à chaque fois, Fleuve Noir, 1998
Le Successeur, Florent Massot, 1999
Le Bal des Cagoles, Fleuve Noir, 2000 ; rééd. L'Écailler du Sud, 2012
Flocoon Paradise, Florent Massot, 2001
Conduite accompagnée, Fleuve Noir, 2002
Les Veuves gigognes, Fleuve Noir, 2005
Enclave, Plon, 2009
Marseille, Quartiers sud, Syros (série de 7 romans jeunesse, de 2004 à 2010)
Place aux Huiles, L'Écailler du Sud, 2007 (dessins de presse)

Si vous n'avez pas encore lu les deux premiers volets de la saga des Belonore (*Virtuoso Ostinato*, 1911-1930, et *Retour à San Catello*, 1935-1937) un récapitulatif autour des différents personnages rencontrés jusque-là dans ce récit et de leur parcours vous attend à la fin de ce roman.

Prologue
Sodus Bay, mai 2011

La première est en noir et blanc. Le tirage sur papier brillant est bordé d'un encadrement ivoire crénelé, présentation à la mode vers le milieu du siècle précédent. Quatre personnages et quelques animaux posent fièrement devant une ferme délabrée. À l'évidence, ils fêtent une victoire. Ils arborent l'allure de chasseurs épuisés après un safari houleux.

L'équipage est hétéroclite. Un homme d'église à l'embonpoint réconfortant porte une tenue de combat officielle pour ecclésiastique. Ce dominicain bonhomme se tient derrière un quinquagénaire malingre, rivé à une chaise roulante. L'handicapé a été garé à droite d'une porte grande ouverte sur un intérieur délabré. Il est déguisé avec une tenue rurale, trop grande pour lui. Il sourit, lui aussi. À gauche de l'entrée, un vieil homme au regard d'une acuité rare est assis sur un fauteuil en bois. Il jubile. Ce roi en représentation sur son trône assure la symétrie de la photo avec le paraplégique. Ils ont un air de famille. Le quatrième convive est une femme, une nonne qui tente de rentrer dans le cadre ; elle est floue. Pour compléter le tableau, un âne aux oreilles dressées, aussi fier que ses compagnons de cliché, regarde l'objectif. Il semble ricaner : c'est peut-être l'effet de sa dentition apparente. Dans un coin, on distingue la tête d'un cheval blanc qui lui aussi regarde l'appareil. À leurs pieds, quelques poules picorent tandis que le coq pérore.

La seconde est un polaroïd en couleur. Au vu des tenues, des attitudes et du rendu photographique, deux décennies au moins séparent les deux clichés. Les teintes n'ont pas tenu l'épreuve du temps : les rouges ont disparu. Ne restent que quelques nuances de bleu, et beaucoup de vert. Un vert glauque, lacustre. Les éléments ne sont pas vraiment nets, comme souvent sur les polaroïds. Des sacs à dos sont empilés à l'arrière-plan. Les protagonistes sont en tenues de randonneurs. Ils sont quatre, là aussi. Deux femmes, deux hommes. Deux ruraux, deux urbains. Ils ont choisi un cimetière de campagne comme fond de décor. Au pied d'un vieux mûrier, ils entourent ostensiblement une pierre tombale dont le nom du propriétaire est illisible. Ils ont fière allure et posent avec sérieux. Aucune tristesse ne se dégage de la scène, plutôt une bienveillance sereine, comme pour une réunion de famille attendue depuis des lustres.

La Passeggiata, 16 août 1964

« *Holly shit !*

— *Albert ?*

— *The camera !*

— *What about the camera, Albert ?*

— *I forgot the camera !* »

Albert, encore… Addolorata est excédée. Albert Midland a donc oublié son appareil photo à l'hôtel, et la terre entière s'apprête à en être informée. Le groupe n'a pas fait cinq mètres sur le chemin que les deux Américains se font encore remarquer. Elle l'avait su au moment même où ce couple s'était inscrit pour l'expédition. Addolorata les aurait volontiers renvoyés manu militari vers leur voiture, leur hôtel, leur transatlantique, leur pays, leur nouvelle frontière, leur foyer et leurs certitudes. *Americani, faccia di cane !* Têtes de chien ! Elle ne les supporte pas, ni eux ni n'importe quel Américain présent dans son entourage immédiat. Son entourage immédiat couvre une zone qui s'étale de San Remo jusqu'à Bari, en passant par Trieste : sa haine du Yankee est immense. Son petit commerce ne peut hélas pas se passer de deux clients qui ont payé leur balade en lires sonnantes, têtes de chien ou pas. Les autres randonneurs observent la scène, amusés. « *Holly shit…* » Ceux, rares, qui comprennent l'anglais tentent d'imaginer une sainte merde, un étron entouré d'une auréole diaphane. Les autres s'amusent des gesticulations de cette caricature nourrie à grand renfort de hamburgers et de milkshakes, déjà en sueur sous son équipement aberrant.

Albert l'Américain est affublé de la tenue idoine pour grimper les derniers mètres de la face nord du mont Cervin, il est paré de toutes les dernières innovations pour survivre sur les glaciers de l'Alaska. Il est ridicule. Sa femme a opté pour une mise beaucoup plus sobre. Comme il est indiqué sur le petit prospectus distribué dans quelques résidences de Bergame, le clocher de San Catello se dresse à 1 222 mètres d'altitude, pas plus haut. La panoplie complète du parfait petit Frison-Roche n'est donc pas nécessaire. L'Américaine a enfilé une tenue confortable et des chaussures de marche, comme les autres membres du groupe. Elle lance sur son mari un regard peu amène. Il y a des attitudes qui ne trompent personne. Mais ils sont tous les deux américains, dignes représentants des Libérateurs de ce pays de cocagne. Et elle tente de faire bonne figure. Addolorata en est consciente depuis le débarquement en fanfare de ces deux doryphores : elle devra mettre un joli mouchoir sur son aversion envers les colons à tête de chien, un mouchoir à rayures blanches et bleues brodé de cinquante étoiles dorées. Elle ignore le crétin pour s'adresser à son épouse :

« *Signora Midland ?* Madame Midland ? On peut y aller ?

— *Si… Scusa… Andiamo !* Allons-y ! »

Si Albert Midland ne parle pas un mot d'italien, sa femme se débrouille plutôt bien dans la langue de Dante. Son blondinet rougeoyant n'a fait aucun effort pour communiquer avec l'autochtone. Albert a persisté à dispenser des « *good morning* » avec un accent texan à couper au couteau, en lieu et place d'un simple « *ciao* » qui ne lui aurait pas arraché la gueule. Il est clair qu'il a accepté ce détour au fin fond de la Lombardie rurale pour faire plaisir à sa moitié, une belle quadragénaire dynamique, aux cheveux bruns bouclés et à l'allure moderne. Quelle curiosité morbide peut bien pousser ces deux êtres à faire une balade à travers bois vers un village abandonné, à la sinistre réputation ? Sans doute cette sinistre réputation, justement, comme pour les autres randonneurs.

Cette année, la visite guidée réunit onze marcheurs. Un couple de Français, aussi français que ses clients américains sont américains, et une retraitée milanaise adepte des grandes marches en forêt piétinent dans l'attente du départ, collés par un quinquagénaire à la tête étroite et au timbre de voix agaçant. Avant même de déclamer son patronyme, il s'était annoncé d'un ton docte comme enseignant de l'Éducation catholique. Une famille de négociants en huile est venue en voisine de Bergame. Le père et la mère badent leur fils, il n'y a pourtant aucune raison.

Comme chaque année, deux vieux du pays, nostalgiques du temps passé, profitent de cette déambulation pour retourner traîner leurs guêtres dans San Catello, petit village de moyenne montagne à présent déserté. Ils restent discrets ; ils n'ont pas échangé deux phrases depuis le point de rencontre du groupe. Le premier se prénomme Taormine, l'autre Fortunato. Le premier porte de grosses lunettes d'hypermétrope qui déforment ses yeux, l'autre non.

Addolorata a trouvé ce moyen pour étoffer ses maigres ressources : tous les ans, elle part avec quelques touristes raconter les nombreuses péripéties qui ont agité la petite vallée du Scavone depuis le début du siècle. La visite est organisée chaque troisième dimanche d'août, sous le nom de « *passeggiata della santa Trinità* » en référence à une coutume ancienne, une balade estivale le long d'un torrent d'alpage qui faisait prendre l'air aux femmes du village. Le rendez-vous a été donné au lieu-dit Santa Pazienza, là où le torrent Scavone rejoint la plaine. La sixième *passeggiata* est sur le point de se mettre en branle lorsqu'une silhouette apparaît à l'angle d'un hangar en ruine. Addolorata restait vigilante, épiant d'éventuels retardataires. Un sourire illumine sa figure ridée lorsque le jeune homme contourne trois vieilles remorques empilées en vrac et recouvertes de lierre qui servent de balises au point de rendez-vous :

« *Ciao, Pietrino !* Tu t'es enfin décidé ? »

Le jeune homme aux yeux bleus et à la tignasse bouclée se contente d'acquiescer avant de rejoindre le groupe des marcheurs. Les randonneurs attaquent la grimpette, collés aux basques de leur guide.

Passé une cahute anachronique délabrée qui a dû faire office un temps de poste de garde, le chemin s'enfonce en pente douce au milieu des mélèzes. La route s'éloigne de la plaine marécageuse pour contourner tout un pan de montagne. À un peu plus de soixante-dix ans, l'allure d'Addolorata est restée celle d'une femme dans la force de l'âge. Les années ont eu raison de ses rondeurs méditerranéennes, les épreuves de la vie avaient déjà eu raison de son optimisme. Ses cheveux blancs sont regroupés dans un foulard sombre, son pantalon de toile usée s'enfonce dans des godillots aussi vieux qu'elle. Armée d'une canne taillée dans du buis, elle imprime un rythme alerte à la troupe dès le départ. Pietrino a salué d'un geste fraternel les deux anciens du pays qui ferment la marche. Il rejoint Addolorata à l'avant du convoi, sans plus de paroles. Leur complicité est sans ambiguïté. Ces deux-là sont proches, assurément. Pietrino a le regard volontaire ; il dégage une énergie palpable, une force intérieure intense. Les quelques rides précoces qui barrent son front malgré ses vingt-cinq ans dénotent une tristesse imprescriptible. Le malaise est profond.

« Je suis contente, Pietrino. Et fière de toi, mon filleul ! C'est une belle décision. Tu vas voir, le village n'a pas tellement changé. »

Pietrino n'a rien répondu ; il s'est contenté de mettre son pas dans celui de sa marraine. Le convoi resserre les rangs. Le négociant bergamasque interpelle Addolorata :

« C'est vrai, cette histoire de malédiction ? »

Addolorata hausse les épaules. La réputation sulfureuse du village est son fonds de commerce. Et il n'est pas question de saborder cette opportunité de gagner un peu d'argent. La guide mesure sa repartie :

« Les hommes sont une malédiction, les femmes quelquefois… »

Une injure anglo-saxonne évoque à nouveau une merde bénie : « *Holly Shit!* » Le groupe s'arrête. Albert Midland, à la traîne, a perdu sa gourde thermos. Il n'arrive pas à se pencher pour la ramasser, trop encombré par son sac à dos. L'aventurier des temps modernes doit trimballer deux mois de rations de survie dans une jungle hostile. Et à voir son empâtement, il a dû également se munir d'un abri antiatomique gonflable parce qu'on ne sait jamais, chez les sauvages. Addolorata observe le tableau, consternée :

« Les Américains sont une malédiction… »

Elle croise le regard amusé de madame Midland avant d'enchaîner :

« L'amour est une malédiction… Souvent. »

Elle reprend sa marche sans se soucier des déboires de l'explorateur texan, en marmonnant :

« La guerre est une malédiction. »

Turin, 5 avril 1945

La première bombe est tombée sur la chapelle – la toute première bombe sortie de la soute du premier bombardier qui a survolé la ville. Sans ambiguïté, un signe fort du courroux de Dieu tout-puissant. C'est ce qu'a pensé le prieur avant de rendre l'âme après trois minutes de calvaire coincé sous la statue de San Paolo, le saint Paul des *Épîtres*, celui du chemin de Damas.

Entre deux *Pater Noster* désespérés, le prieur a aussi envisagé le poids surestimé de la religion, en rapport au poids de la statue sculptée dans du marbre de Carrare. L'évocation du saint patron des lieux est grandiloquente. Saint Paul n'avait jamais observé le prieur d'aussi près, les yeux dans les yeux. Le buste du saint apôtre lui coinçait la cage thoracique contre l'autel devant lequel il lisait l'Évangile, quelques secondes plus tôt. Il y était question de repentance, de péché, d'abnégation, de sacrifice. De souffrance aussi. Le prieur ne souffrait plus. Il regardait sa jambe gauche curieusement placée à proximité de son oreille droite. Il remarqua son intestin grêle qui jouait les décorations rougeoyantes sur le napperon brodé par les sœurs de la Charité de Santa Anastasia di Sirmio, un couvent voisin – un cadeau pour un récent jubilé.

Le prieur a eu le temps d'observer à quel point les frères de sa congrégation faisaient preuve d'une solidarité sans faille. Il n'y avait pas un seul survivant dans le transept. Les corps étaient éparpillés tout le long de l'édifice à présent à ciel ouvert. Quelques poutres continuaient à chuter de la voûte, sans précipitation. Elles ponctuaient de chocs musicaux et réguliers l'effondrement annoncé de toute la chapelle, accompagnées tel un bourdon singulier par le roulement du bombardement qui partait dévaster Turin, sur l'autre rive du Pô. Le prieur aurait voulu offrir une dernière prière collective pour les âmes de ses frères tombés à l'heure de l'office de sexte, mais un détail l'empêcha d'aller plus loin dans cette généreuse démarche : deux brebis égarées manquaient à l'appel sur la liste des trépassés.

Toujours les deux mêmes : le gros et le paralytique. Le prieur eut le temps de maudire ces mécréants, surtout ce frère dominicain buté qui ne venait plus à aucun office depuis quelques jours. Le prieur trouva même le temps d'un *Salve Regina* pour demander à la Sainte Vierge Marie de ramener ces égarés à un comportement plus responsable.

Le bombardement s'est éloigné, un relatif silence est revenu. La grande porte jusque-là fermée a ripé dans un grincement de bois froissé avant de basculer dans la nef centrale : une porte sans gonds ni chambranle, ça ne tient pas debout. Une silhouette est apparue dans la poussière du désastre, un homme rondouillard en aube claire, atterré par le spectacle.

Hosannah! Une des deux brebis égarées était là : son apparition tenait du miracle. Le prieur a tenté de l'interpeller, mais aucun son ne sortait plus de sa gorge. La faute à saint Paul, mais pas seulement. Les approximations des bombardiers américains y étaient pour beaucoup. Par pur réflexe, le prieur a appelé :

« *Fratello ! Fratel… !* »

Mais plus rien ne marchait : ni ses cordes vocales, ni sa langue, rien. Le prieur a tout juste craché quelques glaires sanguinolentes. Le frère, consterné, a fait deux pas dans la chapelle avant de rebrousser chemin à vive allure. Tout l'édifice s'est écroulé dans une logique de dominos bien alignés.

Le dominicain a traversé les jardins de l'institution en courant, plus essoufflé par son poids que par les fumées assassines du bombardement. Il est parvenu à rejoindre le seul bâtiment encore debout, le carré de chambres monacales réservées aux invalides. Lucio Belonore l'attendait, accoudé à sa chaise roulante, perplexe, le regard fixé sur les dégâts à travers les barreaux de ses fenêtres aux vitres brisées.

« *Allora, caro Quadro? Che succede?* Alors, mon cher Quadro ?

— Alors ils sont tous morts, *Luciomio* !

— Et nous sommes vivants tous les deux.

— Nous sommes les seuls, *Luciomio.*

— Ce qui confirme nos réflexions théologiques.

— Et met un terme à nos interrogations sur le divin, le sacré et le hasard.

— *Ecco!* Voilà ! »

Les deux hommes gardèrent le silence quelques secondes, l'attention attirée par la lente mais inexorable dégringolade de la façade ouest du bâtiment central de l'institution San Paolo. Puis Quadro reprit la parole :

« Nous devrions partir, *Luciomio.*

— Un rapide calcul sur les probabilités me fait dire le contraire. Les avions s'éloignent vers Lingotto ; ils partent ravager les zones ferroviaires et industrielles de Turin. Ils n'ont toujours pas explosé les chaînes de productions aéronautiques Fiat ?

— Bah ! Je crois pas.

— C'est sans doute dans leur programme du jour. Nous sommes finalement plus en sécurité ici. »

Le frère dominicain a haussé les épaules, ouvert le seul placard de la pièce, réuni quelques affaires dans une petite valise en carton bouilli qu'il a posée sur les genoux de Lucio avant de saisir les poignées de la chaise roulante.

« Ici, nous sommes peut-être en sécurité, mais plus encore chez les sœurs de la Charité.

— Au couvent Santa Anastasia di Sirmio ?

— Voilà ! Là, nous serons en sécurité et nourris.

— *Certo !* Ce qui devrait nous pousser à l'action ?

— *Ecco !* Voilà, *Luciomo. Andiamo* ?

— Allons-y ! »

Tous les riverains du quartier Cavoretto étaient habitués à voir cette association cocasse : Quadro avait en charge Lucio Belonore depuis plus de dix ans. Tous les déplacements, toute la vie sociale, tous les gestes de Lucio étaient accompagnés par le dominicain. Lucio Belonore était paraplégique depuis son accident tragique survenu lors d'un glissement de terrain sur le Scavone. Il avait dix-sept ans à l'époque ; il avait voulu assumer une responsabilité que son père Volturno refusait, par fierté. L'institution San Paolo l'avait recueilli, soigné, éduqué. Lucio y avait suivi de brillantes études d'ingénieur, mais son handicap le laissait dépendant d'une aide permanente. Lucio était aujourd'hui un quinquagénaire, alerte intellectuellement mais toujours fragile physiquement. Et le frère dominicain, son cadet de quinze ans, qu'il surnommait *Quadro*, s'occupait de lui depuis son entrée dans les ordres, au tout début des années trente.

Les ruelles autour de l'église San Pietro in Vincoli vivaient un chaos indescriptible. Le duo franchit en quelques minutes les deux pâtés de maisons ravagées qui séparaient l'institution San Paolo du couvent Santa Anastasia di Sirmio. Les sœurs accueillirent sans sourciller les deux naufragés du bombardement. Par un hasard que Quadro avait refusé de considérer comme divin, une seule bombe était tombée dans la cour du presbytère des nonnes, et sans exploser. Aussi, la mère supérieure avait organisé une prière collective à laquelle ils furent contraints d'assister. La perspective d'un toit et d'un couvert valait bien de se plier à ce rituel sans rechigner.

La guerre touchait à sa fin ; Lucio et son dominicain s'accommodèrent d'une chambre vétuste mais de plain-pied sur la rue et de l'accueil chaleureux des nonnes à cornettes, trop heureuses de trouver là un bon prétexte pour cohabiter avec deux mâles qui ne présentaient aucun bouleversement flagrant dans leur quotidien ni le moindre danger pour leur morale et leur intégrité physique.

San Catello, fin avril 1945

Volturno s'appuie au dossier : le mécanisme grince de sa note aiguë. Ce couinement est une constante rassurante de son quotidien. L'antiquité est en chêne, et d'un confort tout relatif. Autrefois, le pauvre Ciro faisait la comptabilité de son bazar sur ce siège directorial. Le lourd fauteuil à siège tournant est une relique, Volturno en a fait son trône. Il l'a installé à demeure sur le parvis de sa bâtisse, à gauche de la porte d'entrée.

Depuis près d'un demi-siècle, le chef autoproclamé de San Catello a régné sans partage, mais avec bienveillance, sur son petit royaume, ce village accroché à l'adret du torrent Scavone. Son clan a connu des aventures, des mésaventures, des drames. Quelques bonheurs aussi. Et deux guerres. La seconde se termine. Volturno lève les yeux vers les calades, les premières maisons, les toits délabrés du village. Trois lignes de lauzes brillent sous la lumière estivale. Un couple de corbeaux se chamaille sur les poutres d'une remise abandonnée. Volturno détaille le clocher monumental, plus haut, avant de poser son attention sur un nuage d'hirondelles. Une volée de mésanges au-dessus du bois des Cocus attire sa curiosité. Le chuintement continu du torrent lisse les rares événements sonores alentour. C'est la fin de la fonte des neiges, le printemps file doux.

Les souvenirs refluent : Ciro, Peperone, Giachomo le meunier, toutes ces figures proches, aujourd'hui disparues de son univers. Et aussi Bartolomeo, le curé mort lors de la

Première Guerre mondiale sur le front de l'Isonzo, comme Toma, son benjamin, parti mourir à Verdun. Quelques visages de femmes reviennent s'imprimer dans son esprit : la Serenella, sa mère insupportable, les aïeules de la famille Mezzanese… Ofelia, aussi. Le regard rieur d'Ofelia revient souvent dans ses pensées. Et Francesca, bien sûr, l'amour de sa vie décédée tragiquement dans un incendie à Bergame. Les traits harmonieux de sa maîtresse de toujours, cette femme belle et généreuse qu'il a épousée en troisièmes noces, surgissent sans cesse à sa mémoire. Une image vient bousculer le long défilé de portraits, celle d'un musicien sur la scène de la Scala de Milan. Marzio se tient droit dans la lumière, son violon à bout de bras.

Marzio est son plus grand tourment. Une angoisse imprescriptible le taraude, les incertitudes les plus violentes tournent dans sa tête. Suite à ses aveux, son cadet a été inculpé pour le meurtre de Michele Crevalcore, le violeur d'Ofelia. Le procès n'a jamais eu lieu, pour cause de lenteur administrative et de déclaration de guerre. Dans un milieu carcéral plein à craquer, il fallait faire de la place en prévision des arrivages attendus de traîtres à la patrie et de pilleurs de troncs. Des bruits de couloir ont affirmé que Marzio avait été déporté vers la Pologne. Les autorités l'auraient expatrié au hasard des listes d'embastillés hostiles à la bonne marche du régime en place. Comme si un régime était en place ! La pagaille était la règle. La rumeur, jamais vérifiée, reste crédible. Volturno a obtenu quelques précisions plausibles auprès de ses amis du Parti, un parti en pleine déroute, dont il s'est affranchi à temps. Le concertiste de génie a disparu corps et biens, et personne ne peut dire ce qu'il est devenu. Cette disparition hante Volturno : il n'a aucune réponse, aucune certitude sur le sort de son deuxième fils.

La première grande guerre avait été un drame, celle qui se termine est une absurdité. Bizarrement, Volturno a toujours considéré ce second conflit planétaire comme une parenthèse, un maelström d'une violence inouïe dont on pouvait sortir vivant mais laminé, ou mort. Détruit, quoi qu'il en soit. À présent, la parenthèse se referme, et tous les codes sont chamboulés. L'événement se révèle aberrant. Et complexe. Au point que Volturno ne veut en tirer aucune morale, aucune leçon. À force de revirements opportunistes, son pays s'est ridiculisé. Cinq ans ont passé dans une confusion incroyable, et là le monde bascule. Une civilisation s'éteint dans un chaos inexorable – et c'est la sienne.

Parme, 3 mai 1945

« Vous avez eu de la chance ! »

De la chance ? Carlo Ceserano est effondré ; il ne sait quoi répondre au vieux cordonnier. Pourtant, son voisin de commerce paraît sincère. Plantés devant la devanture esquintée, les deux hommes constatent l'étendue des dégâts. Le cordonnier sort une Chesterfield d'un paquet souple. Il en propose une au jeune photographe avec un sourire aigre :

« Vous n'en voulez pas ? C'est des américaines. »

Le trait d'humour ne passe pas. Un torchon appuyé sur son front ensanglanté, Carlo enrage. Son enseigne a été léchée par les flammes, sa vitrine pillée, son magasin saccagé. Le passage d'un typhon n'aurait pas fait plus de dégâts. Des tirages noircis se consument au pied d'un placard. Les sourires posés se muent en grimaces boursouflées, les visages en noir et blanc disparaissent en crépitant. Quelques plombs de chevrotine perlent le mur du fond, près du laboratoire. Le plancher est parsemé d'éclats de verre et de taches sanguinolentes. Deux jambes chaussées de rangers, entravées dans un treillis fripé, dépassent du comptoir.

Le cordonnier dégaine un Zippo estampillé de l'US Navy : les Américains se sont montrés généreux avec lui. Il allume sa cigarette avec concentration, avale la première bouffée avec la jouissance d'un alcoolique sevré retrouvant ses vieux démons. Les cendres rougeoyantes de son mégot le fascinent. Il expectore quelques volutes :

« Croyez-moi, Ceserano ! Vous avez vraiment eu de la chance. Mon frère est instituteur à Pico, dans la province de Frosinone. Il m'a raconté le passage de la Première Division française libre, l'année dernière. Vous voulez les détails ?

— Merci. Je les connais.

— Vous croyez ? Vraiment ? Non, vous ne savez pas tout. Et surtout, ne vous plaignez pas. Mais vous devriez vous éloigner quelque temps. Ils vont revenir récupérer leur gradé. »

Le cordonnier montre le cadavre. Un sous-lieutenant américain gît dans une mare de sang, le sexe à l'air, le pantalon baissé sur ses mollets. Carlo retourne dans son magasin, une boule dans la gorge. Il contourne le macchabée, ouvre un placard aux portes carbonisées. Ses plus précieux négatifs sont partis en fumée. L'odeur est âcre. Le meuble a étouffé l'incendie. Il fait le tour de son local : c'est un désastre. Quelques minutes ont suffi pour anéantir des années de travail. Deux présentoirs intacts le narguent, au milieu d'une étagère. Il ne vendra plus jamais aucun rouleau de négatifs vierges – ni les Isopan noir et blanc, ni les si précieux Agfacolor récupérés pour ses fidèles clients après d'âpres négociations avec l'Occupant. Le photographe ramasse le Colt de service du soldat mort. Incompréhensible. Ils sont les Libérateurs. Ils sont entrés dans Parme quatre jours plus tôt. Et ils se sont comportés comme des sauvages.

Peu de temps après leur rencontre, Carlo Ceserano et Vittoria Belonore s'étaient éloignés de San Catello pour s'établir plus au sud, en Émilie-Romagne. Carlo avait ouvert une échoppe de photographe dans la via Santa Brigida, près du centre de Parme. La belle Vittoria l'assistait dans ses travaux. Malgré la guerre, leur commerce s'était implanté dans les habitudes locales. Le charme naturel de la patronne attirait les mâles, toujours prompts à étaler leurs salamalecs ridicules pour les beaux yeux d'une trentenaire au regard envoûtant et à la plastique parfaite. La gentillesse du patron rassurait les mères de famille qui y traînaient la marmaille pour immortaliser leurs descendance prolifique. Les affaires n'étaient pas héroïques, mais le tiroir-caisse tintait assez pour assurer un quotidien viable.

Dès l'automne 1943, Carlo s'était aventuré dans un travail de portraits de l'Occupant. Après la reddition de la ville, les Allemands étaient partout, aidés par les fascistes de la 80e légion des Chemises noires. Carlo proposait à ses clients une série de doubles clichés posés : un portrait souriant, et un portrait plus martial. La mise en scène flattait l'ego des modèles. Les prises de vue se déroulaient devant les monuments, les sites ou les façades symboliques de la ville. Le Palazzo del Governatore était un fond de décor très prisé. Et pratique : à quelques pas de sa boutique. En bon commerçant, Carlo offrait un tirage pour l'achat de deux photos. Les Italiens savaient s'afficher charmeurs, mais leurs poses académiques étaient grotesques. Les Allemands, par contre, ne savaient pas sourire – une vraie déroute. Et leurs postures sévères étaient effrayantes. La série était impressionnante de qualité, comme toujours dès que le Marseillais aux yeux clairs s'attelait à un travail photographique.

Le bouche-à-oreille aidant, il a pu tirer le portrait des différentes personnalités stratégiques de l'Occupation. Les séances de pose étaient des moments intimes, propices aux confidences. Carlo Ceserano a pu ainsi fournir toute une série de renseignements primordiaux aux partisans des GAP, les *Gruppi d'Azione Patriottica*, dont il était un combattant très actif, et un membre très discret, depuis leur création. L'exercice était périlleux, la répression implacable. Mais Carlo restait prudent. Sa grande implication dans les mouvements de Résistance est passée inaperçue. Il a fait le coup de feu à Bosco di Corniglio et lors d'autres opérations organisées par le *Comando Unico Operativo*, le CUO, dans les Apennins. Toujours à deux doigts de se faire repérer par la *Feldgendarmerie* aux méthodes expéditives, Carlo Ceserano a eu beaucoup de chance ; il était encore là, et intact.

Les Américains et consorts ont remonté la Botte depuis la Campanie et la Sicile, où ils avaient débarqué. Les troupes de la 5e armée perçaient les lignes de défense de l'armée allemande avec difficulté. La déferlante des Alliés a mis près de deux ans pour gagner le nord de la Péninsule. L'occupation de Parme a duré vingt mois avant qu'ils n'y entrent. Enfin, ils étaient là. Aidés par les partisans, les Libérateurs américains, épaulés par quelques divisions anglaises, venaient de mettre en déroute les troupes allemandes parties se noyer dans le Pô. Mais pour Carlo Ceserano, l'arrivée tant espérée des hommes de l'oncle Sam s'est transformée en véritable cauchemar.

Les négociations pour la gouvernance de la province avançaient avec le major Bruns, commissaire du gouvernement militaire allié. Carlo achevait une réunion de travail avec le CLN, le Comité de Libération nationale. Trois gradés américains très éméchés sont passés devant la boutique, armés d'une bouteille de bourbon déjà bien entamée. Ils y ont aperçu le portrait d'un *Oberfeldwebel*, un adjudant allemand, avant de découvrir deux fascistes en uniforme et perchés en embuscade dans un coin de la vitrine. Les ennemis en noir et blanc se terraient derrière les appareils photo exposés à la vente. Les Américains sont entrés en vainqueurs et en beuglant :

« *Hi! We'd like to see the boss? Buongiorno... Hey! Somebody's here?... Dóve è il direttore?* Où est le patron ? »

La boutique était vide. Une sonate de Bach pour violon dispensée par un phonographe discret flottait depuis l'étage. La musique s'est arrêtée. Quelques secondes plus tard, Vittoria descendait par un escalier en colimaçon. Le couple logeait juste au-dessus du commerce. Elle s'est montrée, belle et souriante. Elle n'a pas eu le temps de dire quoi que ce soit. Deux des soldats l'ont bousculée, attrapée, giflée et plaquée au sol. Le troisième a décroché le cliché de l'adjudant allemand affiché en exposition dans son petit cadre. Le tirage noir et blanc de *l'Oberfeldwebel* au sourire approximatif s'est éparpillé dans l'atmosphère, son petit cadre propulsé à travers la pièce. Le gradé yankee était surexcité :

« *Too bad! You need some others friends now... I vostri amici ?...* Vos amis ? Vous allez devoir bouleverser vos habitudes. C'est nous, maintenant, vos amis. Et nous allons fêter cette belle amitié. »

Le sous-lieutenant Podkrovitz, puisque c'était le nom inscrit sur son uniforme, parlait un italien approximatif. Mais très compréhensible. La situation était limpide : il dominait sa proie que ses deux acolytes immobilisaient sur le parquet. Après avoir vidé leur bouteille pour se donner de l'allant, les trois Américains se sont attaqués aux vêtements de Vittoria, malgré ses cris. Vittoria se débattait : c'était là le prétexte idéal pour user de leurs poings.

Dans la rue, personne n'a réagi. Dans ces périodes où les règlements de comptes allaient bon train, il n'était pas question de se mêler des affaires des autres. La préoccupation du moment consistait à sauver sa propre peau et à échapper à la tornade de la Libération. Les rumeurs et les dénonciations flottaient d'une rive à l'autre du Torrente Parma, le cours d'eau qui traverse la ville. Les exécutions sommaires résonnaient dans les ruelles. Les rares passants se sont très vite éclipsés. L'héroïsme serait pour plus tard.

En sa qualité de plus haut gradé des trois, Podkrovitz a pris l'initiative. Il a ôté son holster, qu'il a posé sur la banque de la boutique. Il a déboutonné son pantalon. Carlo est arrivé à ce moment-là, à bout de souffle. Il courait comme un cheval poursuivi par un incendie de pinède. Il avait reconnu les hurlements de sa compagne dès sa sortie des locaux de la Préfecture, à deux rues de là. La via Santa Brigida était curieusement vide, surtout le trottoir devant sa boutique. Tout est alors allé très vite.

Aussitôt passé la porte entrouverte de son magasin, Carlo a compris la situation. Il a repéré l'arme sur son comptoir, remarqué la bouteille vide sur le plancher, évalué l'état d'abrutissement des agresseurs. C'était son seul atout. Son incursion a été discrète : les trois brutes étaient trop affairées à humilier leur victime pour remarquer son arrivée. Il a extirpé le Colt 45 d'ordonnance de son harnachement abandonné près de la caisse. Il s'est avancé, a pointé le canon en direction des trois soldats accroupis. Un sergent au patronyme illisible maintenait Vittoria plaquée au sol. L'autre, un caporal nommé Fieldstein, se rinçait l'œil. Il était accoudé de tout son poids sur les genoux de la malheureuse.

Podkrovitz se concentrait, affairé ; l'alcool n'a jamais été le partenaire idéal des érections glorieuses. Aucun des trois hommes n'a remarqué la présence de Carlo, Vittoria oui. Elle s'est arrêtée de crier. Surpris, les violeurs ont traduit ce relâchement comme une capitulation. Ils se sont mis à rire, d'un rire d'alcooliques. Le sous-lieutenant a plaqué le front contre celui de Vittoria, tout en arrachant sa chemise déjà déchirée et qui ne tenait plus que par un seul bouton.

Carlo a tiré dans le plancher. Les Américains ont stoppé leur tentative de viol, stupéfaits. Les têtes se sont dressées vers le photographe et vers le 11,43 pointé sur eux. Un antagoniste au regard froid les défiait : ça n'avait rien d'une plaisanterie. Dans leur délire éthylique, ils ont mis un temps à admettre que la menace était sérieuse. Podkrovitz s'est relevé. Son pantalon a aussitôt glissé sur ses jambes, découvrant une nudité grotesque. Il a interpellé son sergent, en désignant Carlo :

« *Andrew ! Kill him !* »

Carlo Ceserano n'avait pas une grande connaissance de l'anglais mais là, l'intention était claire. Andrew et le caporal Fieldstein, avachis, se retrouvaient trop encombrés avec leur proie. Carlo a ignoré les deux sous-fifres pour se concentrer sur le chef de la troupe. Sans hésitation, il a tiré une première balle dans le bas-ventre de Podkrovitz. Le sous-lieutenant s'est plié en deux en hurlant. C'était un cri d'animal, suivi d'un râle insoutenable. Les deux autres se sont redressés, paniqués. Vittoria, lucide, a roulé au sol pour échapper à l'altercation. Carlo faisait preuve d'un flegme incroyable. Il a visé tour à tour l'un puis l'autre des deux acolytes. Les deux soldats étaient tétanisés, et leur supérieur hiérarchique, toujours debout, se tordait de douleur. Le sang dégoulinait entre ses mains crispées sur le bas de son ventre. L'inconnu face à eux était un tueur, un vrai. Que faire ? Partir ? Aller chercher des renforts ? Abattre cet Italien hostile ? Secourir le sous-lieutenant Podkrovitz ?

Carlo Ceserano a fourni une réponse radicale à leur dernière interrogation. Il a posé le canon de l'automatique contre le front de Podkrovitz et a tiré. Le crâne s'est disloqué, le sous-lieutenant s'est écroulé. Le silence est enfin revenu. Carlo a fait un signe sec du canon vers les deux survivants. Le caporal Fieldstein et le sergent Andrew ont quitté la boutique à reculons, les mains levées. Une fois sur le trottoir, ils ont décampé en courant.

Vittoria s'est relevée. Sa poitrine était dénudée, son nez saignait ; sa jupe était en loques, ses cheveux dans une confusion totale. Elle a plongé dans les bras de son homme et explosé en larmes. Carlo l'a serrée très fort contre lui mais ne s'est pas attardé dans des effusions chronophages. Il a placé le pistolet d'ordonnance de Podkrovitz, au canon encore brûlant, dans les mains de Vittoria :

« Monte à l'appartement, planque cette arme. Et Pietrino ?

— Il doit être en haut.

— Nous partons. »

Vittoria avait tout juste disparu dans les escaliers qui menaient à l'étage que des beuglements sont parvenus de la rue. Le cauchemar recommençait. Quatre soldats américains ont jailli dans la boutique, encadrés par les deux gradés rescapés. Les Libérateurs étaient de retour, plus remontés que jamais. Carlo a couru vers le fond du magasin. Il a essayé d'ouvrir la porte donnant sur l'arrière-cour : elle était fermée. Il était encerclé, coincé contre l'accès à son laboratoire. Deux des troufions ont entrepris le saccage du magasin sous les directives du sergent. Les deux autres, aidés par Fieldstein, sont tombés à bras raccourcis sur le photographe. Le caporal était déchaîné. Aucun ne se souciait du cadavre du sous-lieutenant Podkrovitz étalé au milieu du plancher. L'apocalypse n'a pas duré plus de trente secondes.

Trente secondes, c'est interminable lorsque trois enragés vous prennent pour punching-ball.

Trente secondes, c'est suffisant lorsque trois hommes motivés veulent piller une vitrine, dérober huit chambres photographiques et défoncer les présentoirs.

Trente secondes, c'est le temps nécessaire pour provoquer un début d'incendie en mettant le feu à des piles de tirages éjectés des tiroirs et éparpillés au sol.

Trente secondes, c'est aussi le temps qu'il a fallu à Vittoria pour faire le tour de son appartement à l'étage du dessus, enfiler un vieux tablier de laboratoire de Carlo pour couvrir sa nudité, retrouver le fusil de chasse rangé dans l'armoire du vestibule, y glisser deux cartouches.

Son retour a été remarqué. Surpris par l'apparition de cette silhouette anachronique, les assaillants ont arrêté leurs activités en cours. Une jeune femme superbe, au regard d'un vert envoûtant, le visage tuméfié, la mine déterminée, vêtue comme une harpie, se tenait en haut de son escalier. L'amazone était plus armée qu'un commando. Vittoria les défiait, l'automatique de Podkrovitz dans la main droite, le fusil de chasse au bout de l'autre bras. Les six vandales lui ont fait face, amusés. Ils avaient tous vu des figures de cow-boys improbables dans les westerns proposés par l'état-major en guise de récréation, mais celle-ci dépassait l'entendement. Même Jean Arthur, dans *Arizona,* était plus crédible ! Vittoria a pointé le pistolet d'ordonnance vers le groupe, tout en utilisant un anglais approximatif, mais compris par tous :

« *You go out.* »

Les deux gradés ont ricané. Vittoria a hurlé :

« *You go out. You all go out.* »

Un des soldats a fait un pas : elle a pointé le pistolet vers ses jambes et a tiré. Le cliquetis a fait plus d'effet que toutes les déflagrations. Elle n'avait pas hésité ! L'homme s'est figé. Décontenancée par l'absence de munitions dans le chargeur, Vittoria a jeté le pistolet dans un coin de la boutique avant de pointer le fusil de chasse qu'elle tenait à bout de bras. Elle a crié une dernière fois :

« *You all go out !* »

Puis Vittoria a tiré, visant les jambes. La chevrotine s'est éparpillée, deux soldats se sont écroulés. Les autres se sont regardés, paniqués. Vittoria a levé son fusil en direction du visage du caporal Fieldstein.

« *You understand ? Out ! Fuori !* Dehors ! »

Les blessés sont enfin sortis, soutenus par leurs camarades de pillage. Ni le caporal Fieldstein ni le sergent prénommé Andrew n'ont essayé de faire usage de leur arme. Ils n'avaient pas envie de se retrouver à l'image de leur sous-lieutenant, étalé en charpie sur le plancher d'un commerce miteux au fin fond de l'Italie. Carlo, l'arcade sourcilière en berne, s'est redressé. La douleur était profonde, mais sa rage encore plus forte. Alors que les deux gradés quittaient le champ de bataille avec les précautions de deux démineurs sur une plage du débarquement, Carlo les a interpellés. Il les a regardés droit dans les yeux en pointant un index accusateur vers eux :

« Je vous retrouverai et je vous tuerai ! *I'll kill you, both of you. Understand ?* »

Les Américains ont disparu très vite. Vittoria a couru vers le laboratoire d'où elle est ressortie avec des chiffons. Elle a jeté une couverture sur la pile de tirages qui dégageait une fumée sombre et grasse. Carlo s'est épongé le front avec une toile claire qui a rougi instantanément. Il s'est soudain affolé :

« Et Pietrino ?

— Il n'était pas là-haut.

— Mais alors… »

Carlo s'est mis à hurler :

« Pietrino ! »

Une petite voix s'est fait entendre : elle venait du placard installé sous le comptoir du magasin.

« *Si ! Io sono qui !* Je suis là ! »

Deux grands yeux effrayés ont apparu dans la pénombre. Leur fils était caché là depuis le début, dès la première incursion des Américains. Il a plongé dans les jambes de sa mère, mais il ne pleurait pas. Carlo l'a soulevé pour le serrer contre lui.

« Vittoria, l'auto est garée derrière la boutique. Vous partez immédiatement. Je vous rejoins à la cathédrale. »

Une fois sa femme et son fils en sécurité, Carlo Ceserano a pris le temps de rassembler quelques papiers importants. Par réflexe, il a récupéré son propre 24x36, un Contax III sorti des ateliers Zeiss à Dresde deux ans plus tôt, son nouvel outil fétiche. Il s'apprêtait à partir lorsque son voisin de trottoir, le cordonnier, s'est immiscé dans son ultime contemplation de sa boutique.

« Vous avez de la chance. »

Carlo se tourne vers le cordonnier.

« Vous avez du feu ? »

Le photographe pénètre dans son local, s'empare du présentoir à pellicules. Il récupère quelques bobines vierges d'Isopan qu'il enfonce dans ses poches, abandonnant les Agfacolor sur le plancher. Non, les épreuves en couleur ne sont définitivement pas dans sa culture. Après ce drame, l'avenir se profile en noir et blanc. Carlo frotte le Zippo, le carton s'embrase. Il jette sa torche improvisée vers le fond de son laboratoire. Les produits chimiques de développement se chargeront bien de la suite ! Carlo enjambe le cadavre de Podkrovitz sans un regard.

En sortant sur le trottoir, le photographe a néanmoins rendu le briquet au cordonnier.

San Catello, août 1945

Trois bleues, trois rouges, une noire, une blanche.

Volturno Belonore observe les quilles. Assis sur son trône de chêne, il tente de philosopher. L'exercice est malaisé. Volturno est un rural, un instinctif. Mais à soixante-douze ans, il se sent vieux. Et fatigué. Le soleil couchant frappe les cimes alentour. Les alpages ont viré au jaune paille. Les derniers mois ont aligné une sécheresse inquiétante. Le choc violent de la boule sur les quilles le fait sursauter :

« *Bravo, Pietrino !* Bien joué ! »

Les huit tubes peints avec application par l'aïeul sont éparpillés sur la dalle. Trois quilles rouges, trois bleues, une blanche, une noire. Sans un mot, le gamin se précipite pour redresser le jeu. Imperturbable. Pietrino reste sérieux comme un pape, en toutes circonstances. Lorsqu'il joue, lorsqu'il mange, lorsqu'il écoute les adultes, lorsqu'il s'explique avec sa mère ou avec Addolorata, sa marraine, lorsqu'il suit l'aïeul dans le potager, lorsqu'il grimpe sur le dos de Pagliacci, le nouvel âne de Volturno. Le petit Pietrino s'applique à réaligner les quilles dans un ordre particulier, qui ne correspond qu'à sa propre logique. Après tout, un jeu de quilles normal comporte dix quilles, et il n'en a que huit à sa disposition. Pietrino s'est construit sa propre géographie de l'hécatombe, puisque c'est le principe même du jeu.

Le petit Pietrino est né le jour où Hitler a envahi la Pologne ; ce n'était pas un signe, juste un hasard. Mais le chaos n'a pas de règle, c'est sa définition même. Depuis son retour à San Catello avec sa mère, trois mois plus tôt, Pietrino n'a plus jamais souri. L'incident de Parme l'a marqué. Volturno détaille les traits de ce garçon vif comme l'éclair, et triste comme une veillée de novembre. Le gamin l'appelle « *nono,* grand-père ». Comment pourrait-il l'appeler ? Il est le fils de sa fille Vittoria. Sa fille ! Si seulement tout était aussi simple…

Les secrets de famille bousculent la logique et la bienséance. Pour la terre entière, Vittoria est la fille de Volturno Belonore et d'Ofelia, sa deuxième femme. La vérité, c'est que Vittoria est née de l'amour d'Ofelia et de Marzio, le cadet de Volturno. C'est une vieille histoire, une histoire d'avant la guerre d'avant. Marzio a disparu, Ofelia a disparu. Vittoria a aujourd'hui trente-cinq ans, Pietrino en a six. Une autre guerre se termine, avec son flot de bouleversements. Il faut continuer, avancer, vivre malgré les drames, malgré les doutes, malgré les aigreurs et les soifs de vengeance. Le gamin est prêt pour une nouvelle manche, concentré sur ses cibles.

« *Guarda mi, nono !* Regarde, grand-père ! »

Pietrino est le fils de Vittoria, Volturno est son grand-père, et *punto basta.* Il sera bien temps de lui expliquer les ressacs des destinées lorsqu'il sera plus grand. Le fracas bouscule à nouveau les rêveries de Volturno. Trois bleues, trois rouges, une noire, une blanche. La valse est hésitante. Le gamin a donné un effet à son projectile, le résultat est cocasse. La première quille touchée – la plus exposée, la noire – s'est contentée de tournoyer sur son socle avant de revenir à un miraculeux équilibre. Deux quilles bleues placées à l'arrière ont perdu leur verticale, heurtées par la quille noire. La boule a délogé les cibles les plus improbables, les quilles rouges du dernier rang. La partie déroule son bordel assassin en singeant l'apocalypse surréaliste qui vient d'enflammer la terre entière. L'aïeul se met à personnifier chaque quille par ses proches, par ses alliés, par ses ennemis. L'histoire se rejoue sous ses yeux. Les trois quilles rouges du dernier rang sont devenues Marzio, Toma et Lucio, ses fils.

Toma a été le premier à tomber, au plus sombre de la guerre précédente, comme cette quille à la couleur sanguine soufflée avant même que la boule ne l'atteigne.

La seconde quille rouge, c'est Lucio, l'ingénieur handicapé dont plus personne n'a de nouvelles depuis le dernier bombardement de Turin, en avril dernier. Volturno garde espoir d'apprendre un jour prochain quelque détail sur la survie de son aîné. Il espère.

Marzio, son cadet, est la troisième quille rouge. Les Alliés libèrent les camps depuis trois mois ; les rares indications qui filtrent sur ces abattoirs industriels ne laissent guère d'espoir. Tout le dernier rang est à terre…

À l'image de la première quille bleue, Vittoria a été malmenée. L'incident de Parme a altéré sa vitalité. Son compagnon fuit la justice militaire américaine ; le père du gamin survit en paria. Elle est revenue se cacher à San Catello avec Pietrino. Discrète, elle s'occupe de l'éducation de son fils tout en aidant Volturno dans son quotidien. L'équilibre familial initié par l'arrivée de Carlo et la naissance de Pietrino a été anéanti. La première quille azur n'en finit plus de vaciller. Elle tombera peut-être, Volturno n'en est pas certain. Mais cette perspective le rend malade.

Restent quatre quilles. Deux bleues, une noire, une blanche. Les bleues s'entrechoquent avant de retrouver un équilibre précaire, calées l'une contre l'autre. Volturno y reconnaît Carlo Ceserano et Matteo, le fils d'Addolorata. Les deux jeunes hommes se sont associés depuis l'incident de Parme, la survie de l'un liée à la réussite commerciale de l'autre. Pour Carlo, retrouver le caporal Fieldstein et ce sergent prénommé Andrew tourne à l'obsession. Il ronge son frein mais il est certain qu'un jour, il se fera justice. Carlo revient quelquefois à San Catello, la nuit, en toute discrétion.

Une méchante tache de vin barre le visage de Matteo. « *Macchia Rossa* », Tache rouge, est son surnom depuis l'enfance. Dès l'arrivée des forces alliées, il a tout anticipé : l'intérêt que représente sa bonne connaissance du terrain, le débarquement en masse de troupes fraîches sur un territoire inconnu, son réel talent pour la négociation, une approche sommaire de l'anglais, une pratique familiale du dialecte napolitain, et surtout l'arrivée en fanfare de toute la fortune du monde dans les cales des cargos venus des Amériques. Leurs barges s'annoncent chargées de tout ce dont peut rêver l'apprenti contrebandier. Macchia Rossa n'a pas vingt ans mais sait déjà conduire n'importe quel véhicule à moteur, militaire ou pas. Il n'a pas attendu l'Armistice pour prospérer. Il s'est rendu à Naples dès les premiers arrivages de soldats américains.

La quille Vittoria vient se caler contre la quille Carlo et la quille Macchia Rossa, dans un équilibre très précaire. Elles s'aident à tenir le choc, retrouvent leur stabilité. Le symbole rassure Volturno. Vittoria s'en sortira. Elle a hérité du caractère trempé des Belonore, et a déjà traversé d'autres épreuves douloureuses.

Restent deux quilles, droites comme des piquets. Pour Volturno, la blanche, à peine frôlée par l'ouragan, représente son petit-fils. Planqué sous le comptoir à Parme, le petit Pietrino a assisté à toute la scène : la tentative de viol, le passage à tabac de son père, le saccage de la boutique. Il ne sourit plus depuis. Le traumatisme passera, comme la boule a effleuré sa cible. Pietrino est un Belonore. Peut-être retrouvera-t-il le sourire, un jour.

La quille noire, elle, défie toute logique. Elle aurait dû tomber. Elle était la plus exposée, la cible idéale au centre de la ligne de mire. Elle a été heurtée, elle a vacillé, hoqueté mais a retrouvé son équilibre, guidée par les doigts habiles d'un démon bienveillant. Volturno y voit une réincarnation du *condottiere* Crevalcore, son pire cauchemar, son ennemi.

Cet intime de Mussolini, pilier de l'industrie romaine, a fait sa fortune sur le dos du parti fasciste. Tancredi Crevalcore a traversé la guerre en faisant le dos rond, à un fil de la cour martiale, à une feuille à cigarette de l'élimination physique et patrimoniale. Sans une chance de cocu, il aurait dû se balancer pendu par les pieds sur la piazza Loreto à Milan, aux côtés du Duce et de sa maîtresse, Clara Petacci. Passé ce court moment de honte, le *condottiere* a vite retrouvé sa superbe et renoué ses réseaux, d'autres réseaux. L'industriel romain se retrouve maintenant en affaires avec le commandement allié et les banquiers débarqués sur ce continent miraculeux, où tout est à reconstruire. L'avenir se profile, florissant.

Le silence retombe sur le parvis de la maison Belonore, la boule termine sa course près du poulailler. Volturno se lève, observe le jeu. Il balance le pied dans la quille noire qui vole vers le muret du potager, sous le regard incrédule de Pietrino. La quille se brise en trois : les débris mettent en déroute quelques poules effrayées. Le gamin a esquissé un sourire, le premier depuis son retour de Parme.

La Passeggiata, sur la route Marshall, août 1964

Pietrino grimpe vers son village natal. Du coin de l'œil, Addolorata l'observe. Il revient ici pour la première fois depuis des années. Le garçon éprouvé par la guerre est devenu un jeune homme de vingt-cinq ans, solide, droit, résolu. Pietrino montre une détermination que la guide a connue chez Volturno, le grand-père du jeune homme. Comment raconter l'incroyable destinée des Belonore ? Addolorata s'est posé la question depuis sa première *passeggiata*, sa première randonnée organisée cinq étés plus tôt. Par quel bout commencer la longue litanie des péripéties vécues par cette famille hors normes ? Se contenter de la simple vérité l'a déjà fait passer pour une affabulatrice, une conteuse à l'imagination débordante. Addolorata n'a jamais eu aucune imagination. Elle a juste vécu une vie aux côtés de Volturno et de ses proches.

La petite troupe marche d'un pas alerte sous les mélèzes depuis une bonne heure. Un écureuil noir l'a accompagnée un bout du chemin ; tous se sont extasiés sur la sociabilité de l'animal. Tous, sauf l'Américain. Plongé dans une carte d'état-major annotée de son écriture rageuse, Albert Midland n'a pas profité de l'ombrage apaisant des frondaisons. Le Texan stratège dur. Il ne fait aucune confiance à leur guide, qui présente trois handicaps majeurs à ses yeux : c'est une vieille, c'est une femme, c'est une Italienne.

Le couple de touristes français trottine en chuchotant. Ces deux-là n'arrêtent pas de palabrer sans être jamais d'accord mais sans jamais élever la voix. Ils se houspillent sans répit, sans laisser le temps à l'autre de reprendre son souffle. Un vrai vieux couple : leur babillage reste constant, tous les sujets abordés propices à la zizanie. L'homme affiche la bouille sinistre d'un notable fin de race, sa femme désuète s'accorde à merveille avec lui. Ils sont les deux pièces d'un puzzle trop facile rassemblées et collées à vie contre le meilleur et pour le pire, mais par consentement mutuel. Lui se prénomme Marcel, prénom dont sa femme ponctue toutes ses phrases avec un agacement admiratif. Elle porte un prénom composé, beaucoup plus compliqué, qu'il ne prononce jamais. Marcel, habité d'une bonne volonté certaine, s'est essayé tout de même à la langue du pays, utilisant une grammaire et un vocabulaire très approximatifs. Le Français s'est décidé à faire part du problème qui alimentait leurs dissensions :

« *Scusami ! Signorina ?* Ça n'aurait pas été plus simple de remonter le long du lit du torrent pour atteindre le village ?

— Eh non ! L'ancienne route n'existe plus, les ponts non plus. Et à cause du barrage, le passage est impossible. Nous devons contourner la montagne, passer par la route Marshall.

— La route Marshall ?

— Celle sur laquelle nous marchons depuis le départ, la nouvelle route pour accéder à la vallée du Scavone. Une fois franchi le col des Guardi, nous découvrirons le village avec un point de vue en hauteur. Il y a une petite trotte, mais c'est devenu le moyen le plus sûr de rejoindre San Catello. »

Les palabres intimes ont repris en français, à mots couverts :

« Ah, tu vois, Marcel ! Qu'est-ce que je te disais ?

— Bon. Mais je suis sûr qu'il y a des raccourcis.

— Marcel, tu devrais lui demander, pour Marshall. Pourquoi Marshall ?

— Elle finira bien par nous expliquer. Moi, je suis certain qu'il y a un raccourci. Cette bonne femme nous balade pour justifier le prix de sa randonnée.

— Bah ! Ça, c'est les Italiens, Marcel !

— Et je n'ai vu aucun col des Guardi sur la carte. Ni cette route Marshall.

— Les Italiens sont des loufiats, Marcel !

— Je sais bien. »

Pour la première fois depuis leur départ, les deux Français se sont retrouvés d'accord sur un point. Pietrino a dévisagé un moment ce couple de caricatures. À l'évidence, il comprend le français et toutes ses subtilités.

Trois haltes ont été nécessaires à Albert pour des raisons strictement mécaniques, dues à un harnachement trop sophistiqué et mal utilisé. Les randonneurs se sont arrêtés deux fois, polis, patients. Sa troisième station concernait un problème de laçage de chaussures. Là, Albert Midland a été ignoré par tous, y compris par Maggie Midland elle-même. La quadragénaire a fait signe à Addolorata de poursuivre sans s'occuper de son boulet de mari. Dans un italien presque correct, elle a demandé à sa guide :

« Il n'y a que cette route pour rejoindre San Catello ?

— *Certo !*

— Et il n'y a qu'un seul village dans la vallée ? San Catello ?

— *Si.*

— *Allora... Dai !* En avant ! Ne nous inquiétons pas. Albert finira bien par nous rejoindre. »

Les randonneurs ont enchaîné. Addolorata commence à prendre en sympathie cette femme dynamique, et trop brune pour être une authentique Américaine. Elle lui soupçonne même quelque origine latine – hispanisante, voire même italienne. La diaspora est nombreuse outre-Atlantique.

Une grimpette sur route de terre damée n'a jamais favorisé les conversations. Chacun calcule son souffle, règle ses foulées. Pietrino marche devant le groupe, le visage fermé. Ce retour au village de son enfance le perturbe, mais il s'est forcé à participer à la procession. Car pour lui, cette randonnée est un pèlerinage. Addolorata a eu raison d'insister, mais la démarche reste douloureuse.

L'héritier boutonneux des commerçants bergamasques grimpe comme un cabri devant ses parents bedonnants. Il fredonne des chansons à la mode dans un pseudo-anglais phonétique qui ne propose que quelques onomatopées sans signification. Il y est question de « *rollovolbiitoove* » et de « *tchakoskizegnou* ». Le garçon à la préadolescence agitée ânonne ce salmigondis en yaourt tout en remuant son acné. La présence de deux Américains authentiques dans le groupe de randonneurs a stimulé ses ardeurs. C'est sans conséquence. Ni le Texan ni sa femme n'ont réalisé que le sautillant garnement tente de baragouiner les succès du rock'n roll britannique dans leur langue natale.

De son côté, Testastretta, l'enseignant à tête étroite, s'est hasardé dans un début de discussion avec la septuagénaire milanaise qui, manque de bol, est sourde. Il a répété une même question imbécile autour du thème « c'était mieux avant, non ? » trois fois, mais à des niveaux sonores différents, avant d'abandonner toute tentative. La retraitée n'est pas avenante ; elle se révèle surtout perspicace. Stratégie efficace, sa prétendue surdité s'est confirmée être un excellent prétexte pour éloigner ce brise-burnes de sa zone de confort.

Le vieux Fortunato, celui des deux autochtones qui n'a pas de lunettes, ferme le défilé sans dire un mot. Ce paysan aux cheveux rares et gris dégage une classe certaine. Rurale, certes, mais remarquable. Le septuagénaire a le regard acéré et la démarche souple. Maggie, la femme d'Albert Midland, aurait bien eu envie de ralentir le pas pour se retrouver à son niveau et tenter une discussion, même dans un italien approximatif. Mais Addolorata a amorcé ses premières explications historiques sur la vallée du Scavone dès le début de la marche. La guide commence à aborder les sujets phares de la randonnée : le village de San Catello, le parcours de la famille Belonore, la vie du légendaire Volturno et des personnages picaresques de son entourage. La brune Américaine ne veut rien rater de cette partie des explications ; elle garde en réserve quelques questions à poser à cet homme âgé, au charme latin, qui grimpe sans difficulté et semble d'humeur bienveillante.

À peine débuté l'énoncé des personnages-clefs de l'entourage des Belonore, Pietrino est venu murmurer quelques mots à l'oreille d'Addolorata. Il connaît par cœur les péripéties de sa famille. Entendre une fois de plus tous ces détails l'agace. La saga de son père Carlo Ceserano l'incommode, lui qui se fait désormais appeler Pietrino Belonore. La conteuse ne peut faire l'impasse sur le duo tragi-comique formé par le photographe de Parme et Matteo, celui que tout le monde surnommait Macchia Rossa. Addolorata va sûrement exposer le parcours tumultueux de son propre fils. Pietrino a proposé d'attendre le groupe au col des Guardi, juste avant le village. Il s'est enfoncé dans les sous-bois en accélérant le pas.

Août 1945, à quelques kilomètres de Livourne

« Matteo !

— Qu'est-ce qu'il y a, Carlo ?

— Le calicot !

— Quoi, "le calicot" ?

— Il vient de tomber.

— Demande à Gilda, Carlo. J'ai pas le temps.

— Elle est partie, Gilda.

— Quoi ? »

Matteo Macchia Rossa surgit de l'arrière du camion, une bouteille de bière dans la main gauche, un drôle de flacon dans la droite. Un petit entonnoir est coincé entre les doigts du fils d'Addolorata :

« Comment ça, elle est partie ?

— Pisser. »

Soulagement. Un désistement de sa protégée aurait été une catastrophe. Matteo abandonne Carlo Ceserano à ses bricolages :

« *Ecco !* Elle va revenir, la Gilda. Demande-lui de t'aider quand elle aura fini ! »

Matteo disparaît à l'arrière du camion. Il doit terminer sa potion magique, accessoire indispensable à tout son stratagème. Carlo ramasse la grande toile peinte affalée sur le terre-plein. Le sable s'engouffre dans les plis du tissu. Les lettres auraient mérité un coup de neuf. Mais Matteo n'a pas eu le temps de faire les retouches de peinture sur la toile. Carlo attache les cordes aux pare-chocs tordus du véhicule. Matteo n'a pas eu le temps de passer chez son cousin carrossier à Lucca, ni pour les pare-chocs, ni pour l'aile avant-gauche qui pourrait déclarer forfait à chaque virage. Carlo hisse la toile le long de la carrosserie comme le foc d'un grand voilier. Le calicot poussiéreux masque enfin la raison sociale peinte sur le côté du camion. Matteo n'a pas eu le temps de faire changer le nom « *Pescopagano* » inscrit sur le flanc de la remorque.

Matteo n'a jamais le temps de rien. Ni le temps de remplir le réservoir, ni le temps de faire gonfler les pneus, ni le temps de sortir les projecteurs, ni le temps d'aller récupérer la pénicilline pour Gilda. Après tout, il est Macchia Rossa. Ce qui n'excuse rien. Carlo voudrait bien en faire plus, mais le photographe se planque en permanence avec la trouille d'être repéré par la police militaire des Américains. Depuis sa fuite de Parme, Carlo Ceserano aide le redoutable Macchia Rossa dans ses trafics. Carlo accompagne Matteo dans ses expéditions, l'assiste dans ses combines, transporte les stocks de contrebande, assure les livraisons. Quatre mois se sont écoulés. Les Américains le recherchent pour le meurtre d'un de leurs sous-officiers.

Dans un chassé-croisé paradoxal, Carlo, lui, recherche les deux gradés qui ont détruit sa vie, les agresseurs de sa compagne Vittoria. Le photographe est résolu à retrouver les deux salopards pour les tuer, même s'il faut pour ce faire combler le Vésuve avec les galets du lit du Tibre, rejoindre Philadelphie à la nage en contournant l'Australie, déclarer la guerre aux États-Unis avec un lance-pierres. Il compte sur les contacts florissants de son associé avec l'état-major des Alliés pour retrouver ses deux agresseurs américains.

Un vent vicieux venant de la mer souffle depuis le crépuscule. La toile mal arrimée se plaque par intermittence dans des claquements sourds. Carlo démarre le groupe électrogène. Une guirlande multicolore illumine le haut du camion, alors qu'une grosse lampe au filament fatigué dévoile sa publicité surprenante, étalée contre la carrosserie : « *Permanent Strip-Tease of Girls.* »

L'annonce est accompagnée par un dessin aussi maladroit que l'anglais employé dans le texte. L'illustration évoque Vivian Leigh dans *Autant en emporte le vent*, mais les seins à l'air. Le visuel est accompagné d'un slogan écrit en rouge sur fond jaune : « *Free Beer for the Liberators.* » Plus petit, en dessous, l'artiste qui a pondu l'affiche l'avait complétée avec : « *Authentic Italian Girls, 2 $* » à la demande expresse du client, l'initiateur de tout ce système, l'étoile montante de l'économie parallèle de la Péninsule, le redouté Macchia Rossa.

Matteo y tient. Il a développé tout un argumentaire sur la valeur ajoutée d'une proposition sexuelle explicite pour attirer le chaland. Et ça marche ! Leur installation foraine connaît un réel succès, même si Matteo aurait préféré une authentique Américaine à cinq dollars. Une voix éraillée à deux dollars parvient aux oreilles de Carlo Ceserano aux prises avec son système électrique de fortune.

« Alors ? C'est la galère ? »

L'authentique fille italienne à deux dollars revient de derrière un bosquet en rajustant sa jupe. Elle observe un moment Carlo qui se démène avec la décoration approximative du lupanar ambulant. Gilda a les jambes courtes, le cul large des filles du Sud, un estomac qu'elle tente de masquer en rentrant le ventre à longueur de temps. La gamine ne doit pas avoir plus de seize ans. Ses cheveux bruns et frisés encadrent un regard sans malice. Gilda ne ressemble pas exactement à Vivien Leigh, même lorsqu'elle a les seins à l'air ! Mais quelle importance ? C'est une brave fille, dont le vrai prénom est Maria, une prostituée maladroite récupérée au hasard des dérives de Matteo autour des darses de l'arsenal de La Spezia. Carlo remarque les cernes grandissants sous les yeux trop maquillés de leur strip-teaseuse. Quelques abcès mal dissimulés sous une couche de fond de teint aussi épaisse que le tapis de cendres sur Herculanum l'inquiètent :

« Non, c'est pas la galère. Moi, ça va aller. Et toi, Gilda ?

— Il paraît que ça va passer.

— C'est au dispensaire qu'ils t'ont dit ça ? »

Gilda déboutonne deux agrafes de son chemisier pour exhiber le haut de ses seins, qu'elle a proéminents :

« Non. C'est ma mère. Elle a eu la même chose l'année passée et c'est parti, à force. Il a pu passer prendre de la pénicilline, Matteo ?

— Je sais pas. »

Gilda hausse les épaules et grimpe à l'arrière du camion pour se préparer. Le nouveau produit miracle dû au récent prix Nobel, Alexander Fleming, est un trésor réservé aux Américains. Avec l'afflux de soldats, les maladies vénériennes se baladent dorénavant en charter, des Apennins au Stromboli. Là aussi, la contrebande se promet de belles heures de prospérité ! La nuit tombe. Les divers véhicules du convoi sont attendus d'ici peu. Carlo prend du recul, traverse la route déserte. Leur boîte à strip-tease ambulant apparaît comme une oasis au milieu du désert. La route de Livourne est rectiligne à cet endroit-là, et l'esplanade assez vaste pour accueillir trois ou quatre camions. Une voiture passe, sans ralentir. Ces attrape-Yankees n'intéressent pas les autochtones. Dans l'Italie en pleine convalescence, les survivants n'ont ni les moyens ni le temps de se payer des bières au bord des routes de campagne. Et pour les Italiennes authentiques, ils ont déjà tout le matériel disponible à la maison, et qui leur coûte déjà bien plus que deux dollars ! Carlo remonte dans la remorque.

L'espace disponible à l'arrière a été transformé en cabaret. Bon, on est loin de Broadway ! Mais au fin fond de ce pays de dilettantes, la scène aménagée sur des palettes derrière un rideau mité suffit au déshabillage sans grâce de cette pauvre Gilda. Huit chaises pliantes dépareillées font face à l'estrade. Deux projecteurs diffusent une lumière rouge, dirigée vers les deux mètres carrés prévus pour l'effeuillage de la gamine. Dans un anglais tout aussi approximatif que sur l'enseigne extérieure, une ardoise griffonnée précise que les bières gratuites pour les Libérateurs se trouvent dans la glacière mise à disposition en bord de scène. La musique est diffusée par un phonographe à aiguille, amplifié lui aussi à l'électricité. Et il n'y a qu'un seul 78 tours, une version calamiteuse de *My Blue Heaven*. À chaque expédition, le paradis de Gilda est donc bleu ; c'est du moins ce qu'affirme le chanteur dans un torrent de grésillements parasites.

Matteo s'acharne à refermer les bouteilles de bière qu'il a préparées. Un vrombissement attire l'attention de Carlo. Il se précipite vers la cabine du camion pour se cacher. Le photographe développe une véritable paranoïa face aux Américains, persuadé que tous les troufions de l'oncle Sam étaient présents dans sa boutique le jour de son agression à Parme, certain qu'à peine son regard clair posé dans les yeux de la soldatesque états-unienne, un témoin de l'altercation va le reconnaître et le dénoncer. Macchia Rossa boutonne le col de sa chemise :

« Ils arrivent ! Gilda, tu es maquillée ?

— Bah ! Ça va aller, non ? Ils vont mater mon cul, c'est pas la peine que je fignole ma tronche. »

Macchia enfile une veste colorée avec col à paillettes, et un sourire commercial avec dents apparentes. Macchia se doit d'accueillir ses hôtes avec panache. La tache de vin qui lui bouffe la moitié de la figure passe pour un maquillage de clown. « *Macchia !* » À part sa mère Addolorata et son complice Carlo, personne ne l'a plus jamais appelé Matteo. Sa réputation a fait son chemin. Pour tous, ses partenaires comme ses concurrents, ses ennemis comme ses obligés, il est devenu « *Macchia* », la Tache.

Il se poste sur l'esplanade, à côté de l'escabeau qui permet aux curieux de pénétrer dans l'antre de Gilda, la séductrice à deux dollars. Son informateur, le sergent Borgho, un planqué cupide, l'avait prévenu trois jours auparavant. Un convoi à destination de la côte Adriatique est prévu ce soir. Les dix camions devaient débarquer d'un cargo à Livourne, en provenance de Baltimore. Les chauffeurs voyageront de nuit. La liste du matériel transporté n'a pas été précisée, mais il peut s'agir de bonnes affaires. Peut-être. Les informations ne sont pas plus détaillées. Elles le sont de moins en moins.

La rigueur n'est plus à l'ordre du jour. En temps de guerre, chaque mouvement de l'armée américaine donnait des leçons d'organisation aux colonisés, que ce soit pour les troupes ou les marchandises. Les camions s'alignaient avec une rigueur géométrique, les véhicules voyageaient avec une précision maniaque, les pare-chocs se suivaient à distance réglementaire, les chauffeurs conduisaient au garde-à-vous permanent, les carrosseries brillaient ; pas un grain de poussière ne subsistait sur les calandres, formidable image de la civilisation au secours des gueux de l'Europe profonde. Depuis l'armistice, un certain laisser-aller se fait ressentir. Ce convoi en est un exemple flagrant.

Les camions roulent tous à des vitesses différentes, dans un ordre chamboulé dès le départ du port de Livourne. Les deux premiers GMC se tirent la bourre, le troisième n'a qu'un feu sur deux à l'avant. Les autres ne respectent rien, ni les distances réglementaires, ni les vitesses imposées, ni le taux d'alcoolémie moyen des troufions américains. Sur les dix camions annoncés, huit sont passés sans s'arrêter devant l'installation de strip-tease forain. Le neuvième est resté immobilisé sur le quai à Livourne, le moteur fondu, son contenu aussitôt récupéré par des dockers locaux bien organisés. Le dernier GMC du convoi est à la traîne ; son chauffeur est le seul à remarquer l'enseigne éclairée sur le bord de la route. Stupéfait par l'apparition de Scarlett O'Hara à poil, il manque rater l'esplanade. Il enclenche la marche arrière et se gare à proximité du cabaret ambulant. Un jeune soldat descend du camion, un sourire égrillard en travers de la gueule. Il se fout du strip-tease. La seule information qui vaut le détour est cette bière gratuite offerte aux Libérateurs. Il est un de ces Libérateurs, il y a droit.

« *Welcome !*

— Heu... »

Qui peut bien être ce clown morbide ? Matteo ressemble à un monsieur Loyal dépressif échappé de la caravane d'un cirque en déroute. Son accent est désastreux, mais il persiste :

« *Mister ?*

— Heu... Harry.

— *So, welcome Harry ! Have a nice time !* »

Matteo fait un signe vers la porte. Le jeune Yankee pénètre avec réticence dans l'espace de chargement transformé en music-hall de campagne. Aussitôt, Gilda met l'aiguille sur le disque et sort un bras nu par le rideau encore fermé en remuant les doigts. Le gamin reste stupéfait. Il n'a rien vu d'aussi ringard depuis le dernier bal de son lycée dans le Kentucky, trois ans plus tôt, lorsque son prof de gym avait parodié un strip-tease. C'était déjà ridicule. Gilda ouvre brutalement le rideau et apparaît en se trémoussant, prête à faire tomber sa jupe d'un déhanchement. Après avoir roulé des yeux, elle cligne une paupière en direction du nouvel arrivant. Le Yankee bâille largement. Puis il remarque la glacière vers laquelle il se dirige sans faire plus cas de la pauvre Gilda qui termine sa corvée dans sa culotte trop étroite, débordant de chair et de poils. Pour Harry, l'authentique traînée italienne ne vaut pas les deux dollars annoncés. Il trouve une bière qu'il décapsule d'un coup de poing, en ingurgite le contenu.

C'est frais et agréable. Matteo s'est posté à l'entrée, derrière lui. Le gamin fait un geste pour demander s'il a droit à une autre : Matteo lui offre son plus grand sourire et vient lui ouvrir la glacière.

« *Please, Harry ! Help yourself !* »

Cul sec. Le soldat américain ne profite même pas du spectacle éblouissant de la poitrine de Gilda en perdition hors de son soutien-gorge. Il s'écroule le nez dans sa jupe en chiffon abandonnée sur le plancher.

Août 1945, le lendemain

Lorsqu'il s'est réveillé, Harry était au volant de son camion. Un rayon pervers du soleil levant tapait dans son œil. Il a mis un temps certain à reprendre conscience, le crâne pris dans un étau douloureux. Harry a fait le tour de son véhicule : rien ne semblait anormal. Le hayon arrière était fermé, des caisses emplissaient sa remorque. L'esplanade était déserte. Le lupanar mobile s'était évaporé vers d'autres aires de repos, d'autres publics, l'Italienne authentique partie grappiller ses deux euros sur d'autres territoires. Harry a mis le moteur en route : un nuage de gas-oil s'est échappé. Il ne se souvenait vraiment de rien. Il a embrayé, est parti rejoindre la côte Adriatique. Il serait bon pour un remontage de bretelles par ses supérieurs, sans plus d'incidence. Il a eu un doute après une centaine de kilomètres, lorsqu'il s'est trouvé obligé de chercher une pompe à essence pour terminer son voyage. Au même moment, le camion des transports Pescopagano conduit par Macchia Rossa passait le Ponte di Mezzo, à Pise. Carlo Ceserano travaillait dans la soute depuis le début du trajet, sa casquette rivée sur la tête, un cahier à la main. Le photographe faisait un inventaire des dix caisses récupérées dans le chargement d'Harry.

Leur tactique était astucieuse : ils anesthésiaient les gogos américains pour manœuvrer à leur aise, mais ne pillaient pas tous les stocks. Ils s'emparaient d'un gros quart du contenu des chargements et ne siphonnaient que la moitié du réservoir des chauffeurs tombés dans leur nasse. Les soldats qui conduisaient les gros GMC n'étaient pas des livreurs, juste des chauffeurs sans grade aux ordres d'une organisation militaire tentaculaire, trop complexe pour perdre du temps avec ce genre de détails. Les troufions n'étaient pas directement responsables du contenu de leurs chargements. Les divers larcins étaient comptabilisés dans les pertes et profits de l'intendance de l'armée américaine. Selon l'expression consacrée et fort à propos, « *c'est de bonne guerre* ». Pour la bonne marche des affaires de tout le monde, l'économie des contrées libérées devait repartir. Les trafics de ce genre étaient un des moyens de relancer la machine.

Le fourgon des transports Pescopagano s'est engouffré dans Ghezzano, une banlieue terne au nord de Pise. Il s'est arrêté devant le rideau rouillé d'un garage en faillite. Après ce trajet claustrophobique de trois heures sur les routes sinueuses entre La Spezia et Pise, Carlo était sonné. Matteo a sauté de son siège pour retrouver son magasinier en soute :

« *Allora, Carlo ?*

— *Allora*... Du savon, de quoi laver toutes les mains de tous les gamins de toutes écoles entre Rome et Milan.

— Et sinon ?

— Des cartes à jouer, de quoi alimenter tous les tripots de Bari à Trieste. Du *corned-beef*, de quoi dégoûter à jamais de la viande de bœuf toute la province de Carrare : il y a trois caisses pleines de conserves. C'est pas mal, non ?

— Mouais... Et des cigarettes ?

— Ah non. Pas de cigarettes, cette fois. »

Matteo est déçu ; Carlo affiche un sourire de pirate avant l'abordage :

« Mais sinon, y a surtout ces deux caisses.

— Deux caisses de quoi ?

— Deux caisses pleines de médicaments. De quoi alimenter toutes les pharmacies de la Péninsule pendant la prochaine épidémie de peste bubonique. »

Le visage de Matteo s'est illuminé : un gamin devant un arbre de Noël ! Il savait à qui revendre ces produits de première nécessité, les demandes affluaient de tout le pays.

« Y a de la pénicilline ?

— Y en a pas mal. On a gagné la semaine, Matteo. Mais, tu vois… »

Carlo a grimacé, Matteo s'est inquiété :

« *Problemi ?* Un souci ?

— On aurait pu regarder dans les caisses avant de laisser Gilda chez elle, via del Prione. La pénicilline, elle en a bien besoin, cette pauvre gamine ! »

Après avoir démonté leur carnaval et rangé les banderoles, ils avaient ramené l'Italienne authentique à deux dollars à quelques pas du vieux quartier de La Spezia. Ils lui devaient bien ça, en plus des quelques billets et des bouteilles de bière intactes qu'ils lui laissaient en pourboire. Matteo a haussé les épaules :

« C'est trop cher pour elle. Elle a pas les moyens. »

Sentence abrupte. Carlo éprouvait de la compassion pour la petite Gilda, mais son associé n'avait jamais fait aucun sentiment. Macchia Rossa est toujours intraitable lorsqu'il s'agit des affaires.

L'entrepôt de Pise était discret. En un peu plus d'une année, Macchia Rossa en a acheté trois, dans des rues dérobées de bourgades sans problème. Son organisation couvrait un large territoire, de la périphérie de Gênes à la banlieue de Bologne. Les trois hangars de Pise, Rubiera et Arenzano débordaient de leur recel. Macchia Rossa possédait deux autres camions aux noms de sociétés locales mais factices – de déménagement ou de transport. Des filles perdues d'Émilie-Romagne, de Toscane et de Ligurie lui rendaient les mêmes services que Gilda, avec les mêmes artifices et les mêmes approximations. La stratégie consistait à s'installer en bordure de routes nationales, à proximité de chacun des grands ports de débarquement de marchandises. Gênes et Livourne étaient des plaques tournantes. Après une courte étude de marché et deux menaces prises très au sérieux, Macchia Rossa avait oublié Naples et Palerme. Surtout Palerme. La mafia tient le sud du pays, par tradition. Et les trafics y vont bon train. Macchia n'avait pas insisté : le gâteau était trop gros pour sa petite entreprise.

Macchia Rossa avait imaginé une société qui répondait aux initiales de « *ILMR Supplies* » : le vocabulaire anglo-saxon était en vogue, et rassurant pour les clients. Et aucun d'entre eux n'aurait pu imaginer que ce n'étaient là que les initiales de « *Il Ladro Macchia Rossa* », le voleur à la tache rouge. Il se déplaçait d'un site d'exploitation à l'autre sur sa Moto Guzzi 500 Condor, à des vitesses dépassant l'entendement et la plus élémentaire prudence. Mais il fallait aller vite ; le temps des affaires florissantes ne durerait pas des décennies.

Carlo Ceserano, lui, restait discret. Il gérait les stocks et les commandes pendant que Macchia Rossa parcourait le pays en quête de nouveaux marchés et d'informations sur les débarquements.

Bien sûr, la discrétion de chacun de ces lieux de stockage était mise à mal lorsque d'autres véhicules lourds venaient récupérer la marchandise. Car là aussi, la tactique commerciale de Macchia Rossa dépassait la simple logique des traditionnels voleurs à la tire. De temps en temps, un camion kaki de l'armée américaine venait charger des caisses étiquetées « *ILMR Supplies* ». L'armée américaine en manque de certains produits se fournissait en effet auprès de quelques entreprises locales ! Macchia avait dans ses carnets un réseau d'acheteurs qui fournissaient les bases militaires en cours d'installation dans le nord du pays avec des produits qu'il avait volés aux bases déjà installées à l'ouest du pays…

Carlo a refermé le rideau métallique ; ils se sont retrouvés dans la pénombre rassurante de leur entrepôt.

« Sinon ? Borgho ?

— Rien. Borgho n'a rien trouvé.

— *Lo stronzo !* Il te mène en bateau, ce con.

— Sans doute. Mais pour l'instant, nous avons plus besoin de lui qu'il n'a besoin de nous. Sois patient, Carlo ! »

Carlo avait de plus en plus de mal à patienter. Le major Achile Borgho, rouage essentiel dans le système élaboré par Matteo, était l'homme dans la place, l'informateur à la source de toutes les opérations menées par les deux associés. Ce sous-fifre vénal, sujet américain de la deuxième génération, était planqué dans les bureaux itinérants de l'administration de la Cinquième Armée depuis le début des opérations militaires en Méditerranée. L'homme avait toujours gravité dans les services de l'intendance ; il était au courant de tout. La gestion des arrivages dans les différents ports d'Italie était un facteur-clef de l'approvisionnement des troupes et des bases militaires. Tout arrivait, en quantité et tout le temps. Mais les volumes étaient démesurés, et les besoins éparpillés. Plus personne ne contrôlait rien avec précision, et les dérives pouvaient aller bon train. Achile Borgho vendait ses tuyaux contre un pourcentage que Macchia Rossa avait toujours trouvé disproportionné. Mais sans le major Achile Borgho, le commerce de *ILMR Supplies* s'écroulait.

Carlo Ceserano était obsédé par sa quête : retrouver les agresseurs, ces gradés américains qui avaient voulu abuser de Vittoria et mis à sac sa boutique. Il avait promis une prime supplémentaire à Achile Borgho contre quelques informations propices à retrouver les deux hommes. Mais rien ne venait. Et il le savait, lui-même était recherché.

San Catello, 9 août 1945

Hiroshima et Nagasaki sont perplexes. Arrivés trois jours plus tôt, ils ont traversé tout le pays depuis Rome. Rien ne correspond à ce qu'ils attendaient. Ils n'ont vu aucune gondole dans aucune rivière, les femmes d'ici sont aussi austères que des pasteurs presbytériens, les spaghettis sont plats, les serveurs dans les restaurants ne jouent pas de la mandoline, il n'y a pas de canaux dans les rues, les campaniles ne penchent pas tous comme à Pise – qu'ils n'ont d'ailleurs jamais trouvée sur leur route ! –, et les indigènes ne parlent pas avec les mains.

En fait, les indigènes ne parlent pas du tout. En fait, si : les indigènes parlent, mais entre eux. Et sans agiter les mains. Et surtout, les indigènes ne comprennent ni ne parlent un mot d'anglais. Alors que c'est la langue universelle, ou en passe de le devenir. Non ? Non, pas ici. Hiroshima et Nagasaki sont désappointés. Persuadés que les gens de ce pays les auraient accueillis à bras ouverts après leur éclatante victoire sur la barbarie, ils repartent. Déçus. Amers. Mais surtout bredouilles. Ils n'ont jamais quitté leurs chemisettes blanches à manches courtes et leurs cravates, mais ont opté pour un chapeau de paille chacun, afin de faire couleur locale. La couleur locale d'ici est plutôt aux godillots avec semelle à clous, à la casquette patinée à force d'être portée, et au pantalon de toile usé jusqu'à la corde. La ruralité de ce coin perdu de Lombardie n'a rien à voir avec leur vision de l'agriculture. Rien n'est droit, rien n'est d'aplomb, rien n'est logique. Rien n'est compréhensible. Il y a même des ânes rigolards dans les champs en friche, des potagers sans clôture où les choux forniquent avec les courgettes sous l'œil goguenard de tomates rouges de plaisir, et des chèvres en liberté qui les narguent sur les chemins mal empierrés. Ils ont débarqué en territoire hostile, et personne à Washington ne les avait prévenus !

Hiroshima a pris un coup de soleil dès les premières minutes sur le tarmac de l'aéroport de Fiumicino. Nagasaki s'est fait piquer son portefeuille dans la seule trattoria du quartier du Colisée qui proposait un menu rédigé en anglais. Chez eux, le citoyen leur montre un minimum de respect. Ici, le citoyen leur montre des détours interminables se terminant par des impasses, ou les expédient sur des routes défoncées. Ils représentent la loi, et tout le monde s'en fout éperdument. Malgré la quantité astronomique d'Américains présents dans la Péninsule, la loi en vigueur reste celle du silence, vieille coutume méditerranéenne.

Ils ont rejoint ce hameau en ruine perché à flanc de montagne, avec cette église au clocher ridicule, trop imposant pour la taille du village. L'homme qu'ils recherchent est originaire de ce trou perdu. Comme sa femme, qui n'est pas vraiment sa femme. Comme son fils, qui est peut-être ce gamin croisé à leur arrivée dans les traverses pavées. Il les a défiés du regard avant de disparaître en courant vers le haut du village. Pourtant, Hiroshima et Nagasaki sont restés polis. Ils ont salué les rares personnes croisées, ont décliné leur identité et leur fonction. Mais personne n'a compris le moindre mot de leur préambule, et encore moins le sens de leurs questions. La visite s'est déroulée dans une succession de phrases courtes, d'onomatopées articulées et de mimiques vaines.

« *We're looking for mister Ceserano.*

— *Che cosa... ?*

— *Mister Ceserano... Carlo Ceserano. Ce-se-ra-no.*

— *Bé ?... Mi dispiace, non capisco.*

— *Not Ca-pis-co, Ce-se-ra-no ?*

— *Laccia core, ragazzi ! Non capischiamo niente...* »

Les interrogatoires successifs se sont tous terminés de la même manière : « Laissez tomber, les gars, on comprend que dalle ! » C'est une des rares phrases que les deux enquêteurs de la police militaire américaine ont saisies. Le soleil d'août cogne fort : pas un souffle d'air n'est venu rafraîchir les esprits. Dans leur déambulation au milieu des maisons abandonnées et des ruelles désertes, Hiroshima et Nagasaki ont croisé en tout et pour tout douze êtres vivants, tous aussi butés les uns que les autres, tous aussi obtus. Et uniquement des hommes. Avec l'arrivée de deux étrangers blonds au teint rougeaud et aux allures de missionnaires mormons, les femmes de la communauté ont été priées de rester à l'intérieur, cloîtrées. Le dernier indigène croisé était muscade. Le vieux au regard pourtant malin se tenait assis comme un prince devant une des grosses fermes du bas du village. Il n'a pas levé le cul de sa chaise. Les deux étrangers ont juste demandé :

« Carlo Ceserano ? »

Le vieux a pris un air consterné.

« Carlo Ceserano ?... *Badbad. Kaputt.*

— *Kaput ?... You mean he's dead ?* »

Hiroshima a fait un geste évocateur de l'index passé sous son cou, un point d'interrogation affiché dans ses sourcils dressés. Le vieux a fait « non » de la tête, avec un sourire désolé. Il a mimé un départ, montrant l'horizon, très loin, avec les mains :

« Ceserano... *Non è morte... No Kaput dead... Lontano... Marsiglia !... Era Marsigliese, il signor' Ceserano... Back Marseille.* »

La signification de la pantomime semblait claire : Ceserano n'est pas mort, il est marseillais et reparti vers

Marseille. Pas convaincus, Hiroshima et Nagasaki ont lâché le vieux pour refaire un tour dans le village, cette fois totalement déserté. Un fiasco. Les deux Américains restent perplexes. L'homme qu'ils recherchent serait parti vers la France ? Ils se renseigneront sur cette hypothèse.

Leur jeep a redescendu la vallée du Scavone dans un nuage de poussière. Hiroshima gamberge dur. Un dos-d'âne a fait envoler le chapeau de paille de Nagasaki. Il n'a fait aucun effort pour le rattraper. Leur ordre de mission de l'administration fédérale court sur trois mois. Ils pourront toujours revenir avec un interprète.

La Passeggiata, route Marshall, août 1964

« Pourquoi Hiroshima et Nagasaki ? »

Les randonneurs sont regroupés autour d'Addolorata, intrigués par l'anecdote. Un sourire illumine le visage de la guide :

« Volturno les avait surnommés comme ça, après coup. Les deux inspecteurs ont atterri en Italie le 6 août 1945, au moment où leur pays lâchait sa bombe sur Hiroshima. Ils ont débarqué à San Catello le 9, le jour de Nagasaki. Deux calamités tombées du ciel, et envoyées par les États-Unis. L'occasion était trop belle. Volturno Belonore a toujours eu un sens de la dérision très développé. Il était… Comment vous expliquer ? Un drôle d'homme. »

L'enthousiasme d'Addolorata à raconter Volturno Belonore a toujours trahi sa vive admiration pour le patriarche :

« Volturno Belonore a toujours été le maître de San Catello… Enfin, pas exactement le maître… Comment vous expliquer ? »

Addolorata n'a jamais su par où commencer pour l'évoquer devant ses assemblées de randonneurs. Par quel bout démarrer la biographie du roi de la vallée ? L'enfance de Volturno n'avait pas d'intérêt. Sa vie sociale a commencé au tournant du siècle avec son premier mariage, et ses trois fils nés en l'espace de cinq années. Addolorata a toujours fait l'impasse sur la première épouse de Volturno, morte en couches, comme elle ne s'est jamais appesantie sur la mère de Volturno, l'insupportable Serenella qui a pourri l'humeur de son fils et l'atmosphère du village jusqu'à son dernier souffle. D'autres détails sont plus importants à cerner. Le charisme de Volturno compte pour une grande partie du mythe : comment il s'est imposé dès l'âge de vingt-deux ans comme le leader de la communauté, épaulé par Gran'Paolo son cousin, le propriétaire de l'*osteria del Risorgimento* lui aussi haut en couleur. De même, la résistance physique de Volturno est un élément constitutif de la légende.

Dès sa première *passeggiata* organisée, Addolorata avait préparé tout un couplet élogieux sur la mine à ciel ouvert de Volturno. Cet épisode charnière avait au final coûté les jambes à son aîné, failli noyer son benjamin et décidé Marzio à quitter ce pays de cinglés. Bien sûr, Addolorata n'a jamais utilisé l'expression « pays de cinglés », même si elle l'a souvent pensé. Dans le récit surjoué qu'elle offre à ses randonneurs, Volturno est devenu le héros, l'explorateur intrépide qui a défié les doutes et les railleries de ses pairs pour se lancer dans l'exploration d'un filon miraculeux. Là, en général, Addolorata s'embrouille dans les références géologiques. Elle conclut chaque fois que Volturno a préféré rendre sa terre à une exploitation agricole traditionnelle pour la prospérité de la vallée et le bien-être de tous. Amen.

Addolorata avait bien travaillé son refrain sur les magnaneries, l'élevage du ver à soie qui avait fait la fortune de quelques familles du village. Ces précisions lui permettaient de présenter Francesca Vitiglio, la troisième épouse de Volturno, l'amour de sa vie. Puis Addolorata s'autorisait quelques phrases sur la présence des journaliers dans l'économie villageoise. Ses propres parents étaient des ouvriers agricoles, comme les parents d'Ofelia. Addolorata pouvait dès lors s'appesantir sur la belle Ofelia, sur la générosité de la belle Ofelia, sur le charme de la belle Ofelia, sur sa bonté et sa bonne humeur permanentes. Dans son récit, son amie d'enfance devenait une héroïne de conte de fées. En bonne raconteuse, Addolorata savait ménager ses effets. L'étrange destinée des Belonore vaut bien une légende, qu'elle s'est fait un devoir d'installer dans la mémoire collective.

Elle s'est toujours débrouillée pour exposer l'histoire d'amour de Marzio et de son amie Ofelia, les migrations, les excommunications et les trahisons – un chapitre complet –, avant d'arriver au col qui surplombe désormais le village. Dès sa deuxième *passeggiata*, elle avait constaté qu'aussitôt la superbe vallée du Scavone entrevue par ses randonneurs, les seules questions tournaient autour du barrage. Mais cette fois-ci, elle n'a pas eu le temps de raconter plus loin que l'assassinat de Michele, le musicien ambulant. Elle avait pourtant prévu un effet de suspens. Il vient d'être gâché par une intervention prématurée du commerçant bergamasque :

« Bon ! C'est bien beau, tous vos gens inconnus, là. Mais, franchement, entre nous, les affaires de famille de tous ces paysans arriérés et belliqueux ne présentent aucun intérêt. Le barrage, alors ? »

Le négociant en huiles se contrefout totalement de la destinée des Belonore. Il est là pour le barrage, pour connaître tous les détails sur la partie la plus récente de l'histoire de San Catello. Une voix agaçante s'impose, en contrepoint :

« Oui, ce barrage était une hérésie, non ? »

Testastretta, encore lui ! L'enseignant à la tête étroite insiste :

« Alors, le barrage ? »

Addolorata laisse tomber sa stratégie de récit à rebondissements autour de Marzio, le virtuose, et de Carlo, le photographe marseillais exilé. Son exposé n'intéresse personne, à part peut-être madame Midland, la seule qui a tendu une oreille attentive. Qu'à cela ne tienne, Addolorata entame à regret l'histoire du barrage. Tous sont là pour ça. Addolorata soupire :

« Alors, le barrage... »

Turin, piazza Carignano, septembre 1945

« *Ma dóve è l'amarena ?* Mais où est l'amarena ? »

Le dominicain est bouleversé. Il n'y a plus d'amarena sur la carte que lui présente la serveuse de la *gelateria* Pepino.

« Elle est là, Monseigneur ! »

De son doigt boudiné, la pulpeuse Mariana montre une ligne au bas du menu :

« "*Cherry*" !

— Quoi, "*Cherry*" ?

— La glace aux cerises, maintenant, c'est "*Cherry*".

— Là ?

— Là, voilà ! Va falloir vous habituer à pratiquer l'américain : ils sont partout dans Turin, désormais. La direction a anticipé la colonisation. »

Quadro est soulagé. Les papilles en alerte, il se plonge dans cette nouvelle liste de parfums aux dénominations bizarres. La lecture fait partie du plaisir : le frère anticipe sur sa dégustation. Là, l'exercice se complique. Son imaginaire vagabonde plus facilement avec des mots comme « *stracciatella* » ou « *fragola* » qu'avec les anglicismes farcis de consonnes imprononçables qui défilent sous ses yeux. Mais il ne dérogera pas à la coutume, comme chaque fois que Lucio et lui se rendent chez le célèbre glacier turinois, c'est-à-dire tous les deux jours.

« *Grazie, Mariana !*

— *Allora, Signori ?* Alors, Messieurs ? *Cherry-chocolate ? As usual ?* »

Mariana accompagne sa question d'un battement de cils, à la manière de Betty Boop. La serveuse s'essaie à l'américain. Elle baragouine avec un accent du Piémont à couper au couteau. Mais elle y met les formes. Lucio Belonore acquiesçe dans un anglais quasi parfait :

« *Cherry-chocolate with wipped cream for my friend, and just a straight coffee for me, please.* »

Mariana marque une pause, le sourire soudain figé. Le battement des paupières a stoppé net. Elle fait un pas vers la salle, perturbée, avant de revenir vers les deux hommes attablés en terrasse :

« *Scusi ! Non ho capito niente !* J'ai rien compris.

— Va pourtant falloir vous y faire ! On va prendre comme la dernière fois. »

La serveuse paraît soulagée :

« *A ! va bè !* Impec'... »

Elle disparaît vers l'atelier pour préparer sa commande.

Un doux soleil d'automne réchauffe les âmes de cette ville écorchée en pleine convalescence. Les bombardements ont fait des dégâts considérables sur toute la vallée du Pô, mais la capitale du Piémont a particulièrement souffert. Des quartiers entiers ont été rasés. La population est meurtrie, les croque-morts comptent leurs billets, les notaires règlent les successions, les architectes sortent leurs compas et leurs équerres, les entrepreneurs montent leurs échafaudages en se frottant les mains. Il y a urgence à reconstruire. Les bureaux d'études sont débordés de projets ; celui où travaille Lucio Belonore est l'un des plus cotés. Cette frénésie n'a pas empêché les deux compères de rester fidèles à leurs coutumes.

Déjà avant la guerre, Lucio l'ingénieur et son assistant dominicain avaient pour habitude de passer une heure tous les deux jours à la terrasse de leur glacier favori, une entreprise ancestrale installée sur la piazza Carignano.

Ils alternaient ces dégustations avec des visites régulières au caffè Piatti, l'enseigne située sous les arcades du Corso Vittorio Emanuele II. Là, ils se régalaient d'artichauts à la turinoise et d'*agnolotti* aux truffes. Ils sont gourmands. Lucio peut consommer des tombereaux de plats aux viandes les plus grasses et aux sauces les plus sophistiquées, il ne prend pas un gramme, contrairement à son acolyte ecclésiastique qui met à profit chaque calorie ingurgitée. Leur duo est connu dans tout le centre de Turin. Un handicapé en costume cravate poussé dans son fauteuil roulant par un frère grassouillet en aube blanche ne peut pas passer inaperçu. Dès la fin de ses études, Lucio Belonore s'est spécialisé dans le béton, une activité en pleine croissance. Il travaille régulièrement pour une officine spécialisée dans les normes du secteur du bâtiment et chargée d'approuver les projets les plus variés. « *Quadro* », puisque c'est ainsi que Lucio surnomme son complice, l'accompagne partout.

Depuis leur rencontre et le début de leur association baroque, la santé de Lucio s'est améliorée de manière miraculeuse. Il est toujours fragile, mais a retrouvé un moral d'acier. Les doutes permanents de son accompa gnant sur les questions théologiques l'ont toujours ravi. Chaque soir, le couple rentre à l'institution religieuse où ils partagent une chambre monacale, mais pratique parce que donnant directement sur la rue. Leur amitié sans faille et sans aucune ambiguïté dure depuis quinze ans, depuis que Quadro a épousé l'ordre des dominicains. Le frère est le benjamin d'une vieille famille de Ligurie, le vilain petit canard repoussé par ses proches pour une sordide querelle d'héritage. Expulsé de sa fratrie, trop gentil pour se révolter, il a atterri dans les ordres par dépit. Avec les difficultés à gérer le quotidien qu'éprouvait Lucio Belonore, il s'est trouvé une raison de vivre.

« *Ecco !* »

Mariana revient avec son plateau chargé d'une coupe de glace, d'un expresso et d'une coupelle de mignardises maison. Les deux hommes ont repris l'indémerdable conversation. Le dominicain a attaqué le sujet deux semaines avant le bombardement de l'institution San Paolo, c'est-à-dire il y a six mois. Ils sont les seuls rescapés de ce désastre, et leur simple survie alimente le débat. Le dominicain doute ; il ne croit plus vraiment en ce Dieu dont on lui rebat les oreilles à longueur de messes. Lucio n'y a jamais cru. Mais une institution religieuse l'avait recueilli, soigné, éduqué, nourri, logé. Et il a la reconnaissance du ventre. S'ils ont survécu, c'est justement parce que le dominicain refusait d'assister au moindre office depuis quelques jours, au grand dam de ses pairs. Il n'avait plus mis un pied à l'église, prétextant son soutien indispensable à ce malheureux handicapé dont il a la charge. L'handicapé va très bien, tandis que ses coreligionnaires ont terminé en bolognaise. Depuis, Quadro est perclus de remords :

« Si Dieu existait vraiment, il m'aurait fait un signe, ce jour-là ! J'aurais peut-être pu sauver mes frères… »

Lucio ricane en sucrant son expresso :

« Si Dieu existait vraiment, il aurait surtout fait un signe à toute la congrégation de faces de Christ rassemblés dans l'église avant que la bombe ne tombe.

— Mais comment ?

— Il aurait envoyé quelques anges emplumés pour tracer dans la nef avec les volutes de l'encensoir un avertissement du type : "*Giù la testa, ragazzi !*… Cassez-vous de là, les gars ! Le ciel va vous chier des bombes sur la tronche !"

— Tu crois vraiment, *Luciomio* ?

— Non. Je ne crois en rien, Quadro. Mais tu vois, si Dieu existe, Il est là, devant toi. »

Lucio montre les deux boules de glace sous le nez du dominicain. Quadro porte une cuillère d'amarena à sa bouche, frissonne de plaisir. Lucio demande, sincère :

« Alors, Quadro ? J'ai pas raison ? Ça, c'est divin. Tout le reste n'est que littérature, commerce de proximité et amuse-crétin. »

Le dominicain approuve vigoureusement. Il termine sa boule à la cerise amère avant d'entamer celle au chocolat avec la même dévotion, après avoir englouti les deux mignardises de la coupelle.

Lucio Belonore est le seul à l'appeler Quadro. Le reste du monde interpelle ce frère dominicain sous le sobriquet de « *Fratello Fra* » : c'est devenu une habitude, et plus personne ne se pose de questions. La situation est cocasse : le prénom de ce brave garçon est « Angelo », et son patronyme, « Fratello ». Un malheureux hasard ou un signe du destin, une mauvaise blague de ce Dieu qui perd vraiment toute crédibilité lorsqu'on approfondit la réflexion : Angelo Fratello ! Et pour couronner le tout, le dénommé Angelo Fratello est entré dans les ordres. Il est devenu frère. Personne n'est jamais arrivé à l'appeler *fratello* Fratello. Ça aurait été le plus logique mais ça reste très bizarre à prononcer, et encore plus pour l'évêque d'Alessandria qui l'a consacré en 1931… et qui était bègue. Le nommer « *fratello* Angelo » semblait d'une prétention démesurée. Il n'a vraiment rien d'un ange, l'image ne colle pas avec ses sourcils épais, son regard sombre, très latin, sa voix de baryton et son embonpoint de patachon.

Dès le début de leur collaboration, Lucio a trouvé cette astuce, ce surnom « *Quadro* », une galéjade digne d'un ingénieur plongé dans les calculs à longueur de journée. *Fratello* Fratello, en langage de mathématicien, ça donne *Fratello* au carré, *Fratello quadro*. Très vite, le dominicain s'est retrouvé affublé du surnom « *Quadro* », ce qui lui convient très bien. Quadro, quant à lui, utilise souvent « *Luciomio* » pour interpeller son ami en chaise roulante, surnom prononcé comme un seul mot à la teneur affectueuse. *Quadro* et *Luciomio* forment un duo cocasse mais soudé.

« *Signor Belonore ? Salve ! Buon giorno, Fratello !* »

La voix qui interrompt leur débat et leur dégustation n'est pas inconnue. Lucio se tourne pour découvrir un homme qu'il n'a pas croisé depuis le début de la guerre, Daniele Positivo, un ingénieur en bâtiment comme lui. Le sexagénaire distingué vient de prendre place à une table voisine ; il est sans doute amateur de sorbet et de crème glacées, comme l'essentiel de la clientèle qui vient de toute la ville jusqu'à la piazza Carignano. Daniele Positivo travaille pour un ministère. Lui aussi distribue des autorisations et des permis aux chantiers les plus divers ; son cabinet d'experts est le référent turinois de l'IRI, *l'Istituto per la Ricostruzione industriale.* Lucio donne un tour de roue sur son fauteuil pour aller lui serrer la main :

« *Buon giorno, Daniele ! Come va ?* »

La rencontre est cordiale. L'ingénieur Positivo est un peu plus âgé que Lucio, mais ils se sont souvent croisés dans leurs parcours professionnels. Après quelques banalités, des nouvelles des morts, des vivants, des disparus, de la famille et après deux autres coupes de sorbets aux parfums aussi subtils que l'amarena devenu *cherry*, Daniele Positivo a un sourire amusé et fait bifurquer la conversation :

« Au fait, Lucio Belonore, c'est bien vous qui êtes originaire de ce trou perdu… San Catello, c'est ça ?

— *Certo !* Exact.

— J'ai pensé à vous : nous avons ce dossier de barrage en cours. Vous saviez qu'il y a un important projet de retenue hydroélectrique sur la vallée du Scavone ?

— Je l'ai appris, à l'époque. Des travaux préliminaires ont été effectués, mais c'était une hérésie. La guerre a mis fin à cette absurdité.

— Détrompez-vous, Belonore. Ce n'est pas une absurdité, mais un des projets phares de l'aménagement de la région des lacs. Grâce au plan Marshall, les travaux vont démarrer incessamment. Avec l'appui des Américains. Et, bien sûr, c'est Tancredi Crevalcore, encore et toujours, qui est le maître d'œuvre. Celui-là, alors… »

Santa Pazienza, septembre 1945

Moïse Giaccanova est un con.

Tout individu sensé qui tente une conversation avec ce paysan buté s'en rend compte en moins d'une minute. Tancredi Crevalcore n'a pas eu besoin de cette minute d'examen pour analyser la personnalité de l'homme à l'haleine chargée et au regard mauvais qui se tient face à lui. La consanguinité ? L'isolement ? L'alcool ? L'enracinement dans des coutumes ancestrales mortifères ? Tancredi ne se pose aucune question sur les causes de l'abrutissement de son interlocuteur. Il doit juste le convaincre, en douceur. Il voit comme une perte de temps inutile toute stratégie plus violente pour se débarrasser de ce crétin aviné. Les solutions existent, et il a sous la main les compétences nécessaires pour éliminer physiquement ce clochard. Mais le camp de base du chantier est une étape primordiale. La route de contournement pour les engins doit partir d'ici, et il a besoin d'une caution sur place, d'un gars du pays en responsabilité, même factice, pour crédibiliser son discours auprès des financeurs institutionnels à Rome, à Milan et auprès de l'ambassade américaine.

Le *condottiere* a deux atouts importants en main, et pas des moindres. D'abord, et c'est une entame de négociation positive, la perspective d'une manne considérable destinée aux seules poches de Giaccanova, puisqu'il est l'unique propriétaire de tout le bourbier marécageux qui s'étend de la clue du Scavone jusqu'à la route pour Sondrio.

Et surtout, Tancredi sait la haine que Moïse Giaccanova porte à la famille Belonore et à tout ce qui peut venir de San Catello.

« Une fois les cabanes ouvrières installées, vous pourrez devenir le maître de la plaine. Les commerces vont fleurir, la centrale électrique vous rapportera une fortune, vos terres vont décupler de valeur. Santa Pazienza va devenir un centre urbain d'importance. Et ce crétin de Volturno Belonore pourra toujours venir vous quémander un morceau de pain… »

Moïse Giaccanova a haussé le sourcil gauche. La dernière partie de l'argumentaire de Tancredi Crevalcore lui plaît. L'idée que le prétentieux chef du village de l'amont du Scavone puisse ramper à ses pieds le réjouit. Le *condottiere* enfonce le clou :

« De toute façon, une fois le barrage achevé, San Catello sera sous les eaux. Plus personne n'entendra jamais parler de cette vallée de merde. »

C'était l'argument décisif. Tancredi a lâché sa grossièreté avec une sincérité qu'aucun comédien n'aurait pu jouer avec une telle conviction, aussi talentueux soit-il. Depuis l'assassinat de son fils unique, Michele, par les autochtones de San Catello, il voue une haine féroce à tout ce pays. Deux guerres mondiales sont passées, l'affaire date de plus de trente-cinq ans, mais la rage l'habite toujours. L'éradication de San Catello est devenue son Graal. Tancredi Crevalcore a soixante-seize ans révolus : il maudit cette terre, il hait les Belonore, il mènera son combat jusqu'au bout.

Moïse Giaccanova a détaillé le plan posé devant lui, un dessin à l'encre et à l'aquarelle représentant son vaste territoire une fois le miracle économique accompli. Un alignement de petites maisons sans style mais pratiques devra accueillir les centaines d'ouvriers qui vont se succéder pendant des années sur le chantier pharaonique.

Un groupe de bâtiments forme un centre stratégique avec épicerie, boulangerie, café et toutes les commodités. La centrale électrique a été colorée d'une jolie teinte dorée qui fait paraître ses turbines comme une fontaine au trésor. Un parking rempli de voitures rouges et bleues pimpantes et d'une myriade d'engins de travaux jaunes et noirs déverse ses véhicules sur une route qui grimpe à flanc de montagne. Le barrage lui-même est à peine visible, comme un étroit rideau de béton bien intégré entre les barres rocheuses verticales qui encadrent le torrent, sans réel bouleversement en comparaison avec le paysage d'aujourd'hui. Santa Pazienza pourrait très bientôt ressembler à cette vision idyllique.

Moïse Giaccanova règne sur le hameau depuis toujours – depuis la mort de son père, lui-même descendant d'une longue lignée de fils uniques, entamée lorsque cette plaine insalubre s'appelait encore Santa Abbondanza. Les grands ancêtres s'étaient voulus optimistes, les générations suivantes s'étaient résignées. La toponymie était passée en quelques siècles de Sainte-Abondance à Sainte-Patience. Il en fallait, pour survivre dans ce marécage en pied de montagne ! Aucune généalogie précise des Giaccanova n'a jamais été établie : l'arbre familial n'arbore qu'une ou deux branches. Mais une solide réputation les accable. Moïse n'est pas le seul crétin de sa famille : de mémoire de Lombard, ils l'ont tous été, sans exception. Santa Pazienza se résume aujourd'hui à une ferme à moitié en ruine entourée de terres en friche, d'un marécage qui exhume ses roseaux au pied du torrent Scavone, de quelques cabanes à outils disséminées au milieu de vignes qui n'ont plus produit un grain de raisin depuis des décennies. L'offre du *condottiere* est inespérée… mais Moïse est un paysan. Un vrai paysan ne doit rien laisser paraître ! Il conclut la palabre par ces trois mots marmonnés dans sa barbe et dans un sabir local : « Je vais réfléchir. »

Les premiers bulldozers ont déboulé une semaine plus tard. Le matériel était américain, fourni par l'armée. Les premiers défrichages ont commencé aussitôt. Les arbres coupés pour l'occasion ont été stockés pour construire les baraquements. Un architecte d'origine canadienne a été délégué pour imaginer le village des ouvriers : les premières cabanes sont apparues en un temps record. Soixante ouvriers étaient déjà installés à Santa Pazienza, à pied d'œuvre. Un mois plus tard, les pelleteuses se sont attaquées au percement de la route de contournement pour accéder à San Catello, au grand dam de ses habitants.

Début octobre 1945, dans l'auberge de San Catello

« *Chi dormi non piglia pesce.* Au renard endormi, rien ne tombe dans la gueule.

— Vous m'avez gonflé ! Tous ! Nous ne sommes pas des renards, nous ne sommes pas endormis et rien ne va vous tomber dans la gueule. Quoi qu'on vous ait promis ! »

Tous ces proverbes imbéciles qui rythment la vie de ses concitoyens excèdent Volturno. Le patriarche enrage, et ne se prive pas de le montrer. Pour la première fois depuis toujours, il est arrivé le dernier au conseil de village. Tous étaient déjà là, à l'attendre dans la grande salle de l'*osteria*. Depuis son entrée dans la grande salle, pas un villageois n'a osé affronter son regard. Même Gran'Paolo, son cousin et éternel allié, le propriétaire de l'auberge, a fui vers des occupations ménagères pour éviter la confrontation. Volturno ressent comme un complot ce qui n'est qu'une démission collective.

Déjà, ses alliés traditionnels n'étaient plus très nombreux, partis vers d'autres villégiatures ou d'autres purgatoires, morts, disparus, au loin. Le dernier conflit mondial avait terminé le travail de sape commencé par le premier. L'exode allait bon train. Une embellie avait gonflé le moral des habitants une décennie plus tôt, lors des travaux préliminaires du chantier du barrage. L'arrivée en masse de mineurs, d'ingénieurs et de géologues affairés avait mis du baume au cœur à la communauté et apporté quelques économies substantielles dans les escarcelles. Personne, à part Volturno et sa fille Vittoria, n'avait alors compris que le but ultime du barrage était de noyer le village jusqu'aux plus hautes cloches du campanile. L'intention première du *condottiere* Tancredi Crevalcore dévoilée, les esprits s'étaient calmés. Puis l'Allemagne avait envahi l'Europe, l'Italie avait tenté de passer la frontière française sans grand succès, le grand lupanar s'était étendu au reste du globe. Le barrage dans les clues du Scavone n'était plus d'actualité. Les derniers arpenteurs de montagne se sont évanouis. Et le village s'est vidé de ses dernières forces vives.

Ils ne sont plus que trente humains à survivre entre les murs lézardés du village. La moyenne d'âge est déprimante : un étranger pourrait se croire dans un hospice d'altitude. Seul Taormine, le petit-fils de Nessu' le forgeron, n'a pas de cheveux blancs, et encore, sans doute à cause de sa calvitie précoce. Les Mezzanese font front. Guido Mezzanese, un proche cousin de la famille apparu comme par enchantement, sans arme ni bagage, une petite semaine après l'arrestation du Duce par Badoglio, s'était institué nouveau boulanger du village. Volturno compare ce loufiat à une anguille ; il est proche de la vérité, même physiquement. Et son pain n'est pas bon ! Guido Mezzanese fait corps avec sa famille. Les trois tribus riveraines de la place du Risorgimento se tiennent les coudes, même s'ils n'ont jamais fait preuve d'initiatives particulières dans le quotidien communautaire. Ils vont avec le vent. Le vent tourne mal. Belonore se retrouve en réelle minorité : Carlo Ceserano ne fait plus partie de la vie du village, et Vittoria se tient discrète. Seule Addolorata reste fidèle ; elle est arrivée d'ailleurs quelques minutes après Volturno. Les Mezzanese l'attendaient. Ils ouvrent le feu à peine la brave femme installée sur une chaise bancale. Otello Mezzanese a pris sa respiration pour mieux articuler. Il n'en mène pas large mais Amelia, sa femme, l'aiguillonne du coude pour qu'il fasse preuve d'un peu d'assurance :

« C'est une décision mûûûrement réfléchie, Volturno.

— La décision d'abandonner le village ? Vous avez mûûûrement réfléchi votre désertion, c'est ça ? »

Amelia donne un autre coup de coude dans les côtes de son mari, qui récite l'autre moitié de sa phrase :

« Une décision mûûûrement réfléchie, et une opportunité qu'aucun d'entre nous ne peut refuser… »

Après un dernier coup de coude, Otello termine sa récitation :

« Même toi, tu devrais réfléchir, Volturno Belonore.

— C'est tout réfléchi, bande de salopards ! »

Guido Mezzanese bombe le torse et prend un air combatif :

« Reste poli, Volturno Belonore. »

Volturno pointe un index sur la poitrine du boulanger, qui se dégonfle aussitôt.

« Rester poli ? Vous vous comportez comme des mercenaires. Qu'est-ce qu'on vous a promis ? »

Une voix chaude réplique :

« Un avenir, Volturno. On nous a promis un avenir. »

Gran'Paolo est grave. Lui aussi lâche Volturno. Le patriarche n'en revient pas. Addolorata fait un geste qu'elle n'aurait jamais osé quelques années auparavant : elle prend la main de Volturno qu'elle serre dans la sienne. Volturno s'approche de son cousin l'aubergiste :

« *Tu sei un stronzo, Gran'Paolo…* Tu n'es qu'un âne. Quel avenir ? Tu as presque quatre-vingts ans, tu n'as aucune descendance, ton *osteria* n'a pas vu un seul client depuis le début de la guerre. C'est quoi, ton avenir ?

— Mon avenir, c'est de faire le barman pour les centaines d'ouvriers et de contremaîtres qui vont défiler à Santa Pazienza. Je dois prendre la direction de la cantine du chantier. »

Otello Mezzanese, recroquevillé jusque-là, prend une posture plus raide pour confirmer :

« Et nous, l'épicerie. Le bâtiment est déjà construit, nous n'avons plus qu'à approvisionner les stocks et nous y installer. »

Amelia, sa femme, abonde en son sens, un rictus carnassier à la bouche :

« Et y prospérer. »

Volturno n'en revient pas :

« Qui vous a promis ça ? »

Gran'Paolo n'ose pas prononcer le nom du pire ennemi de son cousin.

« Le chef du chantier, en bas. »

Volturno s'étouffe de colère :

« Tu veux dire le *condottiere* ? Crevalcore ? Notre cauchemar ?

— Les temps changent, Volturno. Ici, c'est foutu. L'avenir de notre communauté est en bas. Bientôt, tout sera sous les eaux. »

Addolorata intervient, les yeux embués d'émotion :

« Pas tout. Le village va être épargné. Seules les fermes du bas du village vont être englouties. »

Gran'Paolo saisit l'argument au vol :

« Eh ben justement… Ta maison, Volturno. Ta maison, comme celle de Nessu'… Tu devrais être le premier à sauter sur l'occasion.

— Ma maison. Et le cimetière aussi. Je ne laisserai jamais Francesca se noyer seule dans les eaux du Scavone. »

Taormine croit bon d'intervenir, avec un sourire qui se veut rassurant… et qui n'est que niais :

« Ils doivent déménager le cimetière, c'est prévu. »

Volturno bondit et se retrouve debout au milieu de la grande salle de l'*osteria*.

« Mais bien sûr. Le cimetière va déménager. Et tous nos souvenirs, toute notre vie, toute notre histoire… C'est prévu aussi ? Le déménagement de la mémoire ? Qu'est-ce qu'il en dit, ton grand-père ? Pourquoi il n'est pas là, ce soir, Nessu' le forgeron ?

— Il est fatigué. Il n'a pas pu monter.

— Tu es en train de le tuer, Taormine.

— Notre ferme va se retrouver sous le niveau du lac, comme la tienne. Tu veux faire quoi, Volturno ? Apprendre à nager ? Mon grand-père sera bien mieux dans une maison à Bergame, avec des aides-malades.

— Et comment tu vas lui payer sa maison à Bergame ? »

Tous les villageois se sont regardés, gênés. Personne n'a osé prendre la parole, mais Volturno a compris la situation sans qu'aucun n'ait à dire quoi que ce soit. Le *condottiere*, en plus de proposer des emplois à Santa Pazienza aux actifs du village et les indemnités d'usage aux autres, avait fait des propositions aux autochtones. Tancredi Crevalcore venait de racheter la plupart des maisons et des propriétés de San Catello.

La Passeggiata, col des Guardi, août 1964

« C'est tout ?

— Comment ça, c'est tout ?

— C'est tout petit !

— Vous vous attendiez à quoi ? À la basilique Saint-Pierre de Rome ?

— Non. Mais tout ce drame pour dix malheureuses maisons et un campanile grandiloquent ! Vraiment… »

Les randonneurs patientent, regroupés dans le goulet granitique du col des Guardi. Tous les regards sont braqués vers la vallée du Scavone, beaucoup plus bas. Addolorata n'a jamais supporté qu'on déprécie son village. Et Testastretta, l'emmerdeur de l'Éducation catholique, l'horripile depuis le début de la matinée. Il sait tout sur tout et surtout, veut le faire savoir. La retraitée milanaise joue de sa surdité diplomatique, les Français de leur mauvaise compréhension de l'italien. Les Américains ont bénéficié des chroniques contrariétés logistiques d'Albert, qui galère avec son sac à dos récalcitrant. Les autres randonneurs subissent Testastretta depuis leur départ de Santa Pazienza. L'enquiquineur prépare un exposé sur les ouvrages hydroélectriques des Alpes, un de ses moments de gloire à venir face à ces foules d'élèves suspendus à ses lèvres. Il était déjà au courant de tout, mais est venu chercher sur le terrain quelques confirmations de ses propres théories. Le barrage sur le Scavone est un cas d'école, et l'école, c'est lui ! Lui aussi est un cas d'école.

Addolorata se tourne vers les autres marcheurs, ignorant l'homme à la tête et aux idées étroites. Albert Midland se traîne loin derrière sur la route Marshall, toujours à la bourre, suffocant sous son équipement d'explorateur polaire. Sa femme admire le pays qu'elle découvre à ses pieds. Elle est sous le charme. Le fond de la vallée du Scavone part vers les cimes, dans un océan de mélèzes et de sapins d'un vert intense. La roche sombre perce dans les tombants, deux cascades audacieuses brillent dans un vallon élevé. On aperçoit quelques alpages, le tracé effacé d'une route forestière, les ruines éparses de bergeries d'altitude. La forêt a gagné sur les parcelles abandonnées. Quelques mûriers centenaires subsistent à proximité des dernières ruines de fermes en amont. Plus bas, le Scavone paresse entre l'ubac et l'adret, dans un paysage étrangement désert. La végétation a été rasée au-dessous d'une courbe de niveau qui aurait dû correspondre à la surface de la retenue d'eau. Le sol y est presque à nu : la pierre est prédominante mais la broussaille se réveille çà et là. Regroupées autour de l'église, les maisons de San Catello s'offrent aux yeux des marcheurs. Le col qu'ils viennent de franchir les place en surplomb de l'enchevêtrement des ruelles et des calades du village abandonné.

Pietrino est arrivé au col cinq minutes avant la troupe. Il détaille le paysage, retrouve les lieux de son enfance. Il tente de repérer le toit de l'auberge de Gran'Paolo, celui de la maison Vitiglio, les restes de la maison ouvrière qui abritait Addolorata, excentrée. Addolorata lui a pris la main, comme elle l'avait fait avec Volturno lors du dernier conseil de village. Pietrino est ému. Lui, déjà peu bavard d'habitude, ne dit rien, mais son visage laisse transparaître une grande émotion. La retraitée milanaise détaille les deux remparts de pierre taillée entre lesquels les onze randonneurs attendent un signe pour entamer leur descente :

« C'est curieux, cette route percée juste là dans la caillasse, non ? »

Addolorata effleure le granit du goulet d'un geste mécanique. Ses doigts suivent la rainure verticale d'un percement pour un tir de mine :

« La route Marshall a été construite pour amener tout le matériel depuis la plaine lors de la construction du barrage. »

Testastretta s'immisce dans l'explication, avec sa voix insupportable :

« Et surtout pour servir ensuite de voie d'accès au village. Non ? Puisque la montée des eaux allait engloutir la route séculaire qui montait de Santa Pazienza.

— *Ecco !*... Voilà ! »

Addolorata aurait volontiers giflé ce trou-du-cul prétentieux, mais c'est un mauvais geste commercial. Même si aucun membre de l'expédition ne le supporte plus. Elle allait donner le départ pour la descente lorsque Testastretta s'est manifesté, encore :

« Et Guardi ? Pourquoi "col des Guardi" ? »

Addolorata affiche une rapide grimace, vite gommée. La fin tragique de Pinolo Guardi et des siens n'est pas un bon souvenir pour les gens d'ici. Pinolo, comme ses proches, avait toujours été un paria – une vieille histoire d'alliance mal gérée lors du Risorgimento. Une route était indispensable pour les travaux. La plupart des terrains autour de cette crête appartenaient à la famille Belonore ou à la famille Vitiglio, et il était inconcevable pour des gens hostiles au barrage de donner la moindre autorisation de passage. Le seul terrain sur cette crête qui n'appartenait pas à Volturno était cette butte stérile culminant à près de 1 500 mètres d'altitude. Les Guardi ne possédaient aucun des terrains agricoles bien placés. Il ne leur restait que cette bande de terre caillouteuse qui contournait les lieux stratégiques du village. Elle s'est révélée idéale pour y creuser la route vers le chantier. Du jour où les mines ont fait sauter ce bouchon et percé le goulet, le chemin est devenu une véritable autostrade. Addolorata fait l'impasse sur l'explication exacte. Un ascalaphe, insecte étrange, mi-papillon mi-libellule, jaune et brun, en pleine chasse, frôle le crâne de la retraitée milanaise. Addolorata en profite pour raconter n'importe quoi à l'insupportable Testastretta, mais sur un ton tellement docte qu'elle lui cloue le bec.

« Vous ne connaissez pas les guardi ? Voilà un guardi, ce papillon-là ! Mais enfin, vous savez bien… Les guardi ! »

Pris au dépourvu, Testastretta acquiesce pour confirmer. Hors de question pour lui de perdre la face !

« Mais oui, bien sûr. Les guardi… Je suis bête. »

Addolorata a failli lui répondre : « Je ne vous le fais pas dire », mais elle s'est retenue à temps. Le groupe entame sa descente vers le village. Pietrino marche devant.

San Catello, automne 1945

Personne n'aurait su dire lequel des deux, de Pietrino ou de son grand-père, était le plus fier. Pietrino chevauchait Pagliacci qui, pour cette occasion, restait sérieux comme Pie XII. C'était le seul moment où l'âne de Volturno ne donnait pas l'impression de sourire, toutes ses dents en avant. Il se retenait, assumait son rôle de destrier avec dignité, les oreilles dressées, vigilant à ne pas trébucher sur les pavés des calades. Le patriarche marchait à côté de l'équipage d'un pas serein, sans tenir le collier de Pagliacci. C'était la cérémonie du matin – de tous les matins.

Pietrino garde de ces moments un souvenir exalté, comme une réelle parenthèse de bonheur dans son enfance solitaire. Il sent encore les mains rugueuses de l'aïeul le prendre sous les aisselles pour le poser sur la croupe de l'âne. Il caresse encore le poil de la crinière noire. Il ressent toujours le balancement du chevauchement et l'odeur forte, mais rassurante, de l'animal. Il était un digne chevalier sur sa monture, parcourant une ville habitée de fantômes bienveillants qui se prosternaient sur son passage. Volturno lui faisait faire un tour du village, l'itinéraire changeait à chaque voyage. Le patriarche en profitait pour raconter l'histoire de San Catello, maison par maison, ruelle par ruelle, famille par famille. Anecdote après anecdote, chaque fâcherie, chaque bisbille, chaque amourette entre villageois devenait une croisade, une bataille, un ballet romantique. Volturno n'était pas avare de détails. Chaque passage par la placette au centre de

San Catello provoquait un arrêt de circonstance, où Volturno racontait une anecdote sur Ciro, le brave homme du bazar, un fidèle mort dans des circonstances douloureuses. Puis Volturno se tournait vers l'auberge de son cousin, crachait dans le caniveau et insultait le traître. Gran'Paolo prospérait depuis le début du chantier dans sa cantine de Santa Pazienza, en bas, chez l'ennemi. Lorsque Volturno, Pietrino et Pagliacci repartaient de la placette, le patriarche chantonnait toujours une petite mélodie. Pietrino aimait bien cette mélopée, les seules notes de musique que son grand-père fredonnait. Volturno Belonore avait une relation étrange avec la musique ; l'histoire récente de sa tribu ne le poussait pas à être mélomane. Mais il gardait en tête les notes du dernier mouvement du *Stabat Mater* de Boccherini, une version bien particulière interprétée par son fils Marzio sur cette placette, à l'endroit même où ils se trouvaient, devant l'*osteria*. Puis ils redescendaient vers la ferme des Belonore pour s'occuper du potager.

Personne n'aurait pu décrire la sérénité de ces moments. En fait, personne n'aurait rien pu dire, parce qu'il n'y avait plus personne. Le village s'était vidé de ses derniers habitants avec la fourberie de Tancredi Crevalcore, le richissime industriel qui avait su racheter l'essentiel des propriétés de San Catello. Plus une seule maison n'était occupée. Même la maison de Francesca, le plus bel hôtel particulier du village, là où Vittoria résidait avant la guerre, avant sa rencontre avec Carlo, était vide. Elle appartenait toujours aux Belonore mais après l'incident de Parme, Vittoria s'était réfugiée chez Addolorata, à la lisière du village.

Addolorata était veuve. Elle habitait une des maisons ouvrières destinées aux journaliers du temps des magnaneries. *Zia do'*, comme la surnommait le petit Pietrino, avait ajouté deux chambres à la cabane existante. La structure était succincte, mais l'intérieur douillet. L'univers y était très féminin. Matteo, le fils d'Addolorata, ne vivait plus là depuis qu'il trafiquait dans toute la Péninsule sous son pseudonyme à la réputation sulfureuse, Macchia Rossa. Vittoria s'y était aménagé un espace de vie, un nid dans lequel elle tentait de se reconstruire auprès d'Addolorata. Les deux femmes avaient récupéré quelques tapis et du mobilier dans la maison de Francesca. Les deux vases Gallé et les lampes à pétrole aux socles art déco de la veuve Vitiglio étaient anachroniques dans l'environnement rustique des gîtes pour journaliers.

De Parme, Vittoria n'avait gardé que son petit phonographe à manivelle. Elle avait sauvé trois galettes de cire qui lui étaient précieuses, les *Sonates pour violon* de Jean-Sébastien Bach interprétées par un concertiste croate virtuose, au nom imprononçable. Depuis, les arpèges de Zlatko Baloković accompagnaient sa détresse. Carlo, son homme, parcourait les routes avec Matteo et se faisait discret. Pietrino, son fils, passait de longs moments avec Volturno, et quelques heures par jour avec elle et Addolorata. Les deux tutrices lui apprenaient les bases de la lecture et du calcul.

Vittoria avait été une jeune femme dynamique, prête à bousculer les usages pour vivre ses passions avec fougue. L'arrivée de Pietrino l'avait épanouie, malgré les temps difficiles. Cinq années de conflit et deux ans de Résistance avec les partisans d'Émilie-Romagne l'avaient exténuée. L'incursion brutale des gradés américains l'avait ébranlée. Quelque chose s'était brisé. Elle n'avait plus d'allant, plus d'énergie. Vittoria avait surtout beaucoup de mal à supporter les autres humains, persuadée d'être en déficit d'amour à donner. Ses réserves étaient épuisées. Elle avait trouvé asile chez l'amie d'enfance de sa vraie mère, la seule qui était restée fidèle aux Belonore. Zia Do' était devenue la pièce charnière de toute la reconstruction mentale de Vittoria. Elle jouait le rôle de mère, de sœur, de meilleure amie et de confidente attentionnée.

Volturno avait bien suggéré aux deux femmes de partir s'installer avec Pietrino dans un appartement de la ville basse de Bergame qui appartenait à Francesca, et que la famille Belonore possédait toujours. Le refus avait été radical; Vittoria n'imaginait pas se retrouver au milieu du chahut de la civilisation. Son village, ajouté à la proximité d'Addolorata et son père, la rassurait. Vittoria, Pietrino, Zia Do' et Volturno restaient donc les derniers habitants de San Catello.

Santa Pazienza, automne 1945

Plus d'une centaine d'ouvriers s'affairent dans la clue du Scavone. Le contraste entre le calme de San Catello et la frénésie qui règne dans la plaine de Santa Pazienza est saisissant. La fourmilière s'organise, dans un chaos de bruits, de poussière et de boue. Le fracas des mines rythme les journées, les déflagrations résonnent jusqu'aux alpages. Les vapeurs de mazout stagnent dans le marécage qui longe les baraquements. Les énormes moteurs des machines vrombissent à longueur de semaines. Les va-et-vient sur la route Marshall sont incessants. Les marteaux-piqueurs grignotent la montagne, le cours tumultueux du Scavone compte ses jours. Des pompes tournent déjà. Les résurgences naturelles n'ont pas altéré le rythme effréné des travaux, mais elles empoisonnent le quotidien des travailleurs installés à Santa Pazienza. L'humidité perle partout, dans toutes les chambrées, sous tous les planchers de dortoirs, et même dans les murs du réfectoire. Trois ateliers de maintenance turbinent de l'aube au crépuscule, l'huile de vidange remplit les citernes. Les postes à soudure crépitent à longueur de journées, projetant des ombres diaboliques sur les murs des hangars. Les machines souffrent de maltraitance. Les énormes excavatrices tombent en panne régulièrement. La configuration n'est pas la plus rationnelle. Les Américains fournissent les engins et l'infrastructure industrielle, mais tout le materiel est utilisé par les Italiens. Et les modes d'emploi restent en anglais.

Du trio Waltz, Fikenberger et Giramondo, les ingénieurs qui ont supervisé le projet à son origine, dès 1937, seul Giramondo reste en lice. Le petit frisé a pris du galon ; il assure la planification et le suivi du chantier.

Waltz est reparti vers l'Autriche en 1939, dès l'arrivée de la Deuxième Division de blindés allemands à Linz, sa ville natale, trop heureux de pouvoir enfin crier son amour au Troisième Reich. Mauvais choix : Waltz a terminé la guerre éparpillé dans un abri de Wurtzbourg.

Fikenberger a eu comme seul handicap d'être juif. Sa situation s'est dégradée avec les lois raciales de 1938. Malgré une allégeance très ostentatoire au parti de Mussolini et à son chef, il s'est retrouvé un matin de printemps dans un train pour Fossoli, le camp de rétention établi près de Ravenne, avant de partir se dissoudre à Flossenbürg, en Bavière, en compagnie de quelques autres malchanceux.

Giramondo, aidé d'une armée de contremaîtres et entouré de quelques ingénieurs de haut vol, surveille l'avancée de l'ouvrage, en relation permanente avec le *condottiere* Crevalcore. Les études préliminaires sont de qualité, les tunnels d'exploration utilisables pour la suite de l'exploitation de l'édifice. Les cimentiers vont pouvoir rentrer dans la danse : ils n'attendent que le feu vert de l'administration et de *l'Istituto per la Ricostruzione industriale.*

La cité ouvrière s'étend sur plus d'un hectare dans une configuration géométrique à l'américaine, mais gérée à la napolitaine. Les provinciaux se sont regroupés par région. Les Livournais se sont rassemblés près de la cantine de Gran'Paolo, les Piémontais à proximité de l'épicerie tenue par les Mezzanese. Les frictions identitaires ressurgissent, comme à chaque fois que l'histoire veut réunir de force des peuples de cultures aussi différentes que des Siciliens et des Lombards.

Les expatriés de San Catello se sont imbriqués dans le quotidien de Santa Pazienza. La manœuvre s'est déroulée sans aucun problème, leur prospérité aidant. Les Mezzanese jubilent en recomptant tous les soirs caisse et stocks de conserves. Amelia Mezzanese râle déjà : c'est le signe prometteur d'une grande prospérité. Leur neveu Guido s'est institué boulanger de la nouvelle communauté ; son pain est aussi mauvais que celui qu'il bâclait à San Catello. Gran'Paolo paie sa dîme, comme tous les commerçants installés avec l'aval de Moïse Giaccanova, le nouveau nabab du pays. En restaurateur avisé, il a engagé deux cuisiniers et trois gamines de la région pour s'occuper du service. Sa cantine ressemble plus à un réfectoire de collège qu'à une trattoria chic de la piazza Navone, mais les tablées de dix couverts se succèdent à toute heure de la journée. Le bistrotier s'est aménagé un comptoir avec vues imprenables sur sa salle et sur la ville nouvelle. Les cloisons en bois clair de son établissement n'ont certes pas la patine des lambris de l'*osteria* du Risorgimento, mais les larges fenêtres ouvertes sur Santa Pazienza lui offrent un rôle inespéré de vigie officielle. Les activités ont repris leurs cours, et les anciens de la vallée du Scavone, ceux qui avaient migré vers la plaine, ne regrettent pas leur décision.

Une véritable ville voit le jour sous les yeux incrédules de Moïse Giaccanova. Le propriétaire des lieux s'est autoproclamé maire et gouverneur de Santa Pazienza. Ce miraculé du plan Marshall passe ses journées à plastronner dans les rues boueuses recouvertes de planches bancales qui quadrillent son domaine. Dans son costume confectionné sur mesure à Bergame – mais sans doute pas avec les bonnes mesures –, Giaccanova salue, serre des mains, fanfaronne. Moïse s'est même trouvé un titre honorifique, dégotté va savoir où : *Signor Bürgermeister Giaccanova.* La solennité d'un attribut à consonance germanique lui plaît beaucoup, même si l'issue de la guerre donne un caractère belliqueux et décalé à ce sobriquet. Moïse s'en moque. Sait-il même que cette guerre est terminée ?

Une faune bigarrée grouille, difficile à canaliser. Le *Bürgermeister* Moïse Giaccanova a mis fin à un trafic de cigarettes en confisquant, armes à la main, une camionnette trop clinquante arrivée de Rimini un soir de repos, remplie de cartouches de Lucky Strike volées sur un cargo. S'il y a du commerce à faire ici, ce sera sous sa houlette. Une police locale s'est organisée sous la férule d'un géant chauve et taciturne, un ancien cador du parti fasciste qui répond au nom de *Gregor il Greco*. Ce mastodonte mal embouché a pour compagnon un énorme *Cane Corso*, un chien de garde massif à l'allure aussi avenante que son maître, bien nommé « *Maciste* ». Le duo ne respire pas la tendresse.

Six mois plus tôt, le Grec avait fait repentance publique devant les Alliés en dénonçant trois de ses anciens amis de faisceau. Il les a lui-même exécutés pour être certain de s'affranchir de tout retour d'information gênant. Puis il a adopté Maciste, pour afficher clairement son idéologie sans ambiguïté. Le service d'ordre de Gregor le Grec s'est mis en place après une bagarre entre un manœuvre gênois et un mineur venu des Pouilles. Les deux ouvriers se disputaient une caisse de bouteilles de soda, un oubli de l'intendance de l'état-major américain. Gregor, épaulé par son molosse Maciste, les a mis d'accord, expédié à l'infirmerie des militaires, et posé par la même occasion les bases de son service d'ordre. Strict. Une dizaine de troufions alliés stationnent en permanence à proximité du chantier. À part ouvrir leur boîte à pharmacie, ils n'ont plus eu grand-chose à faire depuis la mise en place du système de sécurité de Gregor le Grec.

Dans ses prospectives commerciales opportunes, Moïse Giaccanova aspire à aménager une zone de repos discrète. Un petit bordel de campagne serait le bienvenu. Tous ces travailleurs acharnés méritent bien quelques séances de défoulements tarifés. Il lui manque juste le personnel féminin, mais le projet est sérieux.

Un soir d'octobre, un camion de transport d'une société de déménagement pisane a emprunté la route Marshall. Gran'Paolo servait des digestifs aux habitués, ceux qui restent collés au bar jusqu'à la fermeture, dont quelques anciens du village d'en haut. Tous ont vu le véhicule inconnu emprunter la route vers les hauteurs. Il n'existe plus que ce chemin détourné pour rejoindre San Catello, par le col des Guardi. La route le long du torrent est en permanence occupée par les engins du chantier. Le bistrotier a réagi le premier :

« Il y a encore des choses à déménager, là-haut ? »

Guido Mezzanese, le boulanger, a eu un haussement d'épaules :

« Rien qui en vaille la peine. »

Son oncle Otello, l'épicier, a enchaîné :

« On y a récupéré tout ce qui avait de la valeur. »

Guido a cru bon de préciser :

« Même quand c'était pas à nous ! »

Il a ricané avec la grâce d'une pintade la veille de Noël avant de préciser :

« C'est peut-être quelqu'un qui retourne s'y installer. L'avenir est à San Catello ! »

Il a éructé un rire très proche du démarrage d'un tractopelle. Sa tirade l'a beaucoup amusé. Guido Mezzanese est toujours le seul à s'amuser de ses propres saillies. La grande salle était presque vide, les bancs et les chaises déjà retournés sur les plateaux, et personne pour l'encourager à persévérer dans son second degré, fin et délicat. Une seule petite table était occupée dans un coin de la pièce, recouverte d'épais dossiers estampillés de tampons d'officines du gouvernement américain.

Hiroshima et Nagasaki y étaient attablés autour de whiskies d'un goût discutable. Taormine, le petit-fils de Nessu' le forgeron, ne les lâchait plus depuis trois jours. Les deux inspecteurs américains sont revenus, toujours à la recherche d'informations sur ce Carlo Ceserano. Mais cette fois, ils ont pris la précaution de demander un interprète. Taormine s'est proposé : il est en possession de quelques notions d'anglais. Il a traduit tant bien que mal les réponses à la liste des questions posées aux anciens de San Catello. La conclusion est simple : plus personne n'a jamais vu ce Carlo Ceserano ici… et c'est la vérité. Mais Hiroshima et Nagasaki ont la dent dure. Ils sont surtout opiniâtres, deux dignes représentants de la rigueur et du professionnalisme en provenance directe du Nouveau Monde. Leurs ordres de mission ont été prolongés : ils ont tout leur temps.

Hiroshima et Nagasaki étaient plongés dans la lecture de la pile de dossiers étalés sur leur table. Le rapport d'un agent de la CIA basé à Marseille les intriguait. Les services de renseignement américains sont déjà très occupés par l'arrivée à la municipalité d'un communiste soutenu par la CGT locale, et le port de commerce est considéré comme une place stratégique. Mais l'agent a pu faire quelques recherches. Personne n'a revu ici Charles Cèseran, ex-Carlo Ceserano. La trace d'une fuite vers l'Italie, une dizaine d'années plus tôt, s'est confirmée. La famille Cèseran a été contactée ; d'autres rapports devraient suivre. Hiroshima et Nagasaki notaient leurs hypothèses sur des cahiers déjà bien remplis. Au passage du camion de déménagement, les deux Américains ont tendu l'oreille aux réactions de la brochette d'imbibés calés contre le comptoir. Taormine n'a même pas essayé de traduire la vanne de Guido le boulanger. Il a fait un signe négatif de la main à ses nouveaux employeurs. L'événement ne valait pas la peine d'une traduction simultanée qui, de toute manière, aurait été désastreuse.

San Catello, ce jour-là

Ce jour-là comme tous les jours, Pietrino avait fait son tour de village sur le dos de Pagliacci. La leçon du jour avait porté sur Francesca Vitiglio, la troisième épouse du patriarche. L'évocation de l'amour de sa vie avait ému Volturno ; il n'avait même pas pensé à cracher sur le seuil de son cousin. Sa petite ritournelle autour des thèmes de Boccherini était plus légère. Pietrino avait été attentif, comme tous les jours. La journée s'était poursuivie par une halte dans le potager d'Addolorata, comme tous les matins. Vittoria et Zia Do' apprenaient les rudiments de la survie au gamin, et il suivait les consignes avec grande attention. Puis ils ont rejoint Volturno pour le repas de midi, pris dans la pièce à vivre de la maison Belonore. Frugal, mais préparé avec soin, le déjeuner réunissait les quatre solitaires de San Catello autour de la grande table.

Le moment était important, comme le conseil d'administration quotidien d'une entreprise fragile. Volturno avait jeté aux oubliettes la règle ancestrale qui obligeait les femmes à manger debout pendant que les hommes se laissaient servir assis. La mort de sa mère, la Serenella, avait été un très bon prétexte pour éradiquer cette coutume méprisable. Les deux premières heures de l'après-midi étaient studieuses. Vittoria apprenait à son fils la lecture, la grammaire, le calcul. Pietrino était consciencieux, trop sérieux pour un enfant de six ans, mais sa concentration lui permettait de progresser à une allure impressionnante. Après avoir avalé un morceau de pain trempé dans le lait chaud d'une des deux vaches de Volturno, Pietrino partait aider son grand-père dans son potager, ou dans le verger.

Volturno avait aménagé son quotidien pour vivre en parfaite autarcie. Il cultivait ses légumes, élevait ses cochons, gérait son troupeau de deux vaches et un veau, surveillait ses chèvres de loin, ses poules de plus près, et engueulait son coq. Volturno partait parfois chasser. Et il avait des ruches. Les abeilles lombardes produisent un miel de montagne remarquable. Pietrino jouait souvent autour de trois souches de fruitiers dans un coin du verger. Le gamin avait dégoté deux pots de peinture à l'huile de lin aux couleurs incertaines, un presque bleu et un beige sale. Il en avait badigeonné ses totems pour leur donner une apparence humaine. Puis Pietrino s'était fabriqué un pistolet avec deux bouts de bois que son grand-père avait assemblés. Il passait de longs moments à viser et à faire semblant de tirer sur les bois morts dressés, qu'il appelait « les Américains ».

Pietrino voulait tuer les Américains, tous. Il n'imaginait pas très bien l'ampleur de la tâche qu'il s'était fixée. Le drame de Parme l'avait marqué. Son esprit d'enfant n'avait pas analysé les faits, mais la violence de la scène le hantait. Volturno essayait de modérer ses ardeurs meurtrières. Ce qui aurait pu passer pour un jeu puéril était ancré dans l'esprit de Pietrino, son grand-père en était conscient. Plusieurs fois, il l'avait raisonné. Sans grand succès. Volturno avait du mal à canaliser la haine du garçon. Le gamin était un Belonore, et les membres de ce clan, qu'ils soient homme ou femme, n'étaient pas du genre à se laisser marcher sur les pieds. Mais le désir de revanche tournait à l'obsession. Pietrino avait des arguments :

« Mon père, il a tué un Américain. »

Pietrino mimait très précisément les gestes de Carlo, en faisant les bruits des coups de feu avec la bouche. Il visait le bas… *pang!* Puis le haut de la souche… *pang!* Une balle dans le ventre, une dans la tête.

« Ton père, il a surtout tué des Allemands, des méchants et aussi des bandits, mais il y a longtemps.

— Et moi je ferai comme mon père, mais avec les Américains. »

Pietrino repartait exécuter les souches, qu'il visait avec attention et qu'il achevait à coups de pied.

« *Senti, Pietri'.* Écoute-moi, Pietrino, les Américains ne sont pas tous des méchants.

— Ceux qui ont tué mon père, oui.

— Ils n'ont pas tué ton père, Pietrino.

— Ah non ? Alors pourquoi je ne l'ai plus vu, mon père ?

— Il se cache, ton père. Il reviendra un jour. Là, il ne peut pas.

— Non. Il est mort, mon père. J'en suis certain. Il ne me le dit pas pour pas me faire de la peine.

— Il ne te le dit pas ?

— Dans mes rêves. Mon père est déjà revenu dans mes rêves, deux fois. Chaque fois, il me dit qu'il m'aime, mais je sais bien que c'est un fantôme. Ça peut aimer, un fantôme ? »

Volturno était hanté par ses propres fantômes, et il ne s'était jamais posé la question. Sans doute les fantômes pouvaient laisser des traces d'amour. À l'avenir, il serait plus vigilant sur ce sujet.

Ce jour-là, Pietrino était enragé contre ses trois totems qu'il mitraillait à grands coups de pistolet de bois :

« Un jour, je partirai chez les Américains et je les tuerai. Tous. »

Puis le crépuscule tant redouté était arrivé. Le déclin du jour ravageait Pietrino. Ce moment de flottement après le coucher du soleil, lorsque le ciel bascule vers des bleus morbides, déchaînait une angoisse incompressible chez le pauvre gamin. Pietrino se mettait à pleurer, inconsolable, jusqu'à ce que la nuit enfouisse la vallée dans une obscurité totale. Sa mère le prenait dans ses bras, il y déversait ses larmes. Ses sanglots secouaient le moral déjà bien bas de Vittoria, qui ne savait rien faire d'autre que de lui murmurer son amour à l'oreille. Avec la nuit, la raison reprenait le dessus.

Ce soir-là, Pietrino s'endormit comme une masse. Lorsque son père le prit dans ses bras, il ne se réveilla pas tout de suite. Carlo le serra très fort contre lui. L'étreinte dura. Pietrino se frotta les yeux, s'assit sur le bord du lit et se cala contre son père. Carlo passa la main dans les cheveux de son fils.

« Papa ?

— Oui, Pietrino. Quoi ?

— Dans ton pays de fantômes, y a des Américains aussi ? »

Carlo fut surpris par la question.

« Mon pays de fantômes ?

— Quand on est mort, on vit chez les fantômes, non ? »

Carlo, troublé, ne sut pas quoi répondre à cette question précise. Il serra Pietrino contre lui :

« Mon pays de fantômes est peuplé de toutes sortes de gens bizarres, tu sais. Des Américains, mais aussi des Italiens, toutes sortes d'Italiens. Des pauvres gens qui font n'importe quoi pour s'en sortir, des pauvres gens qui ne font rien, des gens très riches qui en définitive sont de pauvres gens, des pauvres gars méchants comme des teignes, des pauvres filles généreuses comme des saintes… Des hommes, des femmes. Et des Américains aussi. »

Pietrino dévisagea son père. Il ne comprenait pas comment un fantôme pouvait l'étreindre avec autant d'amour, avoir une voix aussi assurée, montrer ce sourire affectueux. Dans le monde des morts, les avatars devaient être tristes, puisqu'ils étaient morts ! Pietrino se dit qu'il aurait peut-être une explication, un jour. Il se blottit contre son père :

« On va faire un marché, toi et moi…

— Si tu veux, Pietrino.

— Dans ton pays de fantômes, tu vas tuer tous les Américains. Et moi, ici, dans la vraie vie, je vais tous les tuer. D'accord ?

— Tous, Pietrino ? Vraiment ?

— Je te le promets, papa. Je les tuerai tous. Et toi ?

— Pas tous. Mais deux, certainement. Ça, je te le promets, mon fils.

— Tu reviendras plus souvent dans mes rêves ? »

Carlo eut un moment d'émotion mal contrôlé. Ses yeux s'embuèrent :

« Je reviendrai, Pietrino. Je reviendrai. »

Avant que Carlo ne quitte la petite chambre de la maison d'Addolorata, son fils lui murmura avec un sourire :

« Ne t'inquiète pas, papa. Tu peux retourner chez les fantômes, je m'occupe bien de maman, ici. »

Pietrino se rendormit, serein. Carlo se retrouva seul avec Vittoria. Ils firent quelques pas en direction du village, dans un silence apaisé. Une chouette hulotte cherchait l'âme sœur à grands cris. Une légère brise agitait les cimes des trembles, l'automne déshabillait leurs branches. La lune y mettait du sien pour éclairer les chemins. Carlo prit Vittoria par la main mais elle retira ses doigts, comme piquée par un insecte. Vittoria eut un sourire désolé :

« Je ne peux pas, Carlo. Tu sais que je ne peux plus. »

Depuis son agression, Vittoria ne supportait plus d'être approchée par un homme. Son fils était la seule exception. Vittoria et Carlo traversèrent San Catello côte à côte. Au loin, le chat-huant poussait sa plainte. Descendant vers la ferme de Volturno, ils passèrent devant la maison de la veuve Vitiglio qui avait abrité leurs premiers émois. Vittoria se serra contre son compagnon, passa les bras autour de sa taille. Lorsque Carlo voulut faire de même en entourant ses épaules pour l'attirer vers lui, Vittoria se dégagea. Un réflexe. Après quelques pas, Carlo aborda un sujet récurrent :

« Ton père m'a encore proposé de nous installer dans l'appartement de Bergame. Ce serait mieux pour toi, pour Pietrino, pour nous. Tu ne crois pas ?

— Non. »

Non, bien sûr. Carlo connaissait déjà la réponse avant même d'évoquer la question. Vittoria s'était refermée sur elle-même ; un retour à la civilisation était inconcevable. Ils cheminèrent sans un mot jusqu'à la ferme du bas du village. Le camion était garé près de la grange. Volturno, assis sur son trône de chêne, emmitouflé dans une vieille capote militaire et armé de son fusil de chasse, attendait en observant le ciel. Carlo grimpa sur la remorque et fit passer une après l'autre les caisses destinées à sa famille. Le patriarche restait circonspect.

« Tu sais, Carlo, nous pouvons très bien nous débrouiller sans toute cette camelote superflue. C'est quoi, cette fois ?

— Des conserves de viande, des conserves de haricots, de la pharmacie…

— Ma viande est largement suffisante à notre consommation. Mes fèves sont certainement meilleures que tes haricots venus du Mexique ! Et nous sommes en très bonne santé. Et ce, justement parce que nous ne mangeons ni viande en boîte ni haricots américains.

— Avec le début du bétonnage, vous allez vous retrouver isolés du reste du monde.

— Nous le sommes déjà. Trouve-nous plutôt de quoi nous défendre, Carlo.

— Vous défendre contre quoi ? Lorsque l'eau montera jusqu'au village, il n'y aura plus grand-chose d'utile pour vous défendre. Et plus rien à défendre non plus. »

Carlo vida son camion. Avant de partir, Volturno l'interpella :

« Sois très prudent, Carlo. Et ne viens plus trop traîner par ici. Deux Américains te cherchent, des caricatures. Mais ils ne lâcheront rien. Je crois qu'ils sont installés en bas, à Santa Pazienza. Ils y ont mis les moyens. Tu as tué un des leurs.

— Ils ont pris ma vie, Volturno. Ils ont détruit mon travail, mes outils, mon avenir. Ils ont voulu détruire ce que j'ai de plus cher. Je les retrouverai. Je leur ferai payer.

— Et après ? Tu fuiras ? Comme lorsque tu as quitté Marseille ? Et pour aller où, cette fois ? Et Pietrino, ton fils, qu'est-ce qu'il devient dans tout ça ? »

Carlo marqua un temps. Il déchargea la dernière cantine de son camion.

« Et sinon, Volturno ? Quelle est la solution ? Faire comme votre fils Marzio ? Me rendre et disparaître ?

— C'était une autre situation, un autre problème.

— C'est le même problème. Exactement le même… »

Ce cercle vicieux rongeait le photographe. Sa fuite en avant avait commencé par la déroute de Parme, et une implacable logique se retournait contre lui. Volturno serra Carlo contre son cœur, dans une accolade paternelle. Il voulait laisser au jeune couple un moment d'intimité. Volturno retourna dans sa ferme, ferma les portes de la grange, disparut dans l'obscurité. Vittoria s'approcha, tendit les mains vers Carlo. Leurs doigts se croisèrent. C'était vraiment tout ce dont elle était capable. Vittoria remonta la main de son compagnon à sa bouche, l'embrassa du bout des lèvres.

« Sois prudent, Carlo. Nous tenons tous beaucoup à toi. »

Vittoria remonta la grande calade vers la maison d'Addolorata. Elle sanglotait. Arrivée chez l'amie d'enfance de sa mère, elle s'écroula en larmes dans ses bras. Les deux femmes passèrent un long moment enlacées, engoncées dans un grand fauteuil en cuir récupéré dans la maison Vitiglio. Vittoria pouvait rester ainsi des heures, la tête au creux de l'épaule d'Addolorata. La deuxième *Sonate pour violon solo* de Bach résonna dans la petite maison. Ce n'est qu'à la fin de la deuxième face du disque que Vittoria sécha ses larmes.

À la lueur d'une lampe à pétrole, Volturno passa une partie de la nuit à relire les papiers d'expropriation, et les circulaires techniques du barrage. Le niveau de référence était 1170, ce qui voulait dire que sa ferme et le cimetière du village seraient noyés. Et c'était inadmissible. L'eau ne recouvrirait jamais les tombes des siens. Il préférait mourir.

Carlo redescendit la route Marshall à vive allure. Il avait le cœur gros. Chaque visite au village était un déchirement. Son fils lui manquait, sa femme aussi. Après tous les déboires vécus en France avant son exil, il avait su construire une vie de famille qui aurait pu s'épanouir. Il y avait cru, comme Vittoria. Et tout s'était écroulé. Carlo Ceserano traversa le village ouvrier dans la plaine de Santa Pazienza peu après minuit : plus personne n'était là pour le voir. Accroché au volant de son camion, le photographe pleurait.

Turin, début novembre 1945

Trois piles de documents trônent devant l'ingénieur Belonore. Le projet est d'une banalité technique crasse. Il ressemble à toutes les retenues d'eau en barrage-voûte de la Péninsule et d'ailleurs. Les travaux auraient même pu avoir commencé si Hitler n'avait pas voulu imposer sa moustache au reste du monde. La hauteur de l'ouvrage est importante, mais la largeur de la clue du Scavone n'en fait pas un monstre technologique.

Lucio a passé une matinée entière à étudier le dossier Santa Pazienza. L'ingénieur Positivo lui a laissé l'usage de son bureau pendant la pause déjeuner afin qu'il termine sa lecture. Les études préliminaires ont été faites à peu près dans les normes. Les rapports des géologues sont complets, même s'ils ne sont pas d'accord entre eux sur « l'instabilité des marnes, à cause d'un manque de *Pecten Valonienssis* dans les assises jurassiques ». Lucio n'a pas relevé. Il est nul en géologie – un rejet inconscient de cette spécialité dû à son histoire personnelle. Il a connu dans sa jeunesse quelques déboires avec les terrains glissants de son père.

Spécialiste des bétons, Lucio a analysé les caractéristiques des matériaux prévus. Il a tiqué sur les proportions des mélanges qu'il trouve mal équilibrés, mais un chantier comme celui-ci utilisera une telle quantité de ciment que la moindre économie peut décupler les sommes à gagner pour les fournisseurs. L'ingénieur Positivo est de retour dans son antre. Il a entre ses mains un sachet de *Palle di Pietro Micca* toutes fraîches, des friandises à base de *gianduja* imaginées par les pâtissiers piémontais en l'honneur d'un lointain héros local. Lucio aborde son hôte sur-le-champ, sans faire cas de sa gourmandise :

« C'est un peu court pour les densités des ciments, je trouve. C'est bien beau de vouloir faire des économies sur le dos des commanditaires, mais ça risque de fragiliser l'édifice. »

Daniele Positivo a une grimace :

« Ils le font tous, vous savez. Vous n'avez pas mangé, Belonore ? Allez, aux héros de la Résistance ! *E viva Pietro Micca !* »

Positivo propose quelques meringues au chocolat à Lucio, qui les refuse poliment :

« Merci, Daniele. Vous êtes un frère pour moi, mais je n'ai pas faim.

— À propos de frère, j'ai croisé celui qui vous accompagne. Il s'est posé à la *pasticceria* Gerla, sous les galeries du corso Vittorio Emanuele. Il devrait passer vous récupérer d'ici dix minutes. Heureusement que ce frère dévoué est à vos côtés, non ? »

« Toma ! Abruti ! Mais qu'est-ce que tu fous là ?

— Moi ? Et vous deux ? Ici ? Vous savez bien que c'est interdit !

— Si c'est interdit pour nous, c'est interdit pour toi aussi. Tu devrais être en bas, au village !

— Et vous deux, bande de crétins ? Et le champ ? Et l'âne de Volturno ?

— Et le bébé d'Ofelia ? Tu devais pas garder le bébé d'Ofelia ?

— Il dort, le bébé d'Ofelia. »

« Vous vous sentez mal, Belonore ? Vous devriez vous restaurer. »

Lucio prend conscience de son trouble. Toma et Marzio, ses frères dévoués, ressurgissent ainsi, parfois.

« Non, tout va bien. Ne vous inquiétez pas.

— Si vous voulez rester un peu plus…

— Non. Merci encore pour votre accueil, Daniele. C'est juste que… ce dossier m'a replongé dans l'univers de mon enfance. Je connais bien ce coin de Lombardie, vous savez ! »

Daniele Positivo sait.

Le bureau de l'ingénieur donne de plain-pied sur la via Confienza ; Lucio n'a pas eu besoin d'aide pour retrouver Quadro. Un doux soleil d'automne réchauffe les trottoirs de Turin. La circulation est dense, la reconstruction de la ville occupe les mains, les esprits et les gens d'affaires. Son aide de camp est attablé devant un *Bavarese alla vaniglia con gelé di fragola*, à la terrasse du pâtissier. En quelques tours de roues, Lucio le rejoint pour un simple café serré. Grand gourmand devant l'éternel et devant son bavarois, le dominicain paraît épanoui :

« *Allora, Luciomio ?* Alors ? Ce barrage ? C'est la grande muraille de Chine ?

— Tout juste une restanque.

— Tu n'y es jamais retourné, là-bas ?

— Jamais, Quadro. Jamais.

— Même pour les grandes occasions ? »

Lucio grimace. Il avait voulu rejoindre sa vallée lombarde lorsqu'il avait appris le décès de Francesca, la troisième femme de son père. Mais se déplacer, dans son état, tient de l'expédition. Un serveur jovial vient apporter un autre expresso au dominicain :

« *Ciao Fratello !* Belle procession, dimanche dernier.

— *Grazie !* Merci, mais je n'y suis pas pour grand-chose. C'est surtout les sœurs de Santa Anastasia qui se sont démenées. »

Lucio écoute distraitement les banalités de comptoir. Le serveur est à la fois loquace et dévot :

« Sous la bénédiction de *Sant'Abramo Patriarco* ! Vivement la procession de l'année prochaine. Non ? »

« L'année prochaine, on organisera la procession des saints cocus !

— Bonne idée ! Tous les hommes du village viendront se tremper dans la boue, entièrement nus, pour expier leurs péchés.

— Même Pinolo Guardi ?

— Surtout Pinolo Guardi !

— Même Padre Bartolomeo ?

— Pourquoi pas le curé ? Je suis certain qu'il serait le premier à venir.

— Et les femmes du village viendront en cachette pour nous voir nous baigner nus !

— Surtout pas en cachette... Là, ce sera autorisé. Ce sera même conseillé.

— Tu crois qu'elles viendraient ?

— Francesca Vitiglio viendra... Contempler tous ses hommes, tous ses amants ! »

« Lucio ? *Luciomio ?* »

Lucio Belonore s'est évadé, très loin. Il n'y avait plus aucun fauteuil roulant, plus aucune institution religieuse, plus aucune équation sophistiquée, plus aucun calcul de forces, plus aucun rapport d'expert à remplir. Après un long moment suspendu, Lucio a souri à Quadro. Il paraît rajeuni de deux décennies :

« On devrait rentrer, Quadro. »

Le duo cocasse est reparti vers Cavoretto, rejoindre leur pied-à-terre chez les sœurs de la Charité. Après avoir longé le Corso Dante, l'équipage a traversé le Pô sur le ponte Isabella. Des nuées de feuilles jaunies s'éparpillent à la surface du fleuve, la pâle lumière de novembre rend cet après-midi d'automne féerique. Quadro est troublé ; il n'a jamais connu son ami paraplégique aussi rêveur. Depuis leur rencontre avec l'ingénieur Positivo chez le glacier Pepino, début septembre, quelque chose a basculé. L'humeur de Lucio est un curieux mélange de nostalgie, de joie et d'angoisse.

À l'aplomb du Corso Moncalieri, une vieille Lancia Augusta passe en pétaradant, perdue dans son nuage d'huile. Son conducteur est en panique, pas loin de fondre le moteur. Lucio pose une étrange question :

« Dis-moi, Quadro, tu as appris à conduire ?

— À part les troupeaux de brebis égarées à remettre dans le chemin du Seigneur, pas vraiment.

— *Che peccato !* Quel dommage.

— Et encore, même les brebis égarées, je n'y suis jamais trop parvenu. J'en suis arrivé à m'égarer moi-même. Faut dire que le Seigneur n'est pas coopératif tous les jours.

— Et autour de nous ?

— Autour de nous, *Luciomio ?* Il y a des ingénieurs en bâtiment, des responsables de cimenteries, un ou deux glaciers de qualité et quelques cuistots plutôt habiles, sinon quelques religieux et une cohorte de bonnes sœurs. »

Lucio réfléchit. Il enchaîne :

« Qui conduit chez les sœurs ?

— Qui conduit quoi ?

— Une voiture ou un camion.

— *Luciomio !...* Une voiture ou un camion, chez les sœurs ? »

Quadro a une illumination qui n'a rien de divin. Il s'exclame :

« Ah oui ! La fourgonnette Fiat. Celle de la sœur intendante. C'est elle qui conduit. Elle est la seule de tout le couvent à avoir le permis.

— L'intendante ! Voilà la bonne idée. J'aimerais lui parler : j'ai un projet d'importance, qui la concerne directement.

— Quand ?

— Tout de suite, Quadro. Là, maintenant... »

Moins d'une heure plus tard, après une courte halte au couvent Santa Anastasia di Sirmio, le duo de choc arpente les ruelles encore en ruine entre Lingotto et Mirafiori. Lucio est surexcité, Quadro intrigué. Passé la via San Remo, les deux hommes pénètrent dans un local sombre qui pue l'huile de vidange et le caoutchouc grillé.

Les chocs d'un marteau sur du métal couvrent tous les bruits de la rue, tous les bruits de la ville, toutes les conversations et même les rots pourtant sonores du vieillard assis sur une caisse vide, attablé devant un bidon géant qui lui sert de table.

« *Cerchiamo Mario!* On cherche Mario. »

Le raffut sur les tôles est tel que le vieillard ne s'est pas entendu répondre :

« *Scusi, cosa cercate che?* Qu'est-ce que vous cherchez ?

— *Mario! Dóve è Mario?* Il est où, Mario ? »

Lucio a hurlé. Mais le vieux est en pleine dégustation d'un potage aux moules et rien ne peut l'atteindre, à part une bonne gastro-entérite. Une collection édifiante de tous les pneus possibles pend au plafond de l'atelier. Des outils dépareillés traînent dans des flaques d'huile aux reflets arc-en-ciel. Sur un établi, le moteur en déroute d'une Borgward 1 500 a prêté ses entrailles à un autre monument de la mécanique, mais de conception italienne. Et a priori, aucune pièce n'est compatible. La fin est proche, l'agonie en cours : les viscères des deux machines se répandent dans le caniveau destiné à l'huile de vidange. Des pistons vadrouillent près d'une poubelle saturée de cadavres industriels. Au fond du hangar, une estafette remue au rythme des coups sur son pot d'échappement. Un grincement douloureux, suivi d'un fracas métallique, suivi d'une injure en napolitain, suivie d'une allusion perfide à San Cristoforo, le saint patron de l'industrie automobile, mettent une fin provisoire au pilonnage. L'espace d'un instant, l'espace sonore se trouve libre pour la question fatidique. Lucio hurle vers l'aïeul :

« Mario ? Il est où ? »

Cette fois, il a entendu. Le vieillard tend sa cuillère à soupe encore pleine vers l'antique camionnette Fiat en cours de réparation. Dans une ellipse élégante et aérienne, quelques moules montrent le chemin vers Mario, mécanicien spécialisé dans la carburation, aux prises avec un *Furgoncino 508 Balilla Van* de plus de dix ans d'âge. Deux paires de jambes apparaissent sous le véhicule. Le plus curieux ne sont pas les chaussures dépareillées du mécanicien en bleu de travail, tellement crasseux qu'il n'est même plus noir. Le détail le plus étonnant dans ce tableau clair-obscur sont les jambes nues et osseuses plantées dans des chaussettes blanches douteuses, elles-mêmes ceinturées de sandales en gros cuir marron. Mario s'extirpe le premier de dessous le véhicule :

« *Ma! Chi cerca, voi?* Qui vous cherchez, vous ?

— Nuza', la sœur intendante. »

Une voix étouffée se fait entendre de dessous la caisse. Le compagnon de bricolage du garagiste se montre à son tour. Sœur Nuza' est engoncée dans un tablier perlé de taches de graisse. La religieuse dévouée à l'intendance du couvent tient une clef de 14 à la main. Elle paraît surprise :

« Ingénieur Belonore ? Quadro ? Qu'est-ce que vous faites là ?

— Nous vous cherchions. »

Lucio réalise qu'il aurait pu s'éviter tout ce dialogue stérile avec le grabataire amateur de potage : la sainte patronne de son institution lui montrait déjà la voie. Le flanc du petit utilitaire est orné d'une image pieuse géante, à l'effigie de Santa Anastasia di Sirmio. À ce stade de maladresse graphique, on ne peut plus parler de caricature. Une pauvre fille à l'allure vaguement byzantine est affublée d'une auréole qui ressemble à un canotier, d'un rameau d'olivier en forme d'escoubette et d'une pince à braise tenue avec précaution par une main pourvue de six doigts. Elle louche, bien qu'aucun témoignage historique ne relate le moindre strabisme chez sainte Anastasie. Le bas de la caisse de la fourgonnette a été barbouillé de peinture noire, a priori pour cacher plusieurs tentatives d'écriture du patronyme de la sainte patronne de l'institution. Santa Anastasia di Sirmio n'a jamais eu assez de place pour être écrite en entier sur l'utilitaire. Le peintre a préféré effacer ses tentatives maladroites d'un coup de rouleau. Lucio donne un tour de roue pour s'approcher du chantier et de la sœur. Il lance avec un entrain que Quadro ne lui connaissait pas :

« Un voyage en Lombardie, ça vous dirait ? »

Au même moment, dans la cantine de Santa Pazienza

« Les lettres officielles, tu les amènes au bureau de l'ingénieur. C'est pas compliqué ! »

Une tension palpable plombe l'atmosphère autour du comptoir. Moïse Giaccanova est furieux. Le *Bürgermeister* de Santa Pazienza a convoqué Andrea Giaccanova pour un remontage de bretelle carabiné. La distribution du courrier est stratégique dans l'organisation du chantier, et Andrea a été promu en charge de la manœuvre. Hélas ! Le pauvre gars s'en prend plein la tête ; il se fait démonter par son oncle ! Parce que Moïse Giaccanova est bien officiellement son oncle.

Moïse Giaccanova a en effet une épouse… que personne n'a jamais vue. La timidité n'est pas en cause dans cette aspiration à la solitude. Plutôt une ancestrale coutume qui confine les femmes au foyer, surtout lorsque des mâles s'agitent autour dudit foyer. Là, plus d'une centaine de mâles s'affairent dans la plaine de Santa Pazienza depuis le début des travaux. Moïse Giaccanova a également une sœur, Teresa Giaccanova, aussi discrète que son épouse. Là non plus, la timidité n'a rien à voir avec la séquestration permanente de la pauvre femme. La consanguinité systématique dans la famille n'a pas été un atout pour le développement psychique de Teresa Giaccanova. Sur cette génération, seuls deux individus sur huit ont survécu à leur mise au monde, Moïse et Teresa. Et Teresa ne s'est jamais révélée d'une intelligence remarquable.

Pour fêter ses quinze ans, Teresa avait accouché d'un petit Andrea. Le gamin est de constitution robuste. Et de père inconnu. Bon, pas vraiment inconnu. Moïse certifie connaître l'identité du géniteur, mais la garder secrète pour ne pas embarrasser sa sœur. Surtout, l'enfer est promis aux incestueux et il n'a aucune envie de partir rôtir chez Belzebuth pour un malheureux petit coup tiré vite fait avec Teresa, un soir de biture. Le petit Andrea a survécu. Le neveu a maintenant une trentaine d'années, et il est plus futé que sa mère… ce qui n'est pas difficile. Dans un geste magnanime, le nouveau maître de Santa Pazienza a délégué l'office de la distribution des lettres à Andrea. Qui s'en sort mal. Andrea a devant lui deux cagettes remplies de courrier. Il n'ose pas y toucher.

« Et comment je sais que c'est des lettres officielles ?

— Quand tu vois que c'est tapé à la machine sur l'enveloppe.

— Ah ? »

Les travaux se poursuivent dans les gorges du Scavone. La main-d'œuvre s'agite malgré les intempéries. Les contremaîtres se dépêtrent avec leurs calendriers prévisionnels, impossibles à tenir. Le moindre grain de sable peut mettre en péril le déroulement du chantier. Le mauvais fonctionnement du service postal n'est pas un grain de sable au milieu de rouages délicats, c'est un pavé de granit tombé de hauteur d'homme sur le cadran d'une montre fragile. Andrea tient une missive près de ses yeux pour la décrypter, tel Champollion devant sa pierre de Rosette. L'épreuve se révèle escarpée. Andrea peine mais argumente :

« Et celle-là, par exemple ? Celle-là, elle est pas écrite à la machine.

— Mais bien sûr, Andrea ! Parce qu'il peut y avoir des exceptions. Là, c'est un notaire.

— Et alors ?

— Un notaire, souvent, ça écrit à la main. D'une belle écriture.

— Ah ? »

Une pluie drue éclabousse les fenêtres du baraquement. Par temps d'orage, les ruelles de la cité ouvrière deviennent impraticables, la boue s'immisce partout. Des chemins en planches permettent de passer d'une cabane à l'autre, des dortoirs à l'infirmerie, des ateliers vers les bureaux des ingénieurs. Le passage le plus sécurisé est celui vers la cantine. En commerçant avisé, Gran'Paolo a veillé à ce que son établissement soit desservi par un boulevard de dosses. Un véritable pont ramène sains et saufs les ouvriers vers son comptoir… et son tiroir-caisse. Assis sur son tabouret haut derrière sa banque, Gran'Paolo observe le neveu du nabab en pleine tourmente.

« Mais, tonton Moïse ?

— *Cazzo Dio !* Bordel de Dieu, combien de fois il faudra te le dire, Andrea ? Il n'y a plus de tonton Moïse !

— Ah ?

— C'est terminé, "tonton Moïse". Maintenant, c'est *Bürgermeister* Giaccanova.

— Ah ?

— *Capito ?* Compris ?

— *Si ! Allora…* Alors, *Bürgermeister* Giaccanova ?

— Alors, c'est pas compliqué.

— Ah ?

— Quand ça te semble être une lettre pour un particulier…

— Un particulier ?

— Oui. Par exemple, si dessus il y a écrit "*Signore Qualcosa*"…

— *Signor' Qualcosa ?* Monsieur Quelquechose ?

— Par exemple…

— Qui c'est, monsieur Quelquechose ?

— C'est un exemple, Andrea.

— Monsieur Quelquechose est un exemple ? Un exemple dans la vie, ou dans l'explication du courrier ?

— Andrea, bordel ! Essaie de suivre ! Lorsqu'il y a écrit "Monsieur Quelquechose" devant, et que derrière l'enveloppe il y a écrit une adresse avec une jolie écriture et des lettres arrondies…

— Ah oui, j'ai compris ! Parce qu'il est notaire, monsieur Quelquechose ?

— Andrea, je vais te tuer. Vraiment. »

Gran'Paolo toussote :

« C'est pas le moment. Et c'est pas l'endroit, *Signor' Bürgermeister* Giaccanova ! Ne le tuez pas ici. Ça va nous amener des problèmes. À vous, et à moi. Et c'est pas pour ça que le courrier sera mieux distribué. Vous voulez que je lui explique, à Andrea ? »

Moïse vide son petit verre de liqueur d'arbouse :

« Voilà ! Cette organisation du courrier, c'est ton idée, Gran'Paolo. Alors, explique-lui, à Andrea ! Parce que l'ingénieur Giramondo, c'est moi en personne qu'il engueule quand il reçoit pas ses lettres officielles des ministères. Après tout, c'est toi qui as mis au point tout le système. *Ciao !* »

Moïse Giaccanova quitte la cantine. La porte claque. Quatre secondes passent. La porte de la cantine s'ouvre. Moïse Giaccanova rentre, trempé. Il ne dit pas un seul mot, se contente de récupérer son chapeau oublié sur le comptoir. La porte de la cantine claque. Quatre secondes passent. Puis cinq, six, dix. La porte de la cantine ne s'est plus ouverte, le *Bürgermeister* est parti. Andrea est en panique :

« *Allora, Gran'Paolo ?* Comment je vais faire pour le courrier, moi ?

— Il suffit de lire sur les enveloppes, Andrea.

— Mais je sais pas trop.

— Pas trop ?

— Pas trop lire. »

Gran'Paolo commence à appréhender les raisons de cette désorganisation tangible dans la distribution du courrier. Pragmatique, l'aubergiste propose une solution :

« Je sais comment on va faire, Andrea… On ne va rien changer.

— Ah ?… Ah ! »

Cette décision radicale soulage le préposé. Andrea fait deux pas vers la porte, il affiche un sourire radieux. Il s'apprête à ressortir lorsqu'il grimace, puis se fige :

« Mais ! Si on change rien, ça va pas mieux marcher, alors ?

— Si ! Le matin, tu m'amèneras tout le courrier dans ton grand carton ici. Mais au lieu que toi tu le tries, c'est moi qui m'en chargerai.

— Ah… C'est bien, ça.

— Il y aura toujours une cagette pour les particuliers, au bout du comptoir. Et je te donnerai en mains propres le courrier officiel pour le chantier. Tu n'auras plus qu'à l'amener au bureau des ingénieurs. *Va bè' ?* Ça te va comme ça ? »

Andrea souffle, soulagé.

« *Perfetto… Grazie, Gran'Paolo… Grazie mille.* Merci mille fois ! »

Andrea fait le tour du comptoir en courant. Il aimerait prendre Gran'Paolo dans ses bras pour l'embrasser, mais l'aubergiste fait un signe ferme de refus. Les effusions ne sont pas utiles. Andrea ressort de la cantine. La porte claque. Quatre secondes plus tard, Andrea rentre, trempé. Il ne dit pas un seul mot mais attend la fin de l'averse pour repartir. Il n'a pas de chapeau. Gran'Paolo en profite pour trier le courrier.

La stratégie de l'aubergiste était simple : une panière était installée au bout de son comptoir, contenant tous les courriers des particuliers. Prétextant que la population de cette ville nouvelle était trop fluctuante, les autorités représentées par Moïse et soutenues par Gran'Paolo avaient organisé un dépôt dans un lieu public et pratique. Chaque particulier venait y récupérer sa correspondance personnelle. Ce qui obligeait les destinataires des courriers à passer obligatoirement par le bar pour venir chercher les mots d'amour et les lettres d'adieu, et donc à consommer au comptoir où Gran'Paolo les attendait de pied ferme. Plus de cinquante ouvriers passaient ainsi tous les jours, buvaient pour fêter une bonne nouvelle, buvaient pour oublier un désespoir amoureux, ou buvaient pour se consoler que personne ne leur écrive jamais. Le système était rodé et plus que productif, et Gran'Paolo n'avait pas l'intention de lâcher une telle manne. Il préférait passer un peu de temps à trier le courrier et envoyer le neveu du *Bürgermeister* local vers le bureau des ingénieurs, une fois leurs missives en bon ordre. Les têtes pensantes du chantier étaient suffisamment aguerries pour se démerder avec leur paperasse.

Gran'Paolo s'est saisi du grand carton ; il a étalé sur son long comptoir tout le courrier qui attendait depuis quelques jours. C'était un vrai désastre. Andrea avait tout mélangé. Des autorisations et des rapports d'études essentiels à l'avancée des travaux se prélassaient sous une pile d'enveloppes parfumées à la violette. La pluie avait fait couler l'encre sur certaines lettres, rendant le destinataire illisible. Il lui a fallu près d'une demi-heure pour classer le tout. Incidemment, Gran'Paolo s'est aperçu qu'il connaissait tous les noms de tous les ouvriers à l'œuvre dans les clues du Scavone. L'aubergiste a récupéré trois lettres, encore plus anciennes, qu'Andrea avait oubliées au fond de son carton. Gran'Paolo a approché une des lettres de ses yeux, il a tiqué sur le timbre. Il a déchiffré l'adresse de l'expéditeur : l'Amérique ! Le destinataire en était Carlo Ceserano.

Gran'Paolo a hésité un long moment. Même si le divorce d'avec San Catello était consommé, même s'il était fâché à jamais avec son cousin Volturno, la lettre avait peut-être une importance. L'incident de Parme avait suffisamment meurtri Vittoria et son compagnon pour déclencher une réelle compassion chez tous les anciens du village envers le couple et leur fils Pietrino. Et Gran'Paolo savait que les deux agents américains recherchaient Carlo. Hors de question que cette lettre d'outre-Atlantique traîne dans la panière au bout de son comptoir. Il s'est penché vers Andrea :

« Andrea ?

— *Si !*

— Je trie ton courrier. Et en échange, ce soir, tu grimpes à San Catello.

— Ah ?

— Et tu confies cette lettre en main propre à Volturno. »

Andrea a regardé l'enveloppe des deux côtés :

« Ah… C'est un notaire qui écrit ?

— Sans doute, oui. »

Sur la route de Pontremoli à Castellonchio, novembre 1945

« On est mal !
— Eux, surtout… »

Carlo Ceserano braque le gros projecteur vers l'esplanade où se sont garés les deux Américains. Gilda est perchée sur le cul du camion de strip-tease ; elle sort de la lumière telle une star oubliée par un poursuiteur maladroit. Le faisceau jaunâtre part illuminer le terre-plein. Le soldat Harvey et le soldat MacMillan sont étalés sur le dos, les bras en croix, tous les deux dans la même position, théâtrale. Le premier montre le sud en direction de Pontremoli, l'autre montre le nord, vers Castellonchio. Ils ne bougent plus. Ils auraient du mal, dans leur état. Gilda, dans l'obscurité, descend les trois marches de l'escabeau, la mine contrariée :

« On va encore dire que c'est ma faute ?
— Non, on va pas dire. »

Matteo et Carlo n'en sont plus à réprimander leur protégée. Gilda a bien fait son boulot, au point de gagner quatre dollars, enfin. Pour une fois !

Pour les deux chauffeurs, « *Permanent Strip-Tease of Girl* » présentait une perspective alléchante, comme les bières gratuites et la découverte de Vivien Leigh à poil. Ils ont garé leurs GMC côte à côte pour aller voir le show. Puis ils se sont entre-tués devant leurs calandres respectives pour les beaux yeux de *l'Authentic Italian Girl* à deux dollars. Ces troufions-là étaient-ils plus résistants que les clients précédents ? Matteo s'était-il trompé en cuisinant son mélange anesthésiant ? Probable. Les deux soldats ont bu bière sur bière : c'était offert. Ils ne se sont jamais endormis. Même après avoir épuisé tout le stock destiné aux Libérateurs. Ivres comme des moines vendangeurs le jour du foulage, ils se sont disputé les charmes très relatifs de cette pauvre Gilda qui, une fois à poil, ne savait plus quoi enlever. L'ambiance musicale n'était pas la plus propice aux mimiques langoureuses ni aux discussions apaisées : le disque était rayé et n'arrêtait pas de chanter « *Blue Heaven… Blue Heaven… Blue Heaven…* »

Sur ce fond musical répétitif, le ton est vite monté. L'un et l'autre voulaient en avoir pour leurs deux dollars, mais aucun des deux n'était prêt à enfourner l'Italienne authentique en deuxième main, si l'on peut s'exprimer en des termes aussi raffinés. Ils se sont rapidement traités de sale Nègre et de Whisky frelaté. Harvey était très noir, et MacMillan, très gland. Harvey a donné rendez-vous à MacMillan sur l'esplanade. MacMillan avait un couteau de chasse, Harvey avait une machette confiée par son beau-père, congolais d'origine. Un coup de chaque protagoniste a suffi.

Harvey, les yeux écarquillés, regarde la voie lactée vers laquelle son âme est partie flotter. MacMillan, lui, observe à la fois la Grande Ourse et l'étoile polaire, la machette lui ayant fendu le crâne en deux. Le paradis est peut-être bleu, comme le déclamait en boucle le phonographe. Désormais, eux seuls le savent.

« On devrait remballer, Matteo !

— Et le matériel ? On va pas repartir bredouilles sous prétexte de compassion pour deux Yankees bourrés ? »

Matteo grimpe dans le premier GMC alors que son associé cargue la grande toile peinte pour métamorphoser leur bordel forain en camion de déménagement plus traditionnel. Les seins nus de Vivien Leigh prennent un coup de flasque, son portrait prend un coup de vieux. Son visage se garnit de rides assassines, ses paupières se referment. Carlo est en train de plier le grand calicot lorsque Matteo ressort du camion américain. Sa grimace en dit long sur sa déconvenue. Gilda fait semblant de s'intéresser, plus excitée par les quatre dollars qu'elle vient de gagner que par la qualité de la marchandise à récupérer :

« C'est quoi, cette fois ?

— C'est des pailles.

— Des pailles ? C'est-à-dire ?

— Des chalumeaux. Ce camion est rempli de chalumeaux.

— Ça se met où, ces chalumeaux ? »

Matteo ne répond rien. Il n'a pas envie d'être désagréable avec cette pauvre Gilda au sortir d'un tel succès. La vulgarité connaît certaines limites qu'il franchit souvent, mais pas ce soir. Le calme relatif tombé sur l'esplanade depuis que les deux Américains se sont entre-tués a permis de profiter d'une bonne cinquantaine de « *Blue Heaven… Blue Heaven… Blue Heaven…* » Matteo se contente de beugler :

« Gilda, tu peux arrêter ce putain de disque ? »

La strip-teaseuse s'en retourne dans le lupanar en traînant les pieds. Elle arrête le phonographe, et le silence tombe comme une bénédiction. Carlo Ceserano grimpe dans l'autre camion. Sa réaction est assez vive. Et exprimée en français, ce qui est rarissime :

« Oh connasse ! »

Matteo le rejoint, surpris par cette régression inattendue. Il a le même type de réaction, mais en napolitain.

« *Figghiu di sucaminchia !* »

Les deux hommes sortent du GMC ; ils semblent dépassés par la situation. Gilda les attend. Matteo, perplexe, lui balance d'un ton sec :

« Gilda ? Faut qu'on discute, Carlo et moi.

— Et alors ?

— Et alors, ce soir, tu rentres à pied.

— Jusqu'à La Spezia ? Tu es cinglé ?

— Non. Si tu as une autre idée… »

Gilda se hisse au cul du camion de Harvey. L'Italienne authentique en redescend quelques secondes plus tard, un peu plus pâle. Elle prend la direction de Pontremoli en trottinant sur le bas-côté de la route, sans se faire plus insistante. Carlo remonte sur la remorque. Le chargement n'est pas très volumineux. Six cantines en fer-blanc attendent, à côté de trois caisses en bois. Carlo ouvre une des cantines avec précaution.

« Qu'est-ce qu'on peut faire de ça ?

— Raser les Apennins. Ou s'expédier toi et moi sur la Lune. Ou laisser tomber.

— Pas laisser tomber. C'est une marchandise comme une autre. »

Matteo grimace :

« Pas question de stocker des explosifs dans nos entrepôts, Carlo.

— D'où ça sort ? Des mines antichars, des mines antipersonnel, de la dynamite ? Ils trimballent ça dans un camion, sans protection. Enfin, tant que les mines ne sont pas armées…

— Tu rigoles ? Le moindre choc…

— Non, pas le moindre choc, Matteo. Même si la route pour Parme n'est pas en très bon état, c'est pas le plus risqué. Et même la dynamite, sans les détonateurs… »

Matteo déniche une autre cantine en tôle, plus petite, oubliée derrière deux énormes roues de secours :

« Ils sont là, les détonateurs.

— C'est pareil. Y a pas grand risque tant qu'ils ne sont pas enfichés dans la dynamite.

— Peut-être. Mais pas chez nous, Carlo. Ni à Pise, ni à Rubiera. Et encore moins à Arenzano. L'entreprise *ILMR Supplies* n'accepte aucune marchandise volatile.

— À part les cigarettes ?

— À part les cigarettes ! »

Carlo fait un rapide tour d'horizon de la cargaison. La première caisse ouverte présente une trentaine de tubes de dynamite entreposés sur des lits de paille. Deux autres caisses en bois protègent un lot de mines antipersonnel. Les cantines en fer-blanc contiennent chacune deux mines antichar. Le photographe fantasme : une mine antichar sous la jeep du caporal Fieldstein serait du meilleur effet. Une fois retrouvés le patronyme et l'adresse précise du sergent prénommé Andrew, une mine antipersonnel dans l'allée de son jardin ferait office d'un renvoi de politesse radical. Et allumer un tube de dynamite en guise de cigare enfoncé dans la gueule du Yankee, pour toute forme de remerciement, lui procurerait une grande satisfaction. Carlo sait où stocker ses nouveaux jouets en attendant de repérer ses cibles.

Pour une fois, Carlo a fait une razzia sur le matériel américain. Il n'est plus resté une seule caisse dans le camion du soldat Harvey ; tout a été transféré dans le fourgon des déménagements Pescopagano. Carlo Ceserano a eu une pensée pour Volturno. Lui qui souhaitait des armes pour se défendre, il devrait être satisfait ! Le patriarche pourra se servir dans le stock, à l'occasion. Carlo compte ranger les explosifs dans sa grange. Avant de quitter l'esplanade, le photographe a abordé le sujet, comme à chaque fois qu'il travaille avec Matteo :

« Et du major Achile Borgho ? Nous avons des nouvelles ? »

Matteo a une grimace qui en dit long :

« Il s'est fait repérer par son administration. Il n'a plus les coudées aussi franches. J'ai peur qu'il se fasse débarquer de son poste. Si c'est le cas, c'est une catastrophe pour nous.

— Et mes Américains ?

— Mauvaise nouvelle, là aussi. Ils seraient rentrés chez eux, en Amérique.

— Borgho a trouvé le nom du sergent ?

— Il doit me le donner, la prochaine fois.

— Tu parles… »

Macchia Rossa a enfourché sa moto. Leur situation se complexifiait ; ce qu'il redoutait depuis la fin du conflit finissait par arriver. Leur petit commerce ne durerait pas des mois. Il avait déjà fait une croix sur les tuyaux percés d'Achile Borgho. En chef d'entreprise avisé, il avait bien quelques idées pour faire prospérer ses affaires, mais le passage à un niveau supérieur se ferait dans la douleur. Forcément. On ne devient pas trafiquant haut placé sans affronter des cadors déjà bien organisés, ceux qui occupent le terrain depuis longtemps. Surtout lorsque dans la boucle il y a déjà les plus futés des camoristes napolitains, quelques notables de la mafia sicilienne, deux familles de la communauté italo-américaine de l'Illinois et quelques gradés corrompus de l'US Navy, bien mieux accrochés à leurs postes que ce pauvre major Achile Borgho.

Carlo, sa casquette rivée sur sa tête et emmitouflé dans une houppelande sombre, a grimpé au volant du camion de déménagement. Il a pris la direction de Parme avec la ferme intention de rejoindre San Catello dans les jours à venir. Après quelques kilomètres de réflexion, il a fait demi-tour pour repartir en direction des bureaux de l'état-major à Livourne. Il avait une autre urgence. Carlo gardait quelques questions à poser au major Achile Borgho avant que celui-ci ne soit renvoyé dans ses foyers américains. Et il saurait faire preuve de persuasion si besoin. Son camion était rempli d'arguments.

Livourne, le lendemain matin

Achile Borgho ne comprend pas. Il ne reconnaît pas le plafond de sa chambre. Ce n'est pas sa chambre. Il n'y a plus de plafond. Loin au-dessus, un ciel de pierre voûté et en ruine le menace. Son lit n'a jamais été aussi inconfortable. Ce n'est pas son lit, d'ailleurs, juste un tas de gravats. Une douleur lancinante vrille ses tempes. L'alcool ne lui fait pas cet effet, d'habitude. Achile Borgho n'arrive pas à se souvenir du nom de cet Italien penché sur lui.

Pourtant, il l'a déjà vu. Dans quel bar ? Dans quel bordel ? Sur quel quai ? Le garçon ne semble pas hostile, c'est un point positif. Alors qu'Achile Borgho revient à lui, le grand frisé aux yeux clairs l'a même gratifié d'un large sourire. Aucune hypocrisie, juste un cynisme certain. Achile Borgho a essayé de se redresser, mais la manœuvre est impossible, comme s'il était attaché au sol. Effectivement. Il est ficelé aussi serré qu'un *rotolo di tacchino farcito natalizio.* Le major se retrouve aussi stupide que ces dindes farcies qu'on roule pour le repas de Noël. Il arrive tout juste à bouger les mains, et à relever la tête en se tordant le cou. Les trois étages de balcons délabrés qui le surplombent sont déserts. L'architecture lui fait penser à un théâtre à l'italienne. Après une courte réflexion, tout ça reste logique. Après tout, son corps d'armée stationne en Italie et les salles de spectacles d'ici, même dévastées par les frappes alliées, reflètent les usages architecturaux du pays. La charpente à nu laisse entrapercevoir un bout de ciel aux couleurs rosées. Le jour se lève sur Livourne… s'il est toujours à Livourne. Achile

Borgho ne se souvient de rien sinon qu'il était entré dans un bouge de la via dei Fanciuli, et que l'ambiance y était joyeuse. Cet Italien au regard froid comme l'acier y était lui aussi, c'est sûr. Ils ont bu, beaucoup, c'était certain.

L'homme lui montre un objet métallique, qu'il tient devant ses yeux.

« Tu reconnais ça ? »

Achile Borgho y voit flou. Mais il lui semble distinguer un objet militaire, un ustensile usuel. Achile Borgho n'est pas un sous-officier de terrain, plus habitué aux coursives et à la paperasse de l'intendance de la Cinquième Armée de Libération qu'à ses accessoires de campagne. La précision donnée par l'Italien vient à pic pour l'éclairer :

« C'est une mine antipersonnel.

— Ah ?

— Il y a la même sous ton cul, Achille Borgho.

— Ah ?

— Maintenant, il va falloir te concentrer un peu, Achille Borgho.

— Ah ? »

Le major a la bouche pâteuse ; il a beaucoup de mal à articuler autre chose que cette onomatopée répétitive. L'injonction de son interlocuteur semble sans échappatoire, et la perspective de cet effort de concentration lui cause un grand trouble.

« Tu me dois deux noms, Achile Borgho.

— Ah ? »

La gifle part aussitôt. Suivie d'une autre. Le sergent réalise que sa douleur, jusque-là incompréhensible, est due à ce traitement brutal. Son interlocuteur a perdu son sourire. C'est là qu'il le reconnaît. Ça n'est certes pas le moment le plus agréable de ce réveil fastidieux ! La perspective d'une discussion avec cet enragé à la rancune tenace l'épuise d'avance. Carlo Ceserano le gratifie d'une autre gifle avant de poursuivre l'interrogatoire :

« Alors ? Je t'avais promis pas mal d'argent pour ces renseignements. J'ai assez attendu. Tu vas faire appel à ta mémoire. Je veux les noms, et les affectations de mes deux soldats inconnus. Tout ce que tu pourras me dire sur eux. Et je te laisserai tranquille. Sinon… »

Achile Borgho n'est pas en état de discuter. Ni en situation favorable pour négocier. Ligoté au milieu des ruines du théâtre Rossini de Livourne, il commence à appréhender l'impasse au fond de laquelle il est coincé. Une malheureuse explosion de mine n'affectera pas davantage le bâtiment, déjà ravagé par les bombardements. Mais lui, major Achile Borgho, affecté à l'intendance américaine, s'éparpillera des derniers fauteuils d'orchestre encore d'aplomb jusqu'au promenoir à ciel ouvert. Cette perspective lui fait retrouver l'énergie de la réflexion. Achile Borgho recouvre une articulation audible lorsque Carlo Ceserano glisse une seconde mine sous ses jambes et coince deux tubes de dynamite sous ses aisselles, entre les liens qui le ficellent.

« Vous voulez quoi ?

— Écoute-moi bien, Achile Borgho. Je compte jusqu'à dix et j'arme la mine. À supposer qu'un curieux te retrouve un jour au milieu de cette friche, il explosera avec toi lorsqu'il tentera de te détacher. Alors, si tu veux sauver la peau d'un soldat yankee en même temps que la tienne, il te reste dix secondes pour réagir. Je veux savoir tout ce que tu sais sur les deux ordures qui ont ravagé mon commerce, ma famille et ma vie. Un… Deux… Trois… »

Les mots, les noms, les numéros de dossiers, les renseignements les plus divers sont très vite revenus à sa mémoire, bien avant que Carlo n'arrive jusqu'à huit dans sa lente énumération. Carlo Ceserano a récupéré ses mines antipersonnel sans ménagement, rangé la dynamite dans une petite cantine en fer-blanc. Après lui avoir latté les côtes à coups de talon, simple défoulement, il a remis sa casquette et abandonné le sergent ligoté au milieu des ruines du théâtre Rossini. Le photographe a traversé la piazza dei Carabinieri pour rejoindre son camion stationné devant le cinéma Central, un des rares bâtiments rescapés des bombardements. Un pâle soleil se lève sur les canaux de Livourne. Il est temps de poursuivre son chemin.

Le trajet vers la Lombardie s'est déroulé sans encombre. Carlo est arrivé à la nuit dans la plaine de Santa Pazienza. Il pleuvait à torrent. Lorsqu'il a engagé le camion sur la route Marshall, il a remarqué une guérite. L'installation est récente : une barrière rouge et blanche barre le seul accès vers San Catello. Un rapide coup d'œil vers la cabane lui a fait découvrir un vieux qui dormait la bouche ouverte, affalé sur une chaise, la tête appuyée contre la cloison en bois. Il y aura encore quelques progrès à faire dans l'organisation de la sécurité… Carlo bascule la barrière, passe, referme la barrière. Un éclair illumine les montagnes. Le coup de tonnerre secoue tout le village du chantier. Le vieux vigile n'a pas remué un sourcil. Il est vieux, sourd et saoul.

Minuit est passé depuis longtemps lorsque Carlo gare son véhicule devant la ferme de Volturno. Le patriarche a été surpris de découvrir le contenu du camion. Il s'est penché sur les caisses, a esquissé un sourire ravi :

« C'est la guerre ?

— C'est votre guerre, Volturno.

— C'est un peu la tienne aussi, Carlo Ceserano. »

San Catello, une nuit de novembre 1945

Volturno et Carlo ont stocké les explosifs dans la pièce noire qui sert de remise, à l'étage. L'espace était déjà encombré par les cordes qui servaient à encercler les moutons en pâturage, du temps où l'élevage des ovins était encore d'actualité. L'exercice a plongé Volturno dans une humeur joyeuse. Il a invité Carlo à se réchauffer dans la grande salle. Le photographe est transi, ses vêtements trempés malgré sa houppelande qui le couvrait des pieds à la tête. Quelques bûches rougeoient dans la cheminée. Volturno a servi une soupe de lentilles rouges remarquable que Carlo déguste, en prenant tout son temps. Ils n'ont pas échangé plus de trois phrases. Le moment est apaisé ; seul le crépitement des braises altère le ruissellement de la pluie sur les lauzes. Après avoir placé devant son hôte trois *Formaggelle* sur une soucoupe, ces petits fromages de chèvre délicieux, Volturno se dirige vers un buffet, ouvre un des deux tiroirs.

Il y trouve le Contax III, le seul appareil photo récupéré par le photographe dans sa boutique dévastée, son modèle fétiche. Carlo n'a plus su faire une seule photo depuis l'incident de Parme. Le 24x36 a été abandonné dans ce meuble, à la garde de Volturno. En compagnie de quelques rouleaux vierges de pellicule noir et blanc, ce matériel précieux attend que des jours meilleurs et l'inspiration reviennent. La photographie n'est pas le sujet du moment ; Volturno extirpe un tas de papiers en vrac du tiroir. Ses rares paperasses restent grossièrement rangées là. Le courrier est enfoui sous les circulaires techniques du barrage, en compagnie d'articles jaunis découpés dans *Il Popolo d'Italia,* du temps de sa gloire au sein du Parti. Les Belonore n'ont jamais été réputés pour leur prédisposition à la correspondance ; la tradition orale reste d'usage dans les montagnes, et surtout dans cette tribu. Le patriarche a un geste maladroit ; plusieurs lettres se perdent sur le plancher, comme des avions en papier mal pliés. Il récupère deux enveloppes timbrées échouées à ses pieds. Volturno grimace en découvrant l'une d'entre elles ; il dérobe le nom de la destinataire d'un tour de poignet. Il tend l'autre missive au photographe :

« J'ai reçu ça pour toi.

— Pour moi ?

— *L'America, Carlo... L'America !* »

Carlo prend sa lettre avec d'infinies précautions, comme on attrape un serpent venimeux par la queue, à bout de bras. Tout ce qui provient des États-Unis provoque chez lui une réelle méfiance. Volturno escamote l'autre enveloppe, celle destinée à sa fille – un problème occulté depuis des lustres. Carlo approche son courrier d'une des lampes à pétrole allumées sur la grande table encombrée. Il déchiffre les pleins et les déliés. L'écriture court, élégante et ferme. L'adresse est new-yorkaise, l'enveloppe embossée au nom d'une galerie d'art. Carlo ne comprend pas. Pourquoi lui, pourquoi là, à cette adresse ? Il ouvre l'enveloppe, déplie deux fines feuilles de papier vélin. Il doit relire deux fois le texte : une première fois pour le comprendre, une seconde fois pour réaliser. Le ou la signataire a écrit en italien, et le contenu de la missive est surréaliste. Volturno s'intrigue de la mimique stupéfaite de son convive.

« *Problemi ?*

— *Non capisco.* Je ne comprends pas. C'est une galerie d'art de New York qui me propose d'exposer mes photos.

— À New York ? C'est une plaisanterie ?

— Ça n'y ressemble pas. Mais le souci n'est pas là.

— *Allora ?*

— *Allora*… Ils me proposent une exposition de mes portraits de prostituées, qu'ils trouvent exceptionnels.

— Tu as photographié des prostituées, toi ? À Parme ?

— Non. En France, il y a dix ans. Et c'est bien ça, le problème. Ces photos, je les ai abandonnées lorsque j'ai fui Marseille et sa pègre pour sauver ma sœur Flavie. Qui a bien pu les récupérer ? Et qui m'a retrouvé ici, dans votre vallée perdue ? »

Volturno réfléchit :

« Et si c'était un piège ?

— De qui donc ? De voyous marseillais ? »

Le patriarche ricane :

« Non, jeune homme. Eux t'avaient déjà oublié alors que tu n'avais pas encore franchi les limites de ton département ! Non, mais la justice militaire américaine ? Ils te cherchent toujours. Ils ont même installé une barrière en bas de la route pour filtrer les allées et venues vers San Catello.

— J'ai vu ça. Mais non… Personne ne peut savoir, pour ces photos. J'ai abandonné les seuls tirages dans le petit appartement où je vivais. Des années ont passé depuis. Dix ans. »

Carlo s'empare de l'enveloppe : elle reste trop rigide pour être vide. Il y trouve une carte de visite et un petit tirage noir et blanc perdu au fond du pli. Un frisson le parcourt de la base du dos à la nuque lorsqu'il découvre le cliché. Une de ses modèles le regarde au plus profond de l'âme. Ce portrait de La Câline est sa plus belle réussite, le galeriste ne s'est pas trompé. La vieille prostituée est adossée à la rambarde de la rue de Bourgogne : elle baigne dans une lumière magique. Sa présence éclipserait les plus grandes stars d'Hollywood. Cette femme âgée est belle, et Carlo a su le dévoiler. Les visages des filles perdues de L'Americano, ce bouge sordide des quartiers chauds de Marseille, ressurgissent dans sa mémoire. Volturno saisit le trouble du photographe. Il ne veut pas gâcher cet intense moment d'émotion, mais il veut savoir :

« Belle photographie !

— Je sais. »

Volturno croise le regard de Carlo. Le photographe vient de reprendre confiance en lui, il est transfiguré ! Tout son art se révèle dans ce simple cliché. Il fait passer le tirage au patriarche. Ce n'est pas l'original : le format est plus réduit. Tout en détaillant la photo, Volturno demande :

« La lettre est signée ? »

Carlo déchiffre les deux feuilles de vélin manuscrites.

« Du responsable… Non, de la responsable de la galerie, une certaine madame Perlmutter. Ils me paient le voyage, ils me logent, tout est prévu. C'est incroyable. Inconcevable. »

Volturno pose l'autre enveloppe jaunie encore cachetée, celle destinée à sa fille, elle aussi en provenance des États-Unis. Il la tenait entre ses doigts comme un objet maléfique depuis le début de la conversation. Le patriarche tire une chaise vers l'âtre et s'y installe. Il dévisage son visiteur du soir. Le photographe est hypnotisé par sa découverte, perdu dans son histoire passée, rattrapé par sa vie d'avant, ce parcours douloureux qu'il avait voulu effacer en venant se perdre à San Catello.

Volturno est dubitatif. Carlo Ceserano ne lui a jamais fait autant penser à Michele, le musicien ambulant : le même regard, la même forme de visage, les mêmes cheveux bouclés. Les flammes vacillantes de la cheminée se reflètent dans ses pupilles, elles lui donnent un regard inquiétant. Le photographe marseillais a déboulé dans la vie du village une décennie plus tôt, et Volturno n'arrive toujours pas à comprendre le mystère de sa ressemblance avec Michele

Crevalcore, le fils du *condottiere*. Le patriarche rompt le silence, troublé :

« Je ne me fais plus aucune illusion sur ce qui est inconcevable. Mais le pire n'est jamais sûr. Et donc ? Tu voudrais partir ? Traverser l'Atlantique ? Quitter Pietrino ? Abandonner Vittoria ?

— Je suis un paria, ici. Qu'est-ce qui est mieux pour moi ? Vivre caché, sans cesse sur le qui-vive, avec ces épuisantes visites nocturnes à un fils qui me croit déjà mort ? Ou partir ? Et exploiter mes talents de photographe ? Et redessiner l'avenir de ma famille ailleurs ?

— En Amérique ?

— Je les ferai venir. Vittoria, Pietrino…

— Pietrino ne te rejoindra jamais en Amérique. Ni Vittoria. Pour eux, les Américains sont des démons néfastes. Toi, tu irais vivre en enfer ?

— Je suis déjà maudit, Volturno. »

Carlo ne lâche pas sa photo des yeux. La Câline lui sourit, les eaux du Vieux-Port scintillent dans son dos. Des images de sa fuite de France reviennent en force, accompagnées d'une invraisemblable collection d'épisodes violents : le fils de l'armateur noyé au large des calanques, le passeur qu'il a dû tuer, les Chemises noires qu'il a abattues à Lecco, l'homme de main du *condottiere* Crevalcore poussé du campanile. La mort s'est tenue en embuscade tout au long de son chemin. Carlo n'a que trente-quatre ans, mais il se sent plus vieux et plus usé que Volturno, qui en compte quarante de plus. Il a assez perdu de temps ! Sa décision est prise :

« *L'America !* L'Amérique, Volturno.

— Avant d'arriver à New York, il te faudra t'extirper d'Italie. Ça risque de ne pas être le plus facile. »

Carlo tend la lettre à Volturno :

« Là aussi, c'est prévu. C'est écrit dans le courrier. Un visa m'attend à l'ambassade américaine de Rome.

— Un visa ?

— Un visa et un billet pour les États-Unis.

— C'est trop énorme pour être vrai.

— Et pourtant, Volturno… »

Le silence revient. Volturno abandonne Carlo à sa relecture attentive du courrier. Le photographe détaille les cachets, le timbre, les tampons des administrations postales des deux pays. Il décrypte la correspondance mot par mot. Les tournures de phrases semblent sincères. Il perçoit dans le vocabulaire quelques marques authentiques d'affection. Qui est cette femme qui signe V. Perlmutter ? Une riche amatrice d'art ? Une galeriste renommée ? La femme oisive d'un riche juif américain ?

Le périple effectué par ses photos est une énigme insoluble. Les clichés ont été abandonnés une décennie plus tôt sur le rebord d'une table, dans une soupente sordide des vieux quartiers marseillais. Son colocataire corse de l'époque aurait-il voulu les monnayer ? Impossible : cet intrigant aux méthodes douteuses n'aurait pas distingué une aquarelle d'un dessin au fusain. Qui ? Comment ? Une carte de visite personnelle de l'ambassadeur à Rome a été jointe au courrier, accompagnée de quelques mots d'accueil. La situation est absurde mais à la réflexion réjouissante, à supposer que cette offre soit sérieuse. Carlo remarque quelques mots inscrits au crayon au dos du tirage noir et blanc : « Avec toute mon affection. » Il se met à imaginer les plus incroyables destinées, dignes des plus stupides romans photos. Que sont devenues ses sœurs ? Qu'est devenue Flavie, qu'il a tirée des griffes de la pègre ? Et si cette madame Perlmutter était une des femmes de sa famille marseillaise, une de ses sœurs qui aurait fait fortune, qui se serait expatriée, elle aussi… Carlo rêve.

Dehors, l'orage s'est éloigné. Quelques gouttes perlent du toit contre le rebord d'un fenestron. Le vacarme extérieur s'est calmé. Assis au coin du feu, Volturno observe le compagnon de sa fille qui se prend au jeu de la célébrité, se métamorphose. Son esprit est parti loin, déjà sur les trottoirs de Manhattan. La reconnaissance de son travail de photographe, cette reconnaissance le hante depuis des années, depuis qu'il a découvert cet art subtil, à la technologie en perpétuelle évolution. Une bûche de chêne à moitié consumée tombe sur les chenets, dégageant une gerbe d'étincelles. Le bruit sourd semble réveiller le photographe. Un sourire d'illuminé éclaire son visage :

« Vous savez où se trouve la Pennsylvanie ?

— Quoi donc ?

— La Pennsylvanie ? Et le New Jersey ? Vous avez un atlas ?

— Un atlas… Tu deviens fou, mon pauvre Carlo.

— Non, c'est pas grave. Je vais partir en Amérique, Volturno.

— L'Amérique ! »

Une expression d'une cruauté terrible s'esquisse sur le visage de Carlo :

« L'Amérique, oui ! Et même si cette galerie est une arnaque, même si mes photos ne s'accrochent jamais sur un mur de New York, j'ai déjà deux rendez-vous importants là-bas, en Amérique.

— Tout ce qui vient de ce pays est une malédiction ! Regarde ce qu'ils t'ont fait subir, à Parme. Regarde ce qu'ils ont fait de notre pays. Regarde ce que leurs engins vont faire de notre vallée. Ils détruisent tout, Carlo. Les Américains sont de la pire engeance. »

Volturno s'empare de l'enveloppe jaunie laissée sur un coin de table, cette lettre qu'il n'a jamais osé remettre à sa fille, sans en connaître le contenu :

« Cette lettre, par exemple… Adressée à Vittoria par une certaine Magdalena Masarelli de Sodus Bay, en Amérique.

Qui est cette femme ? Où se trouve Sodus Bay ? Ça n'a aucune importance. Je suis certain que c'est une malédiction de plus. J'ai longtemps hésité, mais je ne la lui donnerai jamais. »

Volturno se redresse, ouvre le tiroir de droite de son buffet et y glisse la lettre de Magda qu'il pousse tout au fond, avec l'appareil photo abandonné. Il a une hésitation, exhibe le Contax :

« Tu devrais au moins reprendre ton matériel, photographe !

— Non. Celui-là ne me rappellera que de trop mauvais moments. Je serais incapable de m'en resservir. Peut-être qu'un jour mon fils apprendra la photographie avec cet appareil. Je le lui laisse. »

Volturno a reposé l'appareil, fermé le tiroir. Le bois a claqué. Carlo se lève à son tour :

« Volturno Belonore, merci. Merci pour tout ce que tu as fait pour moi. »

Carlo Ceserano tutoyait le patriarche pour la première fois. Pour la première fois, il a entouré de ses bras le patriarche Belonore et l'a serré fort contre son cœur. Volturno lui a rendu l'accolade. Leur effusion était sincère.

Vallée du Scavone, cette nuit-là

Les nuages lourds s'éparpillent, laissant entrevoir quelques poussières d'étoiles. Une brise glaciale est venue fouetter Carlo Ceserano sur le pas de la maison. Casquette sur le crâne, emmitouflé dans sa houppelande, le photographe a grimpé jusqu'au village, bifurqué vers la maison d'Addolorata. Il s'est arrêté sur le seuil : une veilleuse vacille derrière un carreau. Il hésite à entrer, il tremble, le froid n'est pas la seule raison. La suite de sa visite est tellement prévisible… Pietrino lui parlera comme à un fantôme, avant de se rendormir. Vittoria n'arrivera pas à le toucher. Elle n'aura que quelques mots hésitants pour accompagner leur rencontre stérile. Les gonds grincent. Addolorata apparaît, sévère :

« Ils dorment. Tous les deux. »

Carlo s'est figé dans un silence tendu. L'accès lui sera impossible : Addolorata s'est postée en cerbère devant sa porte. L'échange de regards est long, lourd. Elle sait, depuis la première fois qu'elle l'a vu. Elle sait depuis le jour où le jeune Marseillais en fuite a mis les pieds dans la vallée du Scavone, dix ans plus tôt. Addolorata a compris qui il est. Elle est bien la seule. Elle a retracé le parcours de son amie Ofelia à partir du viol par Michele le violoniste. Septembre 1911 ! Tous les éléments s'imbriquent avec une logique cynique – les dates, les similitudes, les ressemblances… Alors que Carlo lui-même n'imagine pas le dixième de la vérité sur ses origines génétiques.

Il esquisse un sourire confus, Addolorata reste de marbre. On ne pactise pas avec le malin, encore moins avec ses rejetons. Après quelques longues secondes, Carlo tourne les talons et s'éloigne. Il longe le muret du jardinet, s'arrête, lui fait face à nouveau :

« Dis-leur que je les aime. Plus que tout. »

Addolorata acquiesce. Elle a attendu qu'il ait rejoint le chemin du village pour refermer la porte et souffler la veilleuse.

Carlo a regagné son fourgon. Le sol est détrempé, la gadoue colle à ses godillots. Il s'installe au volant, vérifie que la lettre d'Amérique est toujours dans sa veste. Il l'ouvre à nouveau, en relit le contenu. Il épelle avec application le patronyme de sa future bienfaitrice : Perlmutter. Il glisse la carte de visite de l'ambassadeur, précieux laissez-passer, dans la poche de sa chemise, contre son cœur. Sur ce bout de bristol griffonné, l'aigle américain déploie ses ailes pour lui, et c'est de bon augure. Sans aucun doute, il est un très grand photographe. La vieille prostituée marseillaise lui sourit. Carlo contemple son cliché avec une fierté assumée ; il dépose un léger baiser sur le front à contre-jour de La Câline. L'enveloppe refermée rejoint le laissez-passer pour son avenir américain. En grimpant à la place du conducteur, il a buté dans une cantine en fer-blanc oubliée sous l'armature du siège. Il y avait dissimulé les quelques explosifs qui ont servi à intimider le sergent Borgho. La découverte de deux mines antipersonnel et de quelques tubes de dynamite l'a déridé. Le moteur tousse et s'emballe dans une puanteur de gaz d'échappement. Adieu, San Catello !

Carlo s'est très sérieusement posé la question de comment traverser le cloaque de Santa Pazienza sans se faire repérer. Comment franchir la barrière et éviter son vieux vigile en poste ? C'est son dernier vrai gros obstacle avant l'aventure, la gloire et la renommée. Passé les vallées lombardes, il ne sera plus qu'un Italien anonyme. Carlo respire une dernière fois l'air glacial de la vallée du Scavone avant de remonter sa vitre. Il vient peut-être d'imaginer le bon moyen pour s'échapper sans laisser de trace, mais sa stratégie nécessite une grande précision : il doit encore y réfléchir. Traçant deux sillons profonds dans le sentier boueux qui contourne San Catello, le camion des transports Pescopagano a repris la direction de la route Marshall.

Posté sur son trône devant sa ferme, emmitouflé dans deux couvertures épaisses, son fusil sur les genoux, Volturno a regardé le véhicule s'éloigner, le cœur serré. Son père disparu, que deviendra Pietrino ? Comment Vittoria surmontera-t-elle cette nouvelle épreuve ? Les phares illuminent les façades humides de San Catello. Quelques lueurs persistent, rasant le clocher monumental et les toits effondrés. Le camion disparaît, masqué par les murets des vergers hauts du village. Volturno a abandonné son poste de vigie pour retrouver la chaleur de sa pièce à vivre. Il a ouvert le tiroir de droite, récupéré la lettre destinée à Vittoria, s'est décidé à la décacheter. Las, il ne comprend pas l'anglais. Il décrypte quelques noms et prénoms déchiffrables, quelques termes connus. Il y est question d'Ofelia, de Belonore, de Valentina Masarelli. Quelques phrases s'étalent en bavardage autour d'un Tony, et aussi d'un Carlo Masarelli. Carlo ? L'écriture serrée traduit bien l'excitation avec laquelle Magdalena, la sans doute jeune fille qui signe cette missive, a posé ses mots. Volturno comprend « *brother* », « *sister* », « *father* », mais aussi « *Italia* », « *welcome* », « *americano* ». L'oblitération atteste de l'année 1936. Une guerre a eu lieu, depuis. Il referme l'enveloppe, troublé. Non, Vittoria n'a pas besoin d'un choc émotionnel supplémentaire. Tout San Catello a gardé le silence pendant des années sur l'infortune d'Ofelia, sa mère. Et Vittoria n'en a jamais beaucoup plus appris sur elle que son prénom et son déshonneur. Et qu'elle était belle. Et qu'elle était généreuse. Les fantômes de Volturno n'en finiront donc jamais de le hanter ! Il replace la lettre tout au fond du tiroir.

L'orage s'éloigne vers le sud, dans un sourd ronflement. La vallée déroule son torrent au loin. Avec le déluge de la nuit, quelques rochers ont roulé sur la route. Carlo reste concentré. Les faisceaux de ses lanternes dévoilent des obstacles inattendus, mais évitables. Il parcourt les derniers mètres du chemin détrempé qui franchit le col des Guardi à une vitesse prudente. Les pneus patinent dans la boue, mais le photographe se révèle un pilote adroit. Un éclair zèbre l'horizon : Carlo jette un rapide coup d'œil vers les cimes. Ce pays est magnifique, il le regrettera sans doute. Peut-être. L'explosion secoue toute la vallée.

Un énorme champignon de feu grimpe haut dans le ciel. Une cloche du campanile sonne sous l'effet du souffle proche. Des morceaux de tôle, des pièces du moteur, des tiges de ferraille s'éparpillent jusqu'à la clue du Scavone. Un pan de carrosserie peint à l'enseigne des transports Pescopagano, aiguisé comme la lame d'une guillotine, part à l'horizontale. Il s'incruste dans un des sapins qui borde la route du chantier. Les portières s'envolent. L'une se plie contre le granit des bas-côtés, l'autre ricoche pendant de longues secondes sur la route du chantier. Propulsé jusqu'au milieu du village après un vol plané peu élégant, le train arrière du camion finit d'écrouler le toit déjà bien abîmé de la maison Mezzanese, près de la place centrale. La roue avant gauche s'est échappée vers les calades. Elle roule longtemps sur les marches et dévale tout le village, jusqu'à finir par s'immobiliser sur l'aire de battage. Le fourgon est éparpillé, le poste de pilotage s'est désintégré. Ni le tableau de bord, ni l'habitacle, ni la plate-forme de chargement n'existent plus. Pas plus que le photographe d'origine marseillaise, à l'avenir prometteur.

La Passeggiata, sur la route vers San Catello, 1964

« Et Carlo Ceserano ?

— On n'a rien retrouvé.

— Rien du tout ?

— Si… Sa casquette carbonisée, et sa houppelande en loques. »

Addolorata est surprise par les questions, comme par la moue incrédule de sa randonneuse américaine.

« Et rien d'autre ?

— Comment ça, rien d'autre ? »

La guide avait ménagé ses effets, traduit l'explosion avec des termes imagés, raconté les dégâts causés par la déflagration. Ses auditeurs sont épatés, mais la femme d'Albert Midland s'affiche dubitative. Néanmoins, elle entame une traduction détaillée de tout le récit pour son mari, qui tente de reprendre son souffle après la longue montée de la route Marshall. Addolorata pointe l'index vers un arbre, au-dessus d'eux. Les regards se lèvent. Le commerçant bergamasque siffle d'étonnement. Un large rectangle de ferraille rouillée est planté dans le tronc d'un sapin, largement enfoncé dans l'écorce. Sur le métal rouillé, on distingue toujours quelques lettres de l'enseigne des déménagements Pescopagano, patinées par la chaleur de l'explosion et dix-neuf années d'intempéries. Addolorata furète dans les fougères des bas-côtés de la route pour accréditer sa thèse :

« Et si on cherche bien, on doit retrouver un bout de la colonne de direction, par là. Elle y était encore l'année passée. Dès le lendemain de la tragédie, les ouvriers du chantier se sont contentés de pousser cette épave qui les gênait au milieu de la route. »

Addolorata élude en quelques mots la suite du drame, les formalités, les constats d'usage, la grande détresse de Vittoria, le désarroi de Volturno. Fin de l'histoire pour Carlo Ceserano. L'Américaine cherche Pietrino du regard. Le jeune homme s'est éloigné ; le destin agité de son père l'agace. Sans doute piqué par le manque de réussite de ses compatriotes à l'œuvre, Albert Midland réagit :

« *What about the two guys from the* M.P ? »

Sa femme traduit, pour la guide :

« Et les deux inspecteurs de l'armée ?

— Hiroshima et Nagasaki ? Absents. Ils étaient en France à ce moment-là. À Marseille. »

Marseille, mi-novembre 1945

« *You laïke veri goud !* »

Hiroshima reste dubitatif, Nagasaki poli. Le spectacle n'est pas des plus inspirants, malgré les promesses du serveur et la visite souriante du cuisinier lorsqu'ils ont passé la commande. La patine du tablier du cuistot aurait pu les alerter, comme la noirceur de ses ongles, l'hygiène approximative du petit personnel ou le nombre des convives qui se pressent dans cette gargote du quartier de l'opéra : ils sont les deux seuls clients.

Un bout de morue submergé de mayonnaise et perché sur une vieille pomme de terre nargue Hiroshima. Sous le nez de Nagasaki, une arête garnie d'une chair filandreuse flotte à la surface d'un brouet gras. L'odeur est à peine supportable, d'un côté de la table comme de l'autre. Malgré ça, le petit bonhomme en chemise crasseuse qui officie en salle tourne autour d'eux avec de grands gestes enthousiastes. Le serveur est sans âge, mal rasé, maigre comme un haricot vert, coiffé comme un poireau. Son haleine dégage des relents d'ail dès qu'il parle. Sauf qu'il ne parle pas, il hurle.

« *Spécialités veri goud américan. You champion du monde. Liberatore for Marseille people veri goud ! Non ?* »

Le braillard s'accompagne avec les mains, les bras, les épaules, les genoux. Il parvient à mimer à la fois l'opulence, le bon goût français, la bonne humeur méditerranéenne, la victoire américaine, les rondeurs généreuses des putes du quartier, la régalade à venir, le ventre bombé des clients rassasié, le suicide d'Adolf Hitler, la fraîcheur des ingrédients et la santé des poissons de la rade.

« *You laïke spécialités veri good? Spécialité de nous. Aïoli, là! Et la bouillabaisse with the poissons fish! Spéciality from Marseille!* »

Avant de s'éclipser vers les fourneaux où le cuistot et sa femme s'engueulent en permanence dans un italien de cuisine, le serveur a donné une grande claque amicale sur les épaules de ses convives. Les Libérateurs sont ses grands copains, et il tient à le leur prouver. Sans doute offrait-il le même cérémonial aux gradés de la Gestapo lorsqu'ils venaient déguster une bourride dans l'auberge au pied du pont transbordeur, où ce tartuffe officiait quelques mois plus tôt. Son rire dégage la seule canine de sa mâchoire supérieure, et tous les chicots de l'inférieure. Il a réussi à postillonner un : « *Américan veri goud allez bon appétit messieurs!* »

Hiroshima et Nagasaki se sont retrouvés seuls dans la salle au plafond bas, encombrée de six autres tables bancales. Une ampoule traîne son filament rougeoyant au-dessus de leur tête. Quelques mouches s'entraînent au looping malgré la température glaciale. La porte sur la rue Molière ferme mal: chaque rafale de mistral ouvre le battant et réfrigère un peu plus l'intérieur du restaurant, avec un insupportable tintement de carillon pour accompagner le mouvement. À chaque ouverture! Dehors, trois tapins argumentent avec un vocabulaire choisi au moindre passage de mâle sur leur trottoir. Les poubelles débordent, les caniveaux s'engorgent de détritus. Un groupe de marins ivres dispute un fond de bouteille à un clochard belliqueux qui ne se laisse pas faire. Une grappe de dockers bataille depuis un long moment contre le vent pour coller des affichettes énervées sur les façades. Leur colle ne tient pas. Les tracts se sont éparpillés sur la grande esplanade en marbre devant l'opéra. Leurs revendications coursent les rats mélomanes et repus qui cavalent d'une ruelle à l'autre. Quelques notes de musique pas exactement justes avaient escorté l'entrée des deux Américains dans le restaurant. Ce soir, c'est générale sur la scène, en face. Depuis les premières mesures de l'ouverture de *Lucia di Lammermoor*, Donizetti s'est démis deux vertèbres à force de se retourner dans sa tombe.

Hiroshima et Nagasaki sont exténués. Leur voyage depuis l'Italie devait durer deux jours. L'état-major leur avait conseillé de privilégier les transports ferroviaires, pour plus de sécurité. C'était sans compter avec la précision très relative des chemins de fer italiens et la bonne volonté approximative des cheminots syndiqués, en pleine renégociation salariale, de l'autre côté de la frontière. Quatre jours de galère ont été nécessaires. Et encore, ils ont terminé au volant d'une jeep de l'armée récupérée au camp de Calas. L'Europe est un cauchemar, et Marseille un condensé de ce mauvais rêve. Mais ils avaient un rendez-vous important. Et c'est ici, dans ce taudis, que leur contact leur avait demandé de le rejoindre.

L'entrée de Flavie Cèseran dans la gargote a été théâtrale. C'était involontaire, elle ne joue aucun rôle. La porte s'est ouverte sur une superbe jeune femme en robe longue Schiaparelli, couverte d'une cape en astrakan, coiffée d'une toque de la même fourrure. Les origines napolitaines de cette créature de rêve surgissent des traits de son visage, et de son regard noir et vif. Elle n'est pas très grande, mais chausse des talons hauts qui lui donnent un port princier. Sa posture laisse transpirer une énergie et une force intérieure qui ont impressionné les deux inspecteurs américains, subjugués par la beauté de ce témoin essentiel avec qui ils avaient rendez-vous. Elle s'est avancée avec un sourire qui aurait pu désarmer une division entière des forces d'Occupation. Hiroshima s'est levé pour avancer une chaise,

Nagasaki a tendu une main moite. Flavie a ôté ses gants, serré les mains, demandé s'ils parlaient la langue de Molière ou s'ils préféraient l'anglais, qu'elle pratique de manière sommaire. Avec un sourire niais, les deux Américains ont baragouiné un salmigondis en français pour prouver leur bonne volonté. Elle a décidé, sans aller plus loin dans le massacre lexical, de mener la conversation dans le sabir de ses interlocuteurs. L'anglais étant en passe de devenir la langue internationale de référence, autant commencer l'exercice tout de suite !

Flavie s'est assise, a regardé les assiettes servies sur la table. Elle s'est levée sans ajouter un mot. Elle est partie vers la cuisine, d'où ni le serveur ni le cuistot n'osaient plus sortir. Elle a crié deux phrases définitives en napolitain. L'engueulade a été courte, les mots choisis, les réparties inexistantes. Elle est ressortie sans plus d'émotion de l'antre pestilentiel pour revenir s'asseoir. Trois minutes plus tard, le serveur, qui a retrouvé l'usage de la discrétion et de l'humilité, apporte trois assiettes de charcuterie italienne, accompagnées d'une sélection de fromages de Parme et d'une bouteille d'un valpolicella subtil qu'elle a elle-même servi aux deux inspecteurs sous le charme.

La conversation s'est engagée ; Flavie était impatiente d'avoir enfin des nouvelles de son frère. Elle marque le pas lorsque Nagasaki et Hiroshima retournent la question. Eux sont ici pour savoir si elle, Flavie Cèseran, a eu récemment des nouvelles de Carlo. Elle a gommé sa déception d'un battement de paupières. Avec une diplomatie toute féminine, Flavie a renversé la situation et réussi à récolter quelques détails sur le parcours de celui qui l'avait sauvée d'une mort certaine, quelques années plus tôt. Elle ne l'a jamais revu. Elle n'avait même aucune idée de ce qu'il était devenu, et cette question la taraude. Son propre parcours n'a pas été une sinécure. Pour elle, la route a été raide avant de retrouver une vie normale et un mental solide ; mais elle n'a pas l'habitude de s'appesantir sur son propre sort. Elle s'en est sortie, et plutôt bien : *basta*. Les deux inspecteurs n'ont pas à le savoir.

L'alcool et le sourire charmeur de leur hôte aidant, Hiroshima lui a raconté ce qu'il sait sur Carlo Ceserano, sans la moindre réserve. Son grand frère est devenu le compagnon d'une jeune femme d'un village perdu de Lombardie. Il a eu un fils, s'est installé en Émilie-Romagne comme photographe. Il a eu un parcours de Résistant très actif, et attesté par ses pairs. Nagasaki a enchaîné sur l'incident de Parme, à propos duquel il n'a pas donné de détails. Il a simplement expliqué à Flavie que son frère avait fait feu sur un officier américain, qu'il l'avait tué, et que l'administration américaine le recherchait. Après un silence, Nagasaki a posé une première question, dans le déroulé logique de leur conversation :

« Carlo est-il un garçon violent ? »

Flavie esquisse un sourire ; elle croque dans un morceau de parmesan avant de répondre calmement :

« C'est le garçon le plus doux que j'aie jamais connu. Mais si je vous dis qu'il a tué deux hommes devant moi ? »

Hiroshima et Nagasaki se regardent, sidérés. Flavie poursuit :

« Il m'a sauvé la vie, Messieurs. Mon grand frère m'a sauvé la vie, il a risqué la sienne, il a dû s'exiler à cause de moi. Il m'a sortie des griffes de la pègre corse, m'a mise à l'abri. C'était un formidable photographe, et il a sacrifié sa vie et sa carrière pour me sauver. Vous n'imaginez pas à quel point c'est un homme bon. Vous n'imaginez pas…

— Votre frère a tué un sous-lieutenant dans l'exercice de ses fonctions…

— Pour protéger sa famille, j'en suis sûre ! J'ai pas raison ?

— Il a tué…

— J'ai raison ? Oui ou non ?

— L'enquête est en cours, Mademoiselle… »

Flavie a brandi sa main gauche à la hauteur du visage de l'inspecteur, son alliance à quelques millimètres des yeux de l'Américain.

« “Madame”, s'il vous plaît. »

Nagasaki remarque une bague de fiançailles ornée d'un brillant éclatant. La sœur de Carlo Ceserano conclut :

« Et votre enquête vous prouvera que j'ai raison. *Testa di Cazzo !*

— Pardon ?

— Rien, c'est du napolitain. »

Hiroshima termine sa dernière tranche de bresaola et se ressert un verre en souriant. Il coupe court à la conversation qui s'envenime :

« Nous vous remercions pour toutes ces précisions, Madame. Vous avez d'autres informations à nous donner sur votre frère ? »

Flavie a un sourire étrange :

« Mon frère… J'aurais bien des choses à vous dire. Vous restez en ville encore un peu ?

— Le temps qu'il faudra.

— Alors rendez-vous demain matin, au 11 de la rue Caisserie. C'est là que la famille Ceserano s'est installée, lorsque notre père et notre mère ont débarqué de Naples. C'est le bon endroit pour vous raconter l'histoire des miens. Dix heures ? »

Flavie s'est levée, a remis ses gants et sa cape de fourrure. Elle est sortie de la salle sans un mot. Dehors le vent redoublait. Les prostituées en poste s'étaient mises à l'abri, le clochard avait perdu sa bouteille, les dockers avaient remballé leur colle, leurs pinceaux et leurs affiches protestataires. Quelques musiciens sortaient de l'opéra, leurs instruments à la main ; Donizetti jouissait du silence enfin retombé sur les coulisses du théâtre. Hiroshima et Nagasaki ont terminé leurs assiettes en silence et quitté le restaurant sans un regard pour le cuisinier avachi sur le seuil de la cuisine. Le serveur à la coiffure de poireau était déjà parti.

Le lendemain matin, Hiroshima et Nagasaki se sont rendus au pied de la butte des vieux quartiers. Le clocher des Accoules n'avait pas sonné son dixième coup qu'une Alfa Romeo luxueuse déposait Flavie sur le trottoir côté pair de la rue Caisserie. Le chauffeur est parti attendre à l'angle de la rue de la prison. Flavie a retrouvé les deux inspecteurs. Emmitouflés dans des manteaux kaki, ils portent leurs casquettes enfoncées sur leurs crânes rasés. L'hiver s'annonce précoce et rude. Un mistral vicieux balaie le quartier, soulevant des nuages de poussière qui masquent la découverte sur le Lacydon.

« C'est là ! »

Hiroshima et Nagasaki regardent là, mais là, il n'y a rien. Plus rien. Un terrain vague immense et désertique s'étend jusqu'aux quais du Vieux-Port.

Flavie a fixé son regard en l'air, vers le quatrième étage fantôme du numéro 11 de la rue Caisserie. Il n'y a en face d'elle que cette basilique grotesque sur la colline loin en face, ce catafalque byzantin qui sert d'emblème à la ville. Les quartiers réservés, qui avaient abrité son enfance, n'existent plus, rasés à grand renfort d'explosifs par les Allemands, volontiers épaulés par la gendarmerie locale. Toutes les rues, toutes les maisons, toute la mémoire d'une ville sont parties en poussière pendant les quinze premiers jours de février 1943. Cette ville n'a jamais eu aucun respect pour rien – ni pour son histoire, ni pour son peuple. Même le pont transbordeur, enchevêtrement de ferrailles exotique qui reliait le quartier Saint-Jean au bassin du carénage, a été abattu, là aussi à la marseillaise. Le dernier pilier de l'édifice, mal dynamité, s'est écroulé sur les murailles du fort Ganteaume. Le regard de Flavie a basculé vers le port. Quelques chaluts rentrent d'une pêche incertaine, des vaguelettes agitent le plan d'eau. Des géomètres transis s'agitent vers la Tourette : les bâtiments du renouveau marseillais devraient sortir de terre au plus tôt. Quelques camions circulent, remplis de gravats. La météo est mauvaise, au point que les mouettes sont parties voler au-dessus du palais Longchamp, loin de la tempête. Au milieu de rien, la mairie surnage comme une verrue. La Maison diamantée, l'hôtel de Cabres, les quelques vieilles dames de l'architecture qui ont survécu au carnage, balisent le paysage.

« Vous voyez, tout a été rasé. Ici, avant, il y avait le cœur de la ville. Mais les autorités ont décidé que ce cœur-là n'était pas assez pur.

— Les autorités allemandes. C'est dans notre dossier, nous sommes au courant.

— Oui, mais pas seulement. Vous n'imaginez pas à quel point les reconstructions à venir tombent à pic pour certains, ici et maintenant. Je ne pense pas que vos dossiers vous l'indiquent, aussi précis soient-ils. Vous voyez ? »

Ils voient surtout un grand espace vide ponctué par quelques bâtiments anciens miraculés, borné par les eaux agitées du Lacydon. Flavie a remonté son col sur ses joues, elle tremble :

« Notre maison était là, Messieurs. L'entrée se trouvait en face de vous. L'habitat était vétuste, les appartements minuscules, les conditions de vie précaires, mais c'était chez nous. »

Une rafale plus forte fait s'envoler la casquette de Nagasaki. Il la rattrape au vol. Flavie sourit :

« Voilà, c'est bien ça. Une grande bourrasque, qui a tout éradiqué. Cette guerre, c'est exactement ça : une grande bourrasque. Ceux qui ont su tenir debout, ceux qui ont su résister, ceux qui ont su plier avec le vent sont toujours là. Les autres… pffffuit… »

Flavie a remué ses doigts vers le ciel, comme pour laisser s'envoler des êtres de poussière dans la tourmente.

« C'est un nouveau monde qui s'offre à nous. Et nous n'aurons aucun regret, aucun remords. Nous sommes vivants. »

Une larme perle le long de son nez, mais le froid n'est pas en cause. Hiroshima lui tend un mouchoir, qu'elle refuse d'un geste sec.

« Merci, non.

— Vous deviez nous parler de votre frère…

— Je vais d'abord vous parler des autres. Savez-vous que mon père est mort à la fin de la guerre de 14 ?

— C'est inscrit dans notre dossier : Giuseppe Ceserano…

— Non, désolée, c'est Joseph Cèseran. Votre dossier est erroné. Savez-vous qu'il a été un des derniers combattants à laisser sa vie sur le champ de bataille ? C'est trop bête, non ? Être le dernier mort d'une guerre ! C'est une situation ridicule. Et pourtant… Mon père s'était engagé pour obtenir notre naturalisation. Les fonctionnaires ont pris tout leur temps. Au final, l'État français a pu régulariser la situation d'un cadavre, mais ça nous a paru un grand progrès, à nous les survivants. Nous étions des citoyens français. Toujours rejetés, toujours méprisés, mais français. Joseph Cèseran s'est fait massacrer afin que Luisa, Teresa et Gianna devînssent Louise, Thérèse et Jeanne. J'avais trois grandes sœurs, trois perles. Est-ce que le 2 décembre 1943 est dans vos dossiers ?

— Décembre ?

— Oui, décembre. Pas février. Février 1943, c'est pile là, devant vous. »

Hiroshima et Nagasaki portent le regard sur le quartier rasé. Flavie parle posément, sans précipitation, mais avec une haine rentrée qui transpire à chaque syllabe :

« Le 2 décembre 1943. C'était un jeudi, il y a deux ans. Cette date n'est pas dans vos dossiers ? Ce sont pourtant les avions de vos alliés qui sont passés très haut, là-haut, ce jour-là. Les bombardiers anglais… Ma sœur aînée, Louise, était partie voir le comptable de son employeur, ce jeudi 2 décembre 1943. Elle travaillait à la Joliette, et le bureau du comptable était rue de Lyon, à côté. Une des bombes l'a cueillie devant sa porte. Louise était enceinte de six mois. Ce détail est dans vos dossiers ? Ma mère est restée debout deux jours dans le froid devant la morgue, à attendre, à pleurer, à se désespérer, à supplier les agents municipaux de nous rendre le corps. Ils l'avaient égaré. C'est là qu'elle a attrapé sa pneumonie. Ma mère en est morte, en mars. Il faisait froid en mars, l'année passée, mais je crois qu'elle est morte de chagrin. »

Hiroshima et Nagasaki se sont regardés sans savoir quoi répondre. Flavie est intarissable :

« Et le 27 mai 1944 ? Vos dossiers en parlent ? C'était un samedi ensoleillé, deux mois après le décès de notre mère. Thérèse et Jeanne s'étaient réfugiées sous le pont du boulevard National lorsque le bombardement a commencé. On n'a rien retrouvé de Jeanne. Ma sœur Thérèse a agonisé pendant une semaine. Elle n'avait plus de jambes et le crâne arraché, c'est noté dans vos dossiers ? Là aussi, ce sont vos avions qui nous ont balayés. Ils ne visaient pas. C'était trop dangereux de viser, de voler trop bas. Les Américains ont balancé leur chargement. Et tant pis pour nous.

— C'était la guerre.

— Non ? Vous plaisantez ? C'était la guerre ? C'est écrit dans vos dossiers, aussi ?

— Nous sommes désolés.

— Non, vous n'êtes pas désolés. Vous êtes juste à la recherche de mon frère. Et vous savez ce qui est drôle ? C'est que Charles Cèseran, le garçon qui m'a sauvé la vie, n'est pas mon frère. »

Hiroshima et Nagasaki ont marqué un temps. Flavie a eu un rire bizarre.

« Eh non. Ma mère, sur son lit de mort, nous a appris la vérité. Le petit Carlo était un gamin adopté, le fils d'une migrante perdue qui s'appelait Ofelia et que mes parents ont recueillie. Cocasse, non ? Et lui-même n'en sait rien. C'est écrit dans vos dossiers, ça ? Aussi, l'homme que vous cherchez n'est pas mon frère. Je n'ai jamais eu de frère, juste un ange gardien formidable qui a donné sa vie pour moi. Je ne l'ai plus revu depuis, et même si je le croisais à l'angle de l'Hôtel-Dieu, là, dans deux minutes, je ne vous le dirais jamais. Messieurs, je ne vous souhaite pas bonne chance. »

Flavie s'est éloignée sans un regard. Elle a rejoint l'Alfa Romeo. Son chauffeur l'attendait en fumant une cigarette. Il a jeté son mégot et ouvert la porte de manière obséquieuse avant de grimper derrière le volant et de s'éloigner. Hiroshima et Nagasaki n'ont pas échangé un mot pendant plusieurs minutes. Une rafale plus forte les a décidés à partir.

Les deux inspecteurs sont restés à Marseille deux jours de plus, afin de compléter leur dossier. Ils étaient là pour ça. Ils ont réussi à en savoir un peu plus sur Flavie. La madone en manteau d'astrakan les fascinait. Le parcours de la jeune femme semble une vicieuse course d'obstacles : elle les a tous franchis dans la douleur. La jeune femme a été un agent très actif de la Résistance. Installée dans le Var, elle a passé les quatre années de guerre à faire passer des faux papiers, des informations stratégiques, des armes à ses camarades FFI. Si le débarquement de Provence avait été aussi efficace, c'est grâce au travail de fourmi de groupes comme le sien. Certains n'ont pas eu autant de chance : le charnier de Signe est là pour le prouver. La France a tué son père, les Anglais ont massacré sa grande sœur, les Américains les deux autres. Les Allemands ont effacé sa jeunesse, une jeunesse douloureuse durant laquelle les Corses avaient voulu l'éliminer. L'Italie était la seule amarre sur laquelle elle pouvait encore s'accrocher. Flavie s'était mariée un mois plus tôt avec un richissime homme d'affaires napolitain, à la réputation sulfureuse et aux commerces illicites, dont la stratégie avouée était, à moyen terme, de balayer les réseaux de la pègre corse et de reconquérir les marchés marseillais de trafics de cigarettes et d'opium.

Après quelques gargotes de plus et deux nuits à ne pas fermer un œil dans un hôtel sordide du quartier Noailles, Hiroshima et Nagasaki ont rendu leur véhicule à l'intendance du camp de Calas. Les deux inspecteurs ont repris le chemin de la Lombardie. Leur voyage devait durer deux jours. En principe.

Italie du Nord, au même moment

Leur voyage aura duré trois jours. L'hiver arrivait à grand froid, mais Lucio Belonore était déterminé. Il voulait revoir sa vallée natale avant que les travaux du barrage ne détruisent ses souvenirs. Novembre est la dernière limite : la neige n'arrive en principe qu'un mois plus tard. Des étapes étaient prévues ; les haltes étaient programmées en fonction des souhaits de Nuza', la moniale intendante. Elle gérerait l'itinéraire : c'est sa condition préalable et incontestable à l'organisation de cette expédition vers la Lombardie. De fait, il était impensable de contester les choix de la seule conductrice habilitée à les transporter.

En partant de Turin le matin aux alentours de neuf heures, après l'office de Tierce, ils pouvaient être à table vers treize heures à Vercelli, dans l'auberge d'un cousin de la mère supérieure qui réussit un *fritto misto* d'exception, accompagné de *gnocchetti alla Tundiret*. Ce qui leur laisserait le temps de la digestion suivi de trois heures de route pour une première soirée à Arona. Un oncle de Quadro qui habite Arona, sur le lac Majeur, est un grand chasseur devant l'éternel, à défaut de pêcher. Il possède des collections de terrines inoubliables. Le lendemain midi, ils pourraient rejoindre Côme et déguster quelques truites fumées à l'huile au bord du lac et un risotto aux filets de perche pour rester légers, puis rejoindre Azzano San Paolo. Les dominicaines du monastère du Saint-Rosaire assureraient le gîte, mais surtout le couvert avec un légendaire *Brasato al Barolo*, à base de viande en provenance directe de leur élevage. Ce qui leur permettrait d'atteindre San Catello le troisième jour, à une heure raisonnable de l'après-midi, pour peu que la pâtisserie Cavour dans la ville haute de Bergame soit fermée. Sœur Nuza' s'occupe de l'intendance dans l'institution Santa Anastasia di Sirmio... mais aussi hors les murs. Et personne ne déroge jamais aux programmes établis par l'intendante.

Sorella Nuza' a profité de ses accointances avec le garagiste de Mirafiori. Contre deux messes en actions de grâce dédiées à San Cristoforo, elle a fait aménager une rampe et une place sécurisée pour le fauteuil roulant de Lucio. L'ingénieur Belonore se retrouve ainsi assis au milieu du véhicule, juste derrière le chauffeur et son passager.

Le trajet s'est déroulé comme prévu, selon la minutieuse organisation de la religieuse intendante. Les discussions entre elle et Quadro ont occupé une grande partie de l'excursion. Comme Quadro, Nuza' est une dominicaine, et elle n'a aucune retenue pour aborder tous les sujets. Aux heures de digestion, les palabres ralentissent en rythme, pas en intensité. Quadro reste dans le doute, malgré l'assurance et la foi indestructible de la nonne ; tout semble indestructible chez cette femme. Rarement la réflexion théologique est allée aussi loin pour ce pauvre diable qu'aucune rhétorique ne satisfait plus. La proposition, « *Dieu a créé l'homme à son image* », les a occupés pendant une bonne centaine de kilomètres, sans que les arguments de l'un ne viennent convaincre l'autre. Lucio Belonore s'est tenu en retrait, trop content d'avoir trouvé un chauffeur et un véhicule pour rejoindre son pays natal. L'accompagnement philosophique de la randonnée le réjouit : les reparties des deux ecclésiastiques se révèlent souvent cocasses.

Dans cette escapade vers les montagnes, le volant est tenu par un véritable exercice vivant pour orthophonistes : « Shkëndiza Njomza Ngazëllime ! » Nuza' est le diminutif pragmatique d'un nom d'origine albanaise, encombré de consonnes et de trémas. L'intendante est originaire de la péninsule balkanique. Très jeune, elle a fui Durrës et les agressions turques pour se reconstruire sur la rive d'en face, en Italie. Et depuis, tout le monde l'appelle « *Nuza'* ». Et tout le monde s'y retrouve. Le duo formé par Lucio et Quadro était déjà cocasse. Ce nouveau trio est burlesque.

Lucio, quinquagénaire handicapé, toujours bien mis, portant cravate en toutes occasions, poussé dans son fauteuil par un dominicain en robe crème et à l'embonpoint certain, est désormais accompagné par cette petite bonne femme maigre et sèche, au visage anguleux et au regard vif, en costume de bonne sœur, affublée d'un énorme chapelet en guise de ceinture et qui s'exprime d'un ton assuré quels que soient les circonstances, les sujets et les interlocuteurs. Les deux chaperons de l'ingénieur auraient pu faire penser à Laurel et Hardy. Il y a même une certaine ressemblance dans le profil pointu de Nuza' avec le souffre-douleur du duo comique américain. La similitude s'arrête là. L'intendante est une maîtresse femme, d'un dynamisme éclatant.

Le *furgoncino 508* Fiat a poussé ses pointes à soixante kilomètres à l'heure dans les descentes en ligne droite, et s'est un peu traîné sur les routes sinueuses. Mais Nuza' conduit sous la protection du Seigneur. Elle reste sereine, même si Quadro se cramponne à la poignée de sa portière à chaque croisement de véhicule. Ils sont arrivés dans la plaine de Santa Pazienza le troisième soir à la tombée de la nuit, la *pasticceria* Cavour de la ville haute de Bergame étant ouverte… et sur leur chemin. La fourgonnette s'est arrêtée sur une esplanade en surplomb, à l'entrée de la ville ouvrière. Nuza' a ouvert le capot pour vérifier les niveaux, comme à chaque arrêt. Quadro a aidé Lucio pour descendre du véhicule.

« *Allora, Luciomio ?* C'est comme dans tes souvenirs ? »

Malgré l'obscurité envahissante, des engins de chantier persistent à gagner la clue du Scavone. Le travail se poursuivra jusqu'à la dernière lueur du jour. Des grappes d'ouvriers épuisés par leur journée à flanc de falaise rejoignent les baraquements. De gros réverbères à la lumière crue se dressent au milieu de la zone habitable. Les fumées des poêles à charbon brouillent l'atmosphère. Des excavateurs placés au débouché du torrent continuent leurs pilonnages bruyants. Une file d'attente patiente devant ce qui est sans doute la cantine du camp, quelques discussions animées parviennent jusqu'à l'esplanade. Lucio reste dubitatif :

« Ça va te paraître bizarre, Quadro, mais je n'ai aucun souvenir.

— Aucun ?

— Non.

— Tu es bien né ici, *Luciomio* ?

— Je suis né là-haut, à San Catello. Je n'en ai jamais bougé, jusqu'à l'accident. Si je suis descendu deux fois dans ma jeune vie vers la plaine de Santa Pazienza, c'est le maximum. Et cet endroit était un marécage insalubre. »

Quadro observe le site.

« C'est toujours insalubre, mais c'est plus du tout un marécage. »

Lucio a fixé son regard sur la clue du Scavone. Il tente d'apercevoir au-delà, vers la montagne, chez lui. Mais l'ampleur des préparatifs au barrage masque la découverte étroite vers les alpages.

« Ma vie de gamin était sur les rives du torrent, au-delà de cet entonnoir rocheux. Mes seuls souvenirs sont là-haut. »

Lucio Belonore détaille les infrastructures accrochées aux parois. Le travail de préparation pour l'édification de la voûte est bien avancé. Une galerie de dérivation contient les eaux du torrent. Le bief d'aval forme un petit lac qui vient border la vieille ferme de Moïse Giaccanova. Lucio remarque la route Marshall qui contourne le flanc de la montagne. Un camion en descend, transportant une dizaine de mineurs exténués sur son plateau. Les faisceaux des phares transpercent la poussière. La centrale électrique, au pied de la voûte, commence à prendre forme : son architecture est grotesque. Un bulldozer rentre vers les ateliers dans des vapeurs lourdes de gas-oil. Des arcs de soudure métallique illuminent la roche. Des ombres étranges se profilent sur les murs du chantier, comme sur les cloisons des baraquements. L'écho de conversations animées filtre jusqu'à eux. Le claquement du capot sort Lucio de sa méditation. Nuza' s'approche :

« Nous pouvons y aller. C'est encore loin ? »

Lucio montre le bas du futur barrage encombré d'échafaudages, de tas de gravats et d'engins monstrueux :

« Je ne sais pas, Nuza'. Avant, on passait par les gorges. Je suppose qu'on emprunte la nouvelle route, là… »

Le *furgoncino* Fiat traverse le site. Quelques-uns des ouvriers harassés remarquent cette estafette décorée du portrait maladroit de sainte Anastasie. Personne ne s'en préoccupe vraiment. Juste deux tâcherons, plus dévots que la moyenne, esquissent un signe de croix bâclé. Après avoir longé la digue du déversoir, franchi deux rivières de boue et évité le cloaque graisseux au pied des ateliers, Nuza' arrive sur la nouvelle route. Une barrière empêche le passage. Un vieux gardien en treillis rafistolé veille, assis dans une cahute ouverte à tous les vents, tout juste éclairée par une lampe tempête hésitante. L'homme, un petit gabarit au regard creux comme un discours de parlementaire, s'approche :

« Vous allez où ? Oh, excusez-moi, ma sœur… »

L'homme se signe, confus. Apercevant l'aube du frère assis à la place du passager, il se répand en excuses :

« Vous êtes le nouveau curé ? Alléluia ! Nous vous attendions avec impatience. »

La sœur rebondit sur la question, usant d'un ton plein de reproches :

« Vous voulez dire qu'il n'y a aucun aumônier pour ce village de mécréants ?

— Pas encore...

— Mais, et votre chapelle, alors ? »

Le vigile rougit jusqu'en haut des oreilles, honteux :

« C'est que... Elle n'est pas encore construite. On n'a pas eu le temps.

— Comment ça, "pas eu le temps" ? *Vergogna !*

— Je sais bien, ma sœur. Mais regardez ! C'est prévu. »

Le vigile désigne un terrain vague dans l'obscurité, un carré de boue en contrebas de la route Marshall. Un hangar jamais achevé sert de remise pour les remorques inutilisées sur le chantier. L'église est encore à l'état de vœu pieux. Nuza' pointe un doigt accusateur vers le vigile :

« Vous êtes des mécréants, vous mériteriez l'enfer ! Tous, ici ! Vous avez de la chance que nous soyons pressés. Que Catherine de Sienne vous pardonne ! Vous me ferez trois dizaines, dont deux pour avoir loupé la fête du saint Rosaire au début du mois, par votre négligence. »

Le vigile se met à trembler :

« C'est que... je n'ai pas de chapelet, ici.

— Quoi ? Comment ? Vous me ferez un rosaire entier alors, chapelet ou pas. Et vous avez intérêt à bien savoir compter.

— Oui, ma sœur. Entendu, ma sœur. Pardonnez-moi de vous avoir offensée.

— Non.

— Non ?

— Non. »

Le visage de Nuza' s'est refermé sur une grimace sinistre. C'est son habitude. Lorsqu'elle est contrariée, elle fronce très fort son sourcil gauche, ce qui fait monter le droit en accent circonflexe sur son œil qu'elle garde grand ouvert. Puis elle pince ses lèvres, serre les dents et se met à tapoter ses mains l'une contre l'autre avec frénésie. Elle ne ressemble plus du tout à Stan Laurel, mais plutôt à un iguane borgne. Un calme mortifère tombe sur la guérite ; seul le ronronnement du moteur perturbe le silence. Le vigile, déjà menu, a perdu dix centimètres. Au bord des larmes, il est prêt à rentrer dans le premier terrier de lapin venu lorsque la moniale intendante abandonne sa grimace et prend sa plus grosse voix :

« Et jamais tu nous ouvres la barrière ? »

Il se précipite. Le tronc peint en rouge et blanc bascule. La fourgonnette grimpe la route à vive allure, dans une nuée de poussière.

Dix minutes plus tard, le petit utilitaire Fiat franchit la passe de granit du col des Guardi. Lucio n'aurait jamais imaginé pouvoir accéder à son village par le haut. L'ingénieur découvre cette nouvelle entrée dans San Catello : le point de vue est inattendu. Il découvre aussi la violence avec laquelle le monde moderne s'est engouffré dans le quotidien de ce havre du bout du monde. Nuza' contourne ce qui reste de la carcasse d'un camion calciné. La végétation tout autour est carbonisée : l'accident doit être récent. Nuza' et Quadro ont le réflexe d'esquisser un petit signe de croix. Deux virages plus tard, le fourgon atteint les premières constructions. La route se sépare en deux directions. Nuza' hésite :

« *E dopo ?* Et après ? On part vers où ?

— La ferme de mon père était par là. »

Lucio fait un signe de tête vers la droite, en direction du clocher monumental qu'on distingue dans la nuit. L'autre route en terre, mieux damée, part vers la gauche. Elle mène aux gorges du Scavone, et sans aucun doute au chantier. Mais ils ne sont pas venus pour ça.

Au même endroit, dix-neuf ans plus tard

« Alors ? À gauche ?

— Quoi, à gauche ?

— La route vers le barrage, c'est celle à gauche, non ? »

Addolorata fait face à Testastretta. L'enseignant affiche sa tête de nœud depuis le début de la randonnée, sa suffisance tourne à l'arrogance. La guide ne cède pas :

« Oui. Et alors ?

— Et alors, on va partir à gauche. On est venus voir le barrage.

— Vous, vous êtes venu voir le barrage.

— Non. Nous tous sommes venus voir le barrage. Donc, moi je dis qu'on devrait prendre à gauche. »

L'insupportable pratique un égotisme appliqué. Addolorata reste calme, malgré les piques :

« La visite du village ne vous intéresse pas ?

— Vraiment non. Vous nous faites marcher. Les fantômes, ça n'existe pas. Ce tas de ruines n'a jamais été hanté. »

L'enseignant fait preuve d'une incrédulité à toute épreuve face à tout ce qui touche à l'ésotérisme et aux croyances paranormales. Il a voué sa vie, et sa carrière, à un roi des juifs né d'une vierge, un ressuscité qui marchait sur l'eau et qui pêchait les carpes par centaines sans ligne ni hameçon – mais ce paradoxe ne l'atteint pas. Il se veut charismatique, sa posture n'est qu'insolente. Testastretta prend ses voisins proches à témoin, fier comme un coq sur son tas de fumier. Addolorata hausse les épaules :

« Hanté, non. Maudit non plus. Juste beau.

— Juste sinistre. »

Un déchirement de tissu interrompt l'échange tendu entre Addolorata et l'homme à tête étroite. Une fois de plus, Albert Midland gratifie le groupe d'une entrée remarquée. Alors qu'il se penchait pour récupérer un de ses sacs tombé à terre, son pantalon de randonneur a craqué au niveau des fesses. Dans sa logorrhée énervée, il n'est même plus question d'étron sacré. Albert évoque juste son Dieu à lui :

« *My God!* »

Le Texan interpelle sa femme. La belle quadragénaire, qui marche à côté d'Addolorata depuis le col des Guardi, rebrousse chemin pour réceptionner les réclamations de son mari :

« *Enough, Maggie! I go back home!* J'en ai assez, Maggie. Je rentre à la maison !

— *You mean New York City, Honey?* À New York, chéri ?

— *I just mean our hotel in Bergamo...* Non, simplement notre hôtel à Bergame. »

Albert est en sueur, exténué. Sa femme reste fraîche comme une rose. Addolorata intervient :

« Proposez-lui de nous attendre dans l'église. Il y fait frais, et il trouvera des bancs pour s'asseoir. »

Une rapide discussion se tient entre l'Américaine et son boulet. La négociation est courte, l'affaire conclue en un rien de temps. Sans faire cas du reste de la troupe, Albert Midland prend le chemin vers la droite, celui qui descend à travers les ronces vers l'église du village. Il tient son pantalon à deux mains. Il bougonne. Addolorata hausse la voix :

« *Ragazzi!* Les enfants ! Puisque certains d'entre vous se foutent éperdument de l'historique de cette vallée et de ses personnages de caractère, nous allons nous séparer en deux groupes. Taormine ? »

Elle s'engage dans un escalier raide entre deux potagers. Les jardins sont abandonnés depuis des années. La guide est suivie de près par Maggie Midland et par la retraitée milanaise. Les deux perruches françaises font attention de ne pas glisser sur les marches branlantes de la traverse qui plonge dans le village. Fortunato connaît les lieux comme sa poche. Il survole les obstacles comme l'aurait fait un gamin du quartier. Le campanile paraissait déjà démesuré du temps de la splendeur de San Catello : ce catafalque qui surplombe les ruines est devenu une verrue improbable. Les cloches sont toujours accrochées à leur joug, tandis qu'une lézarde inquiétante court le long du clocher.

Pietrino marche quelques pas en arrière. Il garde une certaine réserve. Le fils de Vittoria Belonore replonge dans San Catello comme on s'immerge dans un rêve éveillé. Il connaissait toutes ces ruelles, toutes ces portes, tous ces destins. Des années ont passé, toutes les maisons sont en ruine. Les toits se sont écroulés, le lierre a envahi les murs, la vigne vierge s'est glissée entre les dalles. Pietrino s'était amusé des fanfaronnades de Testastretta, son sourire s'estompe avec son entrée dans le village.

Le groupe atterrit dans une calade à proximité de l'église. Les pavés sont déchaussés, des pierres ont roulé au milieu des rues. Des collections de lauzes ont dégringolé des toits. La porte de l'église est restée entrouverte. Avant d'y pénétrer, l'Américaine interrompt Addolarata :

« Volturno Belonore habitait par ici ?

— Non. Le patriarche résidait dans une grande maison au bas du village.

— Elle existe toujours ?

— Vous savez, ce barrage a causé des dégâts considérables. J'ai prévu de vous y emmener, mais c'est devenu une ruine. »

Attentive depuis sa découverte de la vallée du Scavone, l'Américaine est devenue méditative en faisant ses premiers pas dans le village. Addolorata est intriguée :

« Vous aviez déjà entendu parler de la famille Belonore ? Je veux dire, avant cette randonnée ?

— Il y a des histoires qui ont traversé les mers pour devenir des légendes. Surtout dans la communauté italienne chez nous, aux États-Unis. Tout ce qui a un rapport avec l'Italie fait écho. L'histoire de la famille Belonore est l'une d'entre elles. Surtout depuis toute l'aventure du barrage. Et puis, vous avez eu des gloires locales, ici. »

Addolorata ne comprend pas l'allusion. L'Américaine précise :

« Le célèbre concertiste Belonore, il était de ce village aussi. Je me trompe ?

— Vous ne vous trompez pas. C'est même dans cette église qu'il a découvert la musique. »

Addolorata pousse la porte. Le grincement se répercute dans toute la nef. Albert Midland était déjà là, assis sur un des rares bancs encore d'aplomb dans le chœur. La fraîcheur à l'intérieur du bâtiment lui a fait du bien : il semble moins épuisé que pendant son ascension de la route Marshall. La retraitée milanaise pénètre elle aussi dans l'église, suivie par le septuagénaire aux cheveux blancs et les deux Français. Leurs pas font crisser le plancher. Un harmonium attend près de l'autel, son couvercle fermé. Addolorata montre l'instrument :

« C'est sur cet orgue que le virtuose a joué ses premières notes de musique. »

L'information émoustille l'Américaine :

« C'est vrai ? »

Fortunato et Addolorata échangent un sourire. Fortunato acquiesce :

« Les légendes s'appuient toujours sur un fond de réalité. »

Jusque-là, il était resté muet. Sa voix se révèle grave et éraillée, comme s'il n'avait plus parlé depuis des siècles. Le septuagénaire s'approche de l'harmonium, soulève le couvercle. Les touches jaunies apparaissent, comme les dents mal alignées d'un vieillard. Fortunato se tourne vers Albert et sa femme.

« Il y a eu de la musique, dans ce village. Mais c'était il y a très longtemps. »

Albert se redresse, s'approche. C'est sa première manifestation d'enthousiasme depuis le départ :

« Je peux l'essayer ?

— Pourquoi pas... »

Fortunato l'invite à s'asseoir sur le vieux banc. Le bois est recouvert de poussière, mais l'Américain ne s'en préoccupe pas une seconde. Il s'installe, avec l'aisance d'un concertiste aguerri. Il pose les mains sur le clavier : aucun son ne sort. Il découvre le système de soufflets. Intrigué, il pose ses pieds sur le pédalier.

« Je suppose qu'il faut ramer sur ces deux planches pour faire circuler l'air dans les tuyaux. »

Addolorata confirme. Albert Midland pompe, pompe encore. Un *si* bémol fragile emplit l'espace sous les voûtes de l'église. La lame vibre faux, d'un son de canard enroué. Une mélodie bizarre résonne dans tout l'édifice. Qui aurait pu prévoir que les premières notes de musique entendues depuis des années dans ce lieu abandonné seraient les arpèges décomposés de *Strange Meadowlark*, une composition de Dave Brubeck ? Le Texan se révèle virtuose. Il stoppe sa mélopée après quelques mesures à la sonorité grinçante. L'instrument ne répond pas à ce type de musique, mais Albert est ravi. La découverte de l'instrument le réjouit. Sa femme se penche vers Addolorata :

« Il est comme ça, Albert. Dès qu'il voit un clavier, il faut qu'il l'essaie. »

Fortunato apprécie le moment :

« Il se débrouille bien, votre mari.

— Pas mal. C'est un peu son métier.

— Il est musicien ?

— Pas exactement. Mais il connaît la musique. »

Attiré par les notes dont les dernières résonances s'évanouissent vers le clocher, Pietrino entre à son tour dans la chapelle. Addolorata remarque son trouble, s'approche de son filleul :

« Alors ? Ça fait quel effet de retrouver San Catello après toutes ces années ? »

Novembre 1945

« Alors ? Ça fait quel effet de retrouver San Catello après toutes ces années ?

— Je ne reconnais rien. »

Le *Furgoncino* orné de l'effigie approximative de Santa Anastasia a traversé le village. L'ingénieur Lucio Belonore redécouvre ces ruelles qu'il n'a plus vues depuis son enfance. Trente-cinq années se sont écoulées. Son centre du monde était gravé dans sa mémoire comme une métropole gigantesque, aux constructions plus audacieuses les unes que les autres, accolée à sa montagne, dominée par une cathédrale au campanile majestueux. Nuza' les a trimbalés dans les trois malheureuses ruelles d'un hameau désert. La mégapole se résume à quelques murs écroulés encerclant une chapelle misérable.

Lucio a bien essayé de dépister des indices, la forme d'un volet, la courbe d'une porte cochère, une enseigne caractéristique. Rien. L'auberge de son oncle n'existe plus. Le bazar de Ciro est muré. Une pancarte annonce une épicerie là où se tenait le café Venezia tenu par Pinolo Guardi, le concurrent direct de son oncle Gran'Paolo. À cause des calades en escalier, l'expédition motorisée doit emprunter un raidillon afin de rejoindre les fermes du bas du village. Là aussi, il ne reste que quelques façades fantomatiques. Quadro est fatigué. Ce trajet est interminable. Et il commence à avoir faim. C'est lui qui aperçoit le premier l'étrange ectoplasme :

« Et lui, tu le reconnais ? »

Lucio découvre la silhouette d'un vieillard assis sur le seuil de la dernière grande maison du bas du village. Les avant-bras calés sur les accoudoirs d'un fauteuil rustique, l'aïeul a un fusil posé sur ses genoux. Il observe l'arrivée de cet équipage avec la curiosité d'un gardien de phare en haute mer devant l'accostage d'une péniche fluviale un jour de grande marée. La fourgonnette s'arrête dans un tremblement de tôles. Sainte Anastasie interrompt net les trémulations qui agitaient ses joues. Nuza' sort la première. Elle aide Lucio à descendre du véhicule. Volturno aperçoit la chaise roulante, il comprend aussitôt. Il se redresse, pose son fusil en équilibre sur son trône et part à la rencontre de ses visiteurs du soir. Le vieillard voûté vient de rajeunir de trente ans ! Il se tient droit comme un if, ses yeux brillent d'une malice juvénile. Il se plante devant Lucio en ouvrant les bras :

« *Salve, Lucio !* Bienvenue à la maison, mon fils. »

Lucio fait un signe désolé avec ses bras ballants. Il aurait bien aimé se lever pour enlacer son père, mais ce geste lui est interdit depuis le glissement de terrain sur le torrent Scavone. L'ingénieur tend les mains droit devant lui, Volturno les serre dans les siennes. Les deux hommes éclatent en sanglots au même instant. Volturno se penche vers son fils pour l'embrasser, le toucher, se frotter à sa peau. Il passe les mains dans ses cheveux. Lucio a calé la paume de son père contre sa joue et ne relâche pas l'étreinte. Depuis une vie il attendait ce moment, il espérait ce contact. Les deux religieux s'écartent de la scène pour laisser le père et le fils à leur émotion. Lucio sort une pochette en coton fin de sa veste, essuie ses larmes et se mouche avec enthousiasme. Volturno prend la figure de Lucio entre ses mains. Il plonge son regard dans celui de son aîné, puis pose son front contre le sien. Volturno garde cette position figée quelques secondes avant de passer derrière la chaise roulante. Lucio lui présente ses deux indispensables pilotes.

« Quadro, Nuza'. *Ecco, il mio padre*... Voici mon père, Volturno Belonore.

— *Ragazzi !* Les enfants ! Bienvenue au bout du monde. »

Le patriarche s'empare des poignées du fauteuil et dirige l'équipage vers la ferme familiale. Volturno installe ses visiteurs dans la grande salle de son rez-de-chaussée. Il débarrasse la table d'un geste ample. Les miettes volent, accompagnées par quelques mouches réveillées en sursaut. Un vieux tournevis et quelques cartouches de chasse roulent sur les lattes du plancher. Volturno trouve un bocal de pâté, du pain et une bouteille de vin. Puis il ouvre un placard d'où il sort une tomme de brebis recouverte d'un tissu patiné. Il plonge dans le meuble pour y décrocher un jambon. Il se met à le débiter en fines tranches avec le couteau qui ne le quitte jamais. Nuza' s'est approchée d'une lampe à pétrole : elle demande au maître de maison :

« Je peux ?

— Excellente idée, faites donc un peu de lumière dans les coulisses de ce théâtre étouffant. »

La sœur allume deux autres mèches. Une clarté rougeâtre fait apparaître les pierres des murs. L'intérieur de la ferme se révèle aux regards. Les souvenirs de Lucio affluent. Il se revoit dans cette même pièce, assis à côté de ses deux frères. Il entend encore la voix rauque de la Serenella, son insupportable grand-mère. Il sent toujours la présence d'Ofelia, debout derrière les hommes de la famille. Volturno tend des verres pleins à ses hôtes :

« Que me vaut votre visite ? Le barrage ? »

Lucio, la bouche pleine, acquiesce. Volturno ricane :

« J'espère que vous savez nager ! »

Devant l'attitude perplexe de ses hôtes, le patriarche précise :

« Ils vont tout noyer. Cette ferme, le cimetière, toutes les maisons du bas du village. »

Volturno ne semble pas affecté par l'apocalypse programmée. Ses yeux brillent d'intelligence, points lumineux dans l'obscurité relative de la pièce. Lucio retrouve son père. Dans les situations les plus tendues, l'aïeul a toujours gardé la dynamique des Belonore. Ce n'est pas de l'optimisme. Ce n'est pas de l'inconscience non plus. Le patriarche est juste galvanisé par une énergie vitale phénoménale. Lucio a vu Volturno attaquer une mine à ciel ouvert à la seule force de ses poignets, s'extirper d'une galerie effondrée à quelques secondes d'une mort certaine, surnager après la débâcle d'un catastrophique voyage à Milan d'où il était revenu ruiné. Comme il a vu son père survivre à des polémiques violentes, des bagarres tordues ou des cuites mémorables, dont beaucoup seraient sortis les pieds devant.

Le projet du barrage est trop avancé pour envisager la moindre faille dans le programme de son édification. Et pourtant, Volturno espère toujours. Lucio s'immerge dans ces murs qu'il a quittés à l'âge de seize ans, avec l'impression paradoxale qu'à la fois rien n'a changé, mais qu'il n'a plus rien à faire ici.

« Et bébé Vittoria ? »

Volturno a une grimace amusée. Lorsque Lucio est parti pour l'institut San Paolo à Turin, Vittoria n'avait que quelques mois.

« Vittoria ! Vittoria est mère de famille aujourd'hui. Elle vit plus haut, dans la maison d'Addolorata. Son fils s'appelle Pietrino, il a un peu plus de six ans.

— Qui est le père de Pietrino ? »

Le silence qui a précédé la réponse n'augure rien de bon. Le patriarche a annoncé la disparition violente de Carlo

Ceserano une semaine plus tôt, avant de raconter qui il était. Volturno n'a pas laissé transparaître une seule miette de ses interrogations sur l'origine génétique du photographe marseillais. Dans la foulée de ce récit douloureux, Volturno a résumé à ses hôtes l'épopée de San Catello, d'une guerre à l'autre. Il a parcouru les destinées, raconté les périples, les drames, les joies et les trahisons. Il a fait une longue parenthèse sur le *condottiere* Crevalcore et son désir de vengeance, puis un aparté plus court sur le sort de Marzio. Bouleversé d'apprendre la disparition de son frère dans un camp de concentration, Lucio a laissé son père poursuivre le récit. Un ronflement a interrompu l'odyssée. Quadro s'était endormi sur un coin de table, épuisé par le voyage, repu par la charcuterie de la maison, saoulé par le vin remarquable et le débit monotone du maître des lieux.

San Catello, le lendemain matin

Lucio s'est réveillé avant l'aube. Volturno avait aménagé deux paillasses dans l'écurie, de plain-pied avec l'extérieur, pour son fils et son ange gardien. Il a dirigé Nuza' vers la chambre des femmes, au premier étage de la ferme. Personne n'a plus logé dans cette pièce sombre depuis le décès de la Serenella ; mais la sœur s'est accommodée de cet univers spartiate. Dans la brise glaciale qui accompagne le lever du jour, Quadro et Lucio parcourent les quelques dizaines de mètres qui séparent la maison Belonore de l'aire de battage, le poste avancé des vigies du village lorsqu'il était enfant.

Les premières lueurs de l'aube révèlent toute la vallée, ce paysage que Lucio n'a plus vu depuis son évacuation, après son accident. Il n'y a plus aucune trace de la pyramide de terre écroulée, ce piège qu'il avait dévalé juste avant que la dynamite de Ciro n'explose et ne lui brise les jambes. Depuis longtemps, la nature a repris ses droits. Le torrent coule sans contrainte entre les rochers, une vingtaine de mètres plus bas. Avec l'exode des autochtones, l'anarchie règne là où le moindre lopin était exploité au début du siècle. Le champ des frêles est difforme, envahi de ronces. Les plantations de la veuve Vitiglio, le fameux bois des Cocus, foisonnent dans une douce pagaille de troncs emmêlés. Les ponts sur le Scavone résistent, celui de pierre en aval comme la passerelle de bois qui desservait la scierie et le moulin en amont. À un appentis et deux poutres près, les bâtisses n'existent plus. Plus personne n'exploite le bois de la vallée, et plus personne ici n'a besoin d'un meunier depuis bien longtemps. Des engins de chantier sont stationnés plus haut, prêts à déboiser les rives qui doivent être submergées par la montée des eaux programmée.

Lucio observe le torrent, les prés, les alpages. Les premières neiges recouvrent les cimes : l'hiver sera rude. Peut-être. Lucio n'a pas hérité de la culture des anciens, qui savaient prévoir le temps qu'il ferait rien qu'à entendre le chant des oiseaux ou à sentir le sens du vent. Il se revoit dans le chantier de son père, à patauger dans la boue avec ses frères. Il se revoit amener l'âne au bord du précipice, cet âne chargé d'explosifs et qui avait échappé un moment à la surveillance de Toma. Une larme coule sur sa joue ; il met cet incident sur le compte du froid qui les agresse. Quadro s'est assis sur le bord d'un pneu. La roue du fourgon Pescopagano venue s'échouer sur l'aire de battage propose une assise confortable. Le dominicain rompt le silence, enthousiaste :

« Quel endroit merveilleux !

— Superbe, non ?

— Plus que ça, *Luciomio.*

— Bientôt il n'existera plus. »

Un moteur se met en route, bien plus bas, après la clue. Puis un autre, et un autre. Le jour n'est pas encore levé, le chantier reprend vie. Deux volutes grasses de vapeur d'essence s'élèvent le long des parois.

« Pourquoi ce barrage ?

— C'est bien la question que je me pose, Quadro. Industriellement, cette retenue d'eau ne servira pas à grand-chose. Elle va juste dévaster ce pays. C'est la vengeance d'un homme, point barre. »

Quadro grimace :

« Le *condottiere* Crevalcore ?

— Lui-même.

— Un homme puissant, qui se prend pour Dieu.

— Non, Quadro. Un père qui a perdu son fils unique. Un homme en colère... »

Lucio regarde Quadro. Le dominicain est perdu dans la contemplation de la vallée. Lucio argumente, amusé :

« ... et donc, Quadro, si je suis ton raisonnement, Dieu existe ?

— Pourquoi, *Luciomio* ?

— Puisque tu viens de me dire que cet homme se prend pour Dieu ! Non ? Quadro ?

— Je ne sais plus, *Luciomio.* »

La logique de l'ingénieur a toujours bousculé le dominicain. Lucio a chaque fois une question d'avance sur les réponses de ses interlocuteurs, comme un joueur d'échecs anticipe plusieurs coups à venir. Quadro est perdu :

« Dieu existe. Sans doute. Non ? »

Les deux hommes lèvent les yeux. Le couple d'aigles royaux est là, comme pour saluer le retour d'un enfant Belonore dans sa vallée. Leur vol est majestueux. D'autres souvenirs ancrés dans la mémoire de Lucio ressurgissent – ses dernières réminiscences d'avant l'accident. Les aigles étaient là, déjà. L'automne dans ce coin de montagne est flamboyant. Les trembles lâchent des nuages de feuilles jaunies qui s'éparpillent sur le sol. Les mélèzes virent au brun, quelques rares sumacs s'évadent dans des rouges vifs. Les érables déclinent toute la gamme, de leur base à leur sommet – une palette éblouissante. Un des rapaces se met à tourner autour d'un bosquet de frênes. Un lièvre variable part en cavalant. Le blanchon a commencé sa mue d'hiver, ses pattes blanches zèbrent d'un trait clair le sol aux teintes chaudes. La cible est mouvante, mais facile. L'aigle ne lui laisse aucune chance. Il repart dans les airs, sa proie entre les serres. La nature est superbe, mais ses règles, cruelles. Lucio éclate de rire, à la grande surprise du dominicain.

« Mais bien sûr ! C'est toi qui as raison, Quadro ! Dieu existe.

— Ah ? D'un seul coup, là ? Dieu existe ?

— Oui.

— Pourquoi tu dis ça ?

— Il y a une force extraordinaire qui organise cette diversité, qui agence cette beauté autour de nous. Il y a une intelligence supérieure qui régit cet ordre dans la nature, les prédateurs, les proies et la course des planètes. *Certo*, bien sûr ! »

Quadro dévisage l'ingénieur. Il ne comprend pas le pourquoi de cette révélation soudaine, cet inopiné délire mystique. Lucio poursuit sa démonstration, comme un mathématicien rigoureux développerait un raisonnement sans se soucier de la crédibilité de son hypothèse de base :

« Que dit la Genèse ? Livre I, chapitre I, verset 27 ?

— Je ne sais plus.

— Mais si : "*Dieu créa l'homme à son image, il le créa à l'image de Dieu, il créa l'homme et la femme.*"

— Et alors ?

— Alors, il l'a fait. Dieu a vraiment créé l'homme à son image. Là où nous faisons une erreur fondamentale, c'est de penser que Dieu est amour et bonté. Amis chrétiens, c'est ce charabia qui déséquilibre tous vos discours, qui spolie toutes vos réflexions.

— *Luciomio* ?

— Quoi ?

— Je ne comprends rien à ce que tu dis !

— Mais si ! Dieu a effectivement fait l'homme à son image, sauf que Dieu est cynique et amoral. Et sans aucune compassion. Et il est donc dans la nature de l'homme, et de la femme, d'être cynique et amoral. Comme pour ce Dieu omniprésent. Il est partout. Effectivement. Regarde autour de nous ! »

Quadro regarde sans comprendre. Lucio poursuit :

« Il n'est pas foncièrement méchant, juste réaliste et sans scrupule. Tu imagines s'il fallait vraiment que la bonté, la générosité et la compassion chrétiennes règlent la marche du monde ? Nous en aurions pour quelques courtes années avant que tout le système ne se bloque. Dieu nous a concocté un monde à l'équilibre très précaire. C'est pour ça qu'existent, là, sous nos yeux, toutes ces fulgurances de beauté et d'inventivité. Sauf que c'est le réalisme et la survie qui prédominent. Et surtout chez les êtres humains, puisqu'ils sont à son image. L'homme est foncièrement amoral, à l'image de Dieu. Tu me suis, Quadro ?

— Non. »

Lucio n'insiste pas. Quadro et lui quittent l'aire de battage. Quadro reste dubitatif : ce puzzle mental est trop complexe pour lui. Ils retrouvent Volturno au cimetière. Le soleil se lève à peine. Le patriarche est assis sous le mûrier, à côté de la tombe de Francesca, la mine sombre. Nuza' s'occupe de mettre un peu d'ordre autour des sépultures abandonnées ; elle arrache les mauvaises herbes. Lucio s'arrête devant la pierre tombale de la veuve Vitiglio, cette femme qui, la première, lui a dévoilé une part de l'intimité féminine.

« Ne fais pas ta mijaurée, Lucio ! C'est bien ce que vous étiez venu voir, à la passeggiata della santa Trinità *?*

— Heu…

— Toutes les femmes du village vous ont aperçus, toi, ton petit frère et Gigi Guardi, lorsque le caillou est tombé de la falaise.

— Je… Nous étions…

— Vous y étiez, oui. Même Marzio y était. Quelle importance ? La seule qui n'ait rien compris, rien vu, c'est ta teigne de grand-mère, trop occupée à râler, trop obnubilée à mépriser ses congénères.

— Je suis vraiment désolé… C'est un péché…

— Mais non, ce n'est pas un péché, Lucio. Mais c'est un grand mystère. Ce grand mystère qui vous fait courir, vous les hommes… Et pourtant… Regarde, tout ceci n'a rien de prodigieux. Nous sommes faites ainsi. Tu vois, Lucio… Cette émotion, ce trouble, il faudra t'en souvenir toute ta vie… »

Il revit ce court moment d'émotion, dans la grande maison du haut du village. Le doux souvenir de la voix de Francesca, les traits de son visage souriant, ont réapparu comme une chimère à l'esprit de Lucio. Il donne quelques tours de roue pour se caler à côté de son père :

« Vous vous étiez mariés, finalement ?

— Oui. Et ce furent les plus belles années de ma vie, Lucio. C'était une femme merveilleuse.

— Quand Ofelia est partie, Francesca s'est occupée de bébé Vittoria ?

— Plus que ça : elle l'a élevée. Francesca s'est mieux comportée avec Vittoria qu'une mère aimante. Leur complicité était unique.

— Elle est morte dans l'incendie de sa maison de Bergame ? C'est ça ?

— Elle est morte assassinée par Tancredi Crevalcore. »

La révélation laisse Lucio muet quelques secondes.

« Et Vittoria ? »

Volturno désigne d'un bref regard la maison d'Addolorata, à l'écart du village :

« La malédiction se poursuit, Lucio. Le diable a jeté son dévolu sur notre famille, et il est en grande forme. Depuis que son compagnon est mort il y a une semaine, dans son camion au col des Guardi, elle n'est plus sortie. Elle reste cloîtrée chez Addolorata, à écouter sans cesse les mêmes musiques sur un phonographe. »

Lucio se dit que Dieu fait preuve d'un cynisme éclatant. Tous ces bonheurs en équilibre balayés d'un revers de main, toutes ces vies cassées, tous ces efforts, tous ces espoirs, et la lignée Belonore réduite à néant. Contrairement à ce que peuvent raconter les curés dans leurs prêches, Dieu ne soumet pas l'homme à des épreuves pour tester sa foi. Dieu s'en contrefout. Il se contente de faire avancer le monde, avec un détachement sardonique. L'amour n'est pas au programme, il ne l'a jamais été. La seule obsession de Dieu est de conserver cet ordre fragile ; son seul but n'est que la survie d'un système complexe. La cruauté est l'ultime rempart. Volturno s'est redressé. Il se poste devant la tombe de Francesca, la mine défaite. Sa silhouette à nouveau voûtée accuse ses soixante-treize ans.

« Nous sommes damnés, Lucio. Depuis le jour où ce musicien ambulant est arrivé dans le village. »

Lucio regarde le clocher. Là aussi, les souvenirs refluent. Cette nuit terrible où tout a basculé réapparaît dans les moindres détails :

« Qui a tué le musicien ? J'ai toujours pensé que c'était toi.

— Alors, tu t'es toujours trompé. Ton frère Marzio a tiré le premier coup. Francesca l'a achevé. »

Deux déflagrations sourdes résonnent dans la vallée. Les mineurs sont au travail. Un camion sans bâche passe vers le haut du village ; les ouvriers préparent l'édification de la voûte. Entassés sur le plateau, ils plaisantent. On entend l'écho de leurs rires jusqu'aux dernières tombes du cimetière. Lucio a regardé son père s'éloigner vers la ferme familiale. Pietrino est arrivé au même moment. Le gamin dévalait en courant le chemin de la maison d'Addolorata vers le cimetière. Volturno lui a désigné les trois visiteurs, lui a expliqué que l'homme sur le fauteuil à roues est son oncle, et que les deux autres, déguisés en curé et en bonne sœur, qui l'accompagnent, sont vraiment des religieux. Pietrino a posé une question à l'oreille de son grand-père. Volturno l'a tranquillisé : ils ne sont pas américains. Pietrino a attendu près du verger que Lucio, Nuza' et Quadro reviennent du cimetière. Il les défiait, de loin, avec la posture d'un propriétaire courroucé devant des promeneurs imprudents qui se seraient aventurés sur son terrain.

« *Ciao, Pietrino! Sono Lucio, il tuo zio!...* Je suis Lucio, ton oncle. »

Assis sur son siège, Lucio a le visage à la hauteur de celui de Pietrino. Leurs regards se sont accrochés. Ils ne se sont lâchés qu'après quinze bonnes secondes d'observation mutuelle. Fier, Pietrino n'a pas baissé les yeux. Lucio a eu un frisson de bonheur. Face à lui, il a un Belonore. L'aventure de sa tribu peut continuer, malgré les drames et les disparitions violentes. L'avenir se tient là, debout devant lui. C'est à ce moment-là qu'il a pris sa décision, une décision radicale et définitive : ce barrage ne verrait jamais le jour. Et il comptait bien utiliser tous les moyens nécessaires pour parvenir à son but. Lui aussi est un Belonore.

San Catello, quelques jours plus tard

« Ton chapeau !

— Mais il pleut.

— Le chapeau, Otello ! »

Les cloches sonnent. Elles annoncent la sortie imminente de la statue, l'instant est solennel. La petite foule est massée devant la porte de l'église. Les hommes tiennent leurs couvre-chefs à la main. Otello se découvre, de mauvaise grâce. L'hiver pointe ses piques, le ciel s'est plombé d'un gris uniforme, annonciateur de neige. Quelques notes de l'ouverture de *la Gazza Ladra* fusent, très vite retenues. Le joueur de caisse claire a troué sa peau avec une baguette dès le premier roulement de tambour. Toute la composition de Rossini tournant autour de cet artifice, l'incident compromet sérieusement l'exécution du morceau. Cette procession en l'honneur de Santa Grata di Bergamo, une des figures sanctifiées de San Catello, était l'occasion rêvée pour la première sortie de la fanfare du chantier. Tous les musiciens sont des amateurs, et ça s'entend dès les premiers soupirs.

Le chef d'orchestre, un géomètre d'origine toscane, ne dispose pas d'un répertoire très fourni. Il a fait signe à ses musiciens d'essayer son arrangement de l'ouverture de *Maometto II*, du même Rossini. Le trombone lui a fait remarquer que le sujet de l'œuvre n'était pas vraiment approprié à la situation. Ils célèbrent une procession en l'honneur de Santa Grata, figure de la religion catholique, dont une relique doit être honorée. La négociation est rapide : ils décident de massacrer l'ouverture de *Tannhäuser*. La fanfare naissante de Santa Pazienza n'a de toute façon que trois morceaux à son actif, et l'instrumentarium se réduit à deux clarinettes, un trombone, deux trompettes et un tuba soutenus par deux percussionnistes maladroits. Les premières mesures de Wagner tremblouillent, provoquant quelques grimaces chez les spectateurs frigorifiés. Mais tant que les musiciens de l'Harmonie du chantier assassinent un compositeur allemand, il n'y a pas matière à polémique.

Lucio, depuis son fauteuil roulant, observe tous ces visages vieillis. Même son grand-oncle Gran'Paolo lui apparaît comme une figure inconnue. Les expatriés du village sont montés jusqu'à San Catello, mais de mauvaise grâce. Les familles exilées, installées à présent dans la plaine, les Mezzanese, leur neveu Guido, Gran'Paolo… tous ont arpenté la route Marshall dès l'aube. Gregor le Grec, le molosse qui veille sur la sécurité du camp, s'est fait prier, mais a fini par venir. Il a confié son chien Maciste à son vigile cacochyme, sans trop savoir s'il retrouvera le petit vieux en un seul morceau à son retour de la procession. Quelques travailleurs étrangers au village ont fait le déplacement. Une vingtaine de petites mains, des mineurs, des manœuvres, deux conducteurs d'engins attendent dans la ruelle devant l'église. Même l'ingénieur Giramondo s'est donné la peine de grimper jusqu'à San Catello. Après tout, cette cérémonie concerne directement son barrage. Taormine a même su convaincre son grand-père Nessu', l'ancien forgeron. Le vieil homme est très vieux, très usé et très déçu de ne pas revoir Volturno.

Le patriarche s'est dispensé de cérémonie, bien qu'étant un des instigateurs de l'événement. Volturno s'est positionné comme un « agnostique inopportun ». Il se voyait mal côtoyer à nouveau toutes ces « *teste di cazzo* », ces têtes de nœuds qui l'ont trahi quelques mois plus tôt.

L'idée de déplacer les reliques et la statue d'une des saintes patronnes du village jusqu'au pied du barrage pouvait apparaître comme une lubie bizarre. Mais le projet de la famille Belonore consistait à consacrer la retenue d'eau et à célébrer la fin de la communauté de San Catello en enfouissant les reliques de Santa Grata di Bergamo au plus profond du barrage, au pied du mur de béton qui doit obstruer la vallée. C'était un geste fort, une symbolique de la réconciliation et de la renonciation. San Catello n'a plus aucune âme à protéger, son église est désaffectée. Qu'au moins les saintes reliques protègent l'ouvrage ! Quadro et Nuza' ont effectué trois déplacements vers Santa Pazienza pour annoncer l'événement. L'invitation à cette procession inédite a alimenté les conversations pendant toute une semaine, devant le comptoir de Gran'Paolo comme dans les travées des baraquements. Les étrangers à la vallée du Scavone ont appris à cette occasion qu'une bataille féroce oppose les clochers de San Catello et de Bergame. Le conflit ne date pas d'hier.

La paroisse du village revendique depuis des lustres la possession des vraies reliques de la sainte patronne de Bergame. Contrairement à la tradition bergamasque, la sainte aurait fini ses jours dans cette vallée reculée après avoir récupéré dans la capitale des Gaules la tête du martyr saint Alexandre, escortée par les anges et par sa sœur sainte Astérie qui, elle, par contre, n'est jamais venue jusqu'à San Catello. Cette histoire totalement abracadabrante se gausse de toutes les chronologies et de toutes les vraisemblances pour attester que le malheureux fémur de sanglier et les deux bouts de crânes de lapin enchâssés dans le reliquaire derrière l'autel sont bien un trésor sacré. Les autorités ecclésiastiques de la région n'ont jamais été bien pugnaces sur ce dossier. Personne ne va jamais dans la vallée du Scavone, et les trésors du patrimoine présentés à Bergame dans l'église Santa Grata effacent le moindre doute. Néanmoins, les habitants de San Catello sont tous persuadés de l'authenticité de leur antiquité. Tous attestent de la crédibilité de la légende. Quelques os de Santa Grata restent d'ailleurs visibles dans une ampoule de verre fixée au pied de la statue monumentale, que les curés successifs de l'église ont remisée au plus profond des travées de leur église tellement le travail du sculpteur a été bâclé.

La monstruosité en plâtre peint évoque la *Vénus* de Milo, mais une *Vénus* de Milo déguisée en vierge Marie et qui aurait eu ses deux bras pour porter la tête décapitée de saint Alexandre. Le visage de la sainte est aussi expressif que celui d'une limace un jour de bruine. Celui du saint semble plus tourmenté par le transport indélicat de son crâne que par sa décollation. Aujourd'hui, il s'agissait de soulever ce catafalque, de le poser sur le petit chariot recouvert d'un tissu d'un bleu marial qui attend sur le pas de la grande porte, puis de faire rouler le tout jusqu'au pied du barrage. Au fond de l'église, sept ouvriers bâtis comme des armoires guidés par Gregor le Grec s'acharnent à soulever la figurine monstrueuse : l'opération est périlleuse.

La volée de cloches n'est pas à la hauteur des espérances. Taormine sort de l'église, la mine défaite. La longue corde qui sert à balancer les carillons depuis le bas du clocher lui est restée dans les mains. Elle a lâché. Dans un chœur de râles et de jurons très compréhensibles, les porteurs traversent la nef en vacillant, franchissent le seuil. Après quelques hésitations dues aux ordres contradictoires du Grec, ils réussissent à installer la sainte et tout son capharnaüm sur le socle à roulettes. Quadro s'est engoncé dans un habit de lumière pour l'occasion. Les chasubliers de la sacristie restent ouverts à tous les vents depuis le départ du dernier curé en poste et la paramentique de la paroisse est riche. Le dominicain a déniché une chasuble rouge, couleur de la célébration des martyrs, sur laquelle il a rajouté une étole pastorale, anachronique mais du meilleur effet. Il préside la cérémonie en joignant les mains, lance les prières collectives, clame quelques mots de latin devant les fidèles qui n'y comprennent rien. Nuza' règle les détails pratiques, les départs de chants religieux, les chorégraphies de signes de croix, le protocole : l'intendance, quoi… Comme d'habitude.

La troupe s'élance dans les ruelles, entourant la statue qui bringuebale sur son chariot. La fanfare joue quelques notes au hasard. Nuza' ordonne un « *Je vous salue, Marie…* » pour faire taire les canards. Gregor le Grec marche devant, au cas où la pente serait trop forte. La sainte de plâtre regarde dans un coin, exaspérée par la maladresse de ses chauffeurs et la pagaille dans les incantations. Mais tant qu'elle garde la tête de son décapité entre ses bras, le petit peuple de San Catello continuera sa déambulation dans le recueillement.

Le cortège traverse le village de haut en bas. La place de l'auberge est la partie du trajet la moins compliquée. Les embûches commencent dès la calade suivante. La pente est raide, et il s'en faut de peu, par deux fois, que l'énorme carriole affublée de son santon géant n'échappe à ses guides, malgré la présence du mastodonte grec devant le train. Lucio roule quelques mètres devant la procession, sans autre aide que ses deux mains glissées dans des gants pour freiner les roues de son fauteuil. La pente aidant, l'exercice n'est pas difficile. Quadro défile, la tête haute, le buste bombé, un bénitier portatif entre les mains, le goupillon prêt à l'emploi. Le dominicain entonne des *Pater Noster* fougueux, enchaînés à des *Salve Regina* tout en compassion. La foule psalmodie en chœur. Quadro se prend au jeu du maître de cérémonie, grisé. Nuza' doit même freiner ses ardeurs lorsqu'à court d'idée de cantiques, il entonne le *Va, pensiero* de *Nabucco*.

Une fois le catalogue choral du dominicain épuisé, la fanfare minimaliste tente l'ouverture de la *Pie voleuse* sans caisse claire : le résultat se révèle peu convaincant. Les couacs des trompettes partent résonner contre les parois de la clue, le torrent roule son tapis de galets. Le géomètre à la baguette stoppe le carnage au milieu du morceau. Résigné, il dirige alors deux fois de suite *Tannhäuser*, sans que personne ne s'aperçoive du radotage. En aparté, Gran'Paolo fait le jeu de mot que tout le monde attendait sur la sainte, « *Persona non grata* ». Pas un seul paroissien n'esquisse le moindre sourire, tous trop concentrés sur le chemin cahoteux et sur l'équilibre précaire du convoi. Ils arrivent sur la route d'accès au village, longent les champs des frêles, le bois de la veuve. Le défilé s'engage sur l'antique pont de pierre.

Assis sur son trône en chêne, Volturno a guetté la cérémonie depuis le début. Il quitte son poste d'observation au passage du convoi derrière la ferme de Nessu'. Volturno parcourt la centaine de mètres qui le séparent de l'aire de battage. Debout sur le belvédère, il observe le troupeau qui s'éloigne vers le bas de la vallée. De loin, il reconnaît les silhouettes des figures remarquables, personnages connus, parents et anciens amis. Nessu' s'est arrêté sur le pont. Il est assis sur le parapet, épuisé par la balade. Taormine, son petit-fils, s'est installé à ses côtés. Amelia Mezzanese reste collée à son mari, plus par habitude que par méfiance. Ça fait bien longtemps qu'Otello ne peut plus imaginer jouer au séducteur, et il n'y a pas une seule bouteille d'alcool disponible à portée de main. Volturno est trop loin pour l'entendre, mais il imagine bien toutes les plaisanteries graveleuses que Gran'Paolo peut distribuer à son entourage, et tous les lieux communs beuglés par Guido Mezzanese. Lorsque le patriarche aperçoit son fils aîné en tête du cortège, il a une bouffée de fierté. Il bombe le torse : sa descendance se révèle à la hauteur de ses espérances.

Une cavalcade attire son attention : Pietrino arrive en courant. Le gamin se poste à côté de son grand-père dans la même attitude que lui, les poings sur les hanches.

« Où vont-ils ?

— Ils descendent l'ancienne route du village, jusqu'au chantier. Ils vont tous au pied du futur barrage.

— Pourquoi faire ?

— Les mineurs ont creusé une grotte, tout en bas de la clue. Ils vont y déposer une statue de l'église.

— Ça sert à quoi ?

— Lorsqu'ils rempliront leur barrage, la statue sera recouverte par les eaux du torrent. Elle sera noyée au fond du lac artificiel. Comme ça, leur projet sera sous la protection de Dieu.

— Sous la protection de Dieu ?

— C'est ce qu'on dit. »

Pietrino a le regard fixé sur le haut de la statue de Santa Grata qui tangue à chaque virage. Le gamin est sérieux comme un pape, un pape qui aurait découvert que le Saint Suaire de Turin a été dessiné par un étudiant des beaux-arts sur un drap d'hôtel de station balnéaire.

« Hier, *Zio* Lucio m'a expliqué que Dieu n'était pas là pour nous protéger.

— Il t'a dit ça ?

— *Zio* Lucio m'a expliqué plein de choses sur Dieu. Qu'il n'était pas gentil, mais qu'il n'était pas là pour être gentil... enfin, si jamais il existait, Dieu. Mais, au final, j'ai pas tout compris. Dieu, il existe ou pas ? Il est gentil ou pas ? »

La procession disparaît de leur vue. Volturno a un sourire lumineux. Il se tourne vers Pietrino, passe sa main rugueuse dans les cheveux du gamin.

« Gentil, ou pas ? Bientôt on le saura, Pietrino. »

Santa Grata parade dans sa grotte, perchée sur son socle décoré, la tête de saint Alexandre fichée entre ses mains, ses ossements reliques présentés de façon ostensible, quelques veilleuses allumées à ses pieds pour donner un peu de vie à ce catafalque hideux. Les mineurs ont bien travaillé. On aurait pu croire à une cavité naturelle, ce qui n'avait d'ailleurs aucune importance puisque ces rochers se situeraient bientôt à soixante-dix mètres sous la surface du barrage ! Quadro a manié le goupillon, Nuza' remué l'encensoir. L'ingénieur Giramondo s'est fendu d'un petit discours sur la nécessité du progrès et sur les bénéfices attendus de cette sympathique bénédiction, suivi de quelques mots d'apaisement prononcés par Lucio, au nom de la famille Belonore.

Après une dernière prière, l'orchestre remballe ses instruments. Les riverains de Santa Pazienza regagnent leurs pénates en se faufilant par un passage encore possible entre les charpentes, les armatures et les rampes du chantier. Quinze mètres, c'est la largeur des fondations au pied de la voûte. Quinze mètres de béton ferraillé à franchir, et ils arrivent chez eux. C'est juste là, après la clue du Scavone, à quelques pas et au même niveau. Hors de question de remonter jusqu'à San Catello pour se refarcir la redescente par la route Marshall. Ils franchissent tous le corridor de béton en se faufilant entre les échafaudages, sans un regard vers la vallée condamnée. La corvée est terminée.

Lucio a retrouvé ses habits d'ingénieur ; l'observation des ouvrages vus d'en dessous est impressionnante. Les travaux ont avancé plus vite que prévu. Le béton grimpe déjà sur une bonne quinzaine de mètres de hauteur, de part et d'autre des gorges. L'élévation de la voûte est prête, les renforts calés, les voies d'accès pour les ouvriers creusées à même la roche. À quelques mètres, le canal de dérivation provisoire contient les eaux du torrent. Les entrées des conduits vers la centrale électrique s'enfoncent dans la montagne, à l'aplomb de la sainte. Lucio a bien étudié les plans du projet dans le bureau de son ami ingénieur turinois. Quelques partis pris sont étranges. Placer tous les équipements de la centrale électrique dans une telle proximité avec le mur du barrage semble une option baroque. Les bâtiments se retrouveront adossés à la voûte, surplombant le petit lac de surverse. Mais les architectes ont décidé, les ingénieurs entériné. Plus haut sur les parois, on aperçoit les tunnels d'exploration. D'après des rumeurs entendues lors de la procession, les travaux d'étanchéification s'avèrent plus aisés que prévu. L'infiltration de tonnes de béton ne sera pas nécessaire… ce qui ne satisfait pas forcément l'ingénieur en chef Giramondo. Les chefs de projets touchent tous des pots-de-vin et des commissions de la part des fournisseurs, et les cimentiers ne sont pas en reste pour entretenir la rentabilité de leurs marchés ! Lucio appelle Quadro, occupé à astiquer le reliquaire. Il est temps de remonter au village.

Nuza', Quadro et lui regardent une dernière fois leur sainte providentielle. Les deux religieux font un signe de croix, Lucio arbore un sourire soulagé, satisfait que cette expédition nécessaire s'achève enfin, et surtout sans accident. Les processionnaires ont eu une peur bleue quand, lors du placement du catafalque dans la cavité, la statue, soulevée plus haut par Gregor le Grec que par les autres portefaix, a failli basculer hors de la grotte. Tout aurait pu se fracasser au sol, à ce moment-là. Et avec quels dégâts… Mais, Dieu, là aussi, avait sans doute posé son attention sur ce groupe d'humains dans la détresse et rétabli l'équilibre. Un miracle.

Lucio lève les yeux vers le haut de la clue. Il aperçoit un bout de ciel bleu, tout là-haut. Là aussi, c'est un signe de la présence divine : le seul rayon de soleil de la journée au milieu de la grisaille glaciale d'un automne sinistre. Les gorges du Scavone le dominent du haut de leurs tombants de granit sombre. Si ses calculs sont bons, d'ici quelques mois, des tonnes d'eau recouvriront le site et la sainte sacrifiée. Et la pression de cette masse liquide de près de quatre-vingts mètres de haut sur le sanctuaire englouti devrait faire exploser les six mines antichar cachées dans le socle, et les trente tubes de dynamite dissimulés dans la statue.

San Catello toujours, le surlendemain

Hiroshima et Nagasaki ont franchi le col des Guardi tôt dans la matinée. Ils ont contourné la carcasse du camion explosé. Une fine couche de neige commence à recouvrir l'épave carbonisée. Les mains accrochées à son volant, Hiroshima a soupiré :

« *That's so goddamned weird! Right ?* »

Assis sur la banquette arrière et bousculé par les chaos du chemin, Taormine a tenté de traduire en italien. Les deux Américains se sont tournés vers leur passager, étonnés. Taormine a réalisé qu'il n'était pas nécessaire de traduire tout ce que disent ses employeurs. Surtout lorsqu'il n'y a aucun auditeur italien impliqué dans la conversation ! Et de toute façon, son vocabulaire ne possède pas assez de mots pour venir à bout de cette phrase.

Nagasaki relit le courrier du quartier général : encore une lettre qu'ils auraient pu ne jamais recevoir. Andrea Giaccanova ne se rappelait plus des patronymes des deux inspecteurs. Les a-t-il jamais connus ? Depuis l'arrivée des deux inspecteurs américains dans le pays, les habitués de la cantine les appellent « Gianni et Pinotto », pseudonymes italiens du duo comique Abbott et Costello. Ces perpétuelles blagues vaseuses ont fini par persuader l'auxiliaire postier qu'effectivement, l'inspecteur Gianni et l'inspecteur Pinotto enquêtaient sur les embrouilles de San Catello. Il a donc rangé l'enveloppe dans la corbeille avec les lettres à renvoyer à l'expéditeur. Il s'en est fallu de très peu, mais Gran'Paolo a toujours porté une attention aiguisée sur le tri des correspondances. Et les lettres envoyées d'outre-Atlantique l'intriguent particulièrement, surtout depuis ce courrier d'une galerie d'art de New York destiné à Carlo Ceserano… ce pauvre Carlo Ceserano ! Le rapport des autorités judiciaires de l'armée est parvenu aux deux Américains à leur retour de France, en même temps que la nouvelle du drame.

Une vieille camionnette ornée d'une icône religieuse attend devant la maison Belonore, prête à repartir. Volturno Belonore est en grande discussion avec un quinquagénaire sur un fauteuil roulant, entouré de deux ecclésiastiques. Addolorata se tient en retrait. Vittoria et son fils sont là aussi. La jeune femme a maigri : elle est méconnaissable. Les Américains n'ont jamais croisé le paraplégique ni ses accompagnants.

Lucio est sur le départ. L'aîné des Belonore a passé deux jours de plus avec son père, chez lui. Cette vallée lui fait l'effet d'un aimant, il n'arrive plus à s'en détacher. Pourtant, il y a maintenant urgence à rejoindre Turin. Son plan machiavélique pour saboter le barrage peut marcher, mais il veut enfoncer le clou. Sa stratégie recèle une fourberie subsidiaire, et il est impératif de retourner dans la capitale du Piémont pour la mettre en œuvre.

Lucio n'a pas eu beaucoup d'échanges avec Vittoria. Ils ne se connaissent pas, et l'état dépressif de la jeune femme n'est pas un atout. Vittoria a du mal à se concentrer, quel que soit le sujet abordé. Elle a juste demandé avec insistance à Lucio qu'il lui parle d'Ofelia, sa mère, sa vraie mère, celle que San Catello a répudiée. Lucio a dressé un portrait superbe d'Ofelia, qui a à peine provoqué un début de sourire. Vittoria a passé le reste de la journée cloîtrée, à écouter les sonates de Bach sur son phonographe.

Addolorata, en revanche, a eu une longue conversation sur l'avenir du petit Pietrino. Elle ne le voit pas grandir dans cet ermitage bientôt immergé. Elle ne sait plus quoi faire. Le gamin est une bouée de sauvetage, la principale raison pour laquelle Vittoria tient encore debout. Lucio a passé un long moment dans le verger avec Pietrino. Les souches peintes sont des totems expiatoires pratiques. *Zio Lucio,* l'oncle Lucio, a essayé de tempérer la haine de son neveu contre les Libérateurs, mais le traumatisme est profond. Une vraie complicité s'est cependant installée entre eux. Le gamin est touchant. Nuza' elle aussi s'est liée d'amitié avec Pietrino ; la moniale et l'enfant ont beaucoup parlé. Elle le rassure.

Volturno a suivi tous ces échanges de loin. Le patriarche ne voit pas en Nuza' une religieuse dogmatique. En sa compagnie, son petit-fils trouve un moyen de pallier l'absence de chaleur dont sa mère fait preuve depuis l'incident de Parme. La présence des trois Turinois a été un véritable bol d'air. Au-delà des épreuves, sa famille existe toujours ; c'est un soulagement, une immense satisfaction. Nuza' a eu une discussion passionnée avec le patriarche sur les ruchers et les abeilles, qui les a tenus un long moment. Le sœur est tombée sous le charme de la vallée du Scavone. Quadro, lui, a profité de sa journée de tranquillité pour nettoyer de fond en comble l'église du village. Maintenant, il leur faut repartir. Les maigres bagages sont dans la camionnette, accompagnés d'une panière de charcuterie maison. Ils en sont aux embrassades et aux promesses de se revoir bientôt.

Hiroshima et Nagasaki se sont garés près de la ruine du forgeron, comme s'ils voulaient rester en retrait. Les Belonore ont arrêté leur conversation pour laisser approcher les deux intrus et leur traducteur bigleux. Les nuages gris et bas dispersent des flocons légers. Le froid est vif, mais la neige se délaie dans la gadoue à peine le sol atteint. Hiroshima et Nagasaki sont emmitouflés dans leurs manteaux kaki qui leur donnent un aspect martial,

Taormine les escorte. Le traducteur est emmailloté dans une veste épaisse doublée d'une peau de mouton et coiffé d'une cagoule en laine surmontée d'une casquette chaude, dont les cache-oreille fourrés sont lacés sous son cou. Avec ses lunettes à verres épais, il est Abbot et Costello à lui tout seul, un comique burlesque involontaire. Mais il joue son rôle de facilitateur avec application. C'est un vieux garçon consciencieux. Les Américains saluent les Belonore avec déférence. Volturno leur lance un regard plus glacial encore que la température ambiante. Pietrino devient fébrile : il s'échappe vers l'intérieur de la maison en criant :

« *Americani ! Americani ! Teste di cani !* »

La simple idée que des Américains puissent fouler sa terre le révulse. Nuza' suit le gamin du regard. Elle craint une réaction incontrôlée. Mais le moment semble solennel : ces deux étrangers viennent sans doute pour une raison importante, et elle ne pouvait rater cette rencontre. Le gamin ayant disparu de sa vue, elle recentre son attention sur les inspecteurs. Lucio s'approche des deux nouveaux venus avec un sourire qui se veut diplomate, et qui aurait même pu devenir amical. Il s'adresse à eux dans un anglais scolaire, mais impeccable.

« Messieurs ! Je m'appelle Lucio Belonore. Je suis le fils aîné de Volturno. Que nous vaut votre visite ? »

Hiroshima et Nagasaki sont étonnés de cette attention. Il y a serrage de mains, petit salut de la tête, échanges cordiaux. Puis Nagasaki tend la lettre de l'état-major à Lucio pendant qu'il s'adresse au reste de la famille :

« Bonjour. Tout d'abord, nous tenons à vous présenter nos plus sincères condoléances. Nous avons appris la disparition de Carlo Ceserano. »

Taormine s'applique à traduire. Il prend un air de circonstance pour l'occasion. Hiroshima enchaîne :

« Nous étions venus vous annoncer que la justice militaire vient d'abandonner toute poursuite à l'encontre de Carlo Ceserano. »

Taormine interprète, provoquant la stupéfaction. Vittoria retient ses larmes, Volturno crispe les mâchoires. Nuza' et Quadro ont tout de suite saisi l'incongruité de la situation : Carlo s'est tué en voulant échapper aux autorités américaines, et quelques jours plus tard, les autorités américaines l'absolvent. Lucio relit la lettre dans le détail ; il demande aux Américains :

« Mais pourquoi ?

— L'enquête a suivi son cours. Plusieurs plaintes à l'encontre du sous-lieutenant Podkrovitz ont été retrouvées et regroupées. Pour viol et violences. Et une pour acte de barbarie, à Salerne, quelques jours après le débarquement. »

Taormine a du mal avec la traduction, mais poursuit sa litanie besogneuse. Vittoria, désormais victime reconnue, accuse un peu plus le coup ; Addolorata lui prend le bras. Hiroshima reprend la lettre des mains de Lucio pour la tendre à Volturno. Volturno refuse de la toucher. Hiroshima replie le rapport qu'il range dans une poche.

« Le sous-lieutenant Podkrovitz devait être un drôle d'oiseau, pour que notre administration efface ses poursuites aussi vite. Un cas grave. Il a dû faire des dégâts. »

La traduction de Taormine est précise. À la réaction révoltée de Vittoria, Hiroshima réalise la maladresse de sa phrase :

« Je veux dire… Nous comprenons maintenant votre souffrance face à cette situation. Mais nous n'avons jamais douté de votre probité. »

Taormine ne sait comment s'en sortir avec « probité ». Nagasaki enchaîne, sans attendre la traduction :

« Voilà. Nous sommes sincèrement désolés. Vraiment. »

Volturno se tient droit comme un piquet, la mine austère.

« Bien. Vous pouvez nous laisser maintenant. »

Taormine traduit. Hiroshima a un geste d'excuse :

« Bien sûr. Vous ne nous reverrez plus. »

Addolorata a entouré Vittoria de ses bras. Lucio remercie les deux hommes de s'être déplacés. Taormine se fait l'interprète du fils Belonore, par pur réflexe. Il s'aperçoit au bout de quelques mots qu'il traduit de l'anglais en anglais : Lucio s'adresse aux Américains dans leur langue. L'anecdote fait sourire l'ingénieur et les deux inspecteurs. Les deux Américains s'éloignent vers leur véhicule lorsque Nagasaki se tourne une dernière fois vers les Belonore :

« Ah… Et aussi, mais c'est sans doute un détail. Ça peut peut-être vous intéresser de le savoir… Pour l'enquête, nous sommes allés jusqu'à Marseille, en France. Et nous avons appris que Carlo Ceserano était le fils naturel d'une fille de votre village. Lui-même ne le savait pas : c'est sa sœur adoptive qui nous l'a appris. »

Lucio se décompose. Il ne laisse pas le temps à Taormine de traduire.

« Une fille d'ici ?

— Oui, une certaine Ofelia. Vous la connaissiez ? »

Besogneux, Taormine termine sa traduction avec application. Volturno se fige, lève les yeux vers le ciel et se met à hurler :

« *Non è possibile, porca puttana troia ! Non è possibile !* »

Addolorata éclate en sanglots. Vittoria ouvre grand les yeux : elle ne sait plus quoi faire, quoi dire, paralysée par cette révélation. Elle se met à psalmodier :

« *Maledetti ! Siamo maledetti !*… Maudits, nous sommes maudits. »

La jeune femme, les yeux exorbités, serre les poings contre ses tempes, comme si son crâne voulait exploser. Elle se met à tournoyer sur elle-même, se perd dans une valse démoniaque. Elle rabâche sur un air lugubre et dissonant :

« *Non siamo maledetti : siamo la maledizione...* Non, nous ne sommes pas maudits : nous sommes la malédiction ! »

Puis, elle éclate d'un rire dément, se tétanise avant de s'écrouler de tout son long, évanouie. Vittoria tombe face contre terre dans le mince tapis blanc qui recouvre l'esplanade. Quadro et Nuza' se précipitent pour la relever. Quadro la porte jusqu'au trône de Volturno pour tenter de la ranimer, Nuza' essuie la boue et la neige qui maculent son visage. Lucio intime aux Américains de s'éclipser :

« Taormine, ramène ces messieurs. Ils n'ont plus rien à faire ici. »

Taormine est dépassé par le chaos que cette information vient de déclencher. Hiroshima et Nagasaki prennent à part leur traducteur :

« *What's the fuck ?* »

Lucio, lui aussi au bord des larmes, s'adresse aux deux inspecteurs avec une boule dans la gorge :

« Vous n'imaginez pas le mal que vous nous faites ! Une fois de plus... »

L'ingénieur dévisage les deux Américains avec désarroi. Depuis leur arrivée, les Libérateurs venus d'outre-Atlantique sont la cause de tous leurs malheurs : les viols, les bombardements, les morts, la violence... Le séisme qu'ils viennent de provoquer n'est qu'une épreuve de plus, mais sans doute la plus redoutable pour les Belonore. Devant l'air incrédule des deux inspecteurs, Lucio précise :

« *What's the fuck ? Here's the fuck !* Vous venez de nous apprendre que Carlo Ceserano et Vittoria sont frère et sœur. Vous comprenez maintenant ? »

Volturno est tétanisé. Depuis le premier jour, lorsqu'il avait découvert le jeune photographe dans les ruelles du village, il avait été frappé par sa ressemblance troublante à la fois avec Ofelia et avec Michele, le musicien. Inconsciemment, Volturno savait déjà. Mais il ne voulait pas l'admettre. Addolorata aussi avait compris. Maintenant, ils en ont la confirmation. Et c'est une tragédie. Hiroshima regarde vers la maison, consterné :

« Ce qui veut dire que Pietrino, leur fils… »

Le coup de feu éclate à ce moment précis.

« Pietrino ! »

Nuza' a hurlé. Elle se précipite vers l'intérieur de la ferme, lâchant Vittoria qui s'avachit sur la dalle du parvis, toujours inanimée. Quadro et Addolorata se ruent sur la malheureuse pour la relever. Nuza' déboule dans la grande pièce à vivre : elle s'arrête net. Face à elle, Pietrino la dévisage avec ses grands yeux. Il se tient immobile à côté de la grande table. Le canon du fusil de chasse de Volturno fume. Le gamin tient l'arme coincée sous son bras, pointé vers elle. Le coup est parti tout seul, et Pietrino est sonné par la déflagration. Pile derrière la tête de Nuza', la porte d'accès à l'étable est constellée des impacts de la chevrotine.

« Pietrino ! Ne bouge pas. Ne bouge plus. »

Pietrino fronce les sourcils d'un air mauvais.

« Je vais les tuer. Je vais tuer tous les Américains.

— Pose ce fusil, Pietrino. »

Quelques cartouches traînent sur le plateau de la table. Nuza' hésite à avancer. L'arme est pointée vers sa tête et Pietrino a toujours l'index sur la détente.

« Pietrino, tu vas m'écouter gentiment ?

— Laisse-moi sortir, je vais tuer les Américains.

— Tuer les Américains ?

— Et alors ? Mon père m'a promis qu'il allait tuer les Américains de son pays de fantômes. Moi aussi, je lui ai promis. Je veux tuer les Américains qui sont dehors. Et tous les autres.

— Pietrino… Tu veux tuer tous les Américains ? D'accord. C'est pas une très bonne idée, mais supposons. Tu sais qui je suis ?

— Tu es Nuza', l'amie de *Zio* Lucio.

— Tu sais que je ne suis pas un Américain ? D'accord ? »

Pietrino fait un pas en avant. Entre ses bras, le fusil paraît démesuré. Nuza' a une vue plongeante sur les deux canons juxtaposés, dont elle peut détailler les âmes tant ils sont proches de ses yeux. Le gamin s'énerve :

« Laisse-moi sortir maintenant ! »

L'arme tremble. Pietrino s'y accroche, les mains crispées sur la crosse et le fût. Son index droit est maintenant coincé entre la détente et le pontet.

« D'accord, Pietrino. Mais d'abord, penche le fusil vers l'avant, vers le sol.

— Pourquoi faire ?

— Heu... Pour faire comme les chasseurs, quand ils marchent dans la forêt. »

Pietrino prend un air martial. Il bombe le torse, penche le canon vers le plancher. Nuza' a réussi la première partie de son plan. Déjà, elle ne se trouve plus dans la trajectoire de la prochaine cartouche. L'extrémité des canons touche presque le sol. Nuza' pénètre dans la pièce, elle s'écarte de la ligne de mire. Une fois hors de portée, elle prend un ton plus ferme, autoritaire :

« Pietrino ? »

Le gamin s'est crispé, impressionné :

« Quoi ?

— Pour tuer les Américains, il faut qu'il soit chargé, ton fusil. Tu es certain qu'il est chargé ? »

Le geste est un simple réflexe, et c'est tout ce qu'elle attendait. Pietrino appuie sur la détente pour vérifier. Une seconde déflagration a secoué la maison. La décharge troue le plancher, provoquant un nuage de copeaux de bois. Sous le choc du recul, Pietrino lâche le fusil de son grand-père et bascule sur les fesses. Une odeur acre parfume la pièce à vivre, leurs oreilles bourdonnent, deux lattes sont brisées. Mais la seconde partie du plan de Nuza' a réussi.

Leur trajet de retour a été plus rapide que leur voyage aller. Ni Lucio, ni Quadro, et encore moins Nuza', n'aurait pu s'imaginer en grimpant vers les montagnes de la Valtellina, quelques jours plus tôt, qu'il y aurait un passager de plus dans le *furgoncino* Fiat de l'institution lorsqu'ils reviendraient vers Turin. La décision s'est prise après deux courtes minutes de discussion entre Volturno, Lucio et Nuza'. Pour l'occasion, la sœur avait repris son activité d'intendante, avec une efficacité militaire. Il s'agissait d'organiser le futur proche de l'avenir du petit Pietrino, et la question ne se posait plus : il fallait le sortir de cette ambiance mortifère.

Lucio a pris la responsabilité familiale de l'éducation du gamin : il est son oncle, et le petit n'a plus de père. Un Belonore s'occupera donc des affaires familiales, et Nuza' s'occupera du reste. L'intendante voit déjà quelle institution pourra accueillir Pietrino et garantir sa bonne éducation pour les années à venir. L'établissement se trouve à quelques rues du couvent Santa Anastasia di Sirmio où Pietrino pourra être logé et nourri, et qui accueille déjà son oncle. À Santa Anastasia, c'est elle qui s'occupe de la gestion des dortoirs et de la cantine : cette messe-là était dite. Volturno est soulagé : la présence d'un enfant à San Catello, avec la période qui s'annonce, aurait été un lourd handicap.

Curieusement, Vittoria a paru soulagée, elle aussi. Elle a embrassé très fort son fils lorsqu'il a grimpé dans la fourgonnette, puis s'est éloignée vers la maison d'Addolorata sans un regard en arrière. Pietrino, lui, n'a rien eu à dire : sa survie était en jeu. Peut-être y aura-t-il quelques Américains à éliminer à Turin ? Lucio l'a évoqué en plaisantant, mais à y réfléchir, c'est sûrement l'argument qui a convaincu le gamin.

La Passeggiata, août 1964, dans la nef de l'église

« Tu te rappelles de ce jour-là ? »

Pietrino, surpris par la question, dévisage l'Américaine. Il s'est assis sur un des bancs ; elle est appuyée contre un des piliers, juste à côté de lui.

« Oui, bien sûr ! Vous croyez qu'Addolorata vous raconte des balivernes pour impressionner les touristes ?

— Pas du tout. Mais il y a des événements qu'on vit dans son enfance et dont on ne se rappelle pas forcément. »

Albert Midland testait les trois tirettes de jeux de l'harmonium. Il se tourne vers sa femme :

« *Maggie, please... Maybe you're boring this poor boy.* »

Pietrino a une expression amusée, presque un sourire, le premier de la journée :

« Non, elle ne m'ennuie pas, monsieur Midland. Pas du tout. Tout est vrai. Le fusil, les Américains, ma mère et son phonographe. Même l'explosion du camion. Je me souviens encore du bruit, dans mon sommeil. »

Pietrino se lève, fait quelques pas vers le fond de l'église :

« Je me souviens de la statue de Santa Grata. Elle était entreposée ici. »

La retraitée milanaise, qui regardait les tableaux du chemin de Croix dispersés tout autour de la nef, le rejoint :

« Elle était vraiment si moche que ça, la statue ?

— Elle était horrible. Mal foutue. Mais la tête coupée du saint entre ses mains m'impressionnait terriblement. Je me souviens très bien de tous ces jours-là ! La procession, l'oncle Lucio, le brave Quadro, l'incroyable bonne sœur qui conduisait comme une tarée. Et Volturno, aussi. Et ma mère. »

Maggie Midland ne lâche pas le jeune homme du regard.

« Et ton père ?

— Quoi, mon père ? »

L'évocation de son père le contrarie toujours. Addolorata a tiqué. L'Américaine tutoie Pietrino, comme un proche. Le vieux Fortunato profite du silence dû au malaise provoqué par la question pour changer de sujet. Il s'exprime dans un anglais impeccable :

« Monsieur Midland ? Si vous savez jouer du jazz, vous connaissez peut-être aussi des œuvres plus liturgiques ? Vous devriez essayer, c'est l'instrument idéal.

— Bah… Ça n'est pas mon domaine de prédilection. Mais je savais jouer ça… »

Le Texan se remet à l'ouvrage, les deux pieds sur la soufflerie. Le pédalier expulse un raffut de rameur asthmatique en pleine compétition. Une mélodie envoûtante emplit l'église de San Catello. Fortunato apprécie :

« Ah ! Fauré ! Le *Pie Jesu* du *Requiem* ! »

Tout en déroulant ses notes, le Texan se tourne vers Fortunato :

« Vous connaissez Fauré ? »

La question fait sourire le vieil Italien :

« Si je connais Fauré ? Un peu, oui. C'est très beau. »

Addolorata scrute les visages de ses randonneurs : Pietrino, Fortunato, Albert Midland et sa femme Maggie. Ni les deux Français, ni la retraitée milanaise ne semblent rentrer dans le puzzle baroque qui se dessine sous ses yeux. Un sentiment bizarre lui fait froncer les sourcils. Un épisode qu'elle n'arrive pas à déchiffrer est en cours. Albert Midland déroule les mesures subtiles de Gabriel Fauré. Pietrino paraît apaisé, c'est déjà énorme. Addolorata se laisse aller à apprécier la musique ; elle s'assoit à côté de son filleul, lui prend la main.

Au même moment, sur le couronnement, l'ambiance est plus crispée. Les randonneurs intéressés par les particularités technologiques du barrage ont parcouru l'ancienne route du chantier, celle qui mène au sommet de l'ouvrage. Et le fils du commerçant bergamasque a bien compris l'intérêt de l'écho naturel : les paroles de *Gualione* de Marino Marini lui reviennent dans la gueule lorsqu'il les crie vers la falaise. Du coup, il tente de chanter en canon avec lui-même, sous le regard admiratif de ses géniteurs. Comme la qualité de l'écho dépend de la puissance avec laquelle il éructe les succès récents de la variété italienne, il beugle sa chanson. Le gamin a du coffre. Taormine tente, en parallèle, de raconter l'histoire du site, mais la manœuvre s'avère délicate, voire désespérée :

« Ce barrage, de type voûte mince à parement amont vertical, situé dans le resserrement naturel des gorges du Scavone…

— *Curre 'mbraccio addu mammá, nun fá 'o scemo piccerí… scemo piccerí… mo piccerí… picceri…*

— Ce barrage, de 85 mètres de haut pour 60 mètres de large en crête, prévu pour un débit de…

— *E passe e spasse sott'a stu barcone, ma tu si' guaglione… si' guaglione… guaglione… aglione… ione…*

— Pour un débit d'évacuation des crues de neuf cents mètres cubes par sec…

— *Tu nun canusce 'e ffemmene… ffemmene… emmene… ene…*

— Et… ainsi qu'un débit de vidange de près de trois…

— *Tu si' guaglione ! Che t'hê miso 'ncapa ? va' a ghiucá 'o pallone… 'o pallone… allone… lone…* »

Taormine craque et hurle :

« Mais tu nous saoules, gamin !… nous saoules, gamin !… saoules, gamin !… oules, gamin… amin… »

Un chemin goudronné traverse les gorges d'une falaise à l'autre. Cette voie s'arrête en cul-de-sac contre la roche abrupte de l'ubac. En contrebas, le torrent s'engouffre dans le goulet naturel, l'eau file entre deux pans de béton déglingués. Bizarrement, la route de service du barrage est resté accrochée aux parois, comme un pont de béton qui surplombe tout le pays. Loin, les montagnes lombardes se perdent dans une brume bleutée. Du haut de ce belvédère incomparable, deux paysages s'offrent aux visiteurs. D'un côté, la plaine de Santa Pazienza s'étale jusqu'aux versants lombards environnants. De l'autre, toute la vallée du Scavone se délie, des alpages jusqu'aux cimes. Le village abandonné de San Catello ressemble à une crèche napolitaine, accroché à sa pente.

Les tunnels d'exploration du barrage, les chemins d'accès, les échelles rouillées le long de la falaise restent visibles. Une jauge en métal émaillé, rivée dans la roche indiquait les hauteurs possibles du niveau de l'eau. Les deux côtés de cette règle verticale diffèrent : à gauche l'altitude, à droite la hauteur d'eau dans le barrage. La côte 1170 s'affiche à gauche, et le nombre 80 à droite. Quatre-vingts mètres séparent les graduations inscrites en haut de la règle du pied de la voûte. La retenue d'eau ne retient plus rien : c'est l'ouvrage industriel le plus inutile du nord de la Péninsule. Une fois l'insupportable gamin domestiqué et l'écho évanoui, Taormine a pu attaquer son récit de l'édification de la voûte. Il a raconté les détails en connaissance de cause, il a vécu toute l'histoire.

1945…

L'hiver est tombé sur San Catello comme une chape trop lourde sur les épaules d'un impotent. Volturno s'est préparé à hiberner, solitaire, tourmenté par la fêlure de sa fille. Vittoria dépérissait, sombrant dans une douce folie. La jeune femme passait des journées entières murée dans son silence, engoncée dans des couvertures, le regard perdu dans les flammes du poêle à bois d'Addolorata. Rarement elle s'est extirpée de la petite maison, parcourant le trajet vers le cimetière. La compagnie des défunts la stimulait ; ils sont devenus ses rares interlocuteurs. À chaque sortie, elle discutait un moment avec Francesca, lui demandait conseil, lui posait des questions sur Ofelia, attendait les réponses pendant de longues minutes, dans un froid polaire. À sa grande surprise, rien n'est jamais venu de la tombe. Alors elle prenait à témoin les autres villageois enterrés tout autour. Ciro était son plus fidèle allocutaire. Comme les réactions de ses chers défunts étaient longues à venir, elle passait injurier la Serenella, son insupportable grand-mère. Frigorifiée, elle retournait dans la petite maison, où elle écoutait à s'en saouler les *Monologues pour violon* de Jean-Sébastien Bach. Addolorata ne l'avait jamais quittée des yeux. Vittoria aurait pu l'entraîner avec elle dans le gouffre sans fond de sa dépression. Lucio avait bien promis qu'il écrirait toutes les semaines pour donner des nouvelles de Pietrino, scolarisé à Turin. Mais le courrier n'est plus monté à San Catello.

Gran'Paolo n'a plus fait le tri. Andrea Giaccanova avait déserté sa charge régalienne de postier pour s'occuper de la gestion du bordel enfin mis en place au milieu des baraquements. Quatre matrones venues des Pouilles s'affairaient à longueur de journée. Avec les cadences infernales demandées aux ouvriers, elles faisaient face à des hommes épuisés et à la libido aplatie. Les prostituées ont passé plus de temps à faire de l'assistance psychologique que des branlettes, mais l'effet était bénéfique sur l'avancée des travaux. On ne leur demandait que ça. Et pour le courrier de la communauté, une fois triées les lettres officielles, les consommateurs de la cantine pouvaient venir fouiller eux-mêmes dans les panières. Ni le froid ni la neige ne devaient interrompre la bonne marche du chantier. La date de livraison du barrage était impérative. Des ouvriers ont été engagés en renfort. Jusqu'à sept cents hommes se sont entassés dans les baraquements de Santa Pazienza. D'autres logements ont été montés à la hâte. Les premiers bâtiments, très rudimentaires, ont mal supporté les conditions climatiques du pays. Les nouveaux dortoirs ont été construits en dépit du bon sens. La moitié du camp a vite ressemblé à un bidonville surpeuplé. Le contraste était saisissant entre l'agitation qui régnait dans la plaine et le calme morbide de San Catello.

1946...

Janvier a été glacial, février boréal, mars capricieux. Le printemps s'est installé en quelques jours. Volturno a repris ses occupations rurales : sa survie en dépendait. Vittoria était méconnaissable, Addolorata épuisée. Elle chaperonnait Vittoria en permanence. Les deux femmes passaient leurs nuits serrées l'une contre l'autre. Addolorata s'est acharnée à calmer le désespoir de Vittoria. Trois fois dans l'hiver elle a fait le trajet jusqu'à Santa Pazienza pour récupérer les lettres envoyées de Turin. Le parcours dans la neige était exténuant, mais Addolorata restait persuadée que la lecture des mots écrits par Lucio aiderait Vittoria à tenir. Chaque missive était illustrée d'un petit dessin de Pietrino pour sa maman. L'attention ne l'a jamais touchée. Vittoria rejette son fils, elle veut l'oublier. L'idée de cette consanguinité, même involontaire, la révulse.

L'enfermement dans lequel s'est perdue Vittoria répond en écho à la nouvelle géographie du pays. Un mur de béton immense s'élève au milieu des gorges. La voûte monte déjà sur une cinquantaine de mètres, transformant de fait toute la vallée du Scavone coincée derrière la paroi en un camp retranché, une prison à ciel ouvert d'où on ne peut plus s'évader que par la route Marshall. Côté plaine, vers Santa Pazienza, les structures de la centrale électrique émergent de la base de la voûte. L'architecture se voulait moderne. Les grandes baies vitrées, les volumes en courbe et les tuyaux apparents font ressembler l'usine à un décor de science-fiction. Elle ne déparerait pas sur la couverture d'un de ces *comics* mal dessinés dont les quelques troufions américains encore sur le site raffolent. Les spécialistes de l'hydrologie mettent en doute la pertinence de l'installation. La construction est accrochée comme une verrue, en surplomb du lac de surverse. La sortie des deux turbines à l'aplomb de l'usine, juste en dessous, paraît une aberration.

Les doutes ont été balayés par les arguments du *condottiere*, venu redresser le moral de ses troupes pour le nouvel an. La modernité est là. Les architectes et les hydrauliciens ont travaillé de concert, les plus brillants ingénieurs ont donné leur aval, tout est sous contrôle. Cette installation va devenir la référence, le fleuron de l'industrie hydroélectrique, un modèle mondial. Tancredi Crevalcore en a fait l'argument principal de son projet, même si pour un modèle mondial, la retenue d'eau dans ce désert rural manque d'envergure… Les délais sont respectés, ce qui tient du miracle. Bientôt, un superbe lac artificiel s'étendra derrière la muraille de béton.

Du 9 mai 1946, l'histoire de l'Italie retiendra l'abdication du roi Vittorio Emanuele, le troisième, au profit de son fils Umberto, le second. De ce jour-là, l'histoire de San Catello aurait pu retenir l'arrivée d'une camionnette bardée d'outillage et de trois maçons piémontais, dont un surnommé Gary Cooper, le plus petit des trois mais qui menait la troupe. Ses collègues de travail l'appelaient Gary Cooper suite à une obscure blague qu'eux seuls comprenaient. Gary Cooper a ouvert la porte de l'auberge du Risorgimento, il en avait les clefs. Les trois hommes se sont mis au travail. Volturno s'occupait de ses ruches ; il ne s'est aperçu de leur présence qu'en fin de journée. Il a grimpé la calade jusqu'à la placette pour découvrir les trois hommes à l'œuvre, au milieu de la grande salle.

« *E tutti voi altri, che cazzo state combinando, qui?* Qu'est-ce que vous foutez là, vous autres ?

— *Buongiorno signor' commandatore…* Bonjour chef! On est venu aménager.

— Aménager quoi ?

— Aménager ici.

— Aménager l'auberge ? »

Le village était déserté depuis des mois, un lac artificiel allait noyer tout espoir de renaissance de cette vallée et un cinglé venait réaménager l'auberge ? Volturno s'est étonné :

« Mais elle est abandonnée, l'auberge ! Personne ne vient plus jamais ici. C'est stupide de reprendre l'auberge. Quel grand malade a eu cette idée géniale ?

— Le nouveau propriétaire. »

Situation incompréhensible : Volturno peinait à y trouver une logique. Son cousin Gran'Paolo n'était plus le propriétaire des lieux depuis que le *condottiere* avait racheté tout le village. Peut-être Tancredi Crevalcore avait-il encore arnaqué un pauvre naïf? Peut-être lui avait-il revendu les murs en lui faisant miroiter une affaire commerciale exceptionnelle ? Peut-être Crevalcore s'apprêtait-il à prospérer en aménageant une future station balnéaire sur le compte des villageois à qui il avait tout racheté pour une bouchée de pain ? Le patriarche ne s'étonnait plus de rien, venant du *condottiere*. Il a observé un moment les ouvriers qui montaient des sacs de ciment à l'étage.

« *Non funzionerá mai !* Ça marchera jamais, une auberge, ici.

— Justement. Terminé, l'auberge ! Ça va faire un joli pied-à-terre avec toutes ces chambres, non ? »

L'auberge transformée en appartements ? Planté à l'entrée de la grande salle du bas, Volturno regardait autour de lui. Autrefois, le forum du village était là. Il y a vu se dérouler toute l'histoire de San Catello, toutes les réunions du conseil, toutes les fêtes de la communauté. Jusqu'à ce concert improvisé par Michele le violoniste, et ce bal qui avait provoqué la déchéance d'Ofelia. Cet espace avait même servi de loge aux musiciens lorsque Marzio Belonore était revenu pour interpréter le *Stabat Mater* de Boccherini, un curieux concert qui avait fini sous des trombes d'eau avant que les Chemises noires n'emmènent le virtuose vers son sombre destin. Et ce bâtiment allait donc devenir une maison particulière ! Volturno a questionné Gary Cooper :

« Qui c'est, le nouveau propriétaire ?

— Ah, je ne sais pas. Mais on doit s'occuper d'ici d'abord. Ensuite, on doit aménager l'épicerie en face.

— L'épicerie ? Elle va rouvrir ?

— Non. On doit juste transformer le rez-de-chaussée en écurie.

— En écurie ?

— Ben oui, pour un cheval. »

Volturno est ressorti de l'auberge, a traversé la placette, s'est posé un moment devant la devanture fermée de ce qui avait été à une lointaine époque le café Venezia, concurrent de l'auberge de son cousin. Ce local, qui a terminé en échoppe entre les mains de la famille Mezzanese, allait donc abriter un cheval ! Il ne comprenait rien à cette comédie absurde.

Les travaux ont occupé Gary Cooper et ses acolytes pendant trois semaines, sans que Volturno n'arrive à saisir les tenants et les aboutissants de ces transformations. Ils ont ouvert trois grandes baies vitrées dans les chambres de la façade sud, libérant ainsi une superbe vue sur toute la vallée.

Le grand référendum pour laisser les Italiens choisir entre monarchie et république a eu lieu les 2 et 3 juin, dans tout le pays. À San Catello, la véritable surprise est arrivée le 4, un mardi. Un véhicule du chantier, un de ces tout-terrain de l'armée américaine qui transportent cadres, ingénieurs et visiteurs prestigieux, a débarqué en fin de matinée. Un homme est descendu du véhicule, a fait le tour de la place.

Le nouveau propriétaire, commanditaire des travaux, venait vérifier les ajustements aménagés sur ses acquisitions. Le bourgeois faisait preuve de l'aisance d'un riverain, comme s'il connaissait les lieux depuis des années. Il exhibait la panoplie et la désinvolture des nantis. Habillé d'un costume de lin taillé sur mesure, chaussé de mocassins de marque, il portait un chapeau de paille à large bord qui le protégeait du soleil plombant. L'été s'annonçait étouffant. Le visiteur était âgé ; ses cheveux étaient blancs, mais il avait la stature d'un géant, une force de la nature. Volturno a entendu le moteur ; il a laissé son potager pour grimper la calade, intrigué. Arrivé sur la placette, il s'est figé. Le *condottiere* Crevalcore se tenait au milieu du village ; il rayonnait comme un vigneron fier de ses cépages un jour de vendange.

« Alors, Volturno Belonore ? Surpris de me voir là ? »

Le contraste entre les deux hommes était saisissant. Ils étaient vieux et grands tous les deux, mais Volturno était aussi mince et voûté que Tancredi était massif et raide. L'industriel arborait toujours ce regard glacial, cette attitude hautaine. Volturno était vêtu du même pantalon de toile, d'un tricot sans couleur. Ses rares cheveux gris lui tombaient dans le cou, ses godillots n'avaient plus de forme. La même situation s'était produite, dix années plus tôt, au même endroit. Le *condottiere* était alors accompagné d'un troupeau de miliciens. Il était reparti la tête basse. Aujourd'hui, il était seul. Et triomphant.

« Vous avez sans doute croisé mes ouvriers ? Je me suis fait installer une garçonnière ici, dans l'auberge de votre cousin. Vous savez que votre cousin fait fortune, en bas, dans le village du chantier ? »

Tancredi Crevalcore a traversé la placette ; il s'est posé près de l'épicerie :

« Le commerce de vos amis les Mezzanese est prospère, lui aussi, à Santa Pazienza. »

Volturno a regardé son plus fidèle ennemi dans les yeux. Le premier étonnement passé, le patriarche éprouvait une sorte d'amusement dans ce nouveau duel qui s'installait. Il a rétorqué sur un ton narquois :

« Leur réussite ne m'étonne pas : elle reste logique. Ce sont des pragmatiques. On ne va pas leur en faire le reproche. Ce sont des traîtres, aussi. Et ça, par contre… »

Volturno parlait sans animosité. La conversation prenait le ton d'une badinerie entre lointains parents. Le *condottiere* a tapoté du plat de sa main contre le bois d'un volet :

« Ici, dans l'ancienne boutique des Mezzanese, il y aura mon écurie.

— C'est ce qu'on m'a dit. Vous aurez vraiment besoin d'un cheval ?

— Je compte venir m'installer quelque temps dans votre village, Belonore. Les chemins de votre cambrousse sont dans un tel état que ce sera l'idéal pour circuler. »

Volturno comprenait encore mal la manœuvre de l'industriel romain, mais il avait toujours été prompt à la provocation :

« J'espère que vous savez nager, Tancredi Crevalcore. Parce que bientôt, ce sera nécessaire par ici. Une barque sera sans doute plus utile qu'un cheval, vous ne pensez pas ? »

Tancredi a eu un sourire presque bienveillant, sans agressivité :

« Je sais nager, ne vous inquiétez pas. Si les calculs de mes ingénieurs sont fiables, vous aurez besoin d'une barque avant moi. D'ailleurs, si ces calculs sont exacts, vous serez le seul à avoir besoin d'une embarcation. L'eau n'atteindra que les quelques ruines du bas du village, dont la vôtre. Ma nouvelle résidence restera hors d'eau. D'ici, le spectacle devrait être captivant. Un peu long, mais captivant. Et vous ? Vous savez nager, Belonore ? »

C'était donc ça : le *condottiere* s'installait dans ce belvédère au milieu du village pour assister au spectacle qu'il avait minutieusement organisé : la disparition programmée des Belonore. Volturno a repensé à la procession de Santa Grata, au stratagème de son fils Lucio. Il a repensé aussi au petit tas d'explosifs qui reste entreposé dans sa remise. L'avenir proche de la vallée risquait d'être animé ! Volturno a répondu :

« Je ne nage pas vite, mais j'ai appris à flotter. Même en cas de tempête.

— Les tempêtes sont rares sur les lacs de montagne. Il me reste quelques détails à régler sur mes différents chantiers de la Péninsule avant de pouvoir me consacrer à votre cas. Et, croyez-moi, j'aimerais profiter pleinement de ces moments à venir, ici. Vous me reverrez très bientôt, Belonore. »

Volturno l'a salué d'un petit coup de tête protocolaire :

« Revenez quand vous voudrez, *signor'* Crevalcore. En qualité de chef de la communauté de San Catello, je vous souhaite un bon séjour parmi nous. »

Tancredi Crevalcore s'est figé. Il a fait les quelques pas qui le séparaient de Volturno. Il s'est retrouvé une fois de plus à l'endroit même où son fils Michele a été tué, dans ce caniveau devant l'auberge. Le ton a changé, la transformation a été radicale :

« Parmi vous ? Mais vous êtes seul, Volturno Belonore. Regardez-vous ! À part votre fille devenue folle et une malheureuse journalière analphabète, il n'y a plus personne ici. Vous êtes seul, et vous allez crever seul… Enfin… »

Le *condottiere* a marqué une pause avant de faire un pas de plus vers Volturno et de terminer sa phrase :

« … Non, Belonore. Pas seul ! Je serai là, ce jour-là. »

Automne 1946, dans la vallée du Scavone

Deux événements ont marqué le mois de septembre. Le premier était prévisible, et même attendu avec impatience, le second, pas du tout. Le jour du passage à l'automne, le chantier résonnait d'une kermesse joyeuse. Tout le staff des cadres était sur le pont, l'ingénieur en chef Giramondo jubilait. La voûte était terminée. Les essais en grandeur réelle allaient pouvoir commencer. Ils étaient prévus en deux temps : une retenue d'eau à moitié de la hauteur, pour tester la bonne solidité de l'ouvrage, puis le remplissage complet du barrage. Avec la fonte des neiges et les pluies fréquentes au printemps, les spécialistes à l'œuvre comptaient libérer les premiers mégawatts au mois de septembre suivant. La centrale électrique était parée, ses deux turbines flambant neuves prêtes à tournoyer sous l'effet des eaux déchaînées. Le canal de dérivation du torrent qui laissait s'écouler les eaux du Scavone pendant la durée des travaux a été fermé le soir même, dans une salve d'applaudissements. Le lac artificiel pouvait enfin se remplir. Pour fêter l'événement, les cimentiers de la région bergamasque ont offert une soirée arrosée à tous les ouvriers présents sur le site. Ils pouvaient bien. Le dernier rapport de validation fourni par l'IRI, *l'Istituto per la Ricostruzione industriale*, et signé de la main de Daniele Positivo, ingénieur expert, leur avait permis d'économiser près du tiers du ciment facturé.

Le *dottore* Positivo était formel : la faible largeur en rapport de la grande hauteur de la clue changeait la donne dans les caractéristiques des mélanges prévus pour le béton, selon une obscure histoire de résonance des matériaux. Fier de pouvoir annoncer cette très bonne nouvelle à ses amis industriels – et de toucher au passage une commission conséquente – Daniele Positivo a lui-même gommé ses premières estimations et rendu un second rapport aux ingénieurs du barrage. Cette expertise annulait la précédente. Il ne s'est pas étendu sur la question. Il était délicat d'aller proposer à Lucio Belonore de partager le pot-de-vin avec lui : l'ingénieur paraplégique est une âme pure. Mais Positivo restait serein : cet enfant du pays est exempt de toute suspicion, ses dernières estimations fournies à partir de ses propres relevés effectués sur le terrain étaient formelles et sans ambiguïté.

Et sans réelle logique, ce qui aurait pu tout de même alerter l'ingénieur Positivo… Mais l'enthousiasme de l'ingénieur Belonore à son retour de Lombardie l'avait convaincu. Daniele Positivo avait tout de même dû arroser au passage deux autres experts de l'institut pour la reconstruction industrielle, qui restaient très dubitatifs sur ces changements de dernière minute. Deux cartables remplis de billets ont convaincu les sceptiques. La voûte a été montée avec cette nouvelle formule magique, sans frémir.

L'autre événement a eu lieu trois jours plus tôt, dans l'indifférence la plus totale. L'homme s'est présenté à la barrière de la route Marshall. Il désirait passer, monter jusqu'au village de San Catello. Le vieux vigile avait averti son chef, par acquit de conscience. Gregor le Grec s'est extirpé d'un traquenard organisé par Gran'Paolo. Le chef de la sécurité est arrivé, un peu ivre mais de bonne humeur, et sans son inséparable molosse. Il s'est retrouvé face à un quidam malingre et usé, au regard pourtant vif. Le malheureux paraissait avoir fait le tour de la terre à pied en se nourrissant un jour sur trois. Ce n'était pas loin de la vérité. L'homme n'était pas vraiment un clochard ; son élocution était très claire, ses propos logiques et concis. Une cape délavée en drap feutré rouge couvrait ses maigres épaules ; la capuche tombante lui donnait un air de gnome de contes de fées. Pour lui, le conte de fées s'était à coup sûr transformé en cauchemar. Ce vagabond sans âge était chaussé d'une paire de bottes au cuir usé, aux semelles ballantes. Il portait un chapeau en feutre qui avait connu de nombreux déluges, peut-être même celui de Noé. Ses cheveux étaient blancs, ses yeux cernés. Les rides parcouraient son visage autour de quelques cicatrices. Il portait un énorme balluchon sur le dos, sans doute tout ce qu'il possédait. Gregor le dominait de deux têtes :

« Vous voulez vraiment monter là-haut ?

— Si c'est bien la bonne route pour aller à San Catello, oui. S'il vous plaît. »

Son timbre était grave et posé, usé comme tout le reste. Il parlait sans porter sa voix. Le Grec ne comprenait pas l'insistance de l'étranger.

« À San Catello ? Mais il n'y a plus rien, là-haut !

— Plus rien ? Le village a été rasé ?

— Non. Pas rasé. Mais à part une vieille acariâtre, un vieux cinglé et sa fille complètement folle, il n'y a plus personne.

— Le vieux cinglé se prénomme Volturno ?

— Voilà. Vous le connaissez ?

— Je le connaissais. Je peux passer ?

— Si ça vous amuse… »

Un va-nu-pieds de plus dans San Catello, hameau désormais isolé du reste du monde, ne mettrait pas en péril la sécurité du site dont Gregor avait la charge. Le Grec s'en est retourné vers la cantine d'un pas pressé. Cette discussion lui avait donné soif, et il n'était pas certain que les clients de la cantine soient les meilleurs garants de la bonne conduite de Maciste, attaché à un pied de tabouret du bar. Le vieux vigile a ouvert la barrière, l'indigent a entamé la montée d'un pas résolu, sa silhouette voûtée sous le poids de son barda.

Une heure plus tard, il arrivait au col des Guardi. Le village somnolait à ses pieds. Le lit du torrent était méconnaissable. L'absence de verdure jusqu'à la courbe de niveau 1170 configurait ce à quoi pourrait ressembler le paysage une fois le barrage rempli. Les bûcherons avaient abattu tous les arbres, rasé tous les buissons, éradiqué toute trace de végétation jusqu'à la hauteur présumée du niveau maximum de l'eau. Les branches mortes, les troncs et les feuillages ne devaient pas venir entraver la bonne marche des turbines. Au-dessus de ce palier sinistre, la montagne avait gardé son aspect sauvage. Le contraste était saisissant. Le vagabond est resté un bon moment à observer le site. Il scrutait tous les détails, le torrent, les pistes forestières, les coupes de bois, les champs, les cascades et les cabanes d'alpages. Il a passé un moment le regard braqué vers le ciel. Il était déçu de n'y voir aucun rapace. L'homme a pénétré dans le village par les vergers hauts, dégringolé vers l'église, s'est retrouvé à en arpenter le parvis sans oser y entrer. Après quelques minutes, il s'est décidé.

La porte était entrouverte, le grincement des gonds a résonné dans la nef. Il a laissé son gros sac à l'entrée puis ôté sa cape rouge qu'il a déposée avec précaution sur un banc. L'homme a marqué un arrêt au milieu de la travée centrale. Il a concentré son regard sur le portail, comme s'il s'attendait à voir débarquer un fantôme. Le battant s'est ouvert d'un coup. Mais rien n'est arrivé. Ce n'était qu'une rafale de ce vent mauvais qui annonce les orages. Il a marché jusqu'au transept, faisant craquer le plancher vermoulu. Le pèlerin s'est dirigé vers l'harmonium, a ouvert le couvercle, s'est assis. Ses mains décharnées ont caressé le clavier, comme s'il n'osait pas appuyer sur les touches. Il a pris sa respiration, fermé les yeux puis s'est mis à jouer sur l'harmonium, mais sans en activer la soufflerie. Seul le bruit du clavier cliquetait dans le silence. Des piques aiguës se réverbéraient contre les murs. Stoïque, concentré sur la seule exécution, le virtuose se satisfaisait d'articuler l'œuvre du bout de ses doigts, sans faire sonner une seule note. Il s'est acharné quelques minutes, a repris trois fois un passage plus difficile, sur lequel butait sa dextérité. Puis l'homme sans âge a refermé le couvercle de l'harmonium en souriant. Il est resté quelques instants dans l'église, les mains posées sur le buffet de l'instrument comme pour en capter l'énergie, avant de retrouver le soleil de la ruelle.

Le vagabond s'est décidé à parcourir le village. L'état tragique des maisons ne le consternait pas. Il semblait même plutôt à l'aise dans ce chaos immobile. La petite place a attiré son attention. Il a scruté les murs, à la recherche d'enseignes qui n'existaient plus. Puis il s'est arrêté devant l'auberge, a regardé la façade avec froideur, le caniveau avec une grimace, a passé son chemin. En arrivant vers le bas du village, il a bifurqué vers le cimetière. La nécropole de San Catello lui est apparue moins disparate que le village. Les travées gardaient une logique. Les pierres tombales s'alignaient sans dommage, même si depuis longtemps aucun bouquet ni aucune couronne ne les avait honorées. Certains patronymes sur les dalles de marbre l'ont fait réagir : le catafalque des sœurs Costa, le mausolée un peu ridicule de la famille Imperatore, la sépulture discrète de Pinolo Guardi, de sa femme et de son fils Gigi, creusée à l'écart de la communauté. Il a eu un très discret signe de croix devant Ciro le droguiste, Giachomo le meunier, Peperone de la scierie. Ces tics étaient mécaniques, ils ne signifiaient rien de pieux. Ces gestes esquissés prouvaient juste une déférence attentionnée aux défunts. Il s'est arrêté devant Bartolomeo Steinegger, l'a salué plus respectueusement. Ému, le vagabond a murmuré de sa voix éraillée :

« *Grazie !* Merci, Bartolomeo ! Merci. »

Il s'est écarté de la tombe de l'ancien curé de San Catello, a eu une hésitation avant d'emprunter l'allée qui menait au tombeau familial des Belonore. Le vagabond a lu les noms gravés sur la dalle. Les derniers inscrits dans la pierre indiquaient Leonora, la première épouse de Volturno, la Serenella, sa mère, Vittoria, le premier bébé de ce nom mort à sa naissance, en 1909. Une inscription plus discrète évoquait Tomaso Belonore, le benjamin de la dernière fratrie de la famille, disparu à Verdun. Le vagabond s'est mordillé les lèvres, concentré sur ses souvenirs. Puis il a aperçu le vieux mûrier, près du mur d'enceinte. Bien sûr !

Il y a découvert la sépulture de Francesca Vitiglio-Belonore. La logique était respectée. L'endroit était entretenu au cordeau : pas une mauvaise herbe ne dépassait. Il s'y est recueilli un long moment, le passé refluait. Lorsqu'il s'est retourné, un autre vieil homme, le chef du village, se tenait derrière lui. Volturno Belonore, les mains sur les hanches, n'a eu que deux courtes secondes d'hésitation. Ils se connaissaient. Même si le vagabond avait terriblement changé depuis toutes ces années troublées, son regard était toujours le même – un regard vif, le regard d'un Belonore. Volturno s'est avancé vers son fils, l'a pris dans ses bras. L'étreinte dura un temps infini.

Addolorata avait aperçu la silhouette étrange de cet homme à la cape rouge qui visitait le cimetière. Les retrouvailles fusionnelles avec le patriarche l'ont rassurée. Elle les a rejoints, laissant Vittoria à ses disques de cire usés à force d'être écoutés. L'émotion était tellement forte qu'elle a éclaté en larmes lorsqu'elle a reconnu le cadet des trois frères Belonore. Addolorata ne pleurait jamais, d'habitude. Elle a séché ses joues d'un revers de manche, trop heureuse de retrouver celui que la rumeur affirmait disparu. Il lui a fallu tout de même quelques minutes avant d'admettre que l'homme sans âge qui se tenait assis à ses côtés était bien le même que le jeune Marzio, l'amoureux impétueux de son amie d'enfance, Ofelia.

Marzio Belonore n'avait pas cinquante ans : il en paraissait trente de plus. Installé sur la terrasse devant la maison Belonore, Marzio a raconté son périple. Volturno et Addolorata l'ont laissé s'engouffrer dans un long monologue. Il en avait besoin ; il n'avait plus parlé à personne depuis des lustres. Les derniers rayons de soleil avant un orage de fin d'été réchauffaient les corps. Quelques échos du chantier en cours bourdonnaient, loin, vers la clue. Le patriarche avait sorti une bouteille d'alcool rare. L'épopée du musicien semblait incroyable, et pourtant…

Après le récital dantesque organisé par le *condottiere* sur la place du village et terminé sous des trombes d'eau, Marzio avait été emprisonné dans un cachot de Regina Coeli, à Rome. Il a attendu pendant des années dans cette prison du Trastevere, sur la rive droite du Tibre. Le procès n'a jamais eu lieu.

« Nous étions trois dans la cellule. Je passais mes journées à ressasser dans ma tête les partitions les plus difficiles de mon répertoire. Ça m'a aidé à tenir, mais surtout à ignorer tout le reste. »

Puis la guerre a commencé, terrible. Marzio croupissait dans sa geôle. Les effectifs de la prison, tant chez les gardiens que chez les détenus, fluctuaient beaucoup. Cinq de ses codétenus temporaires ont été exécutés, emmenés au poteau sans ménagement, sans explication, sans sommation préliminaire.

« Ces jours-là, Bach m'a été précieux. Sa mécanique implacable, sa logique harmonique, m'ont toujours remis l'esprit en place. Surtout dans ces moments de grande absurdité, lorsque je doutais de ma santé mentale. L'intelligence de sa mathématique était un guide indispensable face à la barbarie… »

Un matin de septembre 1943, l'administration pénitentiaire est venue l'expulser de sa cellule. Les Chemises noires l'ont embarqué dans un camion et jeté à la gare d'Ostiense. Après un premier trajet interminable en train, de Rome jusqu'à Merano, au nord de Bolzano, Marzio fut jeté dans le wagon à bestiaux d'un autre convoi, en partance vers le nord.

« C'est peut-être le seul moment où j'ai oublié la musique. L'angoisse était trop forte. Des rumeurs terribles circulaient, la peur était là… »

Le périple à travers l'Europe en pleine déroute a duré des jours. Son convoi partait pour la Pologne, vers Auschwitz. Une erreur d'aiguillage a fait atterrir son wagon et son lot d'Italiens promis à l'extermination dans la gare de Bielsko-Biala, en Silésie.

« Trois passagers sont morts d'épuisement pendant le trajet. Et cinq autres étaient comateux. Nous pensions que nous y passerions tous. Le train s'est arrêté dans des gares en Hongrie. Lorsque j'ai aperçu un panneau annonçant Budapest à travers les lattes du wagon, la musique de Bela Bartók m'est venue à l'esprit. Mais je ne suis jamais arrivé à remettre des traits sur son visage : j'avais oublié l'homme. J'avais pu le rencontrer lors d'un de mes concerts, en 1933. J'avais entendu la création de sa deuxième *Rhapsodie pour violon et orchestre* à Amsterdam, l'année précédente. Les portées se sont dessinées devant moi, avant même que les dissonances de sa mélodie ne me reviennent à l'oreille. Puis la trouille a effacé toutes les noires, toutes les croches. Ne sont restés que les silences… »

L'administration du Reich ne savait plus quoi faire de ce troupeau encombrant de Méditerranéens bruyants. Après s'être débarrassé des cadavres et des mourants, le chargement fut raccroché à un convoi de déportés politiques tchèques en partance pour un camp de travail slovaque. Le wagon plombé avec sa trentaine de Résistants italiens, antifascistes, est arrivé à Medved', au cœur des montagnes Tatras, en novembre 1943. Marzio est resté dans ce complexe carcéral organisé en atelier de menuiserie pendant plus de deux années, à fabriquer des cercueils pour l'armée allemande dans des conditions épouvantables. Sa communauté faisait office de bouc émissaire. Mal nourris, mal logés, martyrisés, ils étaient une meute d'Italiens méprisée par des prisonniers politiques tchèques, hongrois et slovaques, au cœur d'une installation industrielle inhumaine, gérée par les occupants allemands. Medved' n'était pas un camp d'extermination, mais leurs conditions de survie étaient similaires à celles du camp de Plaszow, situé sur le pan polonais de la même montagne, près de Cracovie, plus au nord.

« Avec ces travaux forcés, j'ai perdu toute ma dextérité. Ma main gauche n'était plus qu'un lointain souvenir, la droite était esquintée par les outils rudimentaires mis à notre disposition, et par le froid. Je me suis alors concentré sur les sonates d'Eugène Ysaÿe, des morceaux virtuoses sur lesquels je travaillais lors de ma gloire internationale. Ma gloire internationale ! Quelle prétention j'ai pu avoir ! Quel bouffon j'ai été. Je n'étais plus rien. Dans ma tête, j'ai enchaîné les six sonates du compositeur belge sans discontinuer pendant des jours et des mois – chaque note, chaque glissando, chaque arpège. La folie me guettait derrière chaque cercueil que j'assemblais, derrière chaque camarade mort d'épuisement que nous jetions dans la fosse commune. Mais j'ai tenu. J'ai tenu… »

Les nazis en déroute ont déserté le camp de Medved' en janvier 1945, laissant les prisonniers survivants livrés à leur propre sort, isolés en pleine montagne. La survie s'est organisée, loin de tout, sans aucun contact avec le monde extérieur, alors plongé dans la grande panique d'une fin de conflit. Même dans cette nouvelle configuration, Marzio et les derniers Italiens du camp restaient les totems expiatoires pour le reste de la communauté. Les quelques survivants ont attendu le printemps pour s'échapper de cet enfer en déliquescence. Leur fuite s'est terminée en boucherie. Leur groupe s'est retrouvé coursé par un ours sur une pente abrupte de la montagne, puis coincé au milieu d'un champ de mines.

« Pour sortir du champ de mines, j'ai marché sur les cadavres de mes camarades. Ils servaient de tapis protecteur. J'ai échappé à tout. La mort, la faim, la soif ! J'ai tenu. J'ai traversé la Slovaquie comme un clandestin, au milieu de la débâcle. Puis j'ai évité Prague. Je me suis battu avec des clochards tchèques pour un quignon de pain, j'ai volé des os de cochon dans le caniveau d'un abattoir de Pilsen. Je me suis perdu, aussi… »

Dans ce naufrage, les mélodies tranquilles du premier *Concerto pour violon* d'Henri Vieuxtemps l'accompagnaient, comme un point d'ironie. C'était la première œuvre qu'il ait jamais jouée avec un orchestre symphonique, à sa sortie du conservatoire de Paris. Elle lui semblait légère à l'époque. Il n'y trouvait plus qu'une amertume douloureuse, en contrepoint cinglant avec sa situation. Puis Marzio a croisé les troupes de la Première Armée française du général de Lattre de Tassigny, à Freudenstadt. C'est sur la dépouille d'un officier des Spahis qu'il a récupéré sa cape, ce bout d'étoffe rouge qui lui a sans doute sauvé la vie, lui qui était frigorifié par l'épuisement et la faim. Marzio tenait bon, toujours. La musique était sa bouée. À force de trains pris en marche, de routes empruntées de nuit, d'interminables chemins de traverse, de quelques anonymes généreux, de quelques chiens enragés évités de peu, la France, Menton, l'Italie, enfin !

« … Je suis arrivé à l'automne à San Remo. Je me suis installé dans un gourbi dans le haut des vieux quartiers. J'ai survécu. Je n'étais plus rien. Je ne suis plus rien. »

Addolorata lui a pris la main :

« *Si ! Sei Marzio Belonore*. Tu es Marzio Belonore !

— Non, Addolorata ! Marzio est mort. Je ne suis plus rien. Regarde-moi !

— Je te regarde. Tu n'es pas mort. Tu es chanceux !… *Non sei morto. Sei fortunato !*

— *Fortunato…* Le chanceux ! Quelle chance ! »

Marzio s'est mis à rire, son premier rire depuis des années. Addolorata l'a serré dans ses bras, encore et encore. Ces effusions salutaires ont conclu le long soliloque du survivant. Marzio avait bien fait attention dans son récit de ne jamais citer Ofelia, mais la rémanence de l'amour de sa vie l'avait suivi dans tout son périple. Si la musique lui avait permis de survivre, le souvenir d'Ofelia a beaucoup compté dans sa capacité de résistance.

Volturno a pris la parole à son tour. Il s'est mis à raconter l'histoire de la famille depuis l'arrivée du photographe Carlo Ceserano dans le village. Il était économe de mots, comme d'habitude. Mais ses explications restaient limpides. Le patriarche a éludé les origines désormais connues du compagnon de Vittoria ; il ne voulait pas mentionner Ofelia, lui non plus. Il a enchaîné sur le *condottiere*, le barrage, la submersion programmée des Belonore, le stratagème de son frère Lucio. Marzio fut heureux d'avoir quelques bonnes nouvelles de son aîné. Après quelques digressions sur les traîtres de Santa Pazienza, Volturno est parti chercher un morceau de saucisse à partager, du pain et un pot de miel. Marzio s'est retrouvé seul un court moment avec Addolorata.

« Et Vittoria ? Il n'en parle pas. Où est-elle ?

— Elle est chez moi. Là-haut, au village.

— Allons la chercher…

— Ce n'est pas si simple. Elle ne veut voir personne. Absolument personne. Elle est… »

Addolorata ne trouvait pas les mots. Volturno sortait à ce moment de sa ferme, les bras chargés. Son verdict a été abrupt :

« Elle est folle. Ta fille est devenue folle, et nous ne savons plus quoi faire d'elle. Ta fille, tu le savais ?

— Ma fille, oui. Je sais. Francesca me l'a appris, dans les coulisses de la Scala. Je veux la voir. »

Addolorata a posé sa main sur le bras du rescapé :

« Pas maintenant, c'est impossible. Je vais lui parler. Tu la verras demain, si elle veut bien accepter l'idée de voir quelqu'un. Mais elle est totalement imprévisible. Et ingérable. Je lui parlerai, *Fortunato!* »

Le lendemain matin, Addolorata est descendue au petit jour jusqu'à la ferme de Volturno. Marzio était déjà debout, sur le seuil. Son père aussi, installé sur son trône de bois, sentinelle impavide. Addolorata a fait signe à Marzio de la suivre. « *Fortunato* », le chanceux, l'a accompagnée jusqu'à sa porte. Elle l'a invité à entrer. Marzio espérait cette rencontre depuis des années : il l'avait imaginée des centaines de fois. Il jubilait autant qu'il appréhendait cet instant. Addolorata les a laissés seuls tous les deux.

Le moment était trop précieux pour le cadet des Belonore, trop important pour Vittoria, peut-être l'ultime moyen de l'extraire de sa mélancolie.

Un matin de septembre 1946, dans la maison d'Addolorata

Que reste-t-il de la jeune femme sublime entraperçue sur un fauteuil d'orchestre de la Scala, quinze années plus tôt ? Celle qui évoquait tellement Ofelia, sa mère, au même âge. Qui est-elle vraiment ? Quelle vie, quels enfers a-t-elle dû traverser pour devenir cet être résigné, flétri, perdu ? Quelles épreuves a-t-elle subies pour devenir cette épave atone, à la peau blême, à l'allure maladive ?

Engoncée dans un fauteuil, recouverte de couvertures de laine rêche, les yeux fixés sur l'inconnu hésitant planté dans l'encadrement de la porte d'entrée, Vittoria se pose les mêmes questions. Qui est-il vraiment ? De quel pandémonium ce pauvre hère a-t-il pu s'échapper ? Addolorata lui a annoncé ce frère qu'elle ne connaît pas. Elle l'a entrevu lors d'une représentation mémorable à Milan, un concert dont toute sa tribu était partie avant la fin. Elle l'avait aussi entraperçu sur la place du village, alors que les vigiles du *condottiere* l'embarquaient sous l'averse. Longtemps, Vittoria a fantasmé sur ce musicien, cette gloire internationale qui parcourait le monde, ce héros au destin remarquable et à la virtuosité reconnue par les plus grands. Elle n'a devant elle qu'un homme malingre et sans âge, pas vraiment un vieillard, pas vraiment un clochard – un être exsangue et détruit. Et muet comme elle.

Marzio ne sait pas quoi dire, pas par quoi commencer. Il fait deux pas dans la pièce, les bras ballants. Il bredouille un « *buongiorno* » maladroit. Vittoria esquisse un sourire et montre l'autre fauteuil récupéré dans la belle maison de Francesca Vitiglio.

« Assieds-toi, Belonore. Tu es bien un Belonore ? Tu te souviens de la devise du père ? "*Rien n'a jamais fait reculer un Belonore.*" Même les bras d'un fauteuil confortable. »

Marzio est surpris d'entendre une voix aussi assurée. Il se pose, un bout de fesse sur le coussin, en face de sa fille. Elle le dévisage, l'esprit aiguisé. Les yeux de Vittoria brillent de malice ; ils respirent l'intelligence, en complète contradiction avec son anémie. Sa gestuelle apathique exprime une grande lassitude morale et physique. Son élocution traîne, elle aussi. Son timbre de voix s'avère aussi rauque que celui de son visiteur, mais elle reste clairvoyante :

« Maintenant je connais toute ma famille. Nous avons eu la visite de Lucio, il y a peu.

— Mon frère…

— Notre frère, oui. »

Marzio a toujours du mal à mémoriser cette fratrie de circonstance. Pour le monde entier, mis à part les femmes de San Catello tenues par le secret, ils sont frère et sœur. Pour lui, Vittoria est sa fille, pas celle de Volturno. Mais que sait-elle de toute l'histoire ? Malgré la douce chaleur de la mi-septembre, Vittoria s'enroule les épaules dans une des couvertures avant de poursuivre :

« Elle était comment, ma mère ? Ofelia ? Ma vraie mère ? »

Marzio ne sait quoi répondre. Le beau visage rieur d'Ofelia revient à son esprit. Il était juste enfoui dans les derniers recoins de ses souvenirs, veillant sur son équilibre mental, entre deux portées de partitions de Ravel. Ofelia ! Vittoria, sa fille, lui ressemble à un point troublant. Elle a la même forme de visage, les mêmes expressions, les mêmes intonations. Vittoria se redresse sur ses coudes, passe une main sur son front d'un geste brusque, l'apostrophe :

« Tu l'as bien connue, toi ! Non ? »

La voix de sa fille le trouble. Marzio marmonne :

« Oui… Très bien.

— Très bien ?

— Oui.

— Et ? »

Cette rencontre ne prend pas du tout la tournure escomptée. Marzio aurait voulu aborder la jeune femme en douceur, apprivoiser cette inconnue, la faire parler. Puis lui raconter, se raconter. Vittoria précipite les choses, va droit au but. Les méthodes directes de la famille Belonore ressurgissent décidément à tout moment, dans toutes circonstances. Et elle aussi est une Belonore. Vittoria fait preuve d'une énergie inattendue. Marzio voudrait lui offrir une approche prudente, ne pas laisser transparaître son amour irrépressible pour Ofelia. Sa profonde passion lui noue toujours le ventre. Marzio oublie ses réserves dès ses premières syllabes :

« Et c'était une femme formidable. Ta mère était formidable. Et très belle. Et d'une douceur et d'une générosité remarquables.

— C'est drôle. Vous dites tous ça, dans le village. Elle était formidable. Et pourtant, vous l'avez chassée.

— Ce n'est pas aussi simple, Vittoria.

— Je l'ai bien compris. Rien n'est jamais “aussi simple”. Regarde-nous, regarde nos vies. Simple ? Pietro, mon premier amour, se fait assassiner, et c'est moi qui étais visée. Simple ? Carlo, le père de mon fils, un garçon formidable et courageux, se trouve être mon demi-frère. Et mon fils, la chair de ma chair, mon bonheur, ma fierté… Tu parles ! J'ai enfanté le descendant de ceux qui ont anéanti notre village, de celui qui va noyer notre vallée. Et toi…

— Et quoi, moi ? »

Vittoria se plonge dans quelques interminables secondes de réflexion avant de poursuivre sa litanie des malédictions qui frappent leur famille.

« Regarde-toi ! Où il est, le héros ? Celui que les gamins d'ici prenaient comme modèle ? Celui dont les vieux parlaient avec fierté, pendant les veillées ? Toi, tu es parti te perdre. Et tu as très bien réussi, tu t'es perdu. Magistral ! Personne ici n'a jamais compris pourquoi. Et curieusement, tu vois, je pense avoir une explication à toute ta déroute.

— Quelle explication ?

— Mon explication, monsieur *Virtuoso*. Mais il est trop tôt pour aborder le sujet dans la sérénité. Je ne te connais pas, Marzio Belonore. Pas encore assez bien… »

Marzio est bouleversé. Cette jeune femme inconnue et pourtant si proche analyse sa vie. Addolorata lui avait annoncé une dépressive taciturne, Vittoria se révèle brillante et intarissable :

« Marzio Belonore ! Toi, le frère dont on me parle depuis que je suis en âge de comprendre ! Tu as lu Dante ? Oui, bien sûr. "*Nel mezzo del cammin di nostra vita*"… Tu vois, tu as dû passer le milieu du chemin de ta vie sans t'en apercevoir. Imagine, Marzio ! La mine à ciel ouvert du père, ta fuite du village, deux guerres mondiales, l'Abyssinie, les camps de concentration, ce fameux *Stabat Mater* de Boccherini, ici, sur la placette et dans la tornade… Tu as franchi tous les cercles de l'enfer, ceux-là et sans doute d'autres, que Dante ne soupçonnait même pas. Et tu as survécu. Tu ne cherches pas ton paradis. Non. Tu es damné, comme nous. Et tu le sais, comme nous. J'ai raison ? Tu espères juste trouver un purgatoire qui pourra t'accueillir. Tu as retraversé le fleuve Achéron à contre-courant, et tu es revenu à San Catello. Sauf qu'ici, c'est même pas un purgatoire. Juste une impasse. Tu comptes rester dans cette impasse ? T'installer dans ce piège dans lequel nous sommes englués ? »

Le musicien reste abasourdi par la diatribe de Vittoria. Il a quelques secondes de réflexion avant de murmurer :

« Oui. »

Vittoria se lève avec difficulté. Elle est d'une maigreur impressionnante. Elle se dirige vers le phonographe, pose l'aiguille sur le disque. Le premier mouvement de la deuxième sonate emplit l'atmosphère, ajoutant à l'émotion de la rencontre. Marzio écoute. Il ne doit pas se laisser emporter par ces notes qui viennent le remplir d'un trouble indescriptible. Le violoniste ferme les yeux, esquisse un sourire lorsqu'il reconnaît l'interprète de l'œuvre. Vittoria dégage ses cheveux en chignon, comme pour mieux écouter les notes sublimes de Bach. Elle se dirige vers la petite fenêtre, observe la ferme de Volturno qu'on aperçoit en contrebas.

« Alors reste ici, dans la maison d'Addolorata. N'encombre pas Volturno. Il a besoin d'être seul pour mener à bien son combat. Tu peux t'installer ici, avec nous... »

Ofelia montre du doigt une petite pièce contiguë, dont la porte est fermée.

« Pose-toi dans la pièce de Matteo, le fils d'Addolorata. Il y a une paillasse, quelques couvertures. Et cette maison est la seule du village encore en état. »

Marzio est sonné, étourdi par le charisme et l'acuité de sa fille, ivre de la musique de Bach. Il déplie les jambes, se lève du fauteuil à son tour. Il se sent maladroit, pataud devant autant de puissance vitale. Vittoria est aussi grande que lui, et aussi abîmée. Marzio ouvre la porte de la chambre de Macchia Rossa. L'espace est réduit, l'installation spartiate. Mais il n'a plus connu un pareil confort depuis des années.

« Merci.

— Et puis, j'ai besoin de toi. »

Marzio se tourne, surpris :

« De moi ?

— Oui, de toi... Je n'ai jamais eu autant besoin de toi, Marzio Belonore. J'ai toute la place dans mon cœur et dans ma vie pour y accueillir le grand frère que je n'ai jamais eu. »

Une énorme émotion envahit Marzio. Il n'arrive plus à parler ; il sent une boule lui monter dans la gorge, les larmes sourdre de ses yeux. Vittoria s'essuie le front de ce geste très mécanique qui l'agite de manière régulière depuis le début de sa conversation. Elle conclut :

« Et sans doute beaucoup plus qu'un simple grand frère. Je me trompe ? Ne me dis pas que je me trompe, Marzio Belonore ! »

Elle se colle contre lui, se blottit contre son épaule. Marzio l'entoure de ses bras. Ils se serrent l'un contre l'autre. Marzio embrasse son front, caresse sa joue d'un geste d'une infinie tendresse. Elle qui ne supporte plus le moindre contact physique se laisse aller contre lui. Vittoria s'en doutait, et ce depuis des années, depuis le jour du concert à la Scala, depuis qu'elle a vu le virtuose à l'œuvre. Quelque chose de très fort s'était passé ce soir-là, comme une évidence que les rumeurs et les cachotteries de ses proches venaient confirmer. Marzio est son père. Aujourd'hui, elle en est certaine.

Peu de temps après, dans le village

Tancredi Crevalcore emménage dans ses appartements de San Catello les premiers jours d'octobre. Un camion de transport a fait plusieurs voyages depuis la vallée du Pô, avec meubles, accessoires, vêtements, ustensiles de cuisine, réserves de nourriture et de vin. Deux hommes de main se sont affairés à tout installer avant l'arrivée du *condottiere*. Elle se devait théâtrale.

Avant de quitter le village, les spadassins ont vissé une plaque de cuivre gravée au nom de « *Stiffelio* » sur la porte de l'écurie. Les deux hommes ont grimpé jusqu'à l'église, pénétré dans le campanile, trouvé la corde qui sonnait le glas. Il y a eu un seul coup de cloche, grave. Il a résonné dans toute la vallée, longtemps. Volturno a grimpé depuis sa maison, intrigué. Lorsqu'il est arrivé sur la placette, le bruit caractéristique des sabots ferrés d'un cheval emplissait les ruelles. Le cavalier est apparu. Il est assis, fier et droit, sur une selle espagnole, impérial, vêtu d'un costume noir, le bas de son pantalon rentré dans ses bottes, et coiffé d'un feutre Sorbatti à larges bords aussi sombre que son accoutrement. Le cheval, un superbe pur-sang lusitanien blanc à la crinière noire, s'arrête au milieu de la placette. Tancredi fait face à Volturno. Il se délecte de la situation.

« C'est le début de la fin, Belonore. Et je suis là pour y assister. »

Volturno ne répond pas tout de suite. Il jette un regard très admiratif sur la monture : la bête est magnifique. Le *condottiere* parade devant la porte de la boutique des Mezzanese désormais transformée en écurie, mais dont la grande porte est close. Volturno amorce un sourire goguenard :

« Vous êtes là pour le début. *Certo!* Certes. Dites-moi, Crevalcore, vous avez une idée pour la fin ?

— Vous êtes incorrigible, Belonore. Votre sens de l'humour n'amuse que vous. Et oui, j'ai une idée très précise pour la fin. Nous avons fermé les vannes de mon barrage au début de la semaine dernière. En principe, le remplissage devrait durer une année. Une année entière, Belonore. Votre agonie va être longue.

— Et vous, vous risquez d'avoir mal au cul. Vous comptez rester sur votre canasson une année entière ? Parce que pour ouvrir la porte de votre écurie, il faudra bien que vous descendiez du dos de votre Stiffelio, à un moment ou à un autre. Je ne vous souhaite ni une bonne journée, ni la bienvenue. »

Volturno a tourné les talons, est redescendu vers l'enclos derrière sa ferme. Il a sommairement harnaché Pagliacci, son âne. Une fois le bât sanglé, il lui a murmuré quelques mots à l'oreille. Celui-ci semblait rigoler. Ce n'était qu'un réflexe nerveux. L'animal dévoilait sa dentition imposante, mais l'illusion de l'amusement satisfaisait le patriarche. Il a grimpé sur le dos de Pagliacci qui, brave bête, s'est laissé faire. Le confort est précaire, mais Volturno s'en fout. Il est le roi du village, et il est hors de question qu'il n'ait pas une monture, lui aussi, pour faire le tour de son royaume. L'équipage est sorti de l'enclos, a pris la direction de l'ancienne route d'accès au village, vers la clue. Volturno a passé le pont de pierre après les bois de la veuve. Il arrive peu de temps après à l'aplomb de la grotte artificielle, où la procession a abandonné la statue piégée de Santa Grata.

L'eau recouvre maintenant la cavité : la sainte est sous les flots, on ne l'aperçoit déjà plus. Le processus est en route.

Volturno reste un moment devant le spectacle fascinant de ce remplissage interminable. L'idée d'un sablier qui se vide lui est venue à l'esprit : il sait que l'impression est la même. Dans un premier temps, une terrible sensation d'immobilité, le sentiment que malgré l'écoulement sournois du sable, rien ne se passe. Ce sera sans doute la même chose avec le niveau du torrent Scavone. Ses rives seront visibles pendant des jours et des jours. Puis d'un coup, un matin, il y aura un lac devant lui, comme ce trou qui se forme soudain à la surface du sable dans l'ampoule de verre du sablier. Enfin les dernières secondes où tout semble se précipiter, les derniers grains qui chapeautent la pyramide dans le réceptacle… la messe sera dite. Volturno espérait que les calculs de son fils s'avéreraient justes, et que la pression de la masse d'eau sur les mines serait suffisante pour détruire tout l'ouvrage avant que le niveau maximum du lac artificiel ne soit atteint.

Le soir même, depuis son poste de guet, Volturno a repéré la fumée bleutée qui grimpait dans le ciel au-dessus de l'*osteria* du Risorgimento. La silhouette massive de son nouveau voisin se déplaçait le long des fenêtres ouvertes sur la vallée ; il a aperçu les reflets des flammes qui réchauffent le *condottiere* dans l'âtre. Combien de temps restera-t-il ? Sans doute supportera-t-il l'hiver montagnard, les conditions spartiates de la vie rurale, le temps suspendu, les journées interminables. Volturno n'a jamais connu d'homme à la rancœur aussi tenace. La proximité de l'assassin de Francesca l'horripile, mais l'idée que le stratagème de Lucio mette à mal le projet de son ennemi lui rend cette compagnie presque tolérable.

Le lendemain matin, une voix cueille Volturno au moment même où il sort sur le parvis de sa maison.

« *Allora ?* Alors, Volturno Belonore ? Vous avez bien dormi ? »

Tancredi était là, perché sur son cheval. Tiré à quatre épingles, son feutre à larges bords sur ses beaux cheveux blancs, il se tenait à la limite de la propriété de Volturno, devant les ruines de la maison de Nessu' le forgeron. Le patriarche l'a interpellé à son tour :

« *Allora ?* Alors, *condottiere* ? Le grand calme de notre pays ne vous a pas trop perturbé ? Votre nuit a été sereine ? Je peux faire quelque chose pour vous ? »

Le *condottiere* a eu un rire sonore :

« Non. Non, vous ne pouvez rien faire. Et non, mon sommeil n'a pas été serein. J'ai passé la nuit à quelques mètres de l'endroit où votre tribu de dégénérés a assassiné mon fils unique. Ce n'est pas le grand calme de votre pays qui me perturbe, mais plutôt ses derniers occupants. Et encore, tant que votre cinglée de fille et son amie analphabète restent cloîtrées chez elles, vous êtes le seul parasite en liberté. Non, je n'ai besoin de rien. Je suis juste venu vous souhaiter une bonne journée, Volturno Belonore, comme je viendrai désormais tous les jours, pour vous harceler. Car je vais vous harceler. Jusqu'au bout. Jusqu'à ce que vous creviez. Comme je l'ai fait avec Marzio, votre fils. J'ai toujours eu de très bonnes relations dans les arcanes du pouvoir en place, quels que soient ses affidés. C'est moi qui l'ai fait déporter vers un camp d'extermination en Pologne. Le voyage a dû lui paraître long, mais il n'a pas dû beaucoup souffrir. Le Zyklon est un gaz efficace, qui a largement fait ses preuves. Maintenant, c'est votre tour. Je vais être l'instrument de votre calvaire. Et lorsqu'il sera terminé, j'espère pouvoir enfin dormir sereinement. Bonne journée, Belonore ! »

Il a fait faire demi-tour à Stiffelio, est reparti vers le village. Volturno l'a regardé s'éloigner, impassible.

La journée s'est déroulée selon un plan établi par les exigences de la vie rurale. Volturno s'est occupé du potager, a fait un tour vers ses ruches, s'est occupé de l'âne, de ses chèvres, est passé nourrir les cochons, a sorti ses deux vaches qu'il a emmenées dans un champ, a trié les pommes de terre qu'il a récoltées la veille. Après un repas sommaire, il est passé dire bonjour à Francesca. En brossant du regard les autres tombes dans les allées du cimetière, il s'est dit que le projet de déplacer les sépultures allait ressortir un jour ou l'autre, et certainement dans un avenir proche. Il est retourné vers sa grande maison où il réside seul, a mis un quignon de pain et une pomme verte dans sa poche, est reparti. Il a passé les quelques heures de l'après-midi à chercher des chanterelles dans les sous-bois, près du torrent des Martinets ; la cueillette n'était pas exceptionnelle. Après une maigre soupe, Volturno a repris sa place sur son siège devant la porte, engoncé sous des couvertures, le fusil à portée de main. Il n'a pas eu très longtemps à attendre. Les pas de Stiffelio, le cheval, ont résonné dans le crépuscule. Le *condottiere* s'est planté au même endroit que le matin. Tancredi est resté quelques secondes à observer Volturno sans dire un mot avant de repartir.

Le lendemain matin, le même spectacle a accueilli le réveil de Volturno. Cette fois, le *condottiere* est resté muet. Assis sur le dos de sa monture, les mains croisées sur le large pommeau de sa selle, il s'est contenté de dévisager son ennemi un long moment, un sourire cynique au bord des lèvres. Puis il est remonté vers le village. Volturno devait déplacer ses ruches. Il a attelé sa charrette à l'âne Pagliacci pour partir vers les prés, au fond de la vallée. La cérémonie du soir s'est déroulée à l'identique. Tancredi a fait sa promenade du soir à cheval, jusqu'au bas du village. Là non plus, pas un mot n'a été échangé. Dans le silence de leurs confrontations, seul le bruit de l'eau du torrent reflétait son fracas contre les murailles de pierre des gorges du Scavone. Avec le début du remplissage, le son de ce bout de nature avait déjà changé : les cataractes habituelles s'étaient adoucies.

Tancredi a ramené Stiffelio dans l'écurie aménagée au milieu de ce qui a été l'épicerie des Mezzanese. Il s'est inquiété du niveau de l'abreuvoir, a brossé le cheval avant de le laisser à sa mangeoire. La réserve de foin est suffisante pour tenir un siège ! Le *condottiere* a traversé la placette, fermé derrière lui la porte de l'auberge, est monté à l'étage. Les ouvriers lui ont aménagé trois anciennes chambres de l'*osteria* du Risorgimento. Tancredi occupe deux grandes pièces à vivre, remises en état avec une cheminée imposante et de larges fenêtres. Une troisième chambre, plus étroite, a été transformée en mausolée à la gloire de Michele, son fils. Tancredi a fait rapatrier de son hôtel particulier de Castel Gandolfo tous les accessoires d'études du musicien. Les pupitres, les partitions annotées, le petit bureau, la commode bourrée de papier à musique vierge, les deux chaises bancales et le petit lit entourent le fameux violon. Enfermé dans sa boîte patinée par les années, le Giovanni Battista Ceruti trône sur une console au centre de la pièce. La chambrette n'attend plus que la venue du musicien pour une séance de travail. Le *condottiere* y a pénétré le jour de son arrivée : l'émotion l'a submergé. À y réfléchir, cette muséographie morbide n'était pas une si bonne idée. Mais l'âme de son fils massacré par les villageois de ce pays de misère s'y sentira peut-être bien, si jamais elle revient lui rendre une visite inopinée. Tancredi Crevalcore n'y est plus entré ; il est resté cantonné dans son appartement. Une vue plongeante lui dévoile toute la vallée, avec un point de vue privilégié sur la dernière grosse maison du bas du village. Malgré l'âge, il conserve une vue de rapace. Il a aperçu la maigre silhouette de Volturno assis sur sa chaise en bois, devant sa porte d'entrée. Le *condottiere* a eu un geste d'humeur envers son ennemi, un signe furtif de la main, index et auriculaire levés.

« Va au diable, Belonore ! »

Il a débouché une bouteille de blanc Verdicchio dei Castelli, ouvert un bocal de foie gras importé de France dont il s'est régalé, bu à la santé de ce pantin grotesque et obstiné qu'il compte bien détruire à petit feu.

Le lendemain matin, le *condottiere* s'est levé de très bonne humeur. Il est sorti de l'auberge pour retrouver Stiffelio, qu'il a sellé avec enthousiasme. Un doux soleil d'automne réchauffe la vallée. Vers les alpages, quelques feuillages jaunis parsèment les frondaisons encore sombres des résineux. Les mélèzes n'ont pas entamé leur mue hivernale. Le ciel brille d'un bleu pur et uniforme, la pierre des ruines du village reflète une chaleur réconfortante. À soixante-dix-sept ans, Tancredi Crevalcore reste alerte. Il a enfourché la selle d'une simple traction, caressé l'encolure de son cheval. Stiffelio s'est ébroué. L'avenir s'annonce jubilatoire. Si le vieux Belonore ne crève pas avant la submersion totale de son univers, son agonie programmée pourrait bien devenir un exemple de représailles étudié par les universitaires. Tancredi s'est imaginé devant un parterre attentif, en train de dispenser un cours magistral sur « *les outils et les méthodes de la vengeance* ». Il s'apprêtait à descendre vers le bas du village pour saluer son ennemi intime lorsqu'un bruit étrange a attiré son attention, comme un grincement accordé. Quel animal à la voix rauque pouvait gémir de la sorte ? Ce n'est pas l'âne de Volturno, ni ses malheureuses chèvres dans leur enclos ! L'impression était plus musicale, et la modulation provenait des ruelles hautes.

Tancredi a fait le tour de la placette, lentement. Les cliquetis des fers de son cheval emplissaient le silence. Le claquement métallique des sabots se répercutait jusqu'aux murs des maisons les plus éloignées. Il a arrêté Stiffelio au pied d'une des deux calades qui grimpent jusqu'en haut du village. Le son s'est précisé. Des notes se détachaient, une mélodie s'est installée dans les ruelles. Tancredi a perdu son sourire lorsqu'il a reconnu le troisième mouvement du *Stabat Mater* de Boccherini. Il a talonné les flancs de Stiffelio pour grimper jusqu'à l'église. Le pur-sang rechignait, la pente est rude. Il a fait une halte sur le parvis de l'église : la grande porte était ouverte. L'harmonium poussif jouait le *Quae moerebat et dolebat*, un passage délicat que son propre fils avait longuement travaillé avant de fuir la maison familiale. Le malaise s'est accentué. Le soleil claquait sur la façade, faisant paraître l'intérieur très sombre, comme un gouffre inquiétant.

Son cheval résistait ; le *condottiere* a donné un coup de bride et tiré sur le mors. Effrayée par le son nasillard de l'harmonium, impressionnée par une odeur d'encens envahissante, la bête refusait de pénétrer dans l'église. Tancredi lui a donné un coup de talon dans le ventre, suivi d'une impulsion sèche pour le contraindre à se lancer dans les ténèbres. Après deux hennissements de protestation, les sabots de Stiffelio claquaient sur le bois de l'allée centrale. Le parquet craquèrent sous le poids de la bête : deux lattes se sont cassées. Tancredi a mis quelques secondes à s'accoutumer à l'obscurité des lieux. Deux encensoirs posés près d'un bénitier dégageaient de larges volutes à l'odeur envoûtante. L'irruption du cavalier et de sa monture au cœur de l'édifice n'a pas arrêté l'organiste dans son interprétation.

Un homme vieux et maigre, aux cheveux rares et gris, vêtu d'une cape rouge défraîchie, s'appliquait à terminer le troisième mouvement de l'œuvre. Il ne s'est arrêté que *l'Allegretto con moto* terminé. Tancredi Crevalcore se tenait perché sur son cheval, au milieu de la nef. Il ne comprenait pas qui pouvait bien être cet étrange instrumentiste, ce vagabond qui s'aventurait sur les mêmes sentiers que son fils. Dans les dernières résonances du double accord de *do* mineur conclusif, il a eu un sérieux doute, une sorte de révélation. Une illusion douloureuse a fait grimper ses pulsations cardiaques d'un coup.

« Michele ! »

L'organiste s'est retourné, sans se lever du siège inconfortable de l'harmonium. Il dévisageait le *condottiere* qui le surplombait, appuyé à sa selle. Le musicien a eu un rictus désolé, mais ses yeux brillaient de plaisir :

« Hélas non, *Signor'* Crevalcore. Je ne suis qu'un obscur tâcheron à côté de votre fils. »

Lorsque Tancredi a reconnu enfin son interlocuteur, il s'est décomposé. C'est impossible. Il avait devant lui un miraculé, un survivant improbable.

« Marzio Belonore !

— Hélas ! Là aussi, trois fois hélas. Marzio n'existe plus. Il a disparu dans un train en route pour la Pologne. Marzio est bien mort, et c'est vous qui l'avez éliminé. Réjouissez-vous, cet exploit peut être porté à votre crédit. Considérez-moi comme un fantôme. Et ne vous inquiétez pas, je ne viendrai pas perturber votre combat à mort contre Volturno. Cette confrontation est unique, et il me tarde d'en connaître l'issue. J'espère que vous serez à la hauteur de la tâche que vous vous êtes fixée, *signor' commendatore*. Je me contenterai d'accompagner votre duel à l'harmonium, de temps à autre. Mais le répertoire sera le mien. »

Tancredi a tiré sur la bride ; le demi-tour du cheval au milieu des travées de l'église était hasardeux. Un banc a basculé dans un fracas de bois. Stiffelio était soulagé de retrouver l'air frais et le soleil. Le *condottiere* était effondré. Ce qu'il envisageait comme une exécution ludique se transformait en épreuve périlleuse. Il n'aurait pas affaire à un mais à deux Belonore, les plus redoutables de la tribu. Avant de sortir de l'église, il a crié :

« Sois maudit toi aussi, Marzio Belonore !

— Pas Marzio ! C'est terminé, Marzio. Je suis un fantôme, mais un fantôme chanceux. Et les rares indigènes, ici, me surnomment *Fortunato.* »

La Passeggiata, au même endroit,
dix-huit ans plus tard

« Bravo ! Excellent ! »

Albert Midland applaudit. Son regard se balade d'Addolorata à Fortunato. Le Texan est aux anges, comme un gamin au cirque. Maggie Midland reste sur sa réserve. Mot à mot, elle a traduit à son mari toute l'histoire racontée par Addolorata. Toujours assis sur le banc de l'harmonium, Albert fait un signe enthousiaste, pouce levé vers sa guide.

« Non, vraiment ! Vous avez un sens de la narration formidable ! Du suspens, des surprises, c'est parfait. Venez aux États-Unis, Hollywood vous fera un pont d'or pour des histoires aussi tordues.

— Ce ne sont pas des histoires tordues ! »

La réplique est arrivée, cinglante. Pietrino se tient près de la porte d'entrée de l'église. Il désigne un banc écroulé au milieu de la nef :

« Vous voyez ? Ce banc renversé par le cheval du *condottiere* ? Personne ne l'a jamais redressé depuis. Et si on observe le sol… »

Pietrino cherche dans la pénombre : il trouve les deux lattes brisées du plancher. Fortunato enchaîne, d'une voix posée :

« Tout s'est passé exactement comme vous l'a raconté Addolorata. Au mot près. »

La troupe des randonneurs est toujours installée au frais dans la nef ; Pietrino s'agite :

« Vous vouliez visiter le village ? Nous devrions y aller. »

La retraitée milanaise reste incrédule. Elle apostrophe le virtuose :

« C'est vraiment vous, Marzio Belonore ?

— Je l'ai été. Mais cette guerre a tout bouleversé. Je n'ai plus jamais donné de concert, ni même joué avec un orchestre.

— Vous pourriez jouer, là ? »

Elle montre l'harmonium. Fortunato se tourne vers le Texan :

« Moi, c'était surtout le violon, même si je me débrouille avec un clavier. Je trouve que monsieur Midland s'en est très bien sorti dans son interprétation de Gabriel Fauré. Mais nous devrions poursuivre la visite du village. »

Fortunato referme le couvercle sur l'instrument. Tout le monde se lève. Albert Midland récupère son sac gargantuesque, Fortunato l'interpelle :

« Laissez votre barda ici, Albert. Personne ne vous le volera, et ça ne vous servira vraiment à rien. Nous repasserons en repartant. Vous êtes bon, au clavier. La musique, vous connaissez bien ?

— Je ne suis pas exactement musicien. Nous sommes producteurs de disques. »

Albert intègre sa femme dans son descriptif. Maggie poursuit l'explication :

« Albert et moi avons un label qui produit des musiciens de jazz. Nous sommes installés à New York, et nous sommes venus en Italie pour chercher de nouvelles recrues. »

Fortunato hausse les sourcils :

« En Italie ? Pour trouver des musiciens de jazz ? Le jazz n'est pas ma musique de prédilection, mais je serais plutôt allé chercher dans les bas-fonds de Harlem que sur les pentes du Vésuve. »

Maggie Midland soupire :

« Non merci ! J'ai déjà donné, avec Harlem ! Terminé, les embrouilles indémerdables ! Ça finit toujours comme ça, avec la communauté noire américaine. Notre label est spécialisé dans le jazz pour les Blancs.

— Le jazz pour les Blancs ?

— Un jazz tranquille, un peu virtuose. Avec des harmonies suffisamment riches pour faire parler les intellos, et des rythmiques suffisamment sages pour ne pas effrayer leurs épouses. Vous voyez ?

— Pas exactement. »

Albert surenchérit :

« Mais si, de la musique comme celle de Brubeck, ou de Stan Kenton. Ou Woody Herman. Ou alors ce trompettiste de Yale, Chet Baker. Lui, j'aurais aimé le signer, même s'il est ingérable. Vous mettez un gars comme ça en tête d'affiche. Dans le groupe, vous engagez un ou deux Blackies discrets pour faire illusion ; parce que le jazz, ça a quand même une image de musique de Nègres ! Vous leur faites reprendre trois vieilles rengaines populaires qui swinguent un minimum, ou un titre exotique. Et vous vendez des millions de disques. »

Fortunato n'en croit pas ses oreilles :

« Ce n'est pas que ça, le jazz.

— Ce n'est pas que ça. Mais si vous voulez faire du fric, faut avoir une vision très claire du marché. Vous avez vu *West Side Story* ?

— Non. Mais j'en ai entendu parler. »

Albert Midland se tourne vers Marcel et sa femme qui se chamaillent encore – une embrouille à propos de l'ordre des stations dans le chemin de Croix. Il interpelle les Français :

« Dites-moi, les Français ? Vous connaissez Eric Dolphy ?... *Hey, guys! Have you ever heard about Eric Dolphy ?* »

Marcel ouvre des yeux ronds : on pourrait croire qu'il mime le hibou brachyote. Albert insiste :

« *Do you speak English ?* »

Marcel prend un petit air outré :

« *Of course*... Bien entendu !

— Alors ? Eric Dolphy ? Ou Monk ? Ça ne vous parle pas, Thelonious Monk ? »

La Française emboîte le pas à son mari : elle imite très bien la bogue ravelle hors de l'eau. L'Américain poursuit son interrogatoire :

« Et *West Side Story* ? »

Les deux Français s'enthousiasment, libéré d'un piège sournois :

« Ah oui... Formidable ! Ces jeunes qui dansent ! Tout ce jazz ! »

Albert Midland affiche un sourire satisfait. Il se tourne à nouveau vers Fortunato.

« Vous croyez que le succès aurait été aussi phénoménal si Leonard Bernstein et Stephen Sondheim avaient été noirs ? Nos compatriotes prennent tous ce truc pour du jazz. C'est une vraie tarte à la crème et à la guimauve*, mais tout le monde en parle comme d'une comédie musicale qui swingue. Vous n'avez pas vu le film ? Ça chante, ça danse, ça s'encanaille et ça s'entre-tue dans les bas-fonds reconstitués en studio. Y a des Latins comme vous autres, des blondinets américains comme nous, et pas un seul Noir. »

Albert Midland s'arrête net en posant son sac à dos :

« Ah, tiens... Chérie ? »

Maggie Midland revient vers lui :

« Quoi ?

— Mon appareil photo, il est là. Je viens de le retrouver... »

Le groupe sort de l'église. Le soleil cogne fort. Quelques hurlements parviennent jusqu'à eux. Le gamin poursuit son insupportable tour de chant, à quelques centaines de mètres du village sur le haut du barrage. Mais sa voix porte loin, avec

* L'éditrice ose dire ici qu'elle adore *West Side Story*...

l'écho. Addolorata dirige le groupe dans la grande calade. En passant devant la maison Vitiglio, elle dresse un rapide portrait de Francesca, la dernière femme de Volturno.

« Francesca Vitiglio-Belonore est enterrée dans le cimetière, un peu à l'écart du village. Nous y passerons tout à l'heure. »

Maggie Midland s'approche de sa guide :

« Le cimetière n'a pas été submergé par les eaux du barrage ?

— C'était prévu. Tout était prévu. Même son déménagement… »

San Catello, automne 1946

Trois camions attendent près de la ruine de Nessu'. Les ouvriers patientent. La délégation parlemente à l'entrée du cimetière. Gregor le Grec et son molosse de chien restent en retrait. Vu de loin, la négociation paraît épineuse. De plus près, c'est un déchirement.

Volturno se tient seul derrière le petit muret en pierres sèches. Face à lui, tous les anciens de San Catello font front. Ils sont tous montés de Santa Pazienza, en délégation. Aucun n'ose dépasser une ligne imaginaire qui marque l'entrée de la petite nécropole. Otello Mezzanese agite les bras, les mains, se gratte la tête, gigote. Gran'Paolo a adopté la posture « bloc de marbre de Carrare » : pas un millimètre ne frémit. Même le vieux Nessu' a été extirpé de sa maison de retraite, accompagné dans ce retour aux sources par Taormine, son petit-fils. Guido Mezzanese est venu pour montrer sa bonne volonté, mais en toute conscience, il se fout éperdument des pauvres défunts enterrés là. Ça se voit un peu. Alors qu'Amelia Mezzanese gémit et invoque la miséricorde de tout un catalogue de saints, Otello a fourbi tous les arguments possibles pour convaincre Volturno. Ce qui ne sert à rien. Volturno jubile, mais ne le montre pas trop. Il reste pédagogue :

« Comment voulez-vous faire ? Elles sont nerveuses, vous savez. »

Otello sautille sur place :

« Et si on s'y met à plusieurs ?

— Elles en attaqueront plusieurs.

— Mais comment tu fais, toi ? »

Volturno montre les accessoires qu'il tient dans ses mains, une paire de gants épais et une capuche grillagée d'apiculteur.

« Moi, elles me connaissent. »

Guido Mezzanese, excédé, vient au secours de son oncle. Il est pressé d'en finir avec cette mascarade stupide :

« C'est ça ! Toi, elles te connaissent. Et elles t'appellent par ton prénom. Arrête ton cirque, Belonore. »

Volturno a un geste courtois vers Guido et l'invite à entrer dans le cimetière.

« Tu peux toujours essayer. »

Guido fait deux pas sur le gravier de l'allée centrale. Volturno enfile ses gants et met son chapeau d'apiculteur avant de poursuivre :

« Avec un peu de chance, ça peut bien se passer. Elles sont beaucoup moins virulentes qu'en plein été mais il a fait chaud, ces jours-ci. »

Le boulanger de Santa Pazienza s'avance vers les travées, pas vraiment rassuré. Face à lui, les douze ruches des Belonore sont dispersées entre les tombes. Il y en a partout. Le trajet pour passer d'un tombeau à l'autre ressemble à un labyrinthe. Les ouvrières bourdonnent à proximité de leurs planchettes d'envol. La voix de Volturno filtre à travers le grillage de son masque :

« Dans l'idéal, comme je les ai déplacées hier, il faudrait bien attendre trois jours. »

Guido s'approche d'une première ruche : quelques abeilles solitaires tournoient autour du trou d'aération du chapiteau. Volturno ajoute :

« Et il faut aussi que je vous avertisse : ce n'est pas tout…

— Si, c'est tout. Tu nous emmerdes, Belonore. »

Guido veut prendre la ruche par-dessous. L'objet est plus lourd que prévu. À peine effleuré le trou de vol, quelques ouvrières partent à l'assaut de l'intrus. Les secondes qui suivent sont douloureuses. Guido hurle, jure, peste. Il reprend sa respiration. Puis hurle encore, mais d'un cri interminable. Il sort du cimetière en courant, sous le regard consterné du reste de la procession. Il part se rouler dans l'herbe, à proximité de Maciste le chien qui n'en revient pas. Volturno garde son masque protecteur. Il s'adresse à ses visiteurs :

« Alors ? Qui veut essayer ? »

Gran'Paolo s'approche à son tour, sans dépasser l'entrée du cimetière.

« Tu ne peux pas nous faire ça, mon cousin.

— Ton cousin ? Là, je suis ton cousin. Parce que tu as besoin de moi. Est-ce que tu sais qui a emménagé dans ton auberge la semaine dernière, salopard ?

— Ce n'est plus mon auberge, Volturno.

— Traître ! Tu n'es qu'un traître, Gran'Paolo. Maintenant retournez dans votre marécage, et oubliez-moi. Et oubliez San Catello. »

Amelia s'avance en pleurnichant :

« Mais ce sont nos morts, Volturno.

— Vos morts ? Ça ne vous a pas empêchés de les abandonner en monnayant le village. Vous avez trahi vos ancêtres, honni votre passé. Vous n'avez aucun honneur. Vous ne méritez rien de plus que le mépris de tous vos proches enterrés ici, autour de moi. D'ailleurs, j'en parle souvent avec Francesca, et elle pense comme moi. »

Volturno marque une pause et se dirige d'un pas tranquille vers le vieux mûrier. Il traverse le cimetière, slalomant entre les ruches, regardant avec précaution où il pose ses semelles. Puis le patriarche s'assied près de la tombe de sa femme et ôte son chapeau d'apiculteur. Il porte la voix afin que les anciens de San Catello l'entendent toujours :

« Qui s'occupe de vos morts depuis plus d'un an ? Qui nettoie les allées, qui coupe les mauvaises herbes autour des marbres ? Et vous venez jusqu'ici me provoquer avec "vos" morts ? »

Gran'Paolo se fait plus menaçant :

« Nos morts, parfaitement. Et on va les récupérer, nous sommes venus pour ça.

— Vos morts resteront ici et ils seront noyés, comme tout le reste. Vous ne méritez que cette infamie.

— S'il le faut, nous attendrons l'hiver, Volturno. Tes abeilles ne nous impressionnent pas.

— Mes abeilles, sans doute. Mais il n'y a pas que mes abeilles qui défendent les sépultures de tous ces pauvres gens. »

Les visiteurs se regardent sans comprendre. Volturno se penche pour ramasser un objet métallique rectangulaire, posé à ses pieds.

« Le compagnon de Vittoria, ce pauvre Carlo, nous a laissé quelques souvenirs avant de disparaître. J'en ai dispersé un peu partout. C'est le seul moyen que j'ai trouvé pour protéger vos pauvres morts de votre ignominie. »

À la vue de la mine antipersonnel rouillée dans la main du patriarche, Gran'Paolo a un frisson.

« Tu es cinglé, Volturno.

— Oui, je suis cinglé. Et votre trahison collective n'est pas la thérapie la plus efficace pour calmer ma démence. Retournez à vos prospérités éphémères et foutez-nous la paix, maintenant. »

Un mouvement fait s'écarter le bloc de villageois parqués devant l'entrée du cimetière. Gregor le Grec et son molosse s'avancent jusqu'aux premières pierres tombales. De sa voix étrangement aiguë, le chef de la sécurité de Santa Pazienza postillonne :

« *Basta con quelli stronzati*... Ça suffit, les conneries, maintenant ! Maciste, attaque ! »

Il lance son chien à l'assaut. Volturno est assis sur son muret à l'autre bout de l'enclos formé par le cimetière. Le *Cane Corso* part comme un dératé, toutes canines sorties.

La bave aux lèvres, la bestiole hésite, gênée dans sa trajectoire par les ruches disséminées. Maciste trouve une ligne à peu près droite entre les stèles de marbre. Le chien repère Volturno, fonce de plus belle, prêt à déchiqueter sa cible. Volturno n'a qu'un geste pour se défendre : il remet son masque d'apiculteur sur sa tête.

Dans la petite foule rassemblée, personne ne comprend ce réflexe inapproprié. Derrière la grille de protection de sa capuche, personne ne peut détecter le sourire satisfait. L'explosion est très sèche. Une masse de poils ensanglantés fait un vol plané. La dépouille déchiquetée de Maciste retombe de l'autre côté du muret de pierres sur lequel Volturno est resté assis. Le souffle de la déflagration a renversé deux ruches : les abeilles en jaillissent aussitôt. Le nuage d'insectes affolés se précipite vers le groupe des villageois. La dispersion est immédiate, bruyante et désordonnée. Avec le courage qui les caractérise, les plus véloces s'enfuient sans se soucier de leurs congénères. Le pauvre Nessu' est le dernier à regagner les camions dans lesquels le reste de la procession s'est entassé en panique. Deux minutes plus tard, les véhicules repassent le col des Guardi en direction de Santa Pazienza. Les défunts sont temporairement oubliés, mais pas les piqûres des *Apis Mellifera Ligustica*, les abeilles jaunes vengeresses du patriarche.

Le soir même, le *condottiere* et sa monture ont rejoint le bas du village. Installé sur le parvis de sa ferme, Volturno admire le pur-sang à la crinière noire. Cette bête a décidément belle allure. Tancredi s'est approché sans trop empiéter sur le terrain du patriarche. L'incident de l'après-midi l'a mis de bonne humeur.

« *Ciao Belonore* ! Vous êtes vraiment un coriace. Vous êtes prêt à tout !

— *Ciao Crevalcore* ! Les anciens du village ne méritent pas leurs morts. Tant pis pour eux. Votre barrage nous noiera tous ensemble. C'est bien ce qui est prévu ?

— Exactement. Vous avez miné tout le cimetière ?

— J'ai disposé les quelques explosifs abandonnés par ce pauvre Carlo Ceserano lors de sa dernière visite. Ne craignez rien, je ne m'attaquerai ni à l'auberge, ni à votre écurie.

— Vous saviez, pour votre fils Marzio ?

— Marzio ?

— C'est un miraculé.

— Et ce n'est pas grâce à vous, salopard. Mon fils a eu de la chance, surtout. Mais c'est terminé, Marzio le virtuose. Comme vous l'avez décidé en le déportant vers les camps, Marzio est mort. Considérez Fortunato comme un fantôme inoffensif. Il passe ses journées avec Vittoria. Il a suffisamment à faire avec l'état mental de sa fille pour ne pas venir perturber notre duel en cours. »

Le *condottiere* a un court moment de stupéfaction :

« Sa fille ?

— Eh oui. Notre histoire familiale est complexe. Et pleine de rebondissements.

— Très complexe, Belonore. En effet. Bonne soirée. Je ne vous souhaiterai plus d'aller au diable : j'ai le sentiment que l'enfer vous a adopté depuis longtemps. »

Le *condottiere* est remonté vers le village. La nuit tombait.

Lorsque le soleil pointe ses rayons le lendemain, San Catello est réveillé en fanfare par l'avant-dernier mouvement du *Stabat Mater* de Boccherini, *allegro commodo*. Ce qui n'empêche pas Tancredi Crevalcore de s'adonner à sa visite rituelle chez son ennemi juré du bas du village. Le matin suivant, *l'allegro vivo* du *Tui nati vulnerati* bouscule les lamelles de l'harmonium. Ces rappels insistants hérissent le *condottiere*, mais la moindre reculade de sa part serait interprétée comme une défaite. Chaque jour, il rend visite à Volturno, passe même du temps à mener des conversations anodines, mais pleines de sous-entendus.

Et pendant ce temps, le lac artificiel se remplit. La montée des eaux n'est pas flagrante, mais le Scavone ne court plus vers la plaine. Et la réglette émaillée fixée sur la hauteur de la voûte perd chaque jour quelques centimètres. Chaque matin, Fortunato vient s'asseoir sur le banc très rude de l'harmonium et pioche dans la partition de Boccherini, au hasard de son inspiration. Chaque matin, Volturno s'installe sur son trône de bois devant sa porte de ferme, fusil à la main. Chaque matin, le *condottiere* selle son cheval et descend harceler le vieux Belonore. La scène se répète tous les jours jusqu'à ce que l'automne se termine, et que la neige recouvre toute la vallée du Scavone. Une guerre d'usure est en cours, ses protagonistes s'avèrent résistants. Le conflit s'étalera sans doute jusqu'à la mort d'un des deux ancêtres.

Après ses gammes matinales, Fortunato passe ses journées avec Vittoria, enfermés au chaud dans la petite maison d'Addolorata. Pour l'occasion, il redevient Marzio le concertiste, Marzio le virtuose, Marzio le chef d'orchestre. Le musicien enchaîne les explications autour de l'univers de la musique, improvise de longs monologues sur la vie des compositeurs, leurs failles, leurs déroutes et leurs gloires. Marzio chante, accompagne, mime. Le parcours de la famille Bach fascine Vittoria. L'écoute des trois sonates et leur dissection prennent plus d'une semaine au spécialiste. Deux fois, il a proposé à son élève de grimper jusqu'à l'église pour des démonstrations plus explicites sur l'harmonium. Vittoria a refusé. Elle ne se sent pas encore prête à retrouver la civilisation. Même si cette civilisation se résume à quelques ruelles en ruine et des champs désertés ! Mais la présence du *condottiere* la paralyse, et elle se sent trop faible pour affronter la simple épreuve d'une éventuelle rencontre. Quelquefois, Marzio redevient un enfant de la vallée et lui détaille son enfance, les années passées aux côtés de sa mère. Pour Vittoria, ces moments-là sont les plus importants.

Les souvenirs refluent, des détails insignifiants resurgissent. Marzio passe des heures à raconter Ofelia. Lovée dans les grands fauteuils, enrobée de couvertures confortables, noyée dans la tendresse d'un père aimant, Vittoria se reconstruit à l'écoute des récits et des descriptions de Marzio. Il répond à toutes les questions qu'elle se posait lorsqu'elle était gamine. Qui était Ofelia Belonore, fille de Ulisse et Teresa, deux journaliers piémontais venus s'enterrer à San Catello ? Une jeune femme merveilleuse et aimée. Marzio ne l'a jamais oubliée. Les images resurgissent en cascade. Vittoria et sa mère se ressemblent énormément, et ces ressemblances sèment le trouble dans ses évocations. Le jeune garçon fou d'amour n'a plus jamais vu la femme de sa vie après son éviction de la communauté. Ses souvenirs évoquent une adolescente de la vallée, une jeune madone de seize ans. La suite de l'histoire n'est qu'expectative.

Aujourd'hui Ofelia, si elle est toujours en vie, aurait cinquante-deux ans. Ils savent que dans sa fuite, Ofelia a fait une halte à Marseille, qu'elle y a accouché de Carlo, qu'elle s'est enfuie sans doute vers les États-Unis, fantasme absolu de tous les candidats à l'exil. Ce paradoxe est éprouvant pour sa fille, pour qui les Américains sont devenus des envahisseurs détestés. Évoquant sa tournée grotesque sur la côte Est des États-Unis, Marzio raconte sa discussion avec cette gamine qui ressemblait elle aussi à Ofelia, dans les loges de l'auditorium Eastman de Rochester. Cette rencontre le trouble toujours autant, même des années plus tard. Vittoria et son père s'offrent aussi de longs moments de silence sereins. Cette retraite dans le cocon douillet mis à leur disposition par Addolorata, qui reste d'une discrétion exemplaire, permet à Fortunato de se reconstruire lui aussi, après son parcours chaotique.

En résonance avec les récits de son père, Vittoria se dévoile peu à peu. Elle raconte son enfance, puis son adolescence. Marzio ne connaît pas ce pan de l'histoire du village : il l'avait fui à l'automne 1911. Vittoria raconte le San Catello de l'après-grande guerre, la terrible désillusion, le début des exodes vers la plaine du Pô. Ses études à Bergame. Pietro, son amoureux milanais, le coureur automobile mort sur un circuit en Libye. Francesca, la femme qui l'a élevée. Chaque évocation de Francesca la revigore. Elle était un modèle d'énergie et de modernité. Vittoria ne s'attarde jamais sur Pietrino, son fils. La situation reste douloureuse. Et puis, que devient-il ? Enfermé dans une pension à Turin, son quotidien doit être un calvaire. Mais l'oncle Lucio a pris la bonne décision. Et comme plus aucun courrier ne monte de Santa Pazienza, les lettres hebdomadaires ne lui parviennent plus.

Chaque jour, Volturno monte de sa ferme un peu avant le repas de midi avec une soupe, un ragoût, un plat préparé avec soin, à partir d'ingrédients très simples mais accommodés avec soin. Addolorata les rejoint pour un déjeuner frugal et silencieux. Ils se retrouvent tous les quatre, dans une osmose bienveillante. Puis Volturno retourne à son poste de guet, Addolorata repart vers ses activités potagères, Marzio et sa fille se confinent pour la suite de leurs retrouvailles. Vittoria recouvre son appétit, lentement. Le processus semble délicat, mais elle reprend des formes. Elle arrive à rester debout de longs moments, à marcher de long en large dans la petite pièce lorsqu'elle raconte son passé. Les cernes sous ses yeux commencent à s'estomper, comme ceux de son père. La coquetterie n'est pas encore au rendez-vous, mais Vittoria prend à nouveau soin d'elle. Elle a abandonné le foulard austère qui entourait sa tête, et trouve l'état de sa chevelure lamentable. Avec ses rares mèches grises, Fortunato le miraculé n'a plus la prestance de Marzio le virtuose ! Après une matinée de discussion sur le thème d'une nouvelle vie suivie de deux longs monologues improvisés devant un petit miroir, ils décident d'abandonner leurs personnages et leurs misères pour repartir à neuf. La décision est irrévocable. C'est leur premier vrai fou rire. Armés d'un vieux rasoir retrouvé dans les affaires de toilette de Macchia Rossa, ils se tondent le crâne avec application. Il ne reste plus un poil sur le crâne de l'un ni de l'autre. Addolorata n'esquisse qu'une légère grimace, causée plus par la surprise que par une quelconque réprobation. Volturno se met à rire aux éclats. Il applaudit. Il ne trouve rien d'autre à ajouter que la devise de la famille : « *Rien n'a jamais fait reculer un Belonore !* »

Deux bonnets de laine font une apparition permanente sur la tête du père et de la fille. Aux premières neiges, début décembre, Fortunato convainc Vittoria de monter jusqu'au village. Les premiers pas sont difficiles, mais le froid et la difficulté à marcher sur le petit tapis glissant amusent la convalescente. Engoncés dans des couches de lainages, ils s'installent sur le banc de l'harmonium. Fortunato, équipé de mitaines, redevient Marzio, le temps des deux premiers mouvements du *Tombeau de Couperin*, de Maurice Ravel, dans son propre arrangement pour orgue. Les arpèges sophistiqués sonnent de manière bizarre sur le petit instrument, mais l'étrange magie du morceau reste intacte. Et le musicien est toujours un virtuose, malgré le froid, malgré les mitaines, malgré son faible entraînement aux claviers. Vittoria découvre un univers musical insoupçonné. Après les longues digressions de son artiste de père sur Ravel, son professeur emblématique, elle tombe sous le charme des harmonies du maître à penser. Le temps s'est figé. Le dernier *mi* reste longtemps en suspension dans l'air glacé.

Vittoria a les larmes aux yeux. Marzio n'ose plus ouvrir les siens. Il est retourné des années en arrière. Et Ofelia se tient à ses côtés. Il entoure l'épaule de Vittoria et se serre contre elle, enfouissant son visage dans le cou de sa fille. Quelques minutes plus tard, il relâche son étreinte, l'embrasse sur le front. Ils font quelques pas dans la travée centrale, puis ouvrent la porte de l'église. Le ciel plombe son gris sinistre sur tout le pays. La neige tombe drue sur les maisons en ruine. Marzio et Vittoria se figent. Une silhouette massive les surplombe, qui se fond dans les teintes nébuleuses de la bourrasque en cours.

Vêtu d'un manteau de fourrure en zibeline blanc et coiffé d'un feutre à larges bords de la même couleur, Tancredi Crevalcore se tient immobile sur son pur-sang, devant le parvis. Seul le noir brillant de ses bottes et la crinière sombre de son cheval tranchent sur la pâleur générale de la scène. Une larme figée par le froid reste collée à sa joue. La confrontation est brève, mais intense. Son regard glacial et pénétrant provoque un réel malaise. Marzio y retrouve Michele, le musicien ambulant qu'il a assassiné. Vittoria y reconnaît Carlo. Son compagnon disparu était le descendant de ce cavalier inquiétant. La filiation devient une évidence. Les dents serrées, Tancredi ne lâche pas des yeux ces deux représentants de la famille Belonore qu'il a tenté en vain d'éliminer. Sa voix est grave et posée :

« D'abord Volturno. Mais je m'occuperai de vous après, ne vous faites aucune illusion. »

Après un léger coup de bride, Stiffelio est reparti au pas. Le *condottiere* a disparu à l'angle de la grande calade, sous un rideau de neige.

Le soir même, Volturno s'est rendu chez Addolorata. La discussion a été courte. Venant du patriarche, la proposition ressemblait à une injonction, sans discussion possible. Le duel à mort ne concerne que lui et le *condottiere*. L'hiver promet d'être très long, et il n'est pas question de mettre sa tribu en danger. L'appartement de Bergame est vide, et confortable. Volturno a eu quelques difficultés à convaincre Addolorata de suivre Marzio et Vittoria dans cet hivernage citadin. La discussion a tourné court lorsque Volturno s'est levé de sa chaise, avec lenteur :

« Je veux être seul pour affronter Crevalcore. »

Il est sorti de la maison, est retourné vers sa ferme dans une tempête de neige qui annonce une saison glaciale. Le lendemain, Addolorata quittait le village. Elle s'est rendue à Bergame pour organiser l'exil. Deux jours plus tard, un camion de déménagement a fait le trajet aller-retour pour évacuer la descendance Belonore, et quelques effets.

De la fenêtre de la cantine, Gran'Paolo a observé le départ du poids lourd. Le véhicule a descendu la route Marshall, passé la barrière et traversé Santa Pazienza. Dans le village du chantier, ce n'est plus l'hystérie de l'année précédente. La voûte est construite, le barrage en cours de remplissage. Seuls les ouvriers et techniciens en charge de la centrale électrique sont encore à l'œuvre. Le manque à gagner est considérable pour Gran'Paolo, qui est passé d'un potentiel de mille clients à une population d'une centaine de résidents. Le tavernier hausse les épaules, prenant à témoin Andrea Giaccanova qui vient d'amener le courrier à trier.

« Les rats quittent le navire. »

Taormine, qui finissait les verres de gnole abandonnés sur le comptoir, lève la tête :

« S'ils partent, on va pouvoir aller récupérer nos morts.

— *Ma quante seghe…* On s'en branle, Taormine. Oublie cette idée imbécile et viens m'aider. »

Gran'Paolo s'était mis dans l'idée de trier le courrier qui traînait dans les panières. Noël approchait. La quantité de cartes destinées aux ouvriers allait faire déborder les contenants de sa fragile organisation. Il a mis de côté les lettres adressées aux employés qu'il savait déjà partis, sans trop imaginer ce qu'il en ferait. Le courrier officiel a été placé de force dans les mains de Taormine. Le traducteur débauché rechignait à traverser le camp en équilibre sur un chemin de planches et sous une averse de bruine glacée. Il fallait pourtant l'amener jusqu'à l'usine électrique : la proposition de Gran'Paolo ne supportait aucune contestation. Taormine a quitté la cantine désertée en râlant.

Gran'Paolo a atteint le fond de ses panières. Trois lettres en provenance de Turin restaient solitaires, oubliées sur la paille tressée. L'adresse était calligraphiée, le libellé maladroit. Pietrino avait écrit à sa mère. Mais la fille de Volturno venait de quitter le pays. Il l'avait bien reconnue, assise à l'avant du camion de déménagement. Une fois de plus, Gran'Paolo a haussé les épaules. Cette famille est foutue, de toute façon. À quoi bon faire preuve de compassion pour un gamin voué à la déroute ! Il a jeté les trois enveloppes dans la poubelle. Un dernier pli a attiré son attention. Gran'Paolo a tiqué : les deux timbres collés côte à côte représentent le président Roosevelt, dessiné à côté d'une maison blanche teinte en violet. Il a déchiffré l'adresse côté face. Comme sur le courrier de Turin, Vittoria Belonore était la destinataire de cette lettre postée depuis New York. Qui peut encore s'inquiéter de la folle de San Catello, surtout outre-Atlantique ? Il a regardé sans grande curiosité le côté pile. L'adresse, un hôtel huppé de la 7e Avenue, ne lui disait rien. L'auteur ne lui a rien rappelé non plus. Et pourtant, ce nom aurait dû lui évoquer une connaissance proche. L'expéditeur se signalait du nom de Charles Cèseran.

Novembre 1946, de l'autre côté de l'Atlantique

Susan Ashley Fieldstein n'a jamais supporté la poussière. Jamais. Comme elle n'a jamais supporté les cadres accrochés aux murs qui ne respectent pas la stricte horizontale. Comme les traces de doigts sur le bord des portes. Comme les poils coincés dans les brosses à cheveux. Comme les rires des enfants dans le jardin d'à côté.

Susan Ashley Fieldstein n'a jamais supporté les enfants. Elle n'a jamais supporté non plus les tiroirs mal refermés, l'odeur grasse des barbecues, les grincements de la porte du garage, les rengaines de Glenn Miller, les photos des pin-up sur les calendriers du drugstore d'en face, le contact des animaux et a fortiori les poils de chats. Susan Ashley Fieldstein déteste tous les animaux. Sinon, Susan Ashley Fieldstein n'a jamais supporté les amis de son mari, les collaborateurs de son mari, les anciens copains de collège de son mari, a fortiori toutes les amies potentielles de son mari. Heureusement, les femelles de l'entourage de son mari se résument à trois personnes… Gertrud, la serveuse du snack en face de l'imprimerie, est l'une d'elles. Gertrud est déjà mariée, pèse cent trente kilos et tire la gueule à longueur de journée. Et Gertrud a une haleine de kangourou… Abigail Jackson, la femme du maire Jackson. Abigail est très mignonne, a des formes à faire pâlir de jalousie Hedy Lamarr, mais n'a croisé qu'une seule fois Barney Fieldstein, le mari de Susan Ashley Fieldstein. C'était lors de la dernière campagne électorale. Même si Barney en parle sans arrêt, il ne l'a vraiment croisée qu'une seule fois dans sa vie, et encore elle est restée sur le pas de la porte avec ses prospectus à la main… Puis il y a Mary-Sarah Perkins, la secrétaire du patron de l'imprimerie. Une gourde, forcément : elle n'est jamais que secrétaire à cinquante-cinq ans passés. Mais Barney la croise tous les jours et ça, Susan Ashley Fieldstein ne le supporte pas. Parce que Barney travaille à l'imprimerie. Sinon, Susan Ashley Fieldstein n'a jamais supporté l'odeur de l'encre. Et ça, c'est vraiment pas de chance, parce que Barney travaille à la maintenance des trois Linotypes de l'entreprise.

Barney Fieldstein n'a jamais supporté sa femme. Il s'est fiancé par dépit, marié par erreur. Après une enfance morne, une adolescence terne et les prémices d'une vie adulte consternante, Barney Fieldstein n'a connu que trois années de vrai répit, qu'il a passées en qualité de caporal dans la Cinquième Armée de Libération, sur le Vieux Continent. L'Italie a été un rêve éveillé. Il pouvait jurer, boire, se laisser aller, draguer l'autochtone, faire du bruit avec son arme et écouter Glenn Miller très fort. Le jour de sa démobilisation a été sa plus grosse désillusion. Mais Barney Fieldstein est rentré au bercail, a retrouvé Susan Ashley et son caractère de merde. Mais il est resté. Susan Ashley Fieldstein n'a jamais supporté non plus les copains de régiment de son mari. Aussi, lorsque ces deux hommes se sont présentés à sa porte, l'accueil n'a pas été des plus chaleureux. Ils étaient bizarres, surtout celui avec cette tache rouge répugnante qui lui barre la moitié de la figure. Ils parlent avec un accent latin prononcé.

« Nous cherchons Barney. Nous avons fait la campagne d'Italie avec lui. On vient boire un verre.

— Il n'est pas là.

— Il va rentrer ?

— Il travaille chez Morgan, l'imprimeur. Je lui dirai que vous êtes passés. Vous êtes ?

— Nous sommes ravis de vous avoir rencontrée. »

Sans autre explication, les deux hommes bizarres sont repartis sur une Harley Davidson pétaradante, assis l'un derrière l'autre, dans une proximité choquante. Sûrement de ces Européens dépravés. Des Italiens, à tous les coups, pour se coller l'un à l'autre sans frémir ! Susan Ashley Fieldstein n'a jamais supporté le moindre contact physique. Sa nuit de noces a été un calvaire, et le début d'un grand désenchantement pour Barney. Avec le chiffon qu'elle ne lâche jamais, elle a essuyé la poignée de la porte et refermé derrière elle.

La moto a parcouru les petites rues de Harrisburg jusqu'à trouver Forster Street et l'imprimerie Morgan. L'homme à la tache de vin est entré dans le bâtiment, en est ressorti peu après.

« Il va nous rejoindre pendant sa pause de midi, devant la cathédrale Parish of Sint Patrick.

— Pourquoi là ?

— Il est sûr qu'il n'y connaîtra personne. Surtout, personne que sa femme pourrait connaître. C'est une église catholique, et sa femme est une quaker. Et surtout une casse-couilles. Pour elle, passer un bon moment avec des amis, c'est un péché. Barney ne veut pas la contrarier.

— Passer un bon moment ? Je ne suis pas certain qu'il va passer un très bon moment. »

Une demi-heure plus tard, Barney est arrivé en trottinant au carrefour de State Street et de la Deuxième rue North. Il n'était ni surpris, ni curieux, ni inquiet, ni anxieux, ni amusé. L'ex-caporal Fieldstein transpire la morosité. Il repère la moto, s'avance. Les deux étrangers restent assis sur l'engin, moteur en marche.

« Bonjour. On se connaît ? »

Le passager de la moto porte un casque et des lunettes noires. Il ôte ses Ray-Ban teintés. Ses yeux clairs plongent aussitôt dans ceux de l'ex-caporal :

« On ne s'est croisés qu'une fois. À Parme. Ça vous parle ?

— Parme ?

— En Italie.

— Ah oui… Parme ! Vous y étiez ? Gradés ?

— Non. On s'est rencontrés dans la boutique d'un photographe. »

Barney Fieldstein a un sourire niais, un retour d'extase. Ses meilleurs souvenirs refluent :

« Ah oui. Vous étiez les soldats qui nous accompagnaient ? Vous vous rappelez de la fille ? Elle avait des seins terribles. Ah ! Malheureux ! C'est sur vous qu'elle a tiré avant qu'on parte ?

— Non.

— Vous ne vous souvenez pas qu'elle avait un fusil de chasse ?

— Oui.

— Ah… Elle vous a tiré dessus, non ? »

Barney Fieldstein lâche son interlocuteur pour lancer un regard perdu vers le conducteur de la moto. Macchia Rossa fait un geste désolé :

« Moi, je ne sais pas. Je n'y étais pas. »

Barney Fieldstein commence à ne plus rien comprendre. Il s'adresse à nouveau au passager :

« Mais alors, vous ? Vous y étiez ? Ou pas ?

— J'y étais.

— Ah !

— Et c'était mon fusil. »

Barney Fieldstein paraissait déjà avoir des capacités de compréhension limitées : cet échange surréaliste l'égare. Comment cette fille pouvait bien tenir un fusil de chasse appartenant à un soldat américain ? Profitant du silence dû à la confusion mentale de son interlocuteur, le passager au regard d'acier lui demande :

« Vous auriez une dernière chose à dire à votre femme ?

— Susan Ashley ? Qu'est-ce que vous voulez que j'aie à lui dire, on ne se parle pas ! Mais pourquoi ma femme ? Pourquoi une dernière chose ? Qu'est-ce que vous me racontez tous les deux ? Vous êtes incohérents !

— Pas tant que ça, Barney ! Pas tant que ça. »

Le passager de la moto a sorti un Smith & Wesson à canon court de son manteau. Il a tiré vers le ventre de l'ex-caporal, sans viser. Barney s'est écroulé sans comprendre pourquoi.

Il paraît que lorsqu'on meurt, on voit défiler toute sa vie. Là, Barney Fieldstein a vu défiler toute une série d'images à la logique discordante : un chiffon à poussière sale, le gond rouillé d'une porte, la mine épanouie de Glenn Miller jouant du trombone, un chat toutes griffes dehors, des saucisses suintantes sur un gril, une ribambelle d'enfants qui lui fait des grimaces et le nargue, une pin-up nue sur un calendrier, le joli visage de la femme du maire, le moins joli visage de la secrétaire de son patron, le laid visage de Gertrud, la mastodonte du snack. Le défilé de portraits s'est terminé par le faciès courroucé de son acariâtre de femme. Pour un final, c'était vraiment minable. La deuxième balle de 38 spécial tirée à bout portant dans son front est venue clore le catalogue insipide de la vie minable de l'ex-caporal Barney Fieldstein. Il aurait aimé terminer par la femme du maire, mais Carlo Ceserano ne pouvait pas savoir.

Quatre heures plus tard, la moto longe l'océan en direction de Sayreville. Le trajet jusqu'à cette bourgade tranquille du New Jersey n'a pas été pénible. Juste un peu long. Et revigorant. Malgré un joli soleil d'automne, la température reste très basse. Les deux hommes ont arrêté leur Harley devant un caboulot spécialisé dans le poisson. Annoncée par une enseigne au néon rouge cerise, la gargote fait office de bar pour les pêcheurs du coin. Carlo est circonspect, mais après une dernière vérification, c'est bien l'adresse donnée par Achile Borgho dans le théatre en ruine de Livourne. Macchia Rossa et son passager pénètrent dans l'établissement.

Andrew Singleton, le sergent qui avait dévasté la boutique de Parme, était un homme blond d'une trentaine d'années. Un client rigolard est accoudé au comptoir, une jeune femme essaie d'y composer des cocktails. Carlo prend le temps d'observer les deux âmes en vue, mais elles ne correspondent pas à sa recherche. Là, devant lui, un retraité égrillard et une brune délurée tentent d'ajouter du rhum à un mélange de gin et de jus d'orange. Les verres prennent des teintes mandarine, à la transparence suspecte. La pièce étriquée est éclairée par deux néons d'un indigo électrique et le peu de lumière bleutée qui filtre par les fenêtres. Un poste radio à la réception hasardeuse laisse entendre les roucoulades country de Dick Thomas, le cow-boy mélomane amoureux de sa sioux City Sue. Les deux motards se sont avancés vers le comptoir. Ils ont dénoué leurs écharpes de laine et ôté leurs casques. Carlo commande deux cafés avant de se renseigner :

« On cherche Andrew. Il est par là ? »

La brunette fait un clin d'œil à Carlo avant de s'adresser à son client avachi face à elle :

« Andrew, c'est pour toi ! »

Le retraité se tourne vers les deux étrangers, ravi d'avoir de la visite.

« *Gentlemen !* Messieurs ! »

Traverser l'Atlantique pour se retrouver face à la mauvaise personne ! Carlo éprouve une grande perplexité. Il pense un court instant qu'Achile Borgho, avec ses explosifs sous les fesses, lui a donné n'importe quelle information pour sauver sa vie. La brunette apostrophe les deux étrangers :

« Vous arrivez d'Italie ? Andrew vous attend depuis plus d'un an. »

Carlo et Macchia marquent le pas. Le vieil Andrew a lui aussi un instant de doute. Il se fait agressif, sa voix embrouillée par son fort taux d'alcoolémie :

« Vous autres, vous n'êtes pas Nino et Pasquale Simonetta. Vous n'êtes pas mes neveux ! Qu'est-ce que vous me voulez ?

— On ne vous veut rien. Vous êtes Andrew Singleton ?

— Pas du tout. Je suis Andrew Simonetta. »

La serveuse tente de réconforter le vieil homme :

« *Too bad*... Dommage ! C'est pas encore aujourd'hui que vous aurez la visite de vos neveux. »

De dépit, le vieux vide cul sec l'essai de cocktail abandonné devant lui. Macchia Rossa s'approche :

« On nous a donné une adresse, et c'est ici.

— Andrew Singleton ? C'est lui que vous cherchez ? Normal, il se fait apporter son courrier ici, quand il en a. Mais il n'en a jamais. Il habite sur un bateau. »

Elle se penche vers le vieux :

« Il est amarré où, le père célibataire ? Singleton ? »

Le vieux marmonne une phrase incompréhensible que la brunette traduit aussitôt :

« Voilà... Vous le trouverez à Cheesequake Creek, le dernier ponton. Son bateau est un vieux chalutier tout jaune, vous pouvez pas le louper. »

Deux boissons chaudes et quelques minutes plus tard, les deux Italiens déambulent sur les planches de l'embarcadère. Peu de bateaux restent amarrés là. Novembre court vers un hiver rigoureux. Quelques voiliers attendent à quai. Le bras de mer est d'un calme plat, et d'un bleu canard. Le froid provoque une légère brume à la surface de l'eau. Seuls deux hérons déambulent entre les roseaux, sur la rive en face. Ils cherchent de quoi alimenter leur repas du soir. Les deux oiseaux ne sont pas les plus perspicaces des pêcheurs. Un clapotis et quelques bulles trahissent le banc de poissons qui se prélasse à proximité des embarcations.

Un ancien chalutier aménagé en péniche à vivre stationne au bout de la panne. Le propriétaire a aménagé une cabane sur le pont arrière. Puis il a peint son embarcation en jaune vif, de la poupe à la proue. Éblouissant. Carlo n'a jamais autant ressenti la puissance des couleurs que depuis son arrivée sur les rives du Nouveau Monde. Ici, les vibrations chromatiques lui sautent à la gueule. Le jaune mimosa de la coque, l'indigo des néons du petit restaurant qu'ils viennent de quitter, le bleu azuré du ciel, le garance du couvre-chef de l'homme affairé sur le pont… Couvert d'un bonnet usagé rouge en laine et d'un caban grenat élimé, un matelot appliqué nettoie les bastingages ivoire. Carlo a abandonné une civilisation en teintes de gris ; la vieille Europe ne lui parlait qu'en noir et blanc. Son nouveau terrain de jeu, l'Amérique, s'exhibe en couleurs saturées.

Carlo observe le marin affairé. Cette fois, il n'y a aucun doute. C'est bien l'agresseur qui a saccagé son magasin. Il l'aurait reconnu même sous une cagoule et derrière des lunettes noires. Carlo vérifie le chargement de son revolver avant de s'approcher : le barillet est plein. Une cavalcade brise le silence. Un gamin bondit de la cale.

« *Dad!* Papa ! Je vais jusqu'à la station-service.

— Sois prudent. »

Le garçon saute sur le quai. Il part en courant, frôlant les deux étrangers. Carlo le suit du regard, jusqu'à ce qu'il disparaisse derrière les premières baraques de pêcheurs. Le gamin doit avoir le même âge que Pietrino. Il a la même énergie et sûrement la même imagination, les mêmes jeux, les mêmes caprices et les mêmes angoisses. Simplement, il est blond et américain. Carlo se penche vers Matteo et murmure :

« Attends-moi ici. »

Les pas de Carlo Ceserano résonnent sur les planches du ponton. Il se poste près de la proue, face au propriétaire du bateau jaune. Andrew Singleton sent une présence : il relève la tête. Le sergent reconnaît aussitôt son interlocuteur, sans équivoque. Il lâche une grimace qui aurait pu ressembler à un sourire résigné :

« Le photographe italien ! J'attends cet instant depuis plus d'une année. »

Andrew Singleton a posé ses chiffons et son essence de térébenthine. Il parle avec un calme déconcertant.

« Vous m'avez donc retrouvé. J'étais certain que ce moment arriverait un jour. »

L'ex-sergent se penche pour prendre une bouteille de bière. Il la propose à son visiteur. Carlo refuse. Andrew Singleton invite Carlo à monter à bord. Carlo refuse, d'un autre signe de tête. Alors, Andrew Singleton décapsule sa bouteille, s'assied sur une caisse d'outils, face au photographe toujours immobile sur le ponton. Andrew lève sa bouteille pour trinquer, avant de commencer un monologue qui ressemble beaucoup à une épitaphe :

« Je l'ai su au moment où nous sommes sortis de votre magasin, à Parme. J'ai croisé votre regard. J'ai su que vous ne plaisantiez pas quand vous avez juré que vous vouliez nous tuer. Et que vous nous retrouveriez. Dans cette guerre, j'ai croisé tous les regards : des pauvres troufions désarmés, soumis, prêts à se faire exterminer comme des moutons, des civils tranchés en deux par nos bombes qui espéraient encore pour leur survie, des soldats allemands tellement épuisés qu'une balle américaine était leur souhait le plus cher, des fascistes italiens face aux pelotons d'exécution qui ne comprenaient sincèrement pas pourquoi ils se retrouvaient là, des putes affamées prêtes à se faire violer pour un fond de ration militaire, des vieux perdus, des jeunes épouvantés. Et des tueurs, aussi. Des vrais, ceux qui n'ont aucun problème à donner la mort. Comme vous. Vous êtes un tueur. Il y en avait dans notre camp, il y en avait en face aussi. Vous avez ce regard. Je l'ai compris sur le seuil de votre boutique. Je suppose qu'après moi, vous irez descendre ce pauvre Barney Fieldstein ?

— C'est déjà fait. »

Andrew Singleton trinque à la mort de son caporal.

« Dans ce cas, à ce grand con de Barney Fieldstein ! Et vous, c'est comment, votre nom ? J'aimerais bien connaître le patronyme de mon exécuteur.

— Vous ne vous êtes pas présenté quand vous mettiez le feu à ma boutique.

— Sur les champs de bataille, on n'a jamais vraiment le temps pour les civilités.

— Ce n'était pas un champ de bataille. Vous étiez déjà les vainqueurs. Et vous avez tout foutu en l'air, ma vie, ma famille. C'est votre fils qui vient de s'échapper vers la station-service ?

— Exact. Pourquoi ?

— Et sa mère ?

— Il n'a pas de mère. Ça a été ma guerre personnelle, celle après l'Italie. Un beau champ de bataille, aussi, sans civilités. Je vis seul avec lui dans ce bateau. Ce bateau, mon fils… C'est tout ce que je possède. »

Carlo observe sa cible. Il plonge la main dans la poche de son manteau. Andrew termine sa bière :

« Bien. Je suppose qu'il n'y a rien à négocier ?

— Pendant que vous tentiez de violer ma femme, mon fils était planqué sous le comptoir. Il a tout vu. Il a vu quand vous m'avez roué de coups. Et vous savez quoi ? Depuis, il est persuadé que je suis mort, que je n'existe pas, que je suis un fantôme.

— Et donc ? Vous allez attendre que mon fils revienne pour me tuer, c'est ça ? Comme une revanche ?

— Non. Je ne vais pas attendre son retour. »

Carlo sort la main de sa poche. Il tient quelques billets. Il prend deux fois cinq dollars qu'il tend à Andrew Singleton :

« Vous allez retrouver votre fils. Vous allez lui payer un bon repas. Vous allez passer une bonne soirée avec lui. Ce sera la dernière avant longtemps, sergent Singleton. »

Andrew ne comprend pas. Devant l'insistance de son bourreau, il prend les billets. Carlo lui fait signe de descendre du bateau.

« Andrew Singleton ! J'ai tout perdu à cause de vous. J'ai dû tout recommencer à zéro. Alors profitez bien de votre dernière soirée de tranquillité. Offrez une glace énorme à votre fils, fabriquez-lui quelques bons souvenirs. Parce qu'à partir de demain, vous recommencez tout à zéro, vous aussi. »

Andrew fait un pas vers Carlo :

« Vous n'allez pas… »

Le photographe sort alors son arme qu'il pointe vers le visage du sergent. Le canon court est à cinq centimètres de sa bouche :

« Ne m'y obligez pas. Et estimez-vous très chanceux. Votre fils vous a sauvé la vie. »

Andrew Singleton déglutit. Il s'éloigne sans un mot, sans se retourner. Carlo grimpe sur le pont, puis descend dans la cale. Cinq coups de feu claquent dans le silence du soir. Le bordage troué près de la proue prend déjà l'eau. Lorsque les deux Italiens enfourchent leur Harley Davidson, le chalutier commence à sombrer. Ils ne sont pas arrivés à South Amboy qu'il a coulé.

L'équipage a rallié l'Upper West Side de Manhattan en moins de deux heures. Accroché à son pilote, Carlo Ceserano, l'homme tourmenté, s'est laissé aller à redevenir Charles Cèseran le photographe. Son désir de vengeance est assouvi ; il a presque tenu la promesse faite à son fils de tuer les méchants qui lui ont fait du mal. Presque ! C'était d'ailleurs le reproche que lui a fait Macchia Rossa lorsqu'ils sont repartis de Cheesequake Creek.

« Tu aurais dû le tuer. Un jour, tu le retrouveras sur ton chemin.

— Un jour, j'irai au paradis pour cette bonne action.

— Toi, au paradis ? L'enfer t'a déjà réservé un appartement luxueux, avec vue sur le Styx. Et depuis longtemps. »

Carlo et Matteo avaient débarqué à New York un mois plus tôt. Et tout était allé très vite. Pour le photographe, le départ d'Italie n'avait rencontré aucune difficulté. Son stratagème de faire croire à sa disparition lui avait laissé le temps de prendre de la distance. Il s'était échappé de la Péninsule sans qu'aucun service de police ne fasse le lien entre le Carlo Ceserano évanoui dans l'explosion de son camion et Charles Cèseran, V.I.P. attendu par le gratin de l'art new-yorkais. L'efficacité américaine était sans commune mesure avec la débrouille improvisée à l'italienne, dont il avait l'habitude. Tout était déjà organisé par les services de l'ambassade à Rome afin que le photographe rejoigne les États-Unis sans tracas, et en première classe. Il avait été conduit jusqu'au *MS Vulcania*, un paquebot de l'Italian Line en partance pour une de ses dernières traversées, de Naples vers New York. Matteo, le fils d'Addolorata, s'était payé rubis sur l'ongle une cabine sur le même bateau. Les affaires devenaient florissantes.

Le pseudonyme de Macchia Rossa circulait dans le monde très fermé du commerce parallèle. Brillant négociateur, Matteo asseyait son influence depuis quelques mois. Il n'avait que vingt ans. Il était pourtant devenu un interlocuteur incontournable, un facilitateur reconnu par les Siciliens comme par les Calabrais. Macchia Rossa avait quelques affaires en cours avec une famille influente de la mafia de Rhode Island : le trafic de cigarettes de contrebande entre les deux continents allait bon train. Un autre marché, autrement plus rémunérateur, se pointait à l'horizon. L'opium et ses dérivés en faisaient fantasmer plus d'un, clients comme revendeurs. Macchia Rossa y travaillait. Il avait profité de ce voyage impromptu de Carlo aux États-Unis pour l'accompagner. Il partait en Amérique afin de peaufiner son plan de carrière et son avenir. Une fois débarqué sur la côte Est, le fils d'Addolorata avait tout de même consacré quelques jours à Carlo, par pure solidarité. Leur complicité durait.

La moto traverse l'Hudson River à la nuit. New York s'affiche devant le photographe, qui a toujours autant de mal à croire en son conte de fées. Charles est fasciné par sa propre épopée. La galerie d'art qui souhaitait organiser l'exposition de ses portraits marseillais est située dans Colombus Avenue, une rue de Manhattan à quelques pâtés de maisons de Central Park. Il y a été accueilli comme un roi, logé dans un hôtel de luxe, nourri, blanchi, et conseillé pendant l'installation des 21 superbes agrandissements de ses portraits de prostituées.

Dès son arrivée, Charles Cèseran a rencontré le propriétaire de la galerie, David Perlmutter, un richissime banquier. Le sexagénaire est d'un abord avenant. L'exposition était partie d'un coup de cœur de sa femme pour ces clichés retrouvés. Il n'a pas précisé comment elle était tombée sur ces photos, dans quelle brocante improbable elle avait bien pu dénicher les plaques de verre. Charles les avait abandonnées dix ans plus tôt dans un gourbi des vieux quartiers marseillais. Madame Perlmutter se réservait la surprise de la découverte de l'accrochage, à l'occasion du vernissage. Charles pourrait donc la rencontrer à cette occasion. Car c'était elle, la véritable mécène du projet, celle qui avait tout organisé. Intrigué, Charles n'a pu en savoir plus. Cette énigme trouverait sa résolution très vite, puisque la soirée inaugurale de l'exposition était prévue le lendemain, en présence de tout ce que New York comptait comme personnalités influentes dans le monde de la photographie.

La Harley Davison s'est arrêtée devant le Park Central Hotel, dans la 7e Avenue. Macchia Rossa et Charles Cèseran se sont serrés dans les bras l'un de l'autre.

« Bonne chance, monsieur le photographe ! Et merci pour tout ce que tu as fait pour moi.

— J'ai fait quoi, Matteo ?

— Tu m'as pris par la main quand j'étais gamin et tu m'as redonné confiance en moi. Tu m'as fait oublier cette putain de tache qui me déchire la gueule ! Je te suis redevable à jamais, Carlo.

— Prends soin de toi, Matteo. »

La moto est repartie en pétaradant. Charles a grimpé dans sa chambre, au troisième étage de l'hôtel luxueux. La rédaction de sa première lettre à sa famille lui a demandé une énorme concentration. Il ne savait pas par quoi commencer : la promesse tenue à son fils, la mascarade de sa disparition, l'incroyable énergie d'un pays qu'il pensait détester et qu'il découvre avec émerveillement, le mystère de la réapparition de ses clichés marseillais. Il ne s'est couché que tard dans la nuit, après avoir fait un grand tour à pied dans l'agitation urbaine et électrique de Manhattan. Une question le taraudait : qui peut bien être cette femme énigmatique qui a su le retrouver au fin fond de la Lombardie ?

La Passeggiata, août 1964,
à quelques pas de la maison Vitiglio

« Vous nous prenez pour des billes ?

— Pardon ? »

Addolorata n'avait pas anticipé l'énervement soudain de son couple de randonneurs français : elle n'a rien vu venir. Elle ne comprend pas pourquoi Marcel est remonté comme un coucou suisse dans un bazar frontalier. Grosse contrariété, Marcel le fait savoir en prenant la terre entière à témoin. La terre entière, sauf les trois musicologues de l'expédition, hors de portée ; Fortunato, Albert et Maggie se sont embarqués dans une grande discussion plus haut dans la calade. La terre entière se résume donc à une retraitée milanaise un peu dure d'oreille et à Pietrino, que ces deux brise-burnes commencent à sérieusement indisposer. La femme de Marcel est outrée, elle aussi, mais n'arrive pas à l'exprimer clairement. Après tout, c'est son mari qui baragouine le mieux l'italien, lui qui a voulu participer à cette « *passeggiata della santa Trinità* ». Elle le laisse se débrouiller seul. Il se débrouille seul :

« C'est n'importe quoi, votre histoire.

— Pourquoi donc ?

— Ça ne tient pas debout ! C'est du feuilleton bon marché pour midinettes.

— Mais pourquoi, enfin ?

— Pourquoi ? D'abord, votre gloire locale qui disparaît dans un camp de la mort et qui réapparaît, hop, comme par miracle, et au bon moment. »

Marcel pointe un index accusateur sur l'ex-concertiste. Fortunato alimente sa conversation avec le couple Midland devant la maison de la veuve : Ravel et Gershwin les occupent depuis qu'ils sont sortis de l'église. Ils palabrent sur leur sujet de prédilection. Fortunato est redevenu Marzio *il virtuoso*, le temps d'une conversation.

« Si ça se trouve, votre Fortunato, c'est un complice ! Tout son baratin sur la musique, là, Gabriel Fauré, Debussy et *tutti quanti*, c'est rien qu'une bouffonnerie. Quand j'y repense, il n'y a pas touché, au piano ! »

Addolorata le reprend à la volée :

« C'est un harmonium !

— Et alors ?

— Alors on dit : "Il n'y a pas touché, à l'harmonium."

— Ah ? Bon. Peu importe… Vous nous faites croire que c'est le violoniste célèbre en personne. En fait, lui, c'est un vieux du pays qui arrondit ses fins de mois en marchant derrière vous pour accréditer vos balivernes ! Ensuite, votre photographe !

— Quoi, "mon photographe" ?

— Un justicier des temps modernes, un vrai Zorro qui disparaît dans son camion d'explosifs en jouant au *Salaire de la peur*. Et qui s'en sort sans une égratignure. Et qu'on retrouve à l'autre bout de la planète !

— Et pourtant !

— Vous nous prenez pour des gogos. C'est comme ce Macchia Rossa…

— Là, vous parlez de mon fils.

— Voilà ! Alors ? Il devient quoi, dans cette histoire abracadabrante ? C'est le chef de la mafia aujourd'hui ? »

Addolorata perd sa bonne humeur : elle réplique d'un ton très sec :

« Mon fils purge actuellement une peine de trente ans au centre pénitentiaire de Lewisburg. En Pennsylvanie. C'est sur la côte Est des États-Unis. Et ça n'a rien d'abracadabrant. »

Pietrino s'immisce à son tour dans la conversation :

« Et si ça peut apporter un élément à votre réflexion, une photo de mon père vient de faire la une du magazine *Life* pour illustrer un article sur les 100 photographes du XXe siècle qui comptent. Vous croyez vraiment que ma marraine a les moyens de se payer l'impression d'une fausse édition entière de *Life* pour escroquer les cinq randonneurs qui grimpent jusqu'ici avec elle, chaque année ? »

La conversation s'envenimant, Marzio et ses deux Américains se sont approchés sans prendre part à la discussion. Addolorata conclut, sobre :

« Tout ce que je vous raconte peut paraître incroyable, je le sais. C'est pourtant la stricte vérité. »

Maggie Midland lâche la compagnie du virtuose vieillissant pour apostropher Addolorata :

« C'est vrai que la disparition du photographe, c'est un peu énorme !

— C'est-à-dire ?

— Quand vous n'avez rien retrouvé de plus qu'un bout de tissu cramé dans la carcasse du camion, vous auriez pu vous douter de quelque chose, non ? »

Addolorata écarte les bras, d'un geste désolé :

« Nous étions bouleversés. Carlo se savait traqué, nous aussi. Mais l'hypothèse d'un coup monté par Carlo lui-même ne nous est pas venue à l'idée. »

Le Français dévisage sa guide comme on fait la morale à un pickpocket maladroit :

« Nous avons assez entendu d'inepties. À tout à l'heure.

— C'est comme vous voulez.

— Une collation est prévue ? »

Addolorata retrouve le sourire :

« Si vous avez apporté vos sandwiches, elle est quand vous voulez, votre collation ! »

Aparté, marmonnage et rouspétance, les deux Français se concertent. Après une courte messe basse, Marcel reprend la parole, intimant à sa femme de se taire :

« Nous allons rejoindre les autres sur le haut du barrage. Nous vous laissons avec vos vieilles pierres, votre patriarche exotique et votre légende au rabais. »

Addolorata laisse partir les deux boulets. Les randonneurs français remontent vers le haut du village, se disputant cette fois sur les incohérences possibles du récit d'Addolorata. Ces bisbilles permanentes sont leur moteur, leur raison de rester collés ensemble, leur gymnastique quotidienne. La situation amuse Marzio :

« Je comprends leur agacement. Toute cette histoire paraît impossible. Et pourtant. S'ils savaient ! »

Collée à lui depuis leur visite de l'église, Maggie Midland acquiesce, en accord total avec le musicien :

« *Non possono sapere*… Ils ne peuvent pas savoir ! »

Marzio la dévisage. Parce que elle, elle sait. Bien sûr ! Bien évidemment ! L'hypothèse farfelue avait traversé son esprit pendant la montée de la route Marshall – une conjecture tellement improbable, vite évacuée. La personnalité de cette Américaine au regard vert l'a accroché dès le départ de la randonnée. La curieuse sensation de l'avoir déjà croisée l'a tenu un long moment. L'intérêt de Maggie Midland pour l'histoire de la famille Belonore a conforté son impression. Lorsqu'il a croisé son regard dans l'église, alors qu'Albert se défoulait sur le clavier usé de l'harmonium, l'ex-virtuose a trouvé la solution à cette énigme. Il la connaît, bien sûr. Trois décennies ont passé depuis ce concert à Rochester. La fillette qui l'avait fasciné lors de leur courte rencontre dans les loges de l'Eastman Theatre est devenue une femme. Le sourire de l'Américaine est désarmant. La ressemblance avec sa mère s'est estompée, mais l'énergie et la générosité sont les mêmes. Bien sûr !

Évidemment ! Maintenant, il en est certain. Il étouffe un rire joyeux. Une bouffée de bonheur l'envahit :

« Incroyable ! Improbable, surtout ! »

Maggie Midland s'étonne :

« Quoi donc ?

— Vous, ici ! »

Maggie rayonne. Elle prend la main de Marzio sans cérémonie, avec une grande affection.

« Et pourtant... »

La visite se poursuit. Addolorata s'est éloignée vers la placette de San Catello, suivie de près par la retraitée milanaise, son filleul et Albert Midland. L'Américaine s'accorde aux pas de cet autochtone atypique qu'elle ne veut plus lâcher. Et le concertiste miraculé prend soin de ralentir sa descente de la grande calade. Il est heureux. Elle aussi jubile. En s'inscrivant à cette randonnée, Maggie n'aurait jamais pensé rencontrer cet homme, en cet endroit. Et pourtant... Marzio ne veut pas briser la magie du moment. Il entame une conversation anodine, sur un ton badin, comme un prétexte à rester en compagnie de la jeune femme et à ralentir leurs pas :

« Maggie, c'est ça ?

— Magdalena, en réalité. Mais tout le monde m'appelle Maggie.

— Vous aussi, vous êtes dans la musique, je suppose ?

— Vous supposez bien. Et si je "suis dans la musique", comme vous dites, c'est sans doute un peu grâce à vous, Marzio Belonore !

— Allons bon !

— Je suis associée avec mon mari, et je l'aide à trouver des artistes. Je connais bien le milieu du jazz... »

Elle grimace avant d'ajouter :

« ...Trop bien.

— Ça ne sera jamais pire que le milieu des musiciens classiques.

— Pire, non, mais je dirais “différent”. J'ai été en couple assez longtemps avec un musicien noir, un garçon au talent immense. Jay! Mon premier amour… Nous avons même essayé de monter un duo, “Magda & Jay”! Musicalement, c'était marrant. Socialement, beaucoup moins.

— C'était après la guerre? »

Magdalena a un sourire narquois:

« L'aventure a débuté la veille de Pearl Harbor: c'était peut-être un signe que je n'ai pas su décrypter. Notre histoire aura duré jusqu'au milieu de la dernière décennie. Nous étions installés dans la banlieue sud de Chicago. Mais j'ai craqué. Pas tellement à cause des réactions des WASP de mon entourage, mais surtout à cause de sa communauté à lui.

— Allons bon!

— Ils étaient très radicaux, et soutenaient des revendications identitaires intenables. Tout à fait compréhensibles, mais impossibles à supporter. La mort de Emmett Till a tout déclenché.

— Emmett Till?

— Un gamin noir de notre quartier lynché par des Blancs, dans le sud du pays. L'affaire a fait du bruit dans la communauté noire.

— On n'a jamais entendu parler de ça ici.

— Un fait divers sordide de plus, mais qui a mis le feu aux poudres. Autour de nous, les visages pâles ne comprenaient déjà pas ce qu'une fille comme moi faisait avec un Noir, en plus de ça musicien, et par-dessus le marché de jazz. Les Blacks, eux, menaient une vie intenable à Jay, sur le grand air de la trahison. C'est eux, les proches de Jay, qui m'ont exclue après le drame. C'était un prétexte, bien sûr. Je me suis servie de cette expérience pour avancer dans la vie. Puis, il y a trois ans, j'ai rencontré Albert.

— Vous êtes venus exprès en Italie pour visiter San Catello?

— Non, pas du tout. Nous étions déjà sur le Vieux Continent : c'était juste une occasion unique pour moi de découvrir cette vallée. C'est moi qui ai entraîné Albert jusqu'en Lombardie ; nous repartons la semaine prochaine vers New York. Nous sommes arrivés à Rome il y a deux semaines pour signer avec des musiciens de jazz napolitains.

— Aïe ! »

La réaction amuse l'Américaine.

« Albert est certain que ça va marcher, avec toute la communauté italienne installée sur la côte Est ! Il a sans doute raison. Il suffit de voir le succès de Louis Prima.

— Louis Prima ? Qui est-ce ?

— Un trompettiste de la Nouvelle-Orléans. Un genre de clown musicien d'origine sicilienne. C'est curieux. Les néophytes parlent de jazz faute de pouvoir le cataloguer, les spécialistes du rock'n'roll ricanent. Personne ne sait exactement ce que c'est, comme musique. Ça swingue bien, et les salles de bal se déchaînent. Et il est italien. Et son patronyme parle à toute la communauté. Un vrai succès.

— Et vos musiciens, vos trouvailles napolitaines ? Ils sont bons ?

— Pas vraiment. Techniquement, encore, ça va. Mais ils dérapent souvent et en font des tonnes, tout le temps. Je ne sais pas où ils vont chercher toutes ces fioritures assassines hors sujet. Ils ont cette exagération méditerranéenne et ces interventions imbéciles qui transforment le thème le plus subtil en musique d'ambiance pour pizzeria. Mais ils sont italiens, et il y a un marché à prendre. »

Marzio et Magdalena descendent la calade vers la placette où Addolorata et son groupe les attendent. Marzio est ému :

« Il s'en est passé des choses depuis la loge de l'Eastman Theatre de Rochester ! Vous vous en souvenez ?

— Très très bien, Maestro. Mon père m'avait accompagnée... »

Maggie s'arrête et dévisage Marzio sans lui lâcher la main.

« C'est tout de même incroyable. Nous nous sommes inscrits à cette randonnée sans aucune illusion. Je voulais juste voir ce pays dont j'ai entendu si souvent parler. Je n'aurais jamais imaginé vous retrouver ici. Ni Pietrino, d'ailleurs. C'est formidable, pour moi. J'ai une chance extraordinaire, Marzio Belonore !

— Fortunato.

— Non. Fortunato n'est qu'une excuse facile. Oubliez Fortunato. Vous êtes chanceux, et vous êtes toujours l'immense Marzio Belonore.

— Vous avez toujours la photo dédicacée ?

— Non. »

Maggie éprouve un court moment de gêne ; elle lâche la main du musicien. Il ressent le malaise :

« Ah ? Pourquoi ?

— Maman l'a brûlée.

— Brûlée ? »

Marzio ne comprend pas. Déjà chamboulé par toute cette émotion, la violence du geste d'Ofelia le choque. Maggie explique :

« C'était comme un exorcisme, un cérémonial étrange. Elle en avait besoin pour tirer un trait sur son passé. »

Marzio encaisse.

« Comment va-t-elle ?

— Ma mère ? Je pense qu'elle va bien. Enfin, beaucoup mieux depuis le jour où elle a retrouvé son fils… »

Manhattan, novembre 1946

Le logotype est rouge. La cannette de bière est jaune. Les serviettes étendues dans la buanderie sont lilas. La très agressive lumière de ce sous-sol est verdâtre. Le tapis qui recouvre l'escalier pour y descendre est bistre. La couleur de peau du groom du Park Central Hotel est ambre. Sa veste est améthyste, ses boutons dorés et son sourire compatissant. Le bruit des essorages est intenable, c'est la raison pour laquelle Charles est là. Ce soir, la robe de Valentina Perlmutter était fuscia, son manteau cerise, ses escarpins garance. Et ses yeux d'un vert émeraude fascinant. Son apparition dans la galerie, trois heures plus tôt, a fait taire toutes les discussions.

Une pluie glaciale dégringolait sur Colombus Avenue, la circulation dans Manhattan s'avérait chaotique. Valentina est arrivée en retard, les invités foulaient déjà le parquet de la galerie. Le photographe vedette de la soirée surnageait, soutenu par David Perlmutter. Charles Cèseran était harcelé de questions sur son matériel, couvert de compliments sur son audace photographique, gavé de banalités sur le Vieux Continent, nourri de réflexions exotiques sur Marseille, décor unique des photos de l'exposition.

À l'arrivée de sa compagne, le banquier bienveillant a lâché le groupe. Il s'est dirigé vers l'entrée pour accueillir la mécène en vogue, la directrice de cette galerie huppée, sa femme. La silhouette est gracieuse, l'allure dynamique. L'immense parapluie balloté par les bourrasques masque son visage. La jeune employée du vestiaire a récupéré l'accessoire trempé, et Charles a enfin découvert le visage de sa protectrice. C'est donc grâce à cette superbe quinquagénaire qu'il se retrouve à la porte du Paradis... Valentina fait les quelques pas qui la séparent de son photographe. Leurs regards se sont accrochés. Pour lui comme pour elle, cet instant tant attendu s'est figé, suspendu. L'émotion a envahi Valentina. Un grand trouble déstabilise Charles.

Le photographe a face à lui le double resplendissant de Vittoria. Les expressions sont les mêmes, la ressemblance étrange. Valentina Perlmutter rayonne, elle dégage une énergie incroyable. La logique du raisonnement échafaudé autour de cette incroyable aventure américaine se confirme. Charles n'a plus aucun doute : cette femme qui se fait appeler Valentina est bien Ofelia, la mère de sa compagne.

Valentina, elle, est fascinée. Trente-cinq années plus tard, elle découvre une copie quasi conforme de ce musicien séducteur qui a causé sa perte. Mais l'homme au regard clair et aux cheveux bouclés qui se tient en face d'elle est son fils. Et cet inconnu lui apparaît comme l'homme le plus intègre, le plus généreux qui soit. Dix années plus tôt, elle a traversé un océan pour le retrouver. Elle a affronté la pègre, remué ses souvenirs les plus épouvantables, pris des risques insensés. Et elle a réussi. Aujourd'hui, sa victoire est complète. Valentina a créé cet espace d'exposition avec l'espoir de présenter un jour les superbes clichés de Charles Cèseran, ces photos dénichées par hasard dans son périple marseillais pour retrouver son fils. Et il est là, devant elle. Elle voudrait le prendre dans ses bras, le serrer contre elle, toucher sa peau, passer les mains dans ses cheveux, l'embrasser.

Les invités se sont approchés : le moment de l'inauguration est arrivé. David Perlmutter fait signe à Charles et à sa femme de se diriger vers une petite estrade installée au bout du buffet, face aux visiteurs. Le modeste trio de jazz qui occupait l'espace sonore a trouvé la coda de son blues fastidieux sans faire cas des dernières mesures. Le silence s'installe. Valentina prend Charles par le bras : elle frissonne de bonheur au contact de sa peau. En l'entraînant vers le podium, elle lui montre au passage le fabuleux portrait de La Câline. Le tirage couronne l'exposition. Le cadre a été accroché à une place stratégique dans la galerie :

« Tout ça, c'est grâce à elle ! »

Charles est étranglé par l'émotion. La Câline, l'amie de déroute d'Ofelia, celle qui a permis de réunir les différentes pièces du puzzle… La vieille prostituée à la beauté sublime pose son regard généreux vers l'objectif. Le photographe se rappelle de tous les détails de cette séance avec précision, la chaleur de ce jour de mai, la lumière d'été, le nuage solitaire qui aurait pu ruiner la prise de vue, mais aussi les odeurs de friture des gargotes alentour, les cris des gamins dans la rue de la Loge et ceux des pêcheurs, plus loin vers les quais.

Accrochées sur les murs autour de lui, ses filles de joie le regardent, tendres, souriantes, amusées par leurs premières fois. C'est l'intitulé de l'exposition : « *Souviens-toi, la première fois.* » Cette question récurrente, le photographe l'a posée à ses sujets au moment de chaque cliché exposé ici. Le petit commentaire écrit par Charles au bas de ses tirages a été reproduit en français et en anglais dans un cartouche placé sous chacun des vingt et un cadres : « *Marie-Rose et son premier bal, Dorothée et son premier bijou, Louise et son premier éclair au chocolat…* » Les poses et les modèles se succèdent. Rosa Luxembourg et son index sur ses lèvres souriantes se remémorant son premier arbre de Noël, est accrochée à proximité de la Grande Fernande et son premier spectacle de music-hall, face à Jeanne et sa première séance de cinéma, et aussi la sublime Georgette, la naïve Shéhérazade… Et puis il y a *Fleur et sa première passe* : la souffrance transpire, la douleur avait été brutale, et la désillusion totale.

L'accrochage de ces grands formats compilés confère un aspect mortuaire à l'exposition. Que sont-elles devenues ? Une autre galerie de portraits traverse furtivement l'esprit du photographe : Antonia, Flavie, Thérèse, Louise… Sa mère, ses sœurs. Un mauvais vertige l'envahit. Tous ces visages ressurgissent dans un noir et blanc contrasté, méconnaissables. Le sourire d'une jeune femme assise dans une ruelle sombre est revenu s'afficher, gommant les réminiscences familiales. L'inconnue exfiltrée du fond de sa mémoire surgit dans une palette de couleurs saturées. Ofelia lui sourit. Puis les chromatismes disparaissent, le gris revient en force. L'image déformée de Giuseppe Ceserano pointe dans ses souvenirs. Son père fait le pied de grue au débouché de la rue Bouterie. Carlo avait six ans lorsqu'il est mort, parmi les ultimes soldats tombés au front de la Grande Guerre. Mais la précision des traits de cette illusion est bouleversante. Le malaise grandit. Charles Cèseran n'a pas le temps d'y penser plus. Le fantôme de son père disparaît avec les applaudissements des invités. Il se retrouve face à la cinquantaine de New-Yorkais en tenues de soirée conviés par la galerie.

Vedette du soir, il bafouille quelques remerciements maladroits dans un anglais aux intonations françaises et à l'accent charmeur. Charles a quelques mots pour ces gamines perdues qui lui avaient servi de modèles, et une pensée pour sa propre famille restée en France, qu'il n'a plus vue depuis qu'il avait fait ces clichés. La maîtresse des lieux prend sa place sur le podium pour lancer quelques phrases dithyrambiques et une invitation à propager cet enthousiasme dans les cercles de l'intelligentsia locale. À peine achevé, le discours inaugural est suivi d'une cavalcade retenue vers le buffet. Charles profite de la déferlante des affamés. Il saisit Valentina par la main et l'entraîne vers un coin plus tranquille. Des paravents ont été dressés près du vestiaire : ils s'y réfugient comme deux amants en cavale. Charles hésite, figé par l'émotion. L'atermoiement dure trois secondes. Il attire Valentina contre lui. Elle se laisse faire avec un bonheur immense. L'étreinte dure. Ils retiennent leurs larmes. Le photographe a pris les mains de sa mécène dans les siennes :

« Ofelia ! Ofelia Belonore ! »

Ce n'est pas une question, mais une affirmation posée comme un compliment, avec une réelle admiration.

« Eh oui, Carlo Ceserano. C'est bien moi. J'ai été Ofelia Belonore. Dans une vie précédente. Mais aujourd'hui, tu as en face de toi Valentina, madame Valentina Perlmutter, veuve Massarelli. Et dis-toi qu'avec ta présence ici, c'est un des plus beaux jours de ma vie. »

Carlo tire deux tabourets encombrés de cintres qu'il dégage d'un revers de main. Valentina et lui se retrouvent assis face à face, dans une complicité improvisée qui fait sourire la fille du vestiaire. Carlo attaque la conversation. Il a des heures et des jours de questions à poser à la superbe quinquagénaire.

« Ce sont mes parents qui vous ont recueillie à Marseille, avant la Grande Guerre. C'est bien ça ?

— Eh oui.

— Nous habitions rue Caisserie, dans un tout petit appartement.

— Exact.

— Pile au-dessus de la traverse où j'ai pris tous ces clichés.

— Je me souviens très bien de ces ruelles, Carlo Ceserano ! Tu n'imagines pas ce que ça représente, de t'avoir avec moi, ici. Je voulais… J'aurais voulu te dire… Tellement de choses.

— Nous avons tout le temps, maintenant, Ofelia… Enfin, Valentina ?

— Valentina. Ofelia a disparu depuis longtemps, tu sais. »

Valentina observe son fils, scrute les moindres détails de son visage. Elle aussi s'est replongée dans son passé. Sait-il seulement qu'il est son enfant ? Que connaît-il, quels détails ont transpiré de ce passé tumultueux ? Antonia, la mère officielle de Carlo, avait-elle rompu le secret de famille ? La rumeur de son adoption est-elle parvenue jusqu'à lui ? Valentina ne sait pas : elle avance à l'aveugle.

Il y a un silence. Long. Ils se dévisagent, scrutant l'autre au plus profond. Valentina veut lui dire, tout lui raconter, le prendre dans ses bras, encore et encore. Elle pourrait parler la première, elle hésite. Elle ne veut pas lui apprendre aussi brutalement la réalité de leur parenté. S'il ne sait rien, le choc peut être violent. Devant cette gêne prise pour de la timidité, Charles Cèseran se décide avant elle. Il est tellement heureux et impatient de lui donner quelques nouvelles de son village d'origine, et surtout de sa fille ! Il formule une phrase maladroite :

« Vous savez que nos destins se sont croisés ? Parce que vous, vous avez fui San Catello pour Marseille, alors que moi, je me suis échappé de Marseille pour me réfugier dans la vallée du Scavone, le pays des Belonore.

— Je sais. Ça paraît incroyable. Carlo… Je…

— Et nous nous retrouvons aujourd'hui tous les deux, ici ! Vous n'imaginez pas à quel point Vittoria parle sans arrêt de vous.

— Vittoria ? »

Il y a un court moment de confusion. Charles ne comprend pas l'étonnement de son interlocutrice.

« Oui, votre fille. Vittoria. »

Valentina est bousculée par l'évocation de sa fille, ce bébé qu'elle a laissé tout petit dans les bras des Belonore. Elle ne l'a évidemment jamais oubliée, mais simplement enfouie dans une zone très reculée de son passé. Valentina a un soupir qui évoque plus la souffrance que la nostalgie :

« Bébé Vittoria !

— Vittoria, oui. Elle a toujours voulu savoir.

— Savoir quoi ?

— Savoir qui est cette Ofelia, sa vraie mère dont le village n'a jamais parlé qu'à mots couverts.

— Ça fait si longtemps. Qu'est-elle devenue ?

— Une femme extraordinaire ! Elle aurait été tellement heureuse, ici, ce soir. Et Pietrino, aussi. Vous savez, Pietrino est un gamin formidable.

— Pietrino ?

— Oui, Pietrino, notre fils. »

Le sol se dérobe sous les pieds de Valentina. La fête tant espérée bascule vers un insoupçonnable cauchemar. Le monde fragile qu'elle peinait à construire autour d'elle s'écroule, une fois de plus. Valentina avait envisagé toutes les situations. Toutes sauf celle-là. Son fils retrouvé et sa fille délaissée ont eu un enfant ensemble. Son visage a pris une teinte blafarde, elle n'arrive plus à articuler un seul mot. Charles s'inquiète :

« Vous vous sentez mal ? »

Valentina réussit à dessiner un sourire au coin de ses lèvres :

« C'est l'émotion. Et la fatigue aussi, certainement. Je suis tellement émue de t'avoir retrouvé, tellement... Je... Tu n'imagines pas le travail que demande une telle exposition. Excuse-moi. »

Elle fait un signe à la fille du vestiaire qui lui tend son manteau et son parapluie. Valentina adresse un dernier sourire crispé à son invité :

« Demain... Demain, je passerai te voir. Nous avons tellement de choses à nous dire. »

Valentina a disparu en quelques secondes. La soirée ne fait pourtant que commencer. Charles ne comprend pas cette fuite soudaine. Il fait quelques pas vers la porte : une bruine glaciale tombe sur Manhattan. L'élégante silhouette de sa bienfaitrice disparaît dans un taxi d'un jaune outrancier qui s'éloigne dans la tourmente. David Perlmutter, joyeux, rejoint le photographe sur le perron de la galerie, un verre de champagne à la main :

« La patronne est partie ?

— Je n'ai pas compris. D'un seul coup, sans explication. Elle avait l'air exténuée. Contrariée, aussi…

— Elle doit être épuisée. Exposer vos formidables photos lui a demandé un effort considérable. Et puis l'émotion, aussi. C'est formidable quand même, de retrouver son fils après tant d'années. Non ? »

Charles encaisse. Il est pris d'un tremblement nerveux, ferme les yeux, crispe la mâchoire. Il est blême. David Perlmutter passe un bras sur l'épaule de Charles pour l'entraîner vers le buffet.

« Ne restons pas là, Charles, il fait trop froid. Venez, allons trinquer à ces formidables retrouvailles ! Imaginez-vous ? Valentina vous a recherché pendant plus de dix ans – dix années d'espoir, de lutte, d'incertitude, d'obstacles. Et Carlo, son fils, est enfin là ! »

C'est le chaos. La galerie résonne de toutes les jacasseries inutiles, de tous les rires convenus, de tous les ragots de la haute société. La musique d'ambiance bâclée par le trio de jazz fait office de requiem, ses notes vulgaires se superposent à l'amalgame étourdissant de toutes les conversations. Charles se noie. Une vague immense vient de le submerger sous une masse d'émotions saumâtres. Il aperçoit la surface, très haut au-dessus de lui, mais malgré ses efforts désespérés, il coule comme une pierre. La lumière du jour le nargue, désormais impossible à rejoindre. Charles s'accroche à ses photos, les seules valeurs sûres et connues dans ce monde hostile où il est venu se perdre.

Mais les eaux sombres du Vieux-Port ne scintillent plus. Les contre-jours envoûtants s'estompent. La fumée des gargotes gâche les perspectives. Ses modèles ont perdu leur magie. Il n'y voit plus qu'une vingtaine de pauvres gourdes paumées, des putes morbides. Son moral se lézarde à l'image des façades pouilleuses qui servent de fond de décor à son œuvre dérisoire. Son regard bascule de ses photos vers les visiteurs de la galerie. Tous ces inconnus, ces Américains insipides qui l'encerclent arborent les masques d'un carnaval effrayant. Les visages se percutent. Il lui est impossible de se remémorer aucun de ses proches. Ni le charisme de Valentina, ni la grâce de Vittoria, ni le regard de Pietrino : sa mémoire a tout escamoté. Les traits de ses héros disparaissent, comme lessivés par la vague destructrice. Charles n'arrive plus à respirer. Mais impossible de disparaître, impossible de vaciller. Il est le roi d'un soir, et il est inimaginable d'abdiquer en pleine gloire.

Charles Cèseran fait illusion pendant quelques minutes. Il donne le change à des galeristes intéressés par ses travaux à venir, échange quelques banalités avec les rédacteurs de magazines en vogue. Il a même réussi à sourire à trois jeunes femmes charmantes. Et tellement américaines ! Le blond de leurs chevelures, le vert de leurs robes de soirée et le bleu de leurs yeux sont en technicolor. Les couleurs criardes du Nouveau Monde lui sautent à la gueule. Le noir et blanc sinistre des images de son passé n'a plus aucune raison d'être. Un malaise le mine. Mais son instinct lui dicte qu'une autre vie se présente à lui, à portée de destin. La coupe de champagne avalée cul sec en guise de médication l'enivre. Cette soûlerie est pourtant inutile, douloureuse et pernicieuse. Deux admiratrices plus jeunes que lui, des filles de banquiers séduisantes et d'une frivolité insupportable, ont dérapé dans un exercice de séduction grotesque. Le photographe vedette de la soirée a esquivé. Charles Cèseran s'est éclipsé avant la fin de sa réception, au bord de la syncope.

La bruine glaciale a laissé place à des nuées de flocons virevoltant. Le froid qui saisit les passants à la gorge lui redonne un peu de lucidité. Charles déambule dans Manhattan, seul, perdu. Son trajet vers l'hôtel est vertigineux. Cette révélation l'anéantit… et pourtant ! À bien y réfléchir, c'est la seule solution logique à toutes les questions qu'il se pose depuis la première lettre reçue de Valentina Massareli.

Le courrier destiné à sa mère Antonia est arrivé à Marseille dix années plus tôt, bouleversant le cours de l'histoire des Ceserano. Carlo Ceserano est donc le fils naturel d'Ofelia, et il n'avait jamais envisagé cette hypothèse, pourtant la seule vraiment cohérente. Et donc Vittoria est sa demi-sœur. Et donc Pietrino…

Sa vie s'écroule. Une fois de plus. Tout ce qu'il a réussi à reconstruire se disloque. Et une fois de plus, il sème le malheur derrière lui. Il a fui la France, il a fui l'Italie. Et à nouveau, il est seul face à un grand vide. Le chemin de sa vie passée se révèle un calvaire, et il n'arrive pas à dessiner son avenir. Devant lui, un gouffre sans fond n'attend que son plongeon. Charles veut hurler, crier. Il enrage. Il a besoin de se perdre, d'oublier. La neige s'accumule sur le bitume. Les véhicules qui se croisent dans les rues immenses roulent dans une lenteur lugubre, les essuie-glace crissent sur le givre des pare-brise. Les rares passants dérapent sur les trottoirs. Les enseignes clignotent comme des phares à travers le blizzard : leurs couleurs l'attirent. Elles le guident à travers ce chaos grisâtre. Le vent s'engouffre dans la 7e avenue. Charles réalise soudain qu'il est frigorifié. Hors de question de se coucher, de dormir. Il a besoin de bruit, de mouvement. De chaleur, surtout.

Le hall de la réception du Park Central Hotel est vide. L'homme du service de nuit, un Asiatique affublé d'une veste d'un bleu indigo électrique à larges épaulettes, veille, un œil sur la grande porte à tambour. Un très lointain bruit de moteurs emballés attire l'attention du photographe. Le sol vibre, comme si le diable là-dessous profitait du sommeil des humains pour faire la nouba. Finalement, le diable, pourquoi pas !

« *Sir Cèseran !*… Monsieur Cèseran, bonsoir. Vous avez passé une bonne soirée ? »

L'homme debout derrière la banque de la réception n'imagine pas à quel point sa question d'une politesse convenue tombe à plat. Charles ne répond pas ; il a simplement demandé :

« C'est quoi, cette vibration bizarre ?

— Le ronflement, sous nos pieds ? C'est la buanderie de l'hôtel, Monsieur.

— Je peux y aller ? »

Le groom sourit.

« Si je puis me permettre, Monsieur ! J'aurais à visiter New York, je ne commencerais pas par là.

— *Is it hell ?* C'est l'enfer ?

— Non. Juste un endroit bruyant.

— Parfait.

— Je vous montre le chemin, monsieur Cèseran. »

Les deux hommes descendent quelques marches vers le sous-sol. Ils atterrissent dans une immense buanderie. La lumière des plafonniers mélange des verts acides et des jaunes rougeoyants. D'énormes machines à laver Maytag tournent, leurs tambours emballés dans une course folle. Le logotype inscrit sur le flanc est rouge vif. Charles s'assied face à une des machines : le tambour tourne à l'horizontale. Son regard s'abîme dans les mouvements incessants et hystériques de l'essorage. Le bruit est assourdissant, et il n'a besoin que de ce fracas. Le groom asiatique s'est approché. Il vient s'asseoir à côté de lui.

« Vous êtes français ?

— Je ne sais plus exactement ce que je suis.

— Ça fait souvent cet effet, l'Amérique, quand on la découvre. Et surtout cette ville, New York ! Charles Cèseran, c'est ça ? »

Charles dévisage son compagnon d'un instant : l'homme est affable. Le photographe tend une invitation à son exposition, comme on donne une carte de visite. Le carton en papier glacé reprend la photo magnifique de La Câline, accompagnée des éphémérides nécessaires et de son nom. Le groom a une moue admirative :

« Joli cliché ! Vous avez du talent, Charles Cèseran.

— Charles, simplement. Ça suffira.

— Moi, c'est John. Mon vrai nom est beaucoup plus compliqué, mais ici, on apprend vite le pragmatisme.

— Vous venez d'où, John ? »

Le groom se met à rire.

« Moi, je viens du Bronx. Mais ma famille est originaire du Sri Lanka. Vous voyez ?

— Non. Ce soir, je ne vois plus rien. »

John tape du plat de la main sur le genou du photographe, comme on encourage la croupe d'un cheval qui refuse l'obstacle.

« *Enjoy, boy ! You're in America !...* Profitez ! Vous êtes en Amérique. *You're a killer !* Vous êtes un tueur, Charles ! »

Charles a un court moment de paranoïa avant de comprendre que c'est juste une expression admirative. John le Sri-Lankais a rangé l'invitation à l'exposition dans sa veste indigo avant de sortir un paquet rigide d'une autre poche :

« Vous avez un vrai don.

— Vous croyez vraiment ?

— Je ne crois pas, j'en suis certain, Charles Cèseran. Ce pays est fait pour vous. *Welcome !* »

Le groom allume deux Stuyvesant, l'une pour lui, l'autre pour son client de marque. Il lui tend la cigarette comme on le fait avec un camarade de régiment. Les deux hommes tirent quelques bouffées sans plus échanger aucun mot : le bruit de l'essorage a repris le dessus. John s'est lui aussi perdu dans le mécanisme obsédant des tambours des machines.

Charles et lui attendent dans la soute d'un grand paquebot. L'installation industrielle qui lave de nuit les draps lilas des chambres du palace a un effet hypnotique. Ce pays est en couleur, un puits d'énergie. Les draps chamaillent leurs matières à travers le hublot. Charles se saoule de ce mouvement lancinant, du vacarme des moteurs, des couleurs qui l'entourent. C'est peut-être un signe. Le moment est venu d'oublier le noir et blanc des jours passés pour attaquer enfin un avenir plus coloré. Le tambour en face d'eux a terminé son essorage, les rotations ont faibli. Dans un tremblement de bête à l'agonie, la machine s'arrête. Leurs cigarettes se sont consumées. Les deux hommes se regardent. Le groom asiatique est philosophe, et d'une familiarité réconfortante :

« À un moment, le calme revient. Toujours. »

John ressort la photo de sa poche, l'observe, déchiffre le titre de l'exposition : « *Souviens-toi, la première fois.* »

« Pour vous, c'est la première fois ici, je suppose ?

— Dans cette buanderie ?

— Non, à New York.

— Exact.

— Vous vous souviendrez de cette première fois ! »

Le lendemain matin, à peine le jour levé, Valentina Perlmutter poussait le battant du tambour de l'entrée du Park Central Hotel. Elle rayonnait. Elle a demandé à voir Charles Cèseran. Le portier de jour l'a accompagnée jusqu'à la chambre du troisième étage. Le photographe n'avait pas dormi, lui non plus. Leur discussion a seulement duré quelques minutes. L'après-midi même, au milieu d'une tempête de neige comme en connaissent chaque hiver les rives de l'East River, Charles Cèseran migrait vers Madison Avenue. Le photographe français à l'avenir prometteur s'est installé dans un studio situé sous l'appartement des Perlmutter, au milieu du *Wealthiest Neighborhoods*, le quartier chic à l'est de Central Park.

Quelques jours plus tard, il a écrit sa deuxième lettre pour le Vieux Continent, adressée à Vittoria et à leur fils. Elle était concise, et sa décision définitive. Peut-être se reverraient-ils un jour. Peut-être.

Vallée du Scavone, Lombardie, 1947

Le silence a duré quatre mois.

La neige tombée en décembre a figé les paysages et immobilisé les antagonistes. Les forêts sont recouvertes d'une couche blanche qui rendrait magique le plus banal des contes de fées. La montagne propose ses plus fantasmagoriques panoramas, mais Tancredi a depuis longtemps perdu toute curiosité pour les fables et les légendes. La montée des eaux de son barrage et la lente agonie de son rival restent ses seules préoccupations. Le *condottiere* a passé son hiver assis derrière ses larges fenêtres, son attention rivée sur la ferme des Belonore, au bas du village.

Le *condottiere* avait fait aménager une salle de musique à l'identique de la chambre où travaillait Michele, son fils, dans l'hôtel particulier de Castel Gandolfo. Il n'a pu pénétrer qu'une seule fois dans ce mausolée, trop chargé en émotions. La pièce est restée fermée, le violon attend dans sa boîte. Le silence est la règle, cet univers à l'arrêt convient parfaitement à son recueillement et à sa concentration. Chaque semaine, un véhicule de ravitaillement grimpe depuis Santa Pazienza. Tancredi Crevalcore récupère ses vivres, son bois, le strict nécessaire à sa survie et à celle de Stiffelio, son pur-sang. Tous les matins, Tancredi Crevalcore ouvre l'écurie. Lorsque l'épaisseur de la couche de poudreuse le lui permet, il fait à pied et rênes à la main un tour des ruelles alentour afin que son cheval se dégourdisse les jarrets. Le froid sait être pernicieux dans ces vallées, mais le *condottiere* est paré. Et sa haine le tient en bonne forme.

Volturno Belonore sort peu de sa grande maison. Il a creusé un long chemin entre les congères depuis sa porte jusqu'au cimetière. Tous les jours, à midi, même en pleine bourrasque, il part rendre visite à Francesca. Il parle avec elle quelques minutes. Ce cérémonial est une balise indispensable. Puis il rentre chez lui. Le trône de bois est resté devant le seuil de son fief, enfoui sous plus d'un mètre de neige, recouvert par les plaques qui dévalent régulièrement du toit en lauzes. Prudent, Volturno a entamé la réserve de conserves de *corned-beef* récupérées dans les larcins de Carlo. Le goût est infect, mais ça n'a aucune importance. L'essentiel est de survivre à la saison glaciale qui engonce le pays. Ce n'est pas un réel problème ; c'est la règle de la vie pastorale dans les montagnes, depuis toujours. Et contrairement à son ennemi, il y est habitué. Ses animaux sont à l'abri dans l'étable, le foin distribué avec parcimonie, le bois rangé dans la remise. Même si les conversations avec ses bêtes ne sont pas très enrichissantes, l'âne Pagliacci, ses deux vaches et ses chèvres lui assurent une présence vivante et une chaleur animale réconfortantes. Ses poules continuent de pondre, il a tué un cochon en novembre, sa réserve de patates peut assurer la transition jusqu'au printemps suivant. Armé d'une vieille pelle à pain et d'une petite réserve de farine, il cuit une miche chaque semaine. Volturno se suffit du strict nécessaire. L'extrême solitude aurait pu se montrer le seul handicap, mais Volturno Belonore est un taciturne.

Son seul motif d'inquiétude gravite autour du lac artificiel. Le niveau ne cesse de monter. Une épaisse couche immaculée masque la topographie de la vallée. Malgré l'absence de détails dans le paysage, Volturno a suivi mètre après mètre l'immersion de la vieille scierie, du moulin de Giachomo, de la passerelle de bois qui partait vers les alpages. Dès la mi-février, l'eau affleurait à la surface du champ des frêles. Le théâtre de son ancienne mine à ciel ouvert s'est retrouvé submergé, comme le bois de la veuve. Les eaux ont remonté la pente du champ de l'Albinos, buisson après buisson, et atteint le belvédère de l'aire de battage dès la troisième semaine de mars. Et le stratagème de son fils Lucio n'opère toujours pas ! La règle graduée fixée le long des parois des gorges du Scavone affiche une masse conséquente d'eau accumulée derrière la voûte. Rien ne se passe.

Le dégel est tardif. Deux semaines après l'équinoxe, le blanc du décor vire au gris, puis au beige boueux. La première sortie de Tancredi Crevalcore a lieu le dimanche des rameaux. Il s'est habillé d'un costume ivoire, a enfilé son manteau de zibeline, chaussé ses bottes de cavalier, fixé son Sorbatti à larges bords sur son crâne. Il est parti seller Stiffelio. Les congères fondent, dégageant les murs lézardés des maisons de la placette. Un froid vivifiant court dans les traverses, une brise vicieuse dégringole des alpages. Le cliquetis des fers sur les pavés des calades sonnent comme l'annonce du retour du printemps. Lorsque le *condottiere* arrive en bas du village, Volturno l'attend, debout devant sa porte, un large sourire en travers du visage :

« *Ciao Crevalcore !* Alors ? Toujours là ?

— Je te l'avais promis, Belonore. Je tiens toujours mes promesses.

— L'hiver n'a pas été trop long, là-haut ?

— Ton calvaire ne me paraîtra jamais assez long, Belonore. »

Il règne sur tout le Scavone une atmosphère mortifère. Encore une quinzaine de mètres de dénivelé et la retenue inondera la ferme Belonore. Le calme plat à la surface reflète les cimes enneigées. Les sapins encore chargés de givre pointent leur vert obscur. Quelques troncs oubliés par les élagueurs flottent sur ce curieux miroir. Les deux hommes observent le lac artificiel. Volturno s'approche de son visiteur, il est d'humeur moqueuse :

« Elle te plaît tant que ça, notre vallée, pour que tu y passes un hiver entier ?

— Avec le lac, ce pays de sauvages commence enfin à ressembler à quelque chose. Encore quelques semaines de patience, et je savourerai ma victoire.

— "*A bocce ferme si saprà chi ha vinto !*" À boules arrêtées, on connaîtra le vainqueur !

— *Ciao Belonore !*

— *Ciao Crevalcore !* »

Le *condottiere* remonte d'un pas tranquille vers la placette. Son cheval semble ravi de cette première vraie promenade ; lui aussi a passé un hiver à attendre. Tancredi brosse son pur-sang, alimente la mangeoire, referme la grande porte de son écurie et retourne se placer à son poste de guet.

Les visites de courtoisie se répètent tous les matins, avec le même échange de banalités aigres-douces, la même morgue de Crevalcore, le même curieux détachement de Volturno. Le lac a englouti l'aire de battage. L'eau commence à gagner les soubassements de la ruine de Nessu' le forgeron. L'agitation des oiseaux dans les branches annonce une saison chaude à venir, la fonte des neiges précipite la déferlante des torrents dans la retenue. Une humidité inédite charge l'atmosphère, frigorifie l'environnement, rouille les ferrures et les articulations. Volturno a ressenti ce changement comme un augure maléfique. Son humeur s'est assombrie.

Le premier matin de mai, le *condottiere* est arrivé du même pas tranquille, perché sur la selle de son Lusitanien blanc. Mais l'irrégularité de la démarche du cheval a attiré l'attention de Volturno.

« *Ciao Crevalcore ! Allora ?... Problemi ?* Alors, un problème ?

— *Ciao Belonore !* Quel problème ?

— Ton cheval boite, Crevalcore. »

Le *condottiere* n'avait rien remarqué de particulier. Il ricane :

« Tu te soucies de ma monture, maintenant ?

— Cette bête n'a rien demandé à personne. Même si c'est ton cheval, il n'a pas à pâtir de notre rivalité. Et moi je te dis qu'il boite et qu'il risque de souffrir, et que ce n'est pas normal. »

Troublé, Tancredi a marqué un temps de surprise. Belonore est sorti des limites de son terrain pour observer le cheval de plus près. Après un court temps d'hésitation, Tancredi est descendu de sa selle. Les deux hommes ont fait le tour du cheval. D'un geste adroit et sûr, Volturno a plié le jarret en tenant le canon d'une main ferme. Il s'empare du sabot, qu'il coince entre ses genoux.

« Il n'a pas vu un maréchal-ferrant de tout l'hiver ? La corne a poussé, le fer l'empêche de bien marcher. Regarde, là… »

Le *condottiere* regarde mais ne comprend pas tout. Des palefreniers s'occupent de ces détails, d'habitude. Le paysan vient de marquer des points, encore. Tancredi garde la tête haute, fier.

« Je vois bien. Mais comment faire ?

— Laisse-moi m'en occuper.

— Mais voyons, bien sûr ! Ruine mon cheval, Belonore ! Ne te gêne pas. »

Tancredi a éclaté de rire. Volturno lâche le pied du cheval.

« À votre guise, Monseigneur. Mais un roi sans monture, devant un roturier sur un âne… »

Le *condottiere* réfléchit quelques secondes, puis tire sur la bride de Stiffelio et lui fait faire quelques pas en observant sa démarche. Alors que le *condottiere* teste sa monture, Volturno s'éloigne vers l'âne Pagliacci, au piquet à côté de sa ferme, qu'il détache. Il monte sur son dos et trottine vers son visiteur :

« Voilà le tableau, Crevalcore ! La situation est inédite. Le roi du monde dominé par son vassal. »

Assis sur son âne, Volturno dépasse Tancredi de deux bonnes têtes. Il le toise :

« Alors ? »

Tancredi bout de rage.

« Qu'est-ce que tu proposes, Belonore ?

— Une trêve. La ferme en ruine, en face... Elle appartenait à un forgeron qui nous aidait pour les fers. Je peux y trouver tout le matériel nécessaire. Je le fais déjà pour Pagliacci. Alors ? »

Sans un mot, le *condottiere* s'est saisi des rênes de son cheval. Volturno a parcouru la distance de sa maison à celle de Nessu' sur le dos de son âne. Arrivés près de l'ancienne forge, il est descendu de son destrier à longues oreilles, a ouvert la grande porte délabrée de l'étable. Le vantail s'est aplati sur la terre battue, dégondé, dans un nuage de poussière. Volturno s'est dirigé vers un établi. L'opération a été menée avec dextérité. Il est habile, et habitué. Les deux hommes sont ressortis un quart d'heure plus tard, côte à côte, suivis de leur montures respectives.

L'allure des deux vieux ennemis est cocasse. Le maigre et le costaud, le paysan et le nanti. Leurs silhouettes évoquent un attelage improbable, un Don Quichotte et un Sancho Pancha italiens issus d'une représentation théâtrale où les rôles auraient été inversés. Avant de remonter vers son antre, le *condottiere* a salué le patriarche de San Catello, d'un geste sobre.

Le lendemain matin, les pas du cheval sur les calades sonnaient plus réguliers. Tancredi s'est approché de la maison Belonore. Volturno avait retrouvé son siège, trônant à nouveau devant sa porte. Un doux soleil réchauffait les échines. Le *condottiere* est descendu de sa monture, a fait les quelques pas vers Volturno. Il lui a tendu une bouteille cachetée de Barolo Mirafiori millésimée 1934.

« *Ciao Belonore!* Pour te remercier, de la part de Stiffelio. »

Volturno s'est saisi de la bouteille, appréciant le geste comme le contenu.

— *Ciao Crevalcore!*... Je suis sensible à l'attention. Vous remercierez votre cheval, Monseigneur! »

Le *condottiere* s'est amusé de la remarque. Volturno pose la bouteille sur le rebord de sa fenêtre. Le *condottiere* retournait vers Stiffelio lorsque le patriarche l'a interpellé :

« Tu aimes la charcuterie, Crevalcore ?

— Je ne suis pas un ascète. Et j'apprécie les produits de qualité.

— Viens déjeuner avec moi, à midi. J'ai tué le cochon, l'automne dernier, et j'ai quelques terrines remarquables. »

Le *condottiere* s'est éclipsé. À midi pile, il est de retour. Volturno a sorti trois tabourets, disposés sur le pas de sa ferme. Celui du milieu fait office de desserte. Un pot de rillettes, une saucisse et un jambon attendent sur un plateau. Une tomme de fromage de chèvre largement entamée accompagne les charcuteries à l'odeur alléchante. Pour l'occasion, Volturno a enfourné une miche. Le pain est chaud. Tancredi s'assied face à Volturno. Le patriarche tend la bouteille, le *condottiere* la débouche, chacun se sert un verre. La dégustation dure longtemps, sans autre considération que l'excellence de la cochonnaille. Les deux vétérans réchauffent leurs carcasses au soleil. On pourrait croire aux retrouvailles de deux vieux camarades de régiment, ou à la pause arrosée de deux chasseurs de retour d'un braconnage. Repu, Tancredi Crevalcore se lève avec difficulté. Il est de bonne humeur :

« Tu ne lâches jamais rien, Belonore ?

— Non. Nous avons une devise, dans notre famille, qui raconte à peu près ça : "*Rien n'a jamais fait reculer un Belonore.*" C'est devenu un mode de vie. »

Le *condottiere* regarde l'étendue d'eau qui déroule ses reflets de l'ubac à l'adret, à leurs pieds.

« Et quand l'eau aura envahi ta maison ?

— On verra bien. Mais depuis plusieurs générations, nous nous en sommes tenus à ce principe. L'eau ne sera qu'une péripétie de plus.

— Sans doute la dernière, Belonore.

— *Magari*... Peut-être ! "*Chi seguita il giuoco, al fin impoverisce...*"

— À force de gagner au jeu, on se ruine ? Vos proverbes sont vraiment curieux, ici. Ce repas était parfait, Belonore ! »

Le *condottiere* s'apprêtait à quitter son hôte lorsque Volturno lui demande :

« Une promenade, *signor' commandatore ?*

— Drôle de proposition, Belonore.

— Tu ne connais pas cette vallée que tu es en train de tuer.

— Ce n'est pas cette vallée que je suis en train de tuer, Belonore. »

Sans une remarque de plus, Tancredi et Volturno ont enfourché Stiffelio et Pagliacci. Le contraste au sein de cet équipage est cocasse. Le *condottiere*, avec sa haute stature et son feutre à larges bords, chevauche son pur-sang blanc. Le patriarche, filiforme et voûté, dans ses habits de paysan et coiffé de son calot à la Garibaldi, mène son âne d'une main experte. Les deux ennemis se sont enfoncés dans les sous-bois, côte à côte. Leur déambulation a duré deux heures, deux heures sous les mélèzes et les sapins, à admirer la nature foisonnante de cette vallée. Ils ont croisé deux sangliers et un chevreuil, aperçu un coq de bruyère, entendu le cri strident des aigles. Après avoir longé la clue des martinets, les deux vétérans ont atteint les alpages. Tancredi Crevalcore a découvert cette vue unique sur les cimes encore enneigées et les contreforts des montagnes lombardes. En contrebas, le lac artificiel reflète un vert lumineux. Sa surface brille comme une pierre précieuse polie. On distingue le couronnement de la voûte où quelques ouvriers du barrage s'affairent. San Catello vu à bonne distance masque ses ruines. Volturno s'est rappelé des aquarelles de l'ingénieur Giramondo, lors de la présentation du projet, des années auparavant. Le paysage idyllique imaginé alors par l'hydraulicien se déroule devant ses yeux. Volturno repère sa ferme. L'eau semble déjà la frôler, comme elle s'approche des murets du cimetière. Le *condottiere*, lui, admire son œuvre.

« La civilisation arrive enfin dans ce bout du monde, Belonore. Tu devrais te réjouir.

— Cette vallée était déjà une très belle vallée, même sans ton cirque de béton. »

Volturno est grave. Le stratagème pyrotechnique de son ingénieur de fils ne fonctionne pas. Il n'arrive pas à admettre son échec. La disparition de l'empire Belonore passe par l'immersion de sa maison et de ses terres. Et l'aboutissement de la tactique de son adversaire paraît imminent. Et inévitable. L'arrogance et le mépris de Michele Crevalcore, le musicien ambulant qui a causé tout ce chaos, reviennent à l'esprit du patriarche.

« *Condottiere Crevalcore !* Ce que je vais te dire peut te paraître vain, inutile. Et ça ne va même pas soulager mon âme. Mais ton fils était une ordure. Il s'est comporté comme un salopard. »

Le *condottiere* s'est tourné vers son guide, un sourire désolé au coin des lèvres :

« Je sais, Belonore. Je sais tout ça. »

Tancredi a talonné les flancs de son pur-sang et donné un coup de bride en concluant :

« Mais c'était mon fils. »

Turin, piazza Carignano, juin 1947

« *Allora ?...* Alors ?

— Toujours rien, Quadro ! Toujours rien. »

Comme tous les jours depuis l'automne, Lucio Belonore est plongé dans le *Corriere della Sera*. Sa recherche de la moindre information sur la rupture du barrage tourne à l'obsession. Le lac se remplit, la voûte tient bon. Quadro reste penché sur l'épaule de son paraplégique. Une voix féminine rocailleuse les tire de leur lecture appliquée :

« Et vous non plus ? »

Quadro et Lucio lèvent la tête vers Mariana, la plantureuse serveuse de chez Pepino.

« Nous non plus quoi ? »

La carte des glaces à la main, un air de reproche en travers de la figure, elle tente une attaque pernicieuse en direction de l'ingénieur :

« Vous non plus, toujours rien ? »

Préoccupé par son décryptage du journal, Lucio ne comprend pas. Quadro réagit à la place de l'ingénieur, avec un empressement gourmand :

« Moi, je veux bien un *bavarese alla vaniglia con gelé di fragola.*

— *Ma che cavolo !* Mais quel gland ! Vous, mon frère, je le savais ! Vous venez de me le redire ! Trois fois, vous me l'avez redit, pour ce putain de bavarois ! À chacun de mes passages sur cette terrasse, vous me l'avez redit, que vous voulez un bavarois ! Je vais vous l'apporter, votre bavarois.

— Ah ! À la vanille ?

— Oui, à la vanille, *schemo che sei !* Mais l'ingénieur, là ? Il ne prend vraiment rien ? Il ne prend jamais rien. Il mange jamais plus de toute sa vie, ou quoi ? »

Lucio lève les yeux vers Mariana :

« *Mariana, per favore...* Mariana, s'il te plaît, tu pourrais m'apporter une *torta peccato di gola*, avec de la *gelatina di amarene*, un coulis de *caramello e vaniglia, croccante di riso e fave di cacao*, accompagnée de deux boules de *gelatti al nocciola*, et de trois *bignoline,* mais pas ceux à la pistache. »

Mariana n'en revient pas :

« Tout ça vous allez manger, *signor' commandatore ?*

— Non. Mais ça me laissera cinq minutes de tranquillité, les cinq minutes que tu vas mettre à mémoriser toute ma commande. Et à faire trois allers retours avec l'atelier du pâtissier parce que tu te seras trompée dans les parfums ! Et encore, je ne t'ai pas passé la commande en américain. *Allora ?...* Alors ?

— Alors, c'est parti : *una torta peccato di gola, con gelatina di amarene...* »

Mariana s'éloigne de la table occupée par Lucio et son auxiliaire lorsqu'une autre voix, plus grave celle-là, interrompt une fois de plus les recherches de Lucio.

« Ah, Belonore ! Je savais que je vous trouverais ici. Avec les beaux jours, vous et votre fidèle dominicain sur la terrasse de Pepino ! La tradition est respectée. »

L'ingénieur Positivo se tient debout devant la table de Lucio. Les pots-de-vin des cimentiers l'ont singulièrement enrichi. Il se balade dans un costume sur mesure cousu par Guccio Gucci lui-même, trottine dans des souliers bicolores vernis Salvatore Ferragamo et s'est fait teindre les cheveux par son coiffeur de la via Santa Chiara. Sa coiffure ne correspond pas exactement au résultat souhaité. La teinture a viré vers un mauve lumineux. Mais la couche suffit pour masquer ses inconcevables cheveux blancs. Et le rendre ridicule. L'expert de *l'Istituto per la Ricostruzione industriale* exhibe une enveloppe cartonnée. Lucio tend la main par pure politesse.

« C'est gentil.

— Non, c'est normal, Belonore. Grâce à vos conseils avisés, la construction de ce barrage s'est faite en un temps record, et le ministère tient à vous inviter à son inauguration.

— Son inauguration ?

— Bien sûr !

— Mais il est toujours plein ?

— Quoi donc ?

— Le barrage ? »

Positivo ne comprend pas la perplexité de son interlocuteur.

« Heureusement qu'il est toujours plein ! Nous venons tout juste de le remplir. Il a atteint son niveau haut de référence jeudi dernier. Et l'inauguration aura lieu à la fin de la semaine. Un petit voyage en Lombardie ? Ça vous dit ? »

Ce trajet-là a été beaucoup plus rapide que le précédent. Il n'était plus question d'étapes gastronomiques ni des caillettes du cousin de Nuza'. Le trio a mis deux petites journées pour rejoindre la vallée du Scavone. Une fois de plus, Nuza' tenait le volant de son bolide, et Quadro était assis à la place du mort. Lucio a voyagé dans son habitacle dédié avec vue sur la route. Été comme hiver, Lucio n'arrive pas à se séparer de son déguisement d'ingénieur respecté. Costume-cravate, et chemise boutonnée jusqu'au col. Il porte donc une cravate. Et c'est l'été, ou presque. Et il étouffe. Mais il résiste, stoïque. Sur sa carrosserie cabossée, oubliée la sainte qui louche ! La fourgonnette de l'institut ne trimballe plus le portrait hasardeux de Santa Anastasia di Sirmio ; Nuza' souhaitait quelque chose de plus discret. La carrosserie a été recouverte d'une couche de peinture approximative par les garagistes dilettantes de la Via San Remo. Une simple inscription reprend le nom de sainte Anastasie, soulignée par l'adresse de l'institution religieuse. Le graphisme qui barre le flanc du *Furgoncino 508 Balilla Van* est propre, appliqué mais gâché par une faute d'orthographe.

Depuis l'exfiltration de Pietrino vers Turin, la bonne sœur s'est occupée du gamin comme une mère. Elle surveille ses études, son éducation, son moral. Le fils de Vittoria et de Carlo est un garçon brillant, et les déchirements familiaux ne semblent pas trop l'affecter. Il progresse, il grandit. Deux hivers ont passé ; le second printemps turinois de Pietrino se termine. Il n'a plus parlé d'aller éradiquer le continent américain, n'a plus fusillé de souches avec ses pistolets en bois. Il évoque peu sa mère, et encore moins Addolorata sa marraine. Quelquefois, son oncle Lucio l'a surpris fredonnant quelques notes du *Stabat Mater* de Boccherini, comme le faisait son grand-père Volturno lorsqu'il le promenait à travers le village sur le dos de son âne.

Nuza', Quadro et Lucio sont étonnés de ne jamais avoir eu de réponse aux courriers envoyés par Pietrino. Peut-être auront-ils une explication à leur arrivée ? Leur trio est toujours aussi soudé. Quadro s'occupe en permanence de l'accompagnement indispensable de son ingénieur paraplégique, pendant que Nuza' veille sur les détails d'intendance. Pietrino a huit ans : il fait preuve d'une vraie autonomie. Pour les jours à venir, Lucio a confié son neveu aux religieuses de Santa Anastasia. Ces préceptrices dévouées prendront le relais, le temps de ce voyage improvisé vers San Catello.

Le trio arrive à Santa Pazienza en milieu de matinée, un jeudi de juin. La chaleur plombe les ardeurs. Le spectacle qui s'offre aux nouveaux arrivants est édifiant. La centrale électrique se pavane, accrochée en déport au bas du grand mur incurvé. Le tableau est identique aux dessins futuristes présentés aux autochtones, et validés par les autorités. Deux énormes tuyaux repeints d'un doré tape-à-l'œil n'attendent que l'ouverture des vannes pour libérer une force motrice impressionnante, jouer les jets d'eau féeriques et remplir le bief d'aval, ce petit lac artificiel destiné à recueillir les surplus évacués de la retenue. La voûte grimpe le long de la clue. L'interminable muraille de béton obture les gorges du Scavone. Elle oblige à lever haut les yeux pour apercevoir le couronnement du barrage et un bout de ciel, juste au dessus. Malgré tous les calculs de Lucio, le site est resté intact. La pression de l'eau n'a eu aucun effet sur ses mines antichar et ses explosifs dissimulés dans la statuaire immergée au pied des gorges. Pour lui, c'est une déroute.

Le village du chantier n'a plus rien d'une fourmilière. Les baraquements sont toujours aussi délabrés, alignés au milieu des ruelles boueuses. Mais ils sont vides. Les planches des chemins sont disjointes, les toitures poreuses, les déambulations bancales. Le flot des esclaves et des besogneux s'est asséché aussitôt la voûte terminée. Une seule allée est encore occupée : d'un côté, les ouvriers de la maintenance, de l'autre, les techniciens de la centrale électrique. Les ateliers mécaniques partent en friche. Trois vieilles remorques destinées à tracter les engins d'excavation patientent contre le muret d'un hangar démantelé, au départ de la route Marshall. Nuza' est ulcérée :

« Maudits soient-ils ! Je ne demandais pas une cathédrale. Cette bande de mécréants n'a même pas été foutue d'ériger le plus petit oratoire. »

La rouille a commencé son travail de sape. L'odeur pestilentielle des marécages éclipse les fragrances d'huile de vidange et les effluves de gas-oil. Il était inconcevable que l'activité de cette ruche assourdissante puisse se tarir ! L'opulence n'aura pas duré deux années. Dans sa cantine miteuse, Gran'Paolo fait grise mine. Comme les Mezzanese avec leur épicerie, il n'a rien anticipé. Derrière son comptoir, il rogne ses stocks d'alcool avec deux piliers de son bar : Andrea Giaccanova et Gregor le Grec. Le neveu du *Bürgermeister* n'a plus une seule lettre à distribuer depuis longtemps. Le chef des vigiles porte le deuil de son chien de garde depuis sa désintégration. L'état de leurs foies respectifs pâtit grièvement de la crise généralisée. Et leur consommation pourtant massive de liqueurs diverses ne constitue pas un chiffre d'affaires satisfaisant pour le taulier. La clientèle s'est fait rare. L'inauguration de la centrale doit avoir lieu tantôt. Les spécialistes mobilisés sont trop affairés avec les derniers réglages pour venir trinquer au comptoir de Gran'Paolo.

Les huiles locales sont attendues, les discours déjà prêts. Une petite estrade recouverte de vert, de blanc et de rouge a été montée au bord du lac de déverse, face à la voûte. L'ingénieur Giramondo a imaginé un feu d'artifice aquatique : les deux vannes s'ouvriront au maximum de leur capacité pour fêter l'événement. Tous redoutent un imprévu. Les opérations d'essais de remplissage du barrage ont été bâclées. Une phase intermédiaire de vérification de la solidité des ouvrages est passée à la trappe. Les conditions de fonctionnement de l'installation ne sont pas optimales. Mais l'ingénieur en chef et l'architecte du projet s'affirment confiants. Alors ! Tout le monde a opiné, sans se poser plus de questions. L'architecte s'est dépêché de partir vers d'autres chantiers, le plus loin possible. Et tout le monde croise les doigts. Gran'Paolo a réalisé, mais bien trop tard, qu'avec le lac artificiel, là-haut, son auberge du Risorgimento aurait pu devenir un point d'attraction touristique très rentable. Manque de discernement, il l'a cédée pour une bouchée de pain au *condottiere*. Il ne peut s'en prendre qu'à lui.

« Trois remontants et trois verres d'eau glacée. »

La porte de sa cantine s'ouvre sur trois clients atypiques, dont deux sont déguisés en ecclésiastiques et le dernier assis sur une chaise de paralytique.

Gran'Paolo, plié sous le comptoir et occupé à transvaser de la liqueur de myrte, ne les voit pas entrer.

« Si vous venez pour l'inauguration, vous êtes là un jour trop tôt.

— Nous venons pour voir mon père. Il est toujours là-haut ? »

Gran'Paolo se retourne, se détend, fait le tour de sa banque :

« Ça alors ! Lucio Belonore ! Serre-moi la main, mon neveu.

— Non.

— Non ?

— Non.

— Non ? Tu n'es pas mon neveu ?

— Si, mais je ne serre pas la main aux enfoirés. Et tu en es un beau, Gran'Paolo ! »

Gregor le Grec aurait dû intervenir, il se contente d'éclater de rire. Enfin, quelqu'un place les mots justes sur le ressentiment qu'il a depuis toujours face à l'aubergiste. Et Andrea, le neveu du *Bürgermeister*, est trop saoul pour même comprendre ce qui se passe. Lucio donne un tour de roue de sa chaise pour se placer face à son oncle.

« Tu as abandonné le village ! Tu as vendu ton âme. Et pire, tu as trahi ta famille.

— Mais… Tu aurais fait quoi à notre place ?

— J'aurais fait quoi ? *Guarda !* Regarde-moi bien, Gran'Paolo. J'ai perdu mes jambes pour le village. J'ai gâché ma vie pour vous tous. Et toi ? Tu t'en es mis plein les poches sur le dos de notre communauté. »

Gran'Paolo bougonne :

« Plein les poches, c'est vite dit !

— *Frocetto !* Tu es vraiment un enculé ! Comment ça se passe, là-haut ?

— Ton père persiste à rester dans sa ferme. Le lac a déjà tout englouti et il ne veut toujours rien savoir ! "*Chi vive nella speranza, muore a stento*". "Qui vit d'espérance, meurt dans le désespoir."

— Toujours vos proverbes imbéciles ! "*Dimmi con chi vai e ti dirò chi sei.*" Dis-moi avec qui tu vas, je te dirai qui tu es. Toi, tu es allé avec l'ennemi. Volturno est resté seul, là-haut ? Et Vittoria ?

— Addolorata et Vittoria se sont installées à Bergame, avec ton frère. »

Lucio marque un temps d'arrêt :

« Mon frère ?

— Marzio. Il est revenu des camps. Il est vivant, Lucio !

— Et personne ne m'a prévenu ? Il m'aurait écrit ! Je n'ai pas reçu une seule lettre depuis mon dernier passage, ça fait presque deux ans ! »

Andréa Giaccanova sort de sa torpeur pour mettre les pieds dans le plat. Le mot « lettre » l'a extirpé de son coma éthylique :

« Ça, c'est normal ! Pour le courrier, c'est devenu trop compliqué. Ici, juste on reçoit les lettres pour Santa Pazienza et on envoie les lettres depuis Santa Pazienza. *E punto basta*... Plus personne ne monte plus jamais là-haut, à San Catello... »

Gran'Paolo houspille le gaffeur de service :

« Ta gueule, Andrea ! »

Andrea continue, droit dans ses bottes, sans bafouiller :

« Quoi ? J'ai pas raison ? C'est même toi, Gran'Paolo, qui as organisé le cirque du courrier comme ça. Vous êtes de San Catello ? C'est pas compliqué. Si vous cherchez votre courrier, c'est là ! On fait le tri et on jette tous les six mois. »

Quadro regarde les correspondances abandonnées au fond des panières. Il plonge pour récupérer la dernière lettre envoyée par Pietrino à sa mère : elle date du mois de mars, un trimestre plus tôt. Une autre lettre oblitérée aux États-Unis et destinée à Pietrino et Vittoria Belonore patiente. Le nom de l'expéditeur lui dit quelque chose. Lucio pointe un index vers l'aubergiste :

« Si je n'étais pas là coincé sur cette chaise, je t'aurais crevé, Gran'Paolo ! »

Une nouvelle fois, Gregor le Grec éclate de rire. Il marmonne une vague phrase mâtinée de grec où il traite les autochtones de dégénérés. Le vigile en chef sort s'asseoir sur un tabouret, en plein cagnard sur le seuil de la cantine, pour cuver. Nuza' donne le signal du départ : il n'y a rien à espérer de cette halte, même pas les boissons fraîches commandées à leur entrée dans la gargote. Après un rot sonore et encombré, Andrea s'inquiète :

« Et pour votre courrier ? Vous le prenez, finalement ? Parce que moi, quoi qu'il arrive, je monterai pas jusqu'à San Catello. »

Le trio turinois sort de la cantine, grimpe dans la fourgonnette et s'engage sur la route Marshall. Le poste de garde est déserté depuis longtemps : la barrière rouge et blanche a servi de combustible un jour d'hiver plus glacial que les autres. Un quart d'heure plus tard, le *furgoncino* passe le col des Guardi. Lucio a un moment de stupéfaction :

« Nuza' ! Arrête-toi un moment, s'il te plaît ! »

Le spectacle qui s'offre à eux est à la fois effrayant et d'une beauté à couper le souffle. Un superbe lac de montagne s'étend au pied de San Catello en ruine. Ses eaux limpides proposent un vert éblouissant. Lucio est fasciné. S'il n'avait pas découvert sa vallée noyée, le paysage aurait pu lui paraître paradisiaque.

La fourgonnette prend la seule ruelle carrossable qui mène vers le bas du village. Passé les dernières maisons, Nuza' s'arrête. Ils sont coincés sur un chemin mal pavé devenu un cul-de-sac. La route plonge dans le lac.

De la ferme de Nessu' le forgeron, on ne distingue plus que le toit. Une ventarelle joue les pédalos à la dérive près de l'accès à la grange. La machine rustique flotte, arrimée à un crochet à foin dont la potence point hors de l'eau. Le rez-de-chaussée et l'étage sont submergés. La grande porte de l'étable flotte comme un radeau échoué, près de la berge. La charpente d'une ruine dresse ses poutres comme les mâts d'un galion en fortune de mer. Le lac dégage une douce impression de fraîcheur qui contraste avec l'étouffante température de ce milieu de journée. À une cinquantaine de mètres, face à eux, la ferme familiale des Belonore émerge de la surface sans aucun remous.

La maison ressemble à une brique posée au milieu d'une bassine. Pour Quadro, dont les rares références restent culinaires, le spectacle évoque plutôt un légume surnageant au milieu d'un bouillon. Un immense réservoir à l'immobilité morbide entoure tout le bâtiment. L'eau grimpe à plus d'un mètre de hauteur sur la façade. Elle pénètre par la porte d'entrée grande ouverte. Encore quelques centimètres et les flots passeront par les ouvertures des pièces basses. Toutes les fenêtres sont béantes, et pas un signe de Volturno. Son trône de bois flotte à proximité de la porte d'entrée, coincé dans le chambranle. Quelques cagettes vides, trois bûches échappées de la réserve, un manche de pioche brisé et deux paniers en osier clapotent. Plus loin, les animaux vagabondent. Le champ qui longe le cimetière est devenu une plage verdoyante. Les vaches ne comprennent rien à la taille de leur nouvel abreuvoir. Pagliacci, l'âne, broute tranquille, comme si tout était normal. Les poules ont colonisé les allées de la nécropole ; elles circulent entre les ruches abandonnées. Il n'y a plus un bruit dans la vallée. Les oiseaux ne piaillent plus de leur vacarme habituel, le torrent ne coule plus. Seules quelques voix lointaines d'ouvriers sur le sommet du barrage et le caquètement des poules en villégiature sur les tombes rompent le silence. Lucio se met à crier :

« Papa ? »

Il se retient soudain. L'avait-il jamais appelé ainsi ? Il lui aura fallu attendre cinquante-deux années et ce bouleversement radical dans la destinée des siens pour nommer Volturno de ce mot familier ! Lucio donne quelques tours de roues, jusqu'à frôler l'eau. Quadro reste à côté, vigilant. Nuza' est en retrait, près de sa fourgonnette. Elle aussi est inquiète. Les fers d'un cheval résonnent sur les pavés. Le son des sabots semble ricocher à la surface du lac. Un cavalier à la belle prestance, perché sur un superbe pur-sang blanc, s'approche. Il contourne l'utilitaire et sa conductrice avant de s'approcher du paralytique :

« Vous êtes Lucio Belonore ? Oui, forcément. »

Lucio lève le regard vers le cavalier triomphant :

« Vous, pas la peine de vous présenter ! Je sais très bien qui vous êtes, Tancredi Crevalcore.

— La nouvelle configuration de votre vallée vous plaît ?

— Où est mon père ?

— Votre père ? Sans doute à l'intérieur. Il n'est plus réapparu depuis que l'eau s'est infiltrée dans votre ferme. Mais je ne sais pas s'il a choisi de s'exiler au premier étage ou s'il s'est déjà noyé.

— Vous êtes un assassin.

— Moi ? Qui a tué Michele, mon fils ? Non, vous êtes tous coupables. Tous, ici ! Et aujourd'hui est arrivé le jour de ma vengeance. Vous n'imaginez pas ce que j'ai attendu ce moment, Belonore. Et là, devant mes yeux, votre naufrage ! C'est parfait. Je vous laisse à ce magnifique spectacle : je dois préparer l'inauguration du barrage. Les personnalités vont défiler demain, et je ne veux pas les décevoir. Je ne vous salue pas, Belonore. »

Tancredi donne un coup de bride, le cheval fait demi-tour. L'équipage disparaît dans les ruelles proches. Lucio appelle, encore :

« Volturno ? Volturno Belonore ? C'est Lucio ! »

Mais aucune réponse ne parvient de la maison immergée.

Santa Pazienza, dans la centrale électrique,
au même moment

« *Allora ? Illustrissimo capo direttore ?* Alors, chef ?

— *Allora cosa succede, Demetrio ?* Alors quoi, Demetrio ?

— Pour les essais ?

— Pas d'essai.

— Vous êtes certain ?

— Demain ! Et sans essai. »

L'idée même de hiérarchie a toujours tétanisé Demetrio Casalgrande, ingénieur en charge des installations mécaniques de la centrale. Et son interlocuteur se trouve au sommet de cette hiérarchie. Demetrio a eu toutes les peines du monde à franchir la porte du bureau directorial. L'accueil a été à la hauteur de ses craintes. Pas glacial, juste distant. L'ingénieur en chef Giramondo est un homme difficile à cerner, surtout depuis qu'il a été nommé à la tête de ce chantier gigantesque. Peu autour de lui savent qu'il est là par défaut.

Les vrais initiateurs de l'ingénierie du barrage décédés, le *condottiere* l'a nommé par souci d'efficacité. Giramondo, au départ, n'était qu'un hydraulicien médiocre, à la bouffonnerie typiquement méditerranéenne. Mais il avait la mémoire du projet. Et puis, c'était un artiste. Ses projections à l'aquarelle avaient permis de vendre le projet à toute la population. Giramondo a un coup de crayon convaincant. L'usine électrique a d'ailleurs été directement inspirée d'un de ses dessins, lui-même plagié sur une vignette de *Golden Princess of Mars,* un *sunday comic strip* abandonné par un troufion de la

Cinquième Armée de Libération. Pour les détails pratiques, Giramondo a toujours délégué. Cette inauguration est son heure de gloire. Justement. Devant l'enjeu, Demetrio se fait insistant :

« Oui, mais si ça marche pas ?

— Pourquoi ça marcherait pas ? On les a essayées, les turbines. Non ?

— *Si, illustrissimo capo direttore !*... Oui, chef ! Mais l'une après l'autre. Jamais ensemble.

— Justement, Demetrio ! Imagine l'effet de surprise ! Après les discours officiels, d'un coup !

— D'un coup quoi ?

— D'un coup, deux gerbes d'eau magnifiques ! Neuf cents mètres cubes à la seconde qui jaillissent dans les airs. Je veux garder la surprise, pour tout le monde.

— Mais justement, là, il n'y a personne. Les invités arrivent demain. On pourrait essayer les...

— Ne te bile pas, Demetrio. Tu vois... »

L'ingénieur en chef Giramondo se lève. Demetrio ressent une urgence chez son interlocuteur. La réalité de sa précipitation concerne un rendez-vous d'importance. Giramondo a été convié par le *Bürgermeister* de Santa Pazienza. Et il est en retard. Et le déjeuner en compagnie de consanguins locaux et de quelques cadres de l'usine promet d'être roboratif. Et bien arrosé. Et Giramondo a faim. Et soif. Il fait le tour de son bureau et se plante devant trois aquarelles encadrées sur le mur :

« Regarde, Demetrio ! J'ai fait ces dessins il y a dix ans. Et aujourd'hui, ce lac est une réalité. »

Demetrio détaille un des tableaux. Le lac est magnifié, les maisons de San Catello s'accrochent en balcon et les *vaporetti* voguent sur les eaux limpides de la retenue. Néanmoins, il y a une galaxie entre la prospective et l'ouvrage. Le village n'est plus qu'une ruine, et les bateaux ne navigueront jamais sur ce bassin aux berges abruptes. Comme l'affirme haut et fier l'ingénieur en chef, le lac est une réalité. Mais l'équipement qui alimente l'usine électrique en est une autre. Et la moitié des tests sont passés à la trappe. Demetrio fait preuve d'une audace qu'il n'imaginait pas :

« Eh bien moi, j'ai refait les calculs ce matin.

— C'est très bien, Demetrio.

— Et… et je crains pour les vibrations.

— Quelles vibrations ?

— L'effet de résonance entre les deux turbines.

— Tous les barrages modernes sont équipés de turbines Francis – deux turbines, trois, voire beaucoup plus – et il n'y a jamais eu aucun problème, Demetrio. Fais-moi confiance ! »

Lui faire confiance, voilà… Toute l'angoisse de l'ingénieur Demetrio Casalgrande est provoquée par cette dernière notion, très aléatoire.

Au même moment, sur le chemin vers la maison Belonore, au bord du lac

Au même moment, un autre cas de conscience travaille Quadro, le frère dominicain. La demande de Lucio est précise. Mais l'exécution de l'ordre pose problème. Nuza' accélère le processus :

« Mais ne sois pas idiot, Quadro !

— Mais vous allez me voir !

— Et alors ? J'ai déjà vu des hommes nus. Et des plus laids que toi, crois-moi ! Alors, fais ce qu'on te demande. Ou vas-y avec ton aube.

— Je peux ?

— Ah ça, tu peux toujours. Mais quand tu ressembleras à une génoise !

— Pourquoi je ressemblerais à une Gênoise ?

— Mais non ! Là, il est juste question du biscuit à pâte battue dans son torchon mouillé. Pour toi, ce sera moins pratique pour avancer.

— *Certo !* »

Sur son radeau, Lucio trépigne. À l'aide de deux vieilles cordes, Nuza' et Quadro ont arrimé sa chaise roulante à la porte de l'étable. L'aîné des Belonore est rivé sur son fauteuil, paré pour le voyage. Son embarcation improvisée flotte déjà là où le chemin vers la maison Belonore s'enfonce dans l'eau. Ce drôle de navire n'attend que l'impulsion d'un volontaire pour être poussé jusqu'à la ferme, à une cinquantaine de mètres en face d'eux. Quadro est volontaire. Mais timide.

Lucio veut rejoindre la maison familiale, persuadé que son père s'y trouve, et peut-être en péril. Nuza', une fois de plus, prend le taureau par les cornes. Quadro n'en revient pas :

« Qu'est-ce que vous faites ?

— Je vais prendre un bain. »

La sœur dénoue le chapelet qui lui sert de ceinture. Elle enlève sa coiffe et son habit de nonne. Nuza' se retrouve en culotte. Un tricot usé jusqu'à la corde recouvre le haut de son corps. Elle replie son aube et pose ses accessoires sacerdotaux sur le siège conducteur de la fourgonnette, à proximité du courrier récupéré dans la cantine. Nuza' s'avance dans l'eau en poussant le radeau. C'est la première fois que Lucio et son dominicain découvrent la chevelure de la sœur. Malgré sa cinquantaine bien avancée, ils sont d'un noir de jais. Passé la surprise, Quadro se dépêche ; il se déshabille à son tour. Torse nu et en caleçon, il rattrape le radeau et se met à pousser, lui aussi. L'eau est froide : le frère dominicain refrène une injure très peu chrétienne, suivie d'un constat aigre :

« Maintenant j'en suis certain : Dieu n'existe pas !

— Ne blasphème pas, Quadro !

— C'est à la portée du premier imbécile d'inventer l'eau tiède. Et Dieu n'y a même pas pensé ! »

Le plus compliqué pour les deux marins d'eau douce est de garder leurs pas sur le chemin, sans voir où ils posent leurs pieds à cause de la vase en suspension. Perché au-dessus de son radeau, toujours déguisé en ingénieur respectable, Lucio tangue dangereusement. Il n'a même pas songé à dénouer sa cravate. Balancée sur son esquif, sa chaise roulante grince du même son que les voiliers à quai. Le clapot des vaguelettes autour du bois rappellent des ambiances portuaires par temps calme. Nuza' et le dominicain se sont enfoncés jusqu'à la taille. Lucio s'agrippe aux accoudoirs de sa chaise, tandis que l'équilibre sur sa planche reste précaire. Nuza' guide l'embarcation avec plus de précautions qu'elle ne conduit la camionnette de l'institution. Le moindre faux mouvement risque de faire basculer le catafalque.

« Volturno ? Volturno Belonore ! Réponds-nous ! »

Lucio a crié plusieurs fois avant qu'ils n'arrivent à proximité de la façade. Mais aucune réponse ne leur est parvenue. Arrivés sur le perron, Nuza' a fendu les flots pour regarder par les fenêtres grandes ouvertes. L'eau lui arrive plus haut que le ventre. Le niveau inférieur de la maison est encombré de détritus flottants, mais vide de présence humaine. Lucio se sent impuissant. Il culpabilise. Son stratagème explosif est un échec. Gamin, il n'était pas arrivé à gérer la coulée de terre qui aurait pu noyer la vallée. Adulte, il est à nouveau face à une défaite. Cette situation le mine. Peut-être arrive-t-il même trop tard pour sauver son père.

« Il faut aller voir à l'étage. »

Nuza' fait signe à Quadro de rester pour maintenir le radeau et son passager en équilibre. Si Lucio part à la dérive, il leur sera impossible de le récupérer. Enfoncé dans l'eau, le dominicain grelotte. La sœur dégage l'antique siège de Ciro, coincé dans la porte d'entrée, qui lui barre l'accès à la maison. Les chaises et les tabourets flottent. Des ustensiles encombrent la surface. Quelques bouteilles jouent les bouées, entourées de boîtes de *corned-beef* vides. La pelle à pain s'est coincée dans le bûcher de la cheminée. Un rouet à filer la laine attend une ultime montée du niveau de l'eau pour s'échapper par une fenêtre. Aucune trace du patriarche Belonore dans cette partie de la maison ! La moniale grimpe l'escalier. L'eau dégouline sur ses jambes : sa tenue sommaire est trempée. La visite du premier étage devrait être rapide : il n'y a que trois portes palières. La première chambre, celle des femmes, est vide. Le décor est figé dans un passé lointain. À part elle-même lors de leur dernier séjour à San Catello, plus personne n'est entré dans cette pièce depuis des lustres.

Nuza' ouvre l'autre chambre : elle se fige sur le pas de la porte. Deux yeux brillent de malice dans l'obscurité. L'intelligence du regard contraste avec la mimique désabusée du vieillard allongé devant elle :

« L'histoire est terminée. Et j'ai perdu. »

Volturno est étendu sur un petit lit, les mains croisées derrière le crâne. Il paraît vingt ans de plus que la première et dernière fois où elle l'a croisé. Le patriarche détaille cette quinquagénaire à moitié nue dont les frusques trempées épousent des formes incertaines. Le visage et les mains de la nonne sont tannés par le soleil, tout le reste de sa peau reste d'une pâleur cadavérique. Ses cheveux libérés tombent sur ses épaules décharnées. Elle est petite, maigre, austère. Il n'y a aucune sensualité dans son attitude, mais la force de caractère de cette visiteuse improbable transpire par tous les pores :

« Volturno Belonore ! Votre fils est là. Vous devriez lui parler.

— À quoi bon ? L'eau va encore monter de deux ou trois mètres, envahir le cimetière. Et ce sera la fin des Belonore. Je n'ai plus rien à dire à personne.

— Quelle prétention ! Vous n'êtes vraiment qu'un vieil égoïste, Volturno Belonore. Même si vous disparaissez, votre lignée n'est pas près de s'éteindre.

— Ma lignée ? C'est qui, ma lignée ? Vittoria ? Elle n'est même pas ma vraie fille.

— Elle est la fille de Marzio.

— Elle est folle.

— Et Pietrino ? Vous l'oubliez ?

— Pietrino ? Ce pauvre gamin ? Vous savez que son aïeul est mon ennemi juré ?

— Vous savez que vous êtes vous aussi son aïeul ? Vous savez que c'est un garçon formidable ? Et qui n'a rien demandé à personne. Votre lignée, c'est Lucio ! C'est lui qui a pris en charge votre famille, et qui s'inquiète pour vous.

— Retournez à Turin ! Occupez-vous de Pietrino, de Lucio, de qui vous voulez. Et laissez-moi crever en paix.

— Votre fils Lucio a sacrifié ses jambes pour votre honneur. Et sa vie. Ce jour-là, c'est vous qui auriez dû être à la manœuvre avec les explosifs sur l'éboulement. Mais non, monsieur faisait le fier ! J'ai raison ou pas ? »

Volturno ne répond pas. Il encaisse les arguments de Nuza'. L'intendante est intarissable :

« Votre fils est… Non, vos fils sont des hommes brillants. Lucio est un ingénieur émérite. Marzio a été un virtuose reconnu. On nous a appris qu'il a survécu aux camps.

— Oui.

— Alors montrez-vous à la hauteur. Rappelez-moi la devise de votre tribu ? C'est quoi, déjà ? "*Rien n'a jamais fait reculer un Belonore*" »

Nuza' a visé juste. Volturno bougonne :

« Je ne recule pas. Je m'arrête. »

La nonne éclate de rire :

« Facile ! Trop facile ! C'est juste pas le bon jour pour s'arrêter, Volturno Belonore ! Allez, debout. »

Quelques secondes plus tard, le patriarche apparaît à la fenêtre du premier étage. Il découvre Lucio perché sur son radeau, retenu par Quadro en petite tenue et frigorifié.

« *Ciao, Lucio !*

— *Ciao, padre moi !* Nous avons une dernière chance de nous débarrasser de ce barrage. Mais il va falloir que tu m'aides, cette fois.

— Moi ?

— Oui, toi, mon père, "*il signore Belonore*". Il reste toujours quelques caisses ramenées par Carlo dans la remise, au premier étage ?

— Il reste deux cantines.

— Parfait. »

Pendant ce temps-là

Stiffelio parade, son cavalier se pavane. Le *condottiere* est arrivé au poste de garde au petit trot. Il porte un costume de toile clair, ses éternelles bottes et son feutre sur le crâne. Tancredi Crevalcore n'est plus redescendu à Santa Pazienza depuis l'automne dernier, depuis son emménagement dans l'auberge de San Catello. Son retour à la civilisation est triomphant.

Il a savouré le calvaire de Volturno, d'une dégustation lente et appliquée. Le barrage a englouti les Belonore, son fils est vengé. Il a consacré plus de dix années de sa vie à peaufiner l'élimination de son ennemi, et il y a mis les moyens. Tancredi regarde le catafalque de béton qui défigure le paysage, conscient de la totale inutilité de l'ouvrage. Ce cénotaphe grandiloquent à la mémoire de Michele a été édifié grâce à des fonds américains et avec un troupeau d'esclaves italiens au nom de la modernité. Cette pantalonnade le réjouit. Le site est désert, et personne n'est là pour chanter sa victoire à son passage. Pas grave, pas important, presque reposant. Plus qu'un jour à supporter ce pays d'arriérés mentaux. Après l'inauguration, qui sera à coup sûr pitoyable avec ses discours de notables locaux au contenu affligeant, il pourra rejoindre Castel Gandolfo l'âme en paix. Il jubile.

Gran'Paolo récapitule les bouteilles de ses étagères : sa réserve ne suffira pas. Il prévoit une beuverie d'envergure pour clore l'inauguration du lendemain. Son intendance se doit d'être parée à satisfaire tous les gosiers assoiffés après deux heures passées en plein cagnard ! Sans parler de l'émotion collective due à la solennité du moment. Et sans parler de sa collection d'alcooliques habituels. Ils seront tous certainement au rendez-vous. L'aubergiste s'est décidé à faire une visite commerciale chez Otello Mezzanese. L'épicier aura sans doute dans ses stocks quelques bouteilles d'alcool fort. Lui aussi connaît une sérieuse baisse d'activité depuis la fin du chantier. Sa cave doit être encore pleine ; il lui fera à coup sûr une ristourne de bon voisinage. Gran'Paolo traverse les rues désertées de Santa Pazienza. Cet ancien marécage devenu un bidonville à l'abandon le déprime. Il longe le bief d'aval. L'aubergiste ricane en passant à côté de l'estrade décorée qui attend les officiels et leur charabia. Gran'Paolo traverse le nouveau pont sur l'évacuateur de crue, rejoint l'ancienne rive droite du torrent, harcelé par les moustiques qui s'en donnent à cœur joie, comme à chaque saison chaude. Otello est sur le pas de son épicerie, à peu près aussi déprimé que son visiteur. Il reste fasciné par l'interminable mur de béton qui se dresse au milieu des gorges, face à lui.

« Tu crois qu'on a fait une connerie, Gran'Paolo ? »

Les pas du cheval du *condottiere* attirent leur attention. Gran'Paolo désigne le cavalier d'un coup de tête :

« Tu crois qu'il nous a laissé le choix ? »

À l'autre bout du site, le promoteur du chantier traverse le site, fier, solitaire. Les sabots de son pur-sang font sonner les planches organisées en passerelles entre les différents casernements. Tancredi Crevalcore médite. Un jour prochain, il regrettera les moments privilégiés passés en compagnie du patriarche Belonore, l'hiver à patienter dans ce trou perdu, cette bataille acharnée dont il sort vainqueur, une fois de plus. Plus tard. Mais à ce moment précis…

À ce moment précis, une embarcation surréaliste traverse le lac de San Catello. Ce début d'après-midi de juin est d'un calme étourdissant. Lucio est toujours rivé sur sa chaise roulante arrimée au radeau. L'ingénieur tient sur ses genoux une caisse en fer-blanc siglée des forces spéciales de l'armée américaine. La seconde cantine de mines antichar est sous ses pieds, coincée entre les roues de son fauteuil. Volturno se tient à genoux derrière son fils, en équilibre instable sur un bord du vantail. Armé de sa pelle pour le four à pain, il godille. La chaloupe improbable avance. Leurs silhouettes paraissent minuscules au milieu du large plan d'eau.

Deux cordages interminables les relient à la rive. Nuza' et Quadro déroulent les fils des clôtures pour les moutons dénichés dans la remise, sous les réserves d'explosifs de Carlo. Ils lâchent du mou à chaque mètre parcouru vers le centre du lac, prêts à souquer ferme pour ramener l'équipage au moindre souci. La consigne donnée par Lucio est simple : le radeau ira jusqu'au bout des longueurs de cordage. Et là, ils lâcheront les mines vers le fond, en espérant que la pression fasse son effet, cette fois. Volturno tient sa pagaie improvisée à la main ; il reste sceptique.

« Si ça n'a pas marché la première fois avec les explosifs dissimulés dans la statue de la procession, je ne vois pas pourquoi ça marcherait ce coup-ci.

— J'ai refait les calculs trois fois.

— Et alors ?

— Alors ça doit sauter : c'est impossible autrement.

— *Bè! "Non si è sicuri mai di nulla!"* Il ne faut jurer de rien, mon fils.

— Toujours accroché à vos proverbes ? *"Buono studio vince rea fortuna."* L'opiniâtre dompte la mauvaise fortune. Vous aviez celui-là, aussi, à l'époque. »

La repartie amuse Volturno. Son fils poursuit ses explications :

« La pression de l'eau doit déclencher une déflagration entre cinquante-cinq et soixante mètres de profondeur.

À l'aplomb de la voûte, là où on a déposé la statue, il y a plus de quatre-vingts mètres de pression.

— Les mines étaient périmées, peut-être.

— Périmées ? Le chien du vigile grec, il en pense quoi ?

— *Certo !* »

Volturno est à la fois inquiet et fier : inquiet d'avoir à manipuler des charges qui peuvent leur sauter à la figure au moindre faux mouvement, et fier d'assister son ingénieur de fils qui dirige la manœuvre. Il n'a jamais connu un tel moment de complicité avec son aîné. Il profite de cette proximité, de ce calme, de cette concentration. Leur radeau s'éloigne de la rive en silence. Ce lac improbable a du charme. Le village qui surplombe le plan d'eau paraît magnifié, le paysage a gagné une douceur inédite. Mais l'idée même d'une retenue sur cette vallée, la mort de ce torrent pour lequel il a gâché sa vie, lui sont intolérables. Lucio soliloque :

« Non, un effet cloche, peut-être. C'est probablement une poche d'air ! Voilà, c'est à cause d'une poche d'air dans la carriole sous la statue, là où on a planqué les mines. Je ne vois que cette explication. Il y a peut-être eu un effet cloche. »

Volturno se met à ricaner :

« Un effet cloche ?

— Comme dans les cloches de plongée : une bulle d'air coincée.

— Dis-moi, mon fils ? Si tes calculs sont bons cette fois…

— Ils étaient déjà bons la dernière fois.

— D'accord. Donc, lorsque tu vas lâcher tes mines vers le fond du barrage, elles vont exploser ?

— C'est le but.

— Et nous ? »

Lucio se tourne tant bien que mal pour dévisager son père. Son dossier grince. Les deux hommes dégagent le même enthousiasme, la même énergie. Ils affichent la bonne humeur de combattants patriotes partant pour l'honneur de leur drapeau. Le fils asticote le père :

« Bah ! Il n'y a pas une heure, tu voulais te laisser mourir dans ta chambre ! Là au moins, ton sacrifice servira à quelque chose.

— Et toi ?

— Moi ? Je suis mort ici même il y a trente-cinq ans. Ce n'est que la suite logique et attendue de l'histoire des Belonore.

— Ça m'ennuierait de te perdre, mon fils !

— Moi aussi, ça m'ennuierait de me perdre. »

Lucio observe les deux ecclésiastiques armés de leurs cordes, en tenues légères sur le bord du lac, prêts à intervenir :

« Mais avec mes deux chaperons, il y a peu de risque. »

Volturno s'amuse de la plaisanterie. Lucio lâche :

« Et quand bien même ! Je saurai enfin si Dieu existe, ou pas. Et s'il est vraiment cynique et égoïste, comme je le crois. Ou s'il nous a réellement faits à son image. Et dans ce cas, s'il se déplace en fauteuil roulant. »

Un cri suraigu attire l'attention des deux hommes. Le couple d'aigles royaux est là, au-dessus de leur tête, comme à chaque événement d'importance dans leur vallée. Lucio se tourne pour contempler la ferme familiale, au loin.

« Et Vittoria ? On nous a dit que Marzio était toujours vivant et qu'ils vivaient ensemble, à Bergame.

— Oui. Ton frère est revenu. C'est un grand soulagement. Il est vivant. Qui t'a informé ?

— Le cousin Gran'Paolo, à Santa Pazienza. Comme il nous a donné des lettres qu'il s'apprêtait à jeter. Les courriers de Pietrino pour sa mère. Et aussi une drôle de lettre, en provenance d'Amérique.

— Allons bon. Encore un courrier maléfique ? »

Lucio ne comprend pas la remarque de son père. Il met quelques secondes à lui annoncer :

« Maléfique, je ne sais pas. Mais j'ai lu le nom de l'expéditeur : Charles Cèseran. Le compagnon de Vittoria est toujours vivant. »

Volturno laisse échapper un sourire désabusé.

« Je sais.

— Comment ça, tu sais ?

— J'ai passé un long moment avec lui, le soir où son camion s'est désintégré. Il venait de recevoir une lettre, une autre lettre des États-Unis. Une opportunité incroyable. Sa vie pouvait basculer. Et on n'a rien retrouvé de lui dans la carcasse du camion. J'aurais été Carlo, j'aurais fait pareil. J'aurais profité de la première occasion pour disparaître.

— Et Vittoria ? Elle sait, pour Carlo ?

— La pauvre Vittoria ! Laissons-la reconstruire sa vie, loin de ces tourments. C'est une Belonore, elle aussi. Elle est solide, même si la destinée l'a bousculée. Elle est avec son vrai père, et je suis certain qu'il s'en occupe très bien.

— Marzio ?

— Oui. Marzio. »

La conversation s'arrête là : leur radeau s'approche du barrage. Un ralentissement brutal les secoue. Les cordages qui les relient à la rive sont tendus, ils ne peuvent plus parcourir un mètre de plus. Sur la berge, Nuza' et Quadro, attentifs, retiennent ferme l'autre bout de leurs amarres. Lucio estime la profondeur. La réglette émaillée rivée sur la clue est à portée de vue, elle indique 1167 et 77, l'altitude et la hauteur de la surface du lac. Une bouffée de bonheur enivre Volturno. Isolés sur leur minuscule esquif, le père et le fils vivent une communion précieuse. Le moment est venu pour eux de mettre en œuvre l'ultime stratégie de destruction. Lucio ouvre avec précautions la boîte qu'il porte sur ses genoux depuis le début de la traversée.

De l'autre côté de la voûte, cent mètres plus bas, l'ingénieur Demetrio Casalgrande trépigne. Giramondo est de retour de son festin. Dans sa grande mansuétude, il s'est enfin laissé convaincre de la nécessité d'un essai grandeur réelle de « l'usage concomitant des deux turbines ». Peut-être l'usage du mot « concomitant », dans la bouche de Demetrio, peut-être une vague crainte d'un fonctionnement cafouilleux le lendemain. Sans doute un manque de combativité dû à la digestion délicate du repas de midi offert par Moïse Giaccanova, le *Bürgermeister* de Santa Pazienza.

Moïse Giaccanova, l'autre vedette du moment ! Le jour de gloire de ce paysan bas de plafond et d'une inculture crasse arrive enfin. C'est imminent. L'inauguration de l'installation est prévue pour le lendemain. Sa fortune, déjà bien installée depuis le début du chantier sur ses terres, va décupler avec les taxes reversées grâce au fonctionnement de la centrale électrique. Moïse Giaccanova avait donc convié les cadres du barrage à un repas qu'il a voulu gargantuesque, et qui ne s'est révélé qu'indigeste. La femme de Moïse Giaccanova n'est pas la cuisinière la plus douée de ce coin reculé de Lombardie. La digestion s'avère pénible. Malin, Demetrio Casalgrande a su échapper aux agapes infernales. Il reste alerte. Son patron Giramondo a donc abdiqué après un rot retenu :

« Si ça vous rassure, Demetrio ! Essayez vos turbines, mais pas plus de deux minutes. Ça devrait vous suffire ?

— Largement, *illustrissimo capo direttore !* »

Demetrio Casalgrande s'est précipité vers la salle de contrôle, actionnant au passage le klaxon d'alarme qui ponctue chaque opération technique d'importance autour de l'ouvrage hydraulique. La sonnerie stridente s'est répandue sur la plaine de Santa Pazienza. Elle a résonné entre les gorges du Scavone. Dans le calme de cet après-midi estival, le chant nasillard de l'insupportable sirène a étonné tout le monde.

Gran'Paolo a stoppé net sa conversation inutile avec Otello Mezzanese, rejoints depuis quelques minutes par sa femme qui ne le lâche jamais.

Tancredi Crevalcore, assis sur la selle de son pur-sang, a donné une impulsion pour faire avancer la bête. Il s'est posté près de l'estrade à discours, curieux de voir quelle opération de maintenance était en cours.

Moïse Giaccanova était planté devant le miroir d'une armoire, à essayer son costume confectionné sur mesure pour ce jour solennel. Le pantalon ne se fermait plus, la veste boutonnait ses attaches de travers, sa chemise était tachée. L'après-midi s'annonçait mal. Et pour accentuer la pression, sa femme ne tarissait pas de reproches envers ces invités goujats qui n'avaient pas terminé la moitié du repas qu'elle avait préparé en leur honneur. Les similitudes de timbres entre le klaxon de l'usine et sa femme l'ont amusé. La sirène s'est tue, sa femme non.

Andrea est sorti sur le pas de la cantine : il a rejoint Gregor le Grec. Le lâcher d'eau annoncé sur le bief d'aval pouvait leur faire une distraction en ce début d'après-midi sinistre.

Sur leur radeau, Lucio et Volturno se sont figés. Lucio n'avait pas encore amorcé ses engins explosifs. Un grondement a secoué toute la vallée. Le père et le fils se sont regardés. Le bruit s'est fait plus précis, sa puissance sonore décuplée. Lucio a informé son père :

« Là, ils ont ouvert les deux vannes.

— C'est normal ?

— Je ne sais pas si c'est normal. Mais l'installation est prévue pour ça. Les turbines vont se mettre à tourner. C'est le moment de distribuer nos cadeaux. »

Lucio s'est penché sur la première mine posée sur ses genoux pour l'amorcer. À ce moment précis, dans la centrale, Demetrio Casalgrande a poussé les vérins, ouvrant les vannes à leur débit maximum. Les deux turbines se sont mises à tourner dans un ronflement effrayant. Mais homogène. Cette régularité a rassuré le responsable des installations mécaniques du barrage. Rien d'anormal, à part la légère vibration qui fait trembler les vitres du bâtiment. Demetrio Casalgrande est soulagé.

Spectateur privilégié, Tancredi Crevalcore a vu les énormes tuyaux débouchant sous la centrale électrique propulser deux immenses colonnes d'eau dans le lac de surverse. Fabuleux ! Les gerbes s'envolaient droit vers le ciel, dans un nuage d'écume vaporeuse, soutenues par un contre-jour lumineux, avant de retomber en pluie. Le spectacle était magnifique. Et Lucio avait raison. C'était bien un effet cloche.

Une poche d'air s'était en effet formée sous la carriole qui servait de socle à Santa Grata di Bergamo. Ce vide accidentel avait jusque-là empêché l'eau de faire pression sur son installation pyrotechnique. La turbulence colossale provoquée par l'ouverture simultanée des deux vannes a secoué toute la clue. Une panique de courants a tourbillonné dans la grotte immergée. Bousculée par ces remous, la statue noyée a fini par basculer. L'eau s'est engouffrée dans le caisson décoré. Les calculs de l'ingénieur Belonore étaient justes. L'effet a été immédiat, les explosions des deux premières mines ont été simultanées. La sainte protectrice au regard de limace en a perdu la tête, Sant'Alessandro tenait sa revanche. Les parois de la grotte creusée pour y déposer les impedimenta religieux se sont disloquées, comme le reliquaire. L'ossuaire s'est éparpillé, les explosifs ont suivi. La base de la statue bourrée de dynamite et les quatre autres mines encore actives s'y sont échappées, alors que l'onde de choc des premières explosions se propageait vers la surface du lac, vers la voûte, vers les gorges.

Le geyser a balayé le radeau comme une coquille de noix. Lucio et Volturno se sont accrochés à leur embarcation. La vague les a jetés à l'eau. Le fauteuil roulant avait tenu bon sur son socle, pas son propriétaire. Sur la berge, Nuza' et Quadro étaient terrifiés : leurs deux marins d'eau douce venaient de disparaître dans l'écume soulevée par la déflagration. Une tête est réapparue : les cheveux du rescapé étaient gris et épars. Volturno a bu la tasse, mais il s'accrochait au radeau. Frigorifié, il cherchait une trace de son fils autour de lui sans rien trouver. Il a ressenti soudain une terrible pression autour de son abdomen. Lucio s'était agrippé à lui pour ne pas couler. Le visage du paralytique à bout de souffle est apparu à la surface. Volturno a passé un bras sous l'aisselle de son fils :

« Accroche-toi, Lucio ! »

Quadro a hurlé :

« *Luciomio !* Mon Dieu ! »

Nuza' lui a balancé son coude dans le bide, lucide :

« Tire sur ta corde plutôt que d'invoquer Dieu ! Là, pour le coup, même s'Il existe, Il te sert à rien. »

Alors que Nuza' et Quadro commençaient à tirer de toutes leurs forces pour ramener les deux naufragés vers la rive, les dernières mines transportées sur le radeau ont glissé et coulé, à pic. Là aussi, les estimations de Lucio étaient correctes. Elles n'avaient pas touché le fond du lac que la pression a déclenché les systèmes de mise à feu.

Les yeux rivés sur les instruments de mesure dans la salle des machines, Demetrio Casalgrande ne comprenait pas. D'où pouvait bien venir cette succession d'explosions sourdes ? Dans la foulée de ce chapelet de détonations, le plancher de l'usine électrique a connu quelques brèves secousses. Demetrio a eu deux secondes de doute. Il s'est replongé dans une observation minutieuse de ses manomètres. Les phénomènes vibratoires tant redoutés n'étaient a priori pas en cause. Son installation tournait sans problème apparent. Précautionneux, le technicien gambergeait pour argumenter auprès de son supérieur hiérarchique lorsqu'une déflagration plus forte l'a déstabilisé à nouveau.

Il s'est accroché à une rampe. La statue de Santa Grata di Bergamo, armée de ses trente tubes de dynamite, et les dernières mines antichar du catafalque, venaient d'exploser au beau milieu de la canalisation qui alimentait la deuxième turbine.

Un craquement lui a fait redresser la tête. Des poutres de soutènement perdaient leurs boulons. Les écrous sautaient les uns après les autres. Un grincement glaçant a parcouru toute la structure en béton. Une débandade de verre brisé s'en est suivie. Les immenses cadres métalliques des baies vitrées se sont pliées aussi facilement que des brindilles de paille. Toutes les vitres de la station de pompage ont éclaté, les unes après les autres. La muraille du fond de l'usine s'est craquelée, comme un biscuit sablé pris dans un étau. Ce n'était pas une lézarde, c'était une faille. De l'eau jaillissait du mur, là où l'étanchéité était en principe absolue. Dans un réflexe de spécialiste impliqué, Demetrio Casalgrande voulut se rassurer. Il a détaillé les données mécaniques de ses mouchards. Son constat a soulagé sa conscience professionnelle : les phénomènes vibratoires provoqués par ses deux turbines n'étaient pas la cause du désastre. Sa tension est retombée. Mais son apaisement n'a pas duré. Le bas de la voûte a cédé.

Là aussi, Lucio avait bien fait ses calculs. Le ciment mal dosé n'était pas assez dense pour encaisser toutes ces chocs. L'assise de tout l'édifice s'est dispersée, poussée par les quatre-vingt-dix millions de mètres cubes d'eau qui n'attendaient que cette occasion pour s'échapper. La centrale électrique s'est disloquée, propulsée tout entière vers l'aval. L'usine charriée par le bas de la voûte a fait sécession avec le reste de l'ouvrage. Une salve de béton s'est éparpillée. Des pans entiers de ciment armé se sont trouvés propulsés jusqu'aux premiers baraquements du chantier. Les flots se sont engouffrés dans ce trou béant. La gigantesque vague de boue, de rochers et de ferraille s'est élevée à plus de trente mètres de haut avant de tout balayer sur son passage. En quelques secondes, la déferlante s'est répandue dans toute la plaine de Santa Pazienza.

Les baraquements ont valsé, le village du chantier s'est désintégré aussi facilement qu'une maquette montée en allumettes.

Moïse Giaccanova avait enfin réussi à boutonner correctement son costume sur mesure. Le chaos l'a alerté, mais il n'a pas eu le temps d'aller à sa fenêtre pour profiter du spectacle. Sa ferme a été le premier bâtiment emporté par la marée meurtrière. Sa femme n'a même pas eu le temps de râler.

Voyant ce magma boueux leur foncer droit dessus, Gran'Paolo et Otello Mezzanese ont pensé une fois de plus qu'ils avaient vraiment eu tort de quitter San Catello pour venir s'installer dans ces marécages insalubres. Ils n'ont pas eu le temps de le formuler. Un des énormes tuyaux d'évacuation expulsés de la centrale électrique a écrasé l'épicerie et ses occupants avant de partir laminer toute une rue de baraquements. Sa peinture dorée n'ajoutait rien de vraiment festif à l'événement.

Gregor le Grec et Andrea Giaccanova ont bien pensé retourner s'abriter derrière le comptoir de Gran'Paolo. Mais quand bien même ils seraient arrivés à courir plus vite que la vague, cette solution de repli n'aurait pas été efficace. Plaqués contre la façade, ils ont disparu avec les murs de la cantine, écrasés par les pièces de béton de l'édifice en perdition.

Tancredi Crevalcore a très vite réalisé l'étendue de la catastrophe, dès la deuxième explosion. La voûte avait cédé, la menace était hypnotique. Une masse brune et gluante se précipitait vers lui, à une vitesse inconcevable. Il a talonné son pur-sang pour se lancer dans un triple galop désespéré vers la route Marshall. Son seul salut consistait à prendre de la hauteur. Stiffelio a réagi aussitôt. Le cheval a foncé, traversant les allées de baraquements qui s'effritaient juste derrière son passage, anéanties par la lame gigantesque qui le poursuivait.

Derrière eux, le chaos était total. Un mur liquide de plus de quinze mètres de hauteur poursuivait le vieil homme et son cheval. La mort gagnait du terrain à chaque seconde. Le *condottiere* ne s'est pas retourné : il cravachait sa monture. Son feutre à larges bords s'est échappé de son crâne, aussitôt englouti par la vague de boue qui le talonnait. Stiffelio n'était pas effrayé par le raffut, ni par le tremblement infernal du sol sous ses sabots. Le brave cheval a réussi à échapper à la déferlante jusqu'à la cabane du vigile. Mais le désastre les a rattrapés. Un ressac a soulevé le cavalier et sa monture. Ils se sont envolés, portés par les flots. La vague est partie s'écraser entre les mélèzes de la route Marshall, arrachant quelques arbres sur son passage. Après quelques secondes suspendues, Stiffelio est retombé sur ses pattes. Il n'avait plus de cavalier perché sur sa selle à moitié défaite.

Tancredi Crevalcore a surnagé un court moment, mais la débâcle destructrice embarquait tout sur son passage. La boue l'a englouti. Un lourd rideau brunâtre l'a aveuglé. Après avoir heurté plusieurs obstacles indéfinissables et douloureux, Tancredi s'est échoué en contrebas, contre le hangar des ateliers de la maintenance. Le niveau de la déferlante a baissé. Un calme très relatif est revenu dans cette partie du site ; le désordre provoqué par le raz-de-marée était vertigineux. La coulée s'est canalisée plus loin, dévastant le site de Santa Pazienza sur une jauge digne du Déluge.

Le *condottiere* s'est retrouvé coincé, engoncé dans une gangue de glaise. Il était étalé les bras en croix, abandonné sur une remorque à fond plat que la catastrophe avait poussée contre un muret. Il respirait toujours. Il était vivant. La vase qui recouvrait son visage a dégouliné, son masque gluant s'est dispersé. Tancredi Crevalcore a pu ouvrir les yeux. Le ciel était d'un bleu limpide. Il a essayé de bouger, il n'y arrivait pas. Il ne pouvait plus remuer un seul doigt. Sa colonne vertébrale était brisée. Sans doute. C'était une fin imbécile, une mort stupide. Le grondement infernal de son barrage qui se vidait a accompagné son agonie.

Vallée du Scavone, dans l'après-midi du 13 juin 1947

« *Già ! Ce l'abbiamo fatta !* On y est arrivés ! Tu as vu, papa ! On a réussi !

— *Ma stai zitto !* Mais tais-toi donc. Accroche-toi et tais-toi. »

Immergés dans l'eau glaciale de la retenue, Lucio est agrippé à la taille de son père. Volturno est agrippé à un bras du fauteuil roulant, lui-même arrimé à la porte d'étable de Nessu', le tout ramené vers la berge par les efforts concertés des deux ecclésiastiques. Pour l'occasion, Nuza' et Quadro jouent les bateliers. Le vacarme qui engloutit Santa Pazienza est effrayant. Un nuage d'écume grasse remonte de la plaine. Les cataractes se répercutent contre les pans de la clue du Scavone. Le torrent retrouve son cours naturel, lentement. Le niveau du lac artificiel baisse à vue d'œil.

Seule la base du barrage a cédé. Curieusement, tout le haut de la voûte a tenu bon. Maintenu par les renforts édifiés profondément dans la roche, le couronnement propose toujours son chemin de service, singeant un pont perché entre les deux rives. Un trou béant au pied de la muraille laisse s'échapper une année de remplissage à marche forcée. En aval, l'apocalypse va bon train. Santa Pazienza est en cours d'éradication, comme d'autres hameaux plus loin. Rien ne peut résister à une vague d'une telle hauteur et d'une telle puissance !

Sur la berge, les deux ecclésiastiques soufflent comme des bœufs, les mains et les avant-bras râpés par leurs amarres de fortune. Ils ont synchronisé leurs mouvements, mais ne sont pas au bout de leur peine. Les Belonore doivent encore tenir une bonne cinquantaine de mètres avant de retrouver pied. Lucio tremble, épuisé. Volturno résiste. Ni l'un ni l'autre ne savent nager, et quand bien même : s'ils lâchent leur planche de salut, ils sont perdus. Le courant provoqué par la déverse du barrage devient très rude. Quadro, toujours torse nu et en culotte, tente de se donner du courage :

« *Ecco qua ! Riusciremo a farlo !* On va y arriver ! Tu as vu, Nuza' ! On va réussir ! »

La sœur, les pieds tanqués dans la gadoue, toujours fagotée dans son tricot de corps usé et trempé, rétorque juste :

« *Ma stai zitto !* Mais tais-toi ! Accroche-toi et tais-toi, Quadro ! »

À la moindre défaillance, le radeau peut s'échapper, ses passagers emportés dans la catastrophe en cours.

Malgré ses jambes mortes, Lucio n'a pas trop de mal à flotter. Il jette un regard vers le village, puis vers la maison familiale. Le perron et la terrasse ne sont plus submergés. Le trône de son père s'est échoué d'aplomb sur son trépied. Il attend son propriétaire devant la porte d'entrée. L'âne Pagliacci et les poules, curieux, reviennent traîner devant la ferme. Les chèvres en balade prennent elles aussi le chemin de l'étable, puisqu'elle est à nouveau accessible. Lucio est pris d'un fou rire nerveux :

« Volturno Belonore, tu es à nouveau le roi de San Catello. Tes sujets t'attendent. »

Volturno découvre à son tour sa maison libérée des flots, et sa cour animale. Il s'embarque lui aussi dans un ricanement nerveux. Le fou rire ne lâche le père et le fils qu'une fois hissés sur la terre ferme.

Nuza' a suggéré aux deux rescapés de se déshabiller complètement pour se sécher au chaud soleil de cette après-midi estivale. Volturno s'est exécuté sans discuter. Alors que Quadro aide Lucio à se défaire de son déguisement d'ingénieur dégoulinant et de sa cravate incongrue, Volturno, entièrement nu, est parti vers sa ferme. Il veut récupérer des vêtements secs pour son fils et lui. Quadro a libéré le fauteuil roulant du vantail tracté sur la berge boueuse. Une roue est voilée, les poignées tordues, mais l'accessoire reste utilisable. Et il est indispensable à Lucio.

Quelques minutes plus tard, l'aîné des Belonore est redevenu un paysan de la vallée. Le pantalon de toile et la chemise dégotés par son père lui vont un peu grand, mais la ressemblance entre les deux hommes est flagrante. Nuza' et Quadro se sont séchés, eux aussi. Ils ont réintégré leurs accoutrements de religieux; Nuza' n'a simplement pas rechaussé sa coiffe. Elle laisse ses longs cheveux noirs se battre avec les rayons du soleil. Le grondement des cataractes se poursuit dans les gorges.

Un mouvement a attiré leur attention, venant du village. Une silhouette blanche avance, accompagnée du bruit caractéristique des sabots. Stiffelio s'est approché de la maison Belonore : il connaît bien le chemin. La basse-cour éparpillée lui a réservé une haie d'honneur. Le Lusitanien à la crinière noire est accueilli par un braiement vigoureux de l'âne Pagliacci. Volturno a fait quelques pas vers le pur-sang. Stiffelio ne montre aucune nervosité. Volturno flatte l'animal, remet la selle d'aplomb. Il prend la tête de Stiffelio entre ses mains, lui caresse le col. Dans un cérémonial étrange, le patriarche a posé son front contre celui du cheval. Ils sont restés dans cette position, immobiles, un long moment. Puis Volturno s'est hissé comme un jeune homme sur le dos de la monture.

« J'ai besoin de voir cette débâcle ! »

Il a tiré sur la bride de Stiffelio qui répond aussitôt. Le cavalier est parti au petit trot vers le col des Guardi.

Quelques minutes plus tard, Volturno Belonore descendait la route Marshall. Il est arrivé à la cahute de gardien. La cabane a résisté à la vague. Au-delà, le spectacle est dantesque. Un fleuve opaque et épais dévale toujours de la montagne, qui recouvre toute la plaine de Santa Pazienza. L'énorme orifice à la base de la voûte vomit sa boue. Les baraquements du chantier ont tous été emportés, comme la ferme des Giaccanova et les quelques granges anciennes qui ponctuaient le paysage. Seuls les bâtiments construits à la marge des anciens marécages, en contrebas de la route Marshall, présentent encore quelques murs d'aplomb. L'atelier de maintenance des engins a conservé deux cloisons : tout le reste est parti avec la marée. Trois remorques s'empilent contre un muret, comme dans un mikado grossier. Volturno a remarqué une forme étrange. Étrange, mais reconnaissable. Une statue d'argile est allongée, les bras en croix, sur un des plateaux. Le patriarche s'en approche.

Depuis plus d'une heure, Tancredi Crevalcore n'a que du bleu dans les yeux. Deux visages connus lui apparaissent, comme un mirage dans l'azur. Dans un premier temps, le museau de Stiffelio vient lui renifler la figure. Puis Volturno prend sa place dans son champ de vision.

« *Allora, condottiere ?*... Alors ? »

Tancredi essaie d'articuler, mais aucun son ne sort de ses lèvres engoncées dans la boue. Volturno Belonore se lance dans un court monologue :

« La route s'arrête là ? *Che peccato*... Dommage ! Sans rancune : c'était un beau combat ! Je te félicite pour ta pugnacité, Tancredi Crevalcore. Mais tu vois, rien n'a jamais fait reculer un Belonore, pas même quelques millions de mètres cubes d'eau, pas même ton mur de quatre-vingts mètres de hauteur. Ne te bile pas trop pour l'avenir de Stiffelio, je vais garder ton cheval. C'est une belle bête, docile. On s'est bien accoutumés l'un à l'autre. Pour toi, c'est plus délicat. Les secours auront du mal à arriver jusqu'ici. Mais rassure-toi ! Tu auras peut-être crevé avant, on ne sait jamais. »

Volturno se redresse, avant de se raviser et de revenir dans le champ de vision du *condottiere* :

« Ah oui, et aussi, il y a un sujet dont je voulais te parler, mais l'occasion ne s'est jamais présentée. Dans ton acharnement à détruire les Belonore, tu es passé à côté d'un détail cocasse… »

Tancredi n'arrive qu'à bouger les paupières, mais une rage infinie émane de son regard. Il réussit à extirper un borborygme douloureux, vite étouffé. La fange séchée sur ses lèvres empêche l'ouverture de sa bouche. Volturno se rapproche, retrouvant la posture des gamins qui échangent des secrets :

« Figure-toi que le compagnon de Vittoria, ce Carlo Ceserano qui a aujourd'hui disparu, ce jeune étranger… Mais oui, celui qui t'avait étonné par sa ressemblance avec ton fils Michele, le soir du concert de Marzio, au village. Eh bien justement, Carlo était le fils de Michele. Ton petit-fils, Tancredi Crevalcore ! Et du coup, vois comme le hasard bouscule les certitudes : Pietrino, mon arrière-petit-fils, est également le tien. *Incredibile !* C'est incroyable, non ? Nous sommes presque parents, tous les deux. Qu'est-ce que tu en dis ? »

Tancredi Crevalcore a fermé les paupières. Lorsqu'il rouvre les yeux, une larme coule sur sa joue. Elle ravine lentement dans la couche de vase qui colle à son visage avant d'être absorbée par la terre séchée sur sa tempe.

« "*A bocce ferme si saprà chi ha vinto !*" À boules arrêtées, on connaîtra le vainqueur ! Les boules viennent de s'arrêter. Et j'ai gagné. *Ciao Crevalcore !* »

La Passeggiata, à San Catello, août 1964

« *Say "Cheeeeese"!*

— *The guys are Italian, Albert.*

— *So what?* »

Addolorata n'a pas besoin de dire « *cheese* ». Elle affiche un sourire radieux depuis que Marzio lui a dévoilé l'identité de la belle Américaine qui participe à sa randonnée. Addolorata n'en revient pas. Depuis leur départ des marécages de Santa Pazienza, ce matin, la fille d'Ofelia elle-même suit le cortège! Addolorata a eu les prémices d'un doute dans l'église, lorsque l'œil de Marzio s'est mis à pétiller. Il avait compris bien avant elle.

Pietrino n'a pas besoin de se forcer à sourire, lui non plus. Il observe le pauvre Albert Midland qui se dépêtre avec sa technologie de pointe. Les déboires des Libérateurs, même les plus dérisoires, le mettent toujours en joie. L'Américain a tenté de placer une recharge dans son polaroïd. Il l'a gâchée, enfoncée à l'envers dans l'habitacle prévu pour la pellicule. Puis il a massacré une seconde cartouche, vrillée dès sa sortie de l'emballage protecteur. Pietrino a proposé son aide: tout est rentré dans un ordre approximatif. Il s'agit maintenant de faire la photo. Si Albert Midland est plutôt habile sur un clavier de piano, tout le reste semble problématique.

« Souriez! »

Addolorata, Marzio, Pietrino et Magdalena ont pris la pose: ils attendent. Le maniement de l'appareil est un vrai obstacle pour Albert, mais ses modèles font preuve d'une patience bienveillante. Sa femme est habituée à ses errances mécaniques. La fille d'Ofelia en profite pour décrypter le paysage autour d'elle.

Les ronces ont envahi les tombes. Seuls deux carrés du cimetière restent entretenus. Le marbre familial des Belonore affiche sa liste de défunts. Même si aucune fleur ne décore la pierre tombale, pas une mauvaise herbe ne vient rompre l'équilibre de l'emplacement. Le muret du cimetière est en mauvais état ; les racines du mûrier ont repoussé les pierres. L'arbre dispense son ombre généreuse sur la sépulture de Francesca Vitiglio-Belonore. Un marbrier adroit y a ajouté le nom de Volturno Belonore, ainsi que deux dates augmentées d'une peinture dorée : 1873-1951.

Le patriarche aura survécu quatre années à l'aventure du barrage. Il n'a jamais quitté sa vallée. Addolorata non plus ; elle habite toujours dans sa petite maison, à l'écart du village en ruine. Elle se définit elle-même comme le gardien de phare de la vallée. La solitude ne la perturbe pas. Elle rejoint parfois un des bourgs de la Valtellina, plus bas, vers Sondrio, pour récupérer les produits de première nécessité que son organisation autarcique ne lui fournit pas. Deux fois par an, elle rend visite à Marzio, se lançant dans un petit voyage épique vers Bergame. Mais elle revient toujours dans sa maisonnette, la seule encore habitable de tout San Catello. Maggie Midland est la seule du groupe des randonneurs à avoir eu la curiosité de faire un tour dans le jardin d'Addolorata. Le groupe est passé à proximité de son potager, après la visite de l'*osteria del Risorgimento*.

L'auberge de San Catello ! Là aussi, l'expérience aura été riche en émotions et en anecdotes pour la fille d'Ofelia. Chaque *passeggiata* propose à ses randonneurs une déambulation au premier étage de l'établissement, sur les traces de Tancredi Crevalcore. La halte dans le pied-à-terre aménagé par le *condottiere* présageait d'être un des points forts de la randonnée. Maggie, la retraitée milanaise, et Marzio ont suivi leur guide dans les couloirs sombres de la grosse bâtisse. Pietrino a décliné l'invitation. C'était son premier retour dans le village de son enfance depuis des années, et la taverne de Gran'Paolo est trop chargée de mauvaises vibrations. Pietrino a préféré garder en mémoire les récits imagés de son grand-père, lorsqu'il se promenait sur le dos de Pagliacci. Malgré la perspective de découvrir la chambre de musique aménagée par le *condottiere*, Albert Midland, trop essoufflé, ne s'est pas senti de grimper ces quelques marches supplémentaires. Il a posé ses sacs et attendu devant la porte, en compagnie de Pietrino qui ne lui a pas adressé la parole. « *Americani, faccia di cane!* » Dans l'esprit de Pietrino, les relations avec les représentants du Nouveau Monde n'ont guère évolué.

L'*osteria* est délabrée. La construction n'a pas tenu bon ; les fenêtres qui s'ouvraient grand sur la vallée sont cassées, les vitres brisées. Pour cette édition de la balade, une mauvaise surprise attendait Addolorata. L'intérieur de la garçonnière a été visité, quelques reliques ont disparu. Le mausolée qui singeait la salle de musique de Michele ne présente plus qu'un malheureux lutrin et quelques partitions échouées sur le parquet poussiéreux. La retraitée milanaise et Addolorata n'ont pas traîné dans cette soupente sinistre, plus consacrée à la mémoire qu'à la musique. Magda et Marzio *il Fortunato* y sont restés un peu plus longtemps. Depuis leur sortie de l'église, la fille d'Ofelia n'a pas lâché le musicien d'une semelle, avide d'anecdotes.

« Et le violon ? »

Marzio a désigné une console boiteuse près du lutrin.

« Il était là, posé.

— Qu'est-il devenu ?

— Deux jours après la catastrophe, je suis revenu au village. Mon frère et sa caravane d'ecclésiastiques étaient toujours là. Sains et saufs, ils s'étaient installés dans la ferme familiale. Ils s'affairaient à remettre de l'ordre avec le patriarche. L'eau avait fait des dégâts. Vittoria avait tenu à m'accompagner. Ma fille et moi sommes remontés ouvrir l'auberge. Il y régnait une atmosphère pesante. Les boiseries exhumaient des ondes mortifères, c'était très étrange. Vittoria et moi sommes entrés ici, dans cette chambre. Le violon m'attendait.

— Comment ça ?

— Comme une histoire qui se boucle. Je suis devenu musicien grâce à cet instrument. Le bal maudit qui a chamboulé toute l'histoire de la communauté s'est déroulé ici, sous nos pieds, dans la grande salle de l'*osteria*. Après toutes mes déambulations, mes voyages et mes dérives, mes tours de la planète à diriger Verdi et à jouer Ravel, je retrouvais le Giovanni Battista Ceruti offert dans son écrin déglingué. Comme au premier jour. Ce cadeau m'est apparu comme la conclusion d'un cycle, un signe fort du destin.

— Vous l'avez volé ? À nouveau ?

— Non, j'ai juste repris mon bien.

— C'était du vol, une fois de plus.

— Non, le violon était déjà à moi, puisque je l'avais déjà volé une fois. »

Magda a éclaté de rire.

« Vous autres, les Italiens, avez parfois une drôle de logique.

— Comprenez-moi ! Michele, le premier propriétaire de cet instrument, a volé notre histoire. Il a voulu détruire les Belonore. Il a… »

Marzio a hésité à poursuivre sa phrase. Il venait de réaliser que Tancredi Crevalcore avait édifié son mémorial funèbre dans la chambrette où Ofelia avait été abusée par le fils du *condottiere*. Il a pris la main de Magda, l'a entraînée vers la grande salle, en bas de l'escalier.

« En m'emparant de son violon, en devenant un virtuose reconnu, j'ai restitué un peu de l'honneur perdu des habitants de cette vallée. »

Magda restait circonspecte, pas convaincue pour deux lires par les arguments du concertiste. Ils ont foulé le plancher de la grande salle au bas du grand escalier. Les lattes du parquet craquaient. Magda a fait un tour sur elle-même. Elle s'imaginait au milieu de la foule des villageois, entraînée dans une danse paillarde, submergée par les odeurs de fumée, de transpiration et d'alcool. Les cadences de la *tammurriata* infernale flottent encore dans l'atmosphère.

« C'est après ce bal maudit que le village a répudié ma mère ? C'était bien ce soir-là ?

— Oui.

— Pourquoi ? Pourquoi l'avez-vous chassée comme une criminelle ? »

Marzio n'est pas arrivé à répondre. Il a plongé son regard dans celui de Magda. Le virtuose était au bord des larmes. Magda a caressé la joue du vieil homme :

« Vous l'aimiez ?

— Je l'aime toujours. »

Un silence bizarre est tombé sur ce moment suspendu. Marzio était redevenu un adolescent, il avait quinze ans. La femme de sa vie était encore la deuxième épouse de son père. Ses sentiments se perdaient déjà dans une impasse obscure. La voix du virtuose a déraillé :

« Et je l'aimerai toujours. »

Magda et Marzio étaient posés au centre de la grande salle, comme les deux dernières pièces sur un échiquier en fin de partie. La fille d'Ofelia était bouleversée :

« Et vous n'avez jamais tenté de la joindre ?

— Comment l'aurais-je pu ?

— Lorsque vous avez su que le photographe était son fils.

— Nous ne nous sommes jamais rencontrés, Carlo et moi. »

Magda a secoué la tête, avec la moue d'un professeur agacé par la mauvaise foi d'un élève obtus :

« Allons ! Charles Cèseran a migré chez nous, en Amérique. Sa mère… enfin… Ofelia l'avait retrouvé. Et Charles a écrit en Italie à sa femme Vittoria, à son fils Pietrino, pour leur donner de ses nouvelles. Vous auriez pu écrire à votre tour à Charles, tenter de le recontacter, lui demander de vous diriger vers sa mère.

— Honnêtement, vous pensez que ça aurait vraiment servi à quelque chose ?

— Je ne sais pas. Peut-être…

— Je suis sûr que non. Ofelia a tiré un trait sur son passé italien. C'est son fils qu'elle a souhaité retrouver, son fils venu se perdre dans cette vallée paumée. Depuis le jour où elle a pris la route de son exil, en bas de ce village, nous n'existons plus pour elle. J'y ai beaucoup réfléchi. Elle vous a souvent parlé de Marzio Belonore ?

— Une fois ou deux.

— Et voilà. Mon nom était affiché sur tous les murs de Rochester. Si elle avait vraiment voulu me revoir, elle vous aurait accompagnés au concert, là où vous m'avez écouté pour la première fois. Elle n'a pas voulu venir. Elle a même brûlé ma photo.

— C'était comme un exorcisme.

— Exorcisme réussi. Et c'est tant mieux. Je suis certain que même Vittoria n'existe plus pour elle. Les Belonore lui ont confisqué son bébé : elle a eu la force de caractère de l'oublier à son tour. Votre mère est une femme forte. Une femme formidable. Sa survie s'est faite au détriment de ma famille. Tant pis pour nous. Nous avons été lamentables dans cette histoire.

— Et Vittoria ? »

Marzio a traversé la salle ; il s'est posté près de la porte d'entrée pour observer les boiseries, le plafond, les murs sombres, avant de reporter son attention sur l'Américaine, avec une expression bienveillante.

« Vittoria se tenait pile à votre place. »

Magda ne comprenait pas. Elle a eu un instant de doute sur la santé mentale de son interlocuteur. Marzio semblait dérailler.

« Vittoria ? Pendant le bal ?

— Non. Trente-six ans plus tard, le jour où j'ai retrouvé mon violon ici, après la mort du *condottiere*. Je n'ai jamais aussi bien joué de ma vie. Vittoria a écouté la deuxième sonate de Bach jusqu'à sa dernière résonance. Elle n'a pas bougé d'un millimètre pendant toute l'exécution. Elle n'a pas applaudi à la fin. Elle m'a juste offert un sourire éclatant, la marque d'un bonheur époustouflant, l'amour d'une fille pour son père. Ce jour-là, elle a remplacé sa mère dans mon cœur. Ce jour-là, j'ai su que Vittoria était une Belonore, et qu'elle était sauvée. Ce jour-là, j'ai abandonné l'idée même de revoir sa mère un jour. »

Magda et Marzio sont sortis de l'auberge pour rejoindre le groupe qui descendait la grande calade. Pietrino était en grande discussion avec Addolorata : il semblait contrarié. Il a dévisagé cette Maggie Midland ; sa marraine venait de lui expliquer la généalogie de sa randonneuse américaine. Pietrino a attendu que Maggie Midland ait terminé sa visite du potager d'Addolorata pour l'aborder. Les randonneurs se dirigeaient vers la dernière maison basse du village encore debout, la ferme Belonore. Pietrino s'est isolé quelques secondes avec celle qui s'avérait être sa tante. Son ton restait acide, Magda ne s'en est pas offusquée. Même si le discours s'était apaisé, son aversion pour les Américains transpirait toujours. L'agressivité a laissé la place au cynisme.

« Le pays vous plaît, Maggie Midland ?

— Beaucoup.

— Pourtant, c'est un trou. Ma grand-mère vous en a souvent parlé ? »

Magda a laissé un temps avant de répondre. Elle cherchait dans les traits de ce jeune homme les ressemblances avec le photographe accueilli par le couple Perlmutter dans sa galerie. Avec l'âge adulte, les réminiscences de la descendance Crevalcore s'étaient estompées. L'allure générale des Belonore restait prégnante. L'Américaine a souri :

« Ofelia m'a suffisamment parlé de San Catello pour attiser ma curiosité.

— Et mon père ? Charles Cèseran, le photographe ? Vous le voyez souvent ?

— Nous l'avons beaucoup côtoyé au début de son aventure américaine. Il nous a beaucoup parlé de vous, lui aussi.

— Allons bon !

— Charles vit sur la côte Ouest, à présent.

— Je sais. Je l'ai lu dans les magazines à la mode. Il a coupé les ponts avec nous. Il s'est marié, non ?

— Deux fois. Mais au début...

— Au début quoi ?

— Votre père vous a proposé de venir le rejoindre aux États-Unis. Non ?

— Pour nous, il était mort. Vraiment mort. Et plus encore lorsqu'on a appris son stratagème.

— Plus mort que mort ? C'est possible ?

— Mon père en est l'exemple vivant. Drôle de paradoxe, non ? Charles Cèseran est le champion des photographes, et le champion des plus morts que morts. Ma mère a vécu sa fuite comme un coup de poignard dans le dos.

— Comment va-t-elle ? »

Pietrino a un sourire aigre. Il hausse les épaules :

« Ça vous intéresse vraiment ?

— Oui, vraiment, Pietrino. »

Le fils de Vittoria n'a plus parlé jusqu'à la maison Belonore.

Les randonneurs stationnent devant l'entrée, autour d'Addolorata. Magda est déçue. Elle imaginait une bâtisse imposante. Elle ne découvre qu'une ferme modeste et délabrée, qui n'a jamais pu ressembler à ce que la légende des Belonore pouvait laisser transparaître. Le trône de Volturno est là, bien en place. Le siège de bois défraîchi semble exposé devant l'entrée, dans une mauvaise mise en scène. Magda se met à douter.

Addolorata a certes un vrai talent de conteuse, mais la saga du patriarche Belonore lui semble soudain surfaite. Que s'est-il vraiment passé lors de l'édification du barrage ? Quel a été le vrai rôle de la famille phare de San Catello dans cette histoire ? Le *condottiere* est-il seulement venu une seule fois à San Catello ? Ces rebondissements incongrus, ces actes héroïques, ces caractères épiques, tout lui semble d'un coup trop énorme. Comme la survie miraculeuse de Marzio. Comme le destin romanesque de Macchia Rossa. Comme les deux Belonore voguant sur leur radeau au milieu du lac de retenue. Comme la mort de Tancredi Crevalcore, digne du pire livret d'opéra d'un Verdi de seconde zone. La rumeur à l'époque ne parlait que d'une erreur grossière de conception de la voûte, due à une mauvaise qualité du béton. Aucune thèse n'a jamais évoqué un quelconque explosif, qui plus est planqué sous les pieds de Santa Grata. Magda s'interroge même sur l'identité réelle de ce vieux paysan, au discours bien rodé, qui entérine les divagations d'Addolorata. L'inconnu ne ressemble que de très loin au virtuose croisé dans les loges de l'Eastman Theatre. Magda gamberge. Ses musiciens napolitains lui ont, eux aussi, raconté des faits de guerre imaginaires, fourni des références tellement dithyrambiques qu'elles en étaient grotesques. L'exagération suicidaire est une des failles de ce pays.

Plantée sur le seuil de la bâtisse, leur guide détaille par le menu le quotidien rural des autochtones. Addolorata en est aux ruches de Volturno et aux différents miels de montagne lorsque Magda l'interrompt :

« On peut entrer dans la ferme ? »

La question surprend Addolorata.

« Si ça vous fait plaisir. Mais il n'y a pas grand-chose d'intéressant. La montée des eaux du barrage a beaucoup abîmé l'intérieur. »

Magda se remémore une de ses rares conversations avec Charles Cèseran, lors de son premier séjour à New York. Le photographe s'était étendu sur sa dernière soirée à San Catello, sa longue conversation avec Volturno. Les détails du récit lui reviennent avec une précision de joaillier. Elle entre dans la ferme. Comme Charles l'avait raconté, elle trouve la grande pièce à vivre à droite. La table est toujours là, marquée par un siècle de vie quotidienne aride. La cheminée n'a plus connu aucun feu, et ce depuis des années. Le buffet massif trône toujours sous la grande voûte ; la montée des eaux a irrémédiablement marqué le meuble sous les tiroirs. Et il y a bien deux tiroirs. Et si Charles Cèseran avait dit vrai…

Magda s'autorise à ouvrir celui de droite. Un foutoir de vieux papiers surnage. Sous le regard ébahi d'Addolorata et de Marzio, elle se met à fouiller. Addolorata est interloquée :

« Vous cherchez quelque chose ?

— Oui. Ça ! »

Magda se retourne, triomphante, une enveloppe jaunie à la main. Elle a retrouvé sa lettre, écrite dans leur maison de Sodus Bay après que sa mère lui avait dévoilé sa jeunesse italienne, cette lettre écrite avec l'enthousiasme d'une enfant de douze ans. La missive attendait un destinataire depuis tout ce temps. L'oblitération des timbres date de décembre 1936. Comme Volturno l'avait annoncé au photographe le soir de sa disparition, il ne l'avait jamais remise à Vittoria. L'histoire aurait pu connaître un déroulement bien différent si Vittoria, la première fille d'Ofelia, avait su dès la réception de ces mots maladroits qu'une demi-sœur attentionnée l'attendait de l'autre côté de l'Atlantique. Marzio fait quelques pas dans la grande salle, surpris lui aussi par la curiosité allègre de l'Américaine. Elle tient toujours sa propre lettre, comme un trophée :

« J'ai écrit cette lettre il y a bien longtemps. Elle n'a jamais été ouverte.

— Volturno veillait sur sa famille. Il redoutait sans doute une malédiction de plus. »

Magda tend l'enveloppe à Marzio.

« Elle était pour Vittoria Belonore. Vous lui donnerez cette lettre ? »

Marzio saisit le courrier avec la prudence appliquée d'un équilibriste sans balancier.

« Il y a quoi à l'intérieur ? Un autre cauchemar à affronter ?

— Non. Simplement la lettre d'une gamine américaine qui raconte sa famille à une lointaine parente. Elle en saura un peu plus sur sa mère. Vous la lui donnerez ? »

Secrètement, Magdalena souhaitait de tout cœur retrouver cette lettre. C'était la principale raison de sa participation à la visite guidée d'Addolorata. Le soir de leur première rencontre dans le grand appartement des Perlmutter, lors d'un dîner convivial avec vue sur Roosevelt Island, elle avait eu une très longue conversation avec le photographe. Magda n'était pas encore madame Maggie Midland à l'époque. Le repas avait eu lieu deux semaines après le vernissage à la galerie de sa mère. Charles avait raconté son enfance marseillaise, son odyssée vers la vallée du Scavone, les personnages de San Catello, sa rencontre avec la tribu Belonore. Il n'avait pas trop insisté sur le personnage de Vittoria. Le sujet perturbait beaucoup la maîtresse de maison, même si elle faisait bonne figure à l'évocation de son premier bébé.

Il n'avait même pas évoqué Pietrino, son fils. Magdalena était fascinée par les descriptions faites de la vie dans ce bout du monde. Magda avait évoqué sa lettre restée sans réponse. Le photographe avait fait le lien avec sa dernière conversation entre les murs de la ferme des Belonore et le courrier des Amériques que le patriarche lui avait montré. L'été suivant, la tragédie du barrage de Santa Pazienza avait occupé quelques lignes dans le *New York Times*, sans plus. La fin de l'article citait le village de San Catello comme le seul hameau encore debout dans tout le pays du Scavone. Maggie s'était juré qu'à la première occasion, elle partirait à la recherche de cette lettre, pour savoir.

« Qu'est-elle devenue ? »

Marzio accuse la surprise :

« Qui donc ?

— Votre fille ? Ma sœur ? Vittoria ? »

Marzio s'amuse de la situation :

« Vittoria, bien sûr ! Comprenez que c'est très compliqué à admettre pour moi. J'ai beaucoup de mal à réaliser que vous et Vittoria…

— Comment va-t-elle ?

— Elle enseigne la mécanique dans un centre de formation spécialisé dans la motorisation automobile à Milan.

— Allons bon !

— Elle y est installée depuis douze ans. Incroyable, non ?

— Venant des Belonore, plus rien ne peut me surprendre.

— Vous saviez qu'elle a piloté en course, dans une autre vie ? Elle a même participé à des épreuves renommées.

— Je savais. Charles nous l'a raconté. Et que fait Pietrino, son fils ?

— Il suit des études de droit international, à Turin. Il est brillant.

— Et il n'aime pas les Américains.

— Ça lui passera.

— Ou pas. Vous donnerez ma lettre à Vittoria ? »

Marzio remise le courrier pour sa fille dans une de ses poches.

« Je vous le promets.

— Merci, Marzio Belonore. »

Quelques photos qui traînent sous la paperasse attirent le regard de l'Américaine. Les clichés attendaient dans le fatras du tiroir, à proximité d'un appareil photo Contax III au mécanisme rouillé. Magda plonge les mains dans la pagaille des tirages. Tout au fond, une photo de mariage du début du siècle expose ses convives. Les invités à la cérémonie sont alignés en rang d'oignon devant l'*osteria* du village. Cet épisode compassé de la vie de San Catello se cachait sous quelques épreuves plus petites, en noir et blanc. Magda montre le contenu du meuble :

« Je peux ?

— Si vous voulez. »

Elle extirpe toutes les photographies qu'elle étale sur la table dans un rayon de lumière. Quelques images aux cadrages sages montrent un groupe affairé autour d'un fauteuil roulant, devant la maison. Magda s'approche pour les détailler, Marzio commente :

« Vittoria a pris ces photos lors de notre visite à mon père, après l'écroulement du barrage. Elle voulait conserver une trace de l'événement. Elle s'est servie de l'appareil que Carlo avait abandonné… Enfin, l'appareil que Charles avait laissé ici. Cet appareil-là. »

Marzio désigne le Contax attaqué par la rouille. Magda est fascinée par les personnages immortalisés.

« Je suppose que là, c'est Nuza' et Quadro ?

— Exactement. Et là, Volturno. »

Parmi la dizaine de clichés tirés sur papier brillant, trois présentent les protagonistes de l'aventure du barrage, mis en scène devant l'entrée de la maison Belonore. Sur le premier, Lucio sur son fauteuil et Marzio adossé à la façade sont entourés de Quadro et de Nuza'. Sur la deuxième, un peu plus large, Volturno pose en compagnie de ses deux fils, Marzio et Lucio, dans un joli portrait de famille. La ressemblance est incontestable. Magda n'a plus aucun doute sur le récit d'Addolorata.

« Vittoria n'apparaît jamais sur les photos ?

— C'est elle qui les a faites. Et puis, elle n'a jamais aimé être prise en photo. »

Magdalena est déçue. Elle aurait aimé entrapercevoir sa demi-sœur. Sur un troisième cliché, les animaux se sont invités à la séance. L'âne Pagliacci et le cheval du *condottiere* entourent un tableau très symétrique, composé de Lucio et Volturno sur leurs sièges respectifs, escortés par les deux ecclésiastiques en tenue. Nuza' avait bougé : elle est floue.

« Je peux prendre une de ces photos ? Je pense que ma mère sera contente de revoir votre famille. »

Marzio se saisit de la photo sur laquelle les animaux font de la figuration, la seule sur laquelle il n'apparaît pas. Il la donne à Maggie Midland avec un sourire :

« Prenez celle-là. Ofelia sera sans doute heureuse de revoir Lucio et Volturno. Je ne voudrais pas qu'elle tente un exorcisme à cause de ma présence sur le cliché. Vous savez, il existe très peu de photos de Volturno Belonore. »

Addolorata s'approche : elle montre la grande photo du mariage Vitiglio.

« Volturno est sur cette photo-là aussi ! »

Un homme fringuant, au regard pétillant, se tient droit derrière la mariée. À côté de Francesca, le marié officiel, dans son déguisement de soldat, est ridicule. Et sans conteste déjà cocu. Autour d'eux, tout le petit peuple de San Catello regarde l'objectif avec cérémonie. Gran'Paolo frime, les Mezzanese sont au garde-à-vous, le curé du village semble vouloir s'échapper du cadre. Lucio s'applique à sourire, Toma avait bougé, il est flou. Marzio regarde une superbe jeune fille venue se placer à côté de lui. L'amour transpire.

« Et là, c'est Ofelia. »

Les larmes montent aux yeux de Magdalena. Elle retient son émotion avec difficulté. Addolorata ajoute :

« Prenez cette photo également. Elle était perdue au fond de ce tiroir depuis des années, personne ne l'aurait jamais réclamée. »

Magda serre Addolorata dans ses bras, avant d'embrasser Marzio de la même manière. La guide met fin aux effusions :

« Nous devrions aller jusqu'au cimetière. Ma visite du village se termine devant la tombe de Volturno. Et ils nous attendent, dehors. »

Le petit groupe laisse la ferme Belonore pour s'engager sur le chemin empierré qui mène aux sépultures des anciens de San Catello. Les rouges-queues se déchaînent entre les branches des trembles. Le couple d'aigles de la vallée plane très haut, comme à chaque moment important dans l'histoire de la vallée du Scavone. Le mûrier étale son ombre sur les visiteurs et sur la tombe de Volturno et de sa femme adorée. Le moment est empreint de recueillement.

« *How do you say: "smile", in Italian ?* »

Albert Midland est en sueur, concentré sur les mécanismes de son polaroïd. Pietrino redresse les épaules et apostrophe le photographe maladroit :

« Nous n'avons pas besoin de sourire. Nous sommes autour de la sépulture de Volturno et Francesca Belonore, et ils méritent mieux que les sourires niais de touristes curieux. »

Pietrino s'est exprimé en italien, et le Texan n'a rien compris. Addolorata, Marzio et Magdalena approuvent le dernier des Belonore. Ils bombent le torse, fiers, dignes, et regardent l'objectif. La femme du photographe lâche une simple injonction à son boulet de mari :

« *Just take your picture, Albert! Now.* »

Épilogue

Sodus Bay, mai 2011

Les clichés patientaient au fond d'une valisette poussiéreuse sous deux billets d'avion, réminiscence d'une escapade vers le Vieux Continent. Plus de cinquante années ont passé depuis ce séjour italien. Les plus précieux trésors se perdent parfois dans des caches improbables. Le *beauty-case* Samsonite avait été remisé sur la dernière étagère du garage de la villa de Sodus Bay. Le bagage ne présentait aucun intérêt, sinon celui d'une antiquité vintage kitchissime. Le turquoise *new marina blue* du vanity s'est métamorphosé en kaki. La coque aux bords arrondis s'est patinée de crasse. Son ouverture s'est révélée grimaçante. Quelques éclats d'un caoutchouc trop sec ont volé dans la pénombre.

L'inventaire est rapide : deux pinces à cheveux, un crayon gras, le capuchon fendu d'un tube de rouge à lèvres. Ces vestiges étaient perdus dans les cases jaunies d'un plateau amovible. Sous cet impedimenta indispensable à une Américaine des sixties en goguette, un fer à défriser rouillé attendait pour remuer sa pince. La compagnie d'un sèche-cheveux à piles n'a pas été la plus opportune pendant cette longue attente. Un demi-siècle aura suffi pour que leurs humeurs se mélangent. Les piles se sont répandues. Les plastiques ont fondu d'ennui. Et là, la découverte. Incongrue.

Un étui en papier glacé siglé aux armes de la compagnie aérienne TWA gisait sous l'amas de technologies obsolètes. Un sachet pour tampons périodiques l'a protégé de l'agonie des batteries. Un miracle. Les voyageurs ont conservé leurs deux allers-retours en première classe et leurs cartes d'embarquement en souvenir. Les cartons estampillés par les autorités de l'aéroport JFK attestent que la propriétaire du baise-en-ville turquoise a bien réintégré New York, et sa mère patrie, en septembre 1964.

Et sous les souvenirs, le trésor : deux images cocasses et difficilement compréhensibles, sans autre rapport entre elles que deux groupes d'humains posant devant des paysages de montagne du Vieux Continent, à des années d'intervalle. Un tirage en noir et blanc, un autre en couleur… Si le polaroïd était plus net, je pourrais sans doute y reconnaître mon père, Pietrino Belonore. Et sans doute ma grand-tante Maggie, la propriétaire du *beauty-case* abandonné, cette femme souriante qui trône au milieu des tombes.

FIN

À tous les Carrese, à tous les Scotto, à tous les Soscia, à tous les miens… à nous tous, les migrants.

Et à sainte Cécile, patronne des musiciens, pour peu que Dieu existe et qu'il soit mélomane (message personnel : si jamais tu existes et qu'il te reste un budget pour les subventions, c'est plutôt à elle qu'il faut le donner).

Merci à Maurice Ravel, à Gabriel Fauré, à Bartok et Dutilleux. Et Puccini aussi.

Merci aussi à Lucio Dalla et Fiorella Mannoia.

Merci aussi à Marie-Françoise et Michel, à Philippe, à Maria, à Lucile, à Marion, à Manon. Merci à Alba. Et merci à Éliane et Michel.

« *A bocce ferme si saprà chi ha vinto !* » À boules arrêtées, on connaîtra le vainqueur !

L'éditeur et l'auteur remercient Laura Vittorio pour son amicale et attentive relecture des termes italiens.

Aide-mémoire

Pour ceux qui auraient raté le début de l'histoire (*Virtuoso Ostinato, 1911-1930,* et *Retour à San Catello, 1935-1937*), voici un petit mémento sur San Catello, ses figures, la tribu Belonore et son parcours.

La famille BELONORE a toujours régné sur SAN CATELLO, un petit village lombard construit à flanc de montagne, dans une vallée enclavée non loin de la frontière suisse. Il est traversé par le SCAVONE, personnage à part entière de cette saga.

VOLTURNO BELONORE en est le patriarche. Né à la fin de la réunification italienne, en 1873, c'est un paysan robuste, à l'instinct affûté et au caractère orageux. Solide, malin et fier, Volturno est une personnalité forte qui a toujours mené la communauté. Volturno a eu trois fils nés d'un premier mariage dans les dernières années du XIXe siècle, Lucio, Marzio et Toma. Les trois garçons ont connu des parcours agités.

LUCIO BELONORE, l'aîné, gravement handicapé après un accident à la suite d'un glissement de terrain provoqué par Volturno et ses recherches minières fantasmatiques, a réussi des études brillantes d'ingénieur. Il vit à Turin, dans une institution religieuse.

TOMA BELONORE, le benjamin, est mort dans les tranchées autour de Verdun, quelque temps après s'être enfui de la vallée du Scavone pour échapper au caractère despotique de son père.

Marzio Belonore, le cadet, est le plus aventurier des trois fils. Il a découvert la musique sur l'harmonium du village, et s'est pris d'une passion dévastatrice pour cet art. L'arrivée à San Catello d'un jeune et beau musicien ambulant a provoqué une tragédie qui a mené Marzio, virtuose obstiné, à fuir vers la France. Là, sur l'instrument volé au violoniste assassiné, il a appris le violon et l'harmonie. Marzio a côtoyé les plus illustres compositeurs de l'époque. Il est devenu un concertiste renommé, mais n'est revenu en Italie qu'en 1930, pour un concert à la Scala de Milan. Un stupide accident en 1935 l'a forcé à abandonner le violon et à se consacrer à la direction d'orchestre, qu'il a toujours pratiquée avec un recul cynique. Marzio a une fêlure dans sa vie, son amour pour Ofelia, fille de deux journaliers installés au village et avec qui il s'est élevé. Au grand désespoir de Marzio, son père Volturno a épousé la toute jeune Ofelia après le décès de sa première femme, en 1909.

La belle Ofelia

Ofelia, jeune femme douce, belle et généreuse, est née en 1894. Elle a mis au monde une petite Vittoria peu de temps après son mariage surprenant avec Volturno. Un secret court dans la communauté de San Catello, que les femmes gardent jalousement : bébé Vittoria est la fille de Marzio, le cadet. Volturno a épousé la jeune fille en détresse par sens de l'honneur, et pour protéger le sang des Belonore.

La malédiction de San Catello

Michele Crevalcore, jeune apprenti musicien, beau comme un dieu et odieux comme un fils de riche, est le personnage déclencheur du drame. En quelques jours d'un passage dévastateur, il a laissé des traces indélébiles dans la cohésion de la communauté de San Catello, bouleversant le cours de l'histoire de la vallée du Scavone. Après une courte et violente aventure avec ce musicien promptement éliminé par la tribu Belonore, la douce Ofelia a été bannie de la communauté, à la fin de l'été 1911.

L'exil d'Ofelia

Ofelia s'est exilée dans un premier temps à Marseille où elle a été recueillie par une généreuse famille de Napolitains immigrés, les Ceserano. À bout de ressources, la jeune femme est obligée de se prostituer dans le quartier réservé, près du Vieux-Port. Elle migre aux États-Unis en 1917, où elle a refait sa vie sous un nouveau nom, Valentina Massarelli, après avoir épousé Tony Massarelli, ingénieur chimiste. Le couple s'installe à Rochester, sur les bords du lac Ontario. Valentina et Tony ont une fille, Magdalena en 1923, et un garçon, Carlo, cinq ans plus tard. Une autre aventure commence.

Francesca et Vittoria

Francesca Vitiglio-Belonore, la troisième femme de Volturno, a élevé Vittoria, la fille d'Ofelia née en 1910. La riche héritière des champs de mûriers de la vallée a toujours considéré Vittoria comme sa propre fille. Et si Vittoria ressemble beaucoup physiquement à Ofelia, elle a le caractère trempé de sa mère adoptive et l'énergie des Belonore.

Les figures du village

Jusqu'à l'approche de la Seconde Guerre mondiale, quelques figures charismatiques peuplaient les ruelles de San Catello. On y trouvait un aubergiste grande gueule : Gran'Paolo, le cousin de Volturno. Et aussi Ciro, le propriétaire de la droguerie qui proposait de tout mais où on ne trouvait jamais rien. Et puis Nessu' le forgeron et la famille Mezzanese, entourés de bien d'autres caractères picaresques.

N'oublions pas ADDOLORATA, elle aussi fille de journaliers napolitains. Amie d'enfance et de cœur d'Ofelia, elle est restée au village, s'y est mariée et a eu un seul fils, Matteo, né en 1926. Ce dernier a longtemps été complexé par la tache de vin qui lui barre la moitié du visage. Il lui doit son surnom, MACCHIA ROSSA.

LE CONDOTTIERE CREVALCORE

En 1937, un projet de barrage sur le Scavone, initié par TANCREDI CREVALCORE, un industriel romain richissime affidé au parti fasciste de Mussolini, est venu révolutionner le quotidien et les projets des autochtones. Tous sont éblouis par les perspectives économiques et sociales de leur joli village devenant un lieu de villégiature au bord d'un lac artificiel. Tous, sauf Volturno, Vittoria et Addolorata. Les Belonore ont très vite saisi le vice du projet : pour venger son fils Michele, le musicien ambulant assassiné dans le village un quart de siècle plus tôt, Tancredi Crevalcore a planifié de noyer purement et simplement le village sous les eaux ! Les études préliminaires durent jusqu'à ce que la guerre vienne bousculer tous les plans.

CARLO CESERANO

Carlo Ceserano est l'unique garçon d'une famille de Napolitains émigrés à Marseille au début du siècle – cette famille Ceserano qui a accueilli Ofelia lorsqu'elle a débarqué après son exil de San Catello. Carlo Ceserano, né en 1912, est un jeune photographe passionné des nouvelles techniques. Une lettre des Amériques destinée à sa mère a attisé sa curiosité sur le village de San Catello, perdu au bout du monde. Poursuivi par le milieu marseillais pour avoir sauvé sa sœur d'un réseau de prostitution, Carlo Ceserano trouve donc son salut en allant se planquer à San Catello. L'arrivée de ce jeune homme, avenant mais brisé par son parcours chaotique, suscite la curiosité, puis la réelle amitié de Vittoria Belonore. Leur solidarité face au projet du barrage les soude définitivement. Mais un inquiétant détail perturbe terriblement Volturno et Addolorata : la ressemblance incroyable de cet inconnu avec Michele Crevalcore, le musicien qui a violé Ofelia en 1911.

Le Camp de Medved'

L'histoire du camp de Medved', en Slovaquie, le bagne de Marzio pendant la Seconde Guerre mondiale, est développée dans le roman *Enclave*, paru chez le même éditeur que la saga Belonore.

Table des matières

Chez le même éditeur
(extrait)

Ghada Abdel Aal, *La ronde des prétendants*
Renata Ada-Ruata, *Battista revenait au printemps*
Elisabeth Alexandrova-Zorina, *Un homme de peu*
Maïssa Bey, *Au commencement était la mer*
Maïssa Bey, *Nouvelles d'Algérie*
Maïssa Bey, *Cette fille-là*
Maïssa Bey, *Entendez-vous dans les montagnes…*
Maïssa Bey, *Sous le jasmin la nuit*
Maïssa Bey, *Surtout ne te retourne pas*
Maïssa Bey, *Bleu blanc vert*
Maïssa Bey, *Pierre Sang Papier ou Cendre*
Maïssa Bey, *Puisque mon cœur est mort*
Maïssa Bey, *Hizya*
Alfred Boudry, Héléna Demirdjian, *Les désamants*
Marc Bressant, *Le fardeau de l'homme blanc*
Breuskin, *Snowdonia Vertigo*
Bui Ngoc Tan, *La mer et le martin-pêcheur*
Bui Ngoc Tan, *Conte pour les siècles à venir*
Philippe Carrese, *Virtuoso Ostinato*
Philippe Carrese, *Retour à San Catello*
Anne Châtel-Demenge, *Comment j'ai tué le consul*
Pierre Conesa, *Zone de choc*
Bernard Dan, *Le livre de Joseph*
Bernard Dan, *Le garçon du Rwanda*
Andréa del Fuego, *Les Malaquias*

Dong Xi, *Une vie de silence*
Dong Xi, *Sauver une vie*
Samira El Ayachi, *Quarante jours après ma mort*
Suzanne El Kenz, *La maison du Néguev*
Suzanne El Kenz, *Ma mère, l'escargot et moi*
Julien Jouanneau, *La Dictature du Bien*
Denis Langlois, *Le déplacé*
David Machado, *Laissez parler les pierres*
Ali-Reza Mahmoudi Iranmehr, *Nuage rose*
Nicole Malinconi, *Si ce n'est plus un homme*
Marine Meyer, *Et souviens-toi que je t'attends*
Mohamed Nedali, *Le bonheur des moineaux*
Mohamed Nedali, *La maison de Cicine*
Mohamed Nedali, *Triste jeunesse*
Mohamed Nedali, *Le Jardin des pleurs*
Nguyên Huy Thiêp, *Crimes, amour et châtiment*
Nguyên Ngoc Tu, *Immense comme la mer*
Victor Paskov, *Ballade pour Georg Henig*
Aurore Py, *Lavage à froid uniquement*
Anna Roman, *Le val d'absinthe*
Igor Saveliev, *Les Russes à la conquête de Mars*
Alexandre Seline, *Je ne te mens jamais*
Hugues Serraf, *Comment j'ai perdu ma femme à cause du tai chi*
Hugues Serraf, *Les heures les plus sombres de notre histoire*
Alexandre Sneguiriev, *Je ris parce que je t'aime*
Victoria Tchikarnieeva, *Bye-bye Vichniovka !*
Monique Thieu, *Les années-mère*
Albert Viard, *Lettres à Léa*
Samuel Zaoui, *Saint-Denis bout du monde*
Chabname Zariâb, *Le pianiste afghan*
Spôjmaï Zariâb, *Les demeures sans nom,* et autres nouvelles

Achevé d'imprimer en mars 2016
sur les presses de l'imprimerie Pulsio
pour le compte des éditions de l'Aube
rue Amédée Giniès, F-84240 La Tour d'Aigues

Numéro d'édition : 1446
Dépôt légal : avril 2016

Imprimé en Europe